Né à Gap en 1962, Vincent Borel vit à Paris. Journaliste, il collabore à France Musique et à diverses publications musicales. Avec l'écriture d'*Antoine et Isabelle*, son sixième roman, il a plongé dans la mémoire familiale. Il a aussi demandé et obtenu la nationalité espagnole.

DU MÊME AUTEUR

Un ruban noir
Actes Sud, 1995
« Babel », nº 258
et « J'ai lu », nº 5737

Vie et mort d'un crabe
Actes Sud, 1998
et « Librio », nº 400

Baptiste
prix des Muses 2003
Sabine Wespieser Éditeur, 2002
et « Points », nº P2453

Mille regrets
Sabine Wespieser Éditeur, 2004

Pyromanes
Sabine Wespieser Éditeur, 2006

Un curieux à l'opéra
Abécédaire impertinent de l'art lyrique
Actes Sud, 2006

Jean-Baptiste Lully
Actes Sud, 2008

Vincent Borel

ANTOINE ET ISABELLE

ROMAN

Sabine Wespieser Éditeur

L'auteur remercie le Centre national du livre pour l'aide accordée
à l'écriture de ce livre.

TEXTE INTÉGRAL

ISBN 978-2-7578-2350-7
(ISBN 978-2-84805-085-0, 1re publication)

À mes parents

Jamaïque – Août 2001

– Il n'y a jamais eu de chambres à gaz à Mauthausen, affirme posément Florian.

Les traits blêmes de ses trente ans séchés par la tabagie se dessinent sur le golfe d'Oracabessa qui scintille sous la lune caraïbe.

Je lui tape une cigarette. Je l'allume, énervé.

– Comment tu peux dire ça ? Mon grand-père y a été déporté. Il a vu les cadavres qu'on en sortait pour les enfourner dans les crématoires. Ça marque un homme…

À son tour Florian saisit une blonde.

– Il a été abusé par sa mémoire. Toutes les victimes sont atteintes du même syndrome. Elles réinterprètent ce qu'elles ont vécu. Il ne faut jamais se fier aux témoins de première main. Ils mentent et ils se mentent.

Je garde le silence. Venir de si loin pour entendre ça ? Ce propos délirant est-il la conséquence du décalage horaire ? Ou l'effet de la cocaïne pour l'achat de laquelle je lui ai prêté cinquante dollars ?

– Mais… mais… il suffit d'aller voir… ces fausses douches sinistres. Je sais ce que je dis, je les ai visitées… si on peut en parler comme ça. Vu de mes yeux vu !

– Peut-être, mais c'est du toc. Tu sais, on a pas mal revu et corrigé l'holocauste après la guerre. On a construit de faux témoignages, et pas qu'en paroles, les bâtiments aussi… Les historiens les mieux autorisés déclarent qu'il n'y a jamais eu de chambres à gaz à Mauthausen.

– Quels historiens ? Et autorisés par qui ? Faurisson ? Gollnisch et les révisionnistes de Lyon ? Et puis c'est quoi un historien face à un témoin ?

– Un mec en lequel j'ai plus confiance qu'en un survivant…

– Choumoff ou Heim ont écrit sur les assassinats par gaz à Mauthausen. Ils y étaient. Ils sont à la fois témoins et historiens. Tu en dis quoi ?

– Que je ne leur fais pas confiance. Abusés eux aussi.

Soudain je n'ai plus aucune sympathie pour Florian, le « jeune qui monte à la télé ». Je ne vois qu'un snob blasé, un fort en gueule, un apôtre du n'importe quoi tant que ça fait parler de soi…

Michel Ferlié compte les points. Lequel des deux branchés qu'il a invités avec lui en Jamaïque aura le dernier mot ? Narquois, le millionnaire de la presse underground observe le combat des jeunes coqs. Qui gagnera cette joute aura sa place à ses côtés pour la rentrée prochaine. Je discerne cependant de la gêne dans son regard allumé par le rhum.

– Mon grand-père a écrit ce qu'il a vécu quelques mois seulement après son retour des camps. On peut difficilement mettre la mémoire en doute quand elle est aussi fraîche. Ça ne compte donc pas ?

– Je m'en fous. Historiquement, ça ne vaut rien. C'est même suspect. Ton papy a simplement fabulé ! Je préfère un historien d'aujourd'hui, distancié, à un témoin d'époque. Même pas besoin d'aller sur place pour connaître la vérité.

Michel le reprend :

– Et si je te cite le nom du S.S. Kaltenbrunner qui a déposé à Nuremberg sur le sujet, tu me réponds quoi ?

– Que c'est un détail. Et puis à l'époque, on préférait gazer que fusiller, on trouvait ça plus humain.

– Florian, arrête ça ! Je te savais cynique mais pas jusqu'au révisionnisme. Un détail ! Tu causes comme Le Pen ! Tu es allé l'interviewer à Saint-Cloud, est-ce qu'il t'aurait converti ?

Florian quitte brusquement la table.

– Gaffe mec, elle n'est pas bonne ta coke ! lui lance Michel, ricaneur. Je suis venu la goûter quand t'étais sous la douche. Tu t'es fait refiler de la merde.

Il se cale dans son fauteuil en se resservant généreusement du rhum.

Cette scène se passait en août 2001 sur la côte nord-ouest de la Jamaïque, celle des villas de luxe construites pour Noël Coward et Errol Flynn, celle du tourisme narcotique des Européens à la page. Michel Ferlié, patron cool et versatile, y avait convié une douzaine de branchés parisiens.

N'importe quel curieux peut aujourd'hui visiter Mauthausen. L'amicale des déportés a préservé le camp malgré le désir, incessant depuis la fin de la Seconde Guerre mondiale, qu'ont les gouvernements autrichiens d'en faire disparaître la trace, comme celle de ses camps satellites : Melk et Gusen. Ces sites sinistres jalonnent le cours riant du Danube. À Melk, la cheminée du four crématoire gâche durablement la vue sur le vaisseau baroque de l'abbaye. À Mauthausen, le portail en pierre grise surmonté de miradors contraste avec la rue proprette du village qui y conduit.

– Sur le rebord d'une fenêtre, une main anonyme glissait une pomme quand un convoi de déportés montait la rue. On n'a jamais su qui déposait le fruit, mais il était toujours là. Il n'y a pas eu que de méchants Autrichiens, même si beaucoup d'entre eux voudraient que le camp n'ait jamais existé, me racontait mon grand-père lorsque nous y venions en pèlerinage.

Chaque été, l'amicale des déportés organise des voyages de mémoire sur les sites des camps de concentration autrichiens, nombreux. Ebensee, Loibl Pass, château de Hartheim, Melk, Gusen, Gunskirchen, Amstetten, ces noms sont généralement occultés par la prééminence des usines de la mort : Dachau, Buchenwald, Auschwitz, Ravensbrück… Mais il n'y eut pas que les juifs : l'extermination des communistes, des homosexuels, des tziganes, des prisonniers politiques a eu lieu sur tous les territoires annexés par le Troisième Reich.

Avec les survivants, nous partions de la gare de l'Est, parcourant la voie jadis empruntée par l'Orient Express : Strasbourg, Ulm, la Bavière, Salzbourg. Puis c'était le car, façon voyage organisé, avec son côté burlesque. Aux terribles stations dans les lieux de souffrance succédaient des visites plus pittoresques. Salzbourg et le Mozarteum, les lacs autrichiens, le glacier du Grossglockner… Le périple durait deux semaines et se terminait par la visite d'un pays de l'Est, Tchécoslovaquie, Hongrie, Yougoslavie, Pologne. Mes grands-parents y amenèrent chacun de leurs petits-enfants. Mes cousins Pierre et Gilbert, ma cousine Isabelle, leurs parents et les miens, tous nous avons vu et entendu ce qui s'est déroulé là durant la Seconde Guerre mondiale.

À deux reprises, en 1974 et 1976, j'ai connu Mauthausen, sa carrière, ses baraquements, la gueule cendrée des crématoires qui ressemble au four d'un boulanger. Sa chambre à gaz et son musée des horreurs : les vêtements tissés avec des cheveux, les épidermes les plus joliment tatoués tendus pour réaliser des abat-jour, les sacs à main et les portefeuilles en peau humaine, d'une couleur de lait gris, le savon à base de graisse, humaine elle aussi, et les lingots d'or fondus avec les couronnes dentaires arrachées aux cadavres. Je me rappelle mes nuits de cauchemars après les récits des déportés, narrés entre les *Spätzle* et la biche à la confiture d'airelles. Tous stigmatisés, tatoués d'un numéro et certains défigurés comme cet homme dont le visage avait été fracassé à coups de crosse, et qui avait survécu.

Et ces objets ! J'ai mis du temps à comprendre ce qui me les rendait si terrifiants. Ces « choses » de tous les jours réalisées avec de la matière humaine, c'était comme manger de la viande et apprendre qu'il s'agit d'un rôti de biceps ou d'une tranche de sein. Cannibalisme. Mes mains qui craignaient d'effleurer la vitrine où ces horreurs étaient conservées, ma peau aurait pu en constituer la matière si j'avais vécu à cette époque. Ces lieux étaient plus réels que n'importe quel témoignage. Au point d'envahir les nuits de mon adolescence.

À cet âge on ressent très fort. On se révolte aussi. Contre ce qu'on voit, contre ceux qui vous obligent à voir. Remué, horrifié, je ne pouvais cependant réprimer une sourde fascination pour cette obscénité. Toutes ces photos de gens nus et sains à leur arrivée au camp. Ces fesses, ces sexes, ces pilosités, l'élégance virile des S.S. : il fallait avoir la témérité d'un Jean Genet pour publier sa fascination dans *Pompes funèbres* en 1947. Mais je ne l'avais pas encore lu.

À Mauthausen, le plus éprouvant c'est la chambre à gaz. Certes, elle n'a rien des douches d'Auschwitz conçues pour l'extermination industrielle, et que les nazis ont en partie détruites. Celle de Mauthausen existe bel et bien. C'est une pièce en ciment gris et lisse qui en soi n'a rien d'horrible. Au plafond, il y a une grille. Proche des pommeaux de douche, on pense à une bouche d'aération. C'est l'emplacement du conduit qui diffusait le Zyklon B.

Entre ces murs de fausse salle de bains, les rescapés parlaient de ce qu'ils avaient vu, de ce à quoi ils avaient dû participer. Le sol de ciment lisse était facilement nettoyé à grande eau de la merde et du vomi relâchés par les gazés. Sur les murs sans aspérités, leurs ongles ne laissaient pas de marques. La largeur de la porte était calculée pour que les brouettes où les déportés entassaient les corps en partance pour les crématoires puissent circuler aisément. La fumée grasse gênait les paysans de Mauthausen. Elle avait l'odeur du poulet dont on grille les derniers barbillons au chalumeau après l'avoir plumé. À Mauthausen, on gazait les plus faibles, les malades et les juifs reconnus. Ce n'était pas industriel, mais, sans conteste, elle avait bien eu lieu la mort programmée, dans cette sorte de fabrique de province où l'on aurait tout aussi bien pu réparer des tracteurs ou scier du bois.

Voilà ce qu'était Mauthausen pour le pèlerin adolescent qui, après, respirait à pleins poumons la *dolce vita* dans les stations balnéaires d'Opatja ou Rijeka, trois cents kilomètres au sud, sur la côte dalmate. J'avais envie de ne pas avoir vu. Mais j'avais bien vu et entendu. Les survivants étaient là pour le répéter, le pérenniser, afin qu'on s'en souvienne. Ils se faisaient vieux et ils n'avaient qu'une seule peur : qu'on oublie. Si cela s'était produit, cela pouvait recommencer, disaient-ils. Je les regardais d'un drôle d'air, sans y croire. Qui donc pouvait douter de la réalité de Mauthausen ?

*

À Oracabessa, pour refaire le monde, on buvait des cocktails bien tassés et on fumait de la ganja dans un décor tropical où ne manquaient que les Bond girls de Ian Fleming dont la villa domine l'autre côté de la baie. Au programme : plongeons et préparation d'une nouvelle formule de journal, sound-systems et shopping dans une ambiance cauteleuse avec tests d'endurance et expériences diverses, la plus cocasse ayant été l'importation de fromages au lait cru depuis la France.

Qui réussirait à passer sans anicroche les douanes de Roissy, de Miami puis de Kingston avec du brie, du reblochon ou du pont-l'évêque dans ses bagages gagnerait du galon. Avaient d'emblée été disqualifiés les dealers de Caprice des dieux ou de Meule d'or : ces marques ne présentaient aucun risque sanitaire. L'importation de munster, de camembert et de petits chèvres sous le nez des Américains paranoïaques était autrement sportive.

Le jeu s'était vite avéré biaisé : la famille de Michel Ferlié bénéficiait de la double nationalité française et américaine par sa filiation avec les Dupont de Nemours. Elle s'était vu épargner les tracasseries douanières. Pour les autres : la poubelle et les réprimandes. Délestés des bombes bactériologiques qui mettaient en péril l'intégrité alimentaire des Amériques et des Caraïbes, les fromages-qui-puent rejoignirent la luxueuse villa d'Oracabessa gardée par des hommes en armes. Ces incidents avaient beaucoup fait rire le boss.

L'île du reggae avait eu d'autres effets sur la troupe cool et snob. L'obsession de la panse y était devenue essentielle. « Manger, se faire à manger, que l'on nous fasse à manger » avait saisi le groupe. C'était une façon de dissimuler son déracinement et une angoisse, violente. Le deuxième jour Philippe, un spécialiste français du reggae qui n'avait jamais mis les pieds en Jamaïque, s'était fait fourguer, dans le Studio One de Bob Marley, des bandes dont les DJ jamaïcains ne voulaient plus. Michel y avait trouvé de rares galettes. Il se les fit soustraire en partant, bien qu'il les eût payées au prix fort. Un magnum caressé sous une chemise à fleurs force à la politesse.

Dans le centre commercial tenu par des Chinois, Carole connut un coup d'adrénaline lorsqu'elle se vit recommander de ne pas se promener entre les rayonnages avec le bout de chou qu'elle avait eu avec le boss. « Les petits Blancs, ici, on les enlève, ça vaut de l'or. » La tribu des Parisiens, pourtant rock'n'roll, des rebelles-à-qui-faut-pas-en-remontrer-qui-ont-connu-toutes-les-drogues-et-fréquenté-tous-les-undergrounds, n'était plus ici que de petites gens cernés dans leur cage dorée.

La moiteur exténuante remettait chacun à sa place. Le roi de l'underground connaissait des affres de courtisan. Ayant loué une maison voisine de celle du producteur de Peter Gabriel, Bill Laswell, il s'inquiétait constamment d'être, ou pas, invité par l'homme désormais plus millionnaire que lui. Il avait favorisé ses affaires en France. Allait-il être reçu dans l'immense parc dont les essences rares avaient été plantées et baptisées par des *people*, l'arbre à pain Naomi Campbell, le manguier nain Bruce Willis et le banian Richard Gere ? Lui, le célèbre Michel Ferlié, propriétaire de deux radios leaders de la bande FM, qu'allait-il planter ?

Les affaires des Blancs étaient ici affres d'animalcules. Sur l'île, on se dissolvait comme dans une baratte géante. À bord de l'avion survolant le golfe du Mexique, on n'était déjà plus grand-chose. Après le 747 d'Air France effectuant Paris-Miami, puis le décalage dans le Moloch aéroportuaire de Floride, l'A330 d'Air Jamaïcan avait été avalé par les mâchoires superposées des nuages tropicaux. Soudain majoritaires, les visages fermés des Noirs n'accordaient plus aucun regard aux Européens. Être un Blanc au milieu des Noirs fait ressentir ce que c'est que d'être noir en pays blanc.

À l'aéroport de Kingston, le monde des Blancs acheva de basculer. Assaillis de regards distants et fiers, nous subîmes la jauge oculaire des taxis-brousse guettant le client dès la zone de transit. Il nous fallait aller loin, sur l'autre côte de cette île, ancienne possession de la famille de Christophe Colomb. 150 dollars US par voiture pour quatre-vingts kilomètres en trois heures *in da bush*.

Au pied d'une immense cimenterie, les branches de la forêt défoliée par les pluies acides tendirent leurs potences grises vers les voitures. Le crépuscule violacé s'effondra brusquement. Des émeutes sporadiques avaient éclaté dans le bidonville de Fort Nugent. Tout Kingston était plongé dans le blackout. Les bistrots éclairés par les lampes à gaz déchargeaient des basses originelles. Le beat du reggae fragmentait la route traversée de silhouettes dégingandées. Sur des 4 × 4 monstrueux, des enfants soldats chaloupaient, l'œil étincelant de came et de bière. Les bras musclés par les mitraillettes imposaient leur loi. La fumée des feux d'ordures stagnait dans le faisceau des phares. Cette âcreté vomitive était un drôle de parfum à l'anus de la civilisation blanche.

Dans leur ghetto, matin, midi et soir, les Parisiens reclus renouaient avec des habitudes de colons inquiets. Assaillis par les matrones noires qui veillaient à leur confort en gloussant un âpre créole, ils sursautaient lorsque les fruits du palmier-éventail explosaient en atteignant l'humus putrescent.

La gueule de bois rendait les petits déjeuners silencieux. L'impatience de la plage faisait du déjeuner de midi un en-cas vite pris. Puis, tous habillés de blanc après quelques siestes crapuleuses, nous recommencions des nuits où ne manquaient que Rita Hayworth et Kennedy pour pimenter d'une touche Hollywood sixties les lampées de vieux rhum Appleton, les coups de soleil sublimés par les torches et les rythmes du DJ loué pour l'occasion.

Le dîner était une vraie table de maîtres surveillée par des soubrettes noires. À la droite de Michel siégeait son fils officiel. À sa gauche Carole, anxieuse de recevoir l'approbation de la sœur aînée des Ferlié, héritière d'importants brevets industriels. Le cercle s'étendait ensuite aux employés invités ; la plus ou moins grande proximité avec Michel signifiant, comme en toute cour, la grâce ou l'agacement du monarque.

Derrière la tablée se tenaient les matrones, en tabliers et coiffes amidonnés, d'une netteté éblouissante sur leur peau obscure. Là aussi, il y avait jeu de préséance. Les plus noires se disputaient l'honneur de servir. Sur une île aussi fière de sa négritude, la peau la plus foncée fonde l'aristocratie quand le quarteron reste au bas de l'échelle. Les peaux claires officiaient en cuisine et leurs époux nettoyaient nonchalamment piscines et pelouses. Quant aux époux des peaux d'ébène, ils étaient eux gardes du corps, sinécures plus honorables.

Toute personne qui sert à table reste un valet aux yeux de l'Européen qui se fait servir, aussi affranchi s'estime-t-il. Les fortunés attendaient que les opulentes négresses veuillent bien apporter le plateau garni des fameux fromages. Ce qu'elles ne faisaient pas. En créole ou en français, des avis peu amènes s'échangeaient à propos de la table et de l'office. Les « ça traîne ! elles sont nulles ! je te les virerais à coups de pied ! » fusaient. Rien à faire : les fromages français dégoûtaient les Caribéennes. Mais pas un seul Parisien n'aurait eu l'initiative d'aller les chercher. Se lever eût été déroger. Je le tentai et fus rabroué par la doyenne :

– On les paye pour ce faire… laissez !

Après l'incident Mauthausen, Florian ne revint pas à table, laissant sa chaise vide à côté de Carole, une place que personne n'occupa. La conversation glissa sur d'autres sujets. Le sanglant sommet du G8 qui venait de secouer Gênes ; *Plateforme*, le nouveau Houellebecq qui traînait par terre ses épreuves jaunies par le soleil, l'otite du petit dernier, ces charmants tailleurs de chemises qu'on avait remarqués accroupis en bord de route. L'existence ou la non-existence des chambres à gaz s'évanouit dans les torpeurs postprandiales. Le silence gagna les repus qui se retirèrent un à un dans leurs bungalows.

Seul Michel restait alerte. Lui qui ne vivait pleinement qu'après minuit alla en cuisine assouvir son désir de fromages. J'avais de la tendresse pour ce millionnaire bohème. Nous débouchâmes une bouteille de beaujolais blanc, venue du domaine familial. La conversation reprit.

– Quand même, vous n'êtes pas allés bien loin dans le débat, les mecs. Dommage, je vous estimais plus endurants !

– Non ! Il y a un moment où on ne peut pas dire des trucs pareils. On n'a pas le droit. Ça n'est pas un jeu ! Il ne faut plus argumenter. Ce crétin, mais c'était lui faire trop d'honneur !

– Pff… l'honneur ! C'est un truc qui n'a pas de valeur aujourd'hui. Florian, je l'aime bien avec son côté anar de droite, comme son pote Nabe. Mais c'est un Céline nain, sans vraie colère, un colibri qui butine Drieu la

Rochelle le matin et Arthur Koestler le soir. Il n'a qu'un rêve, c'est de se la péter à la télé. Et il réussira car il a toute la vacuité nécessaire. Elle ne demande que ça la téloche, des jeunes qui crânent avec des semblants d'idées. J'en sais quelque chose : j'ai assez formé de fanfarons télévisuels. Mais toi, tu ne t'es pas montré assez saignant ! Des mecs comme Florian ils n'ont pas froid aux yeux. Ils soutiendraient n'importe quoi plutôt que de se taire. Pour eux ne pas l'ouvrir, c'est mourir.

Devant le frigo plein de victuailles, il vacilla, comme pris d'une douleur soudaine. Il s'emporta :

– Mais il ne doit pas dire ça, toutes ces conneries révisionnistes à la petite semaine ! Vos billets d'avion, la location de la villa, le journal à Paris, mes radios, moi… vous et tous ceux pour qui je raque. Si vous saviez…

Dans son langage à lui fait de coq-à-l'âne, de borborygmes, d'ellipses, de digressions savantes suivies d'anéantissements complets de la logique, il se mit alors à livrer, par bribes, une histoire familiale.

Des patrons du Second Empire descendant d'un soyeux analphabète. Un ancêtre qui avait cherché à rationaliser la production lyonnaise pour se sortir du ghetto ouvrier de la Croix-Rousse. Traiter la soie, c'était alors utiliser les nouveaux produits chimiques. François Gillet fut le premier à ouvrir un atelier de teintures et d'apprêts. L'affaire était florissante, Gillet étendit ses activités. Chaque étape du traitement conduit à développer des gammes de produits nouveaux. Il investit dans la fabrication de savon, de silicate de soude, d'eau oxygénée, de tanins, d'acétates. Il avait vu juste, le François : mieux vaut produire soi-même qu'acheter à d'autres. Maître de la chaîne de production, il inaugura sa première usine à Serin, par la suite évacuée en périphérie de Lyon par des riverains qu'incommodaient les émanations de chlore.

La cuisine d'Oracabessa se mit à résonner des noms de villages devenus banlieues industrielles : Vaulx-en-Velin, Saint-Fons, Feyzin, Échirolles. La première bouteille rapidement vidée, on en ouvrit une seconde. D'autres sociétés, des gens célèbres affluèrent autour de Michel, logorrhéique.

– On s'est allié aux Perret, aux Carnot, aux Poulenc… oui, la famille de Francis, le compositeur. À la veille de la Première Guerre mondiale, nous étions les plus puissants de Lyon, boostés par l'extension du Paris-Lyon-Marseille.

Les voies ferrées marient les industries. À Lille, les Gillet épousèrent les Motte, rois des filatures. La branche chimique prospéra encore plus loin, vers la Suisse et l'Allemagne. Dans les corbeilles de mariage, la chimie de Bâle et les Allemands d'IG Farben déposèrent leurs actions.

– Tu connais ton histoire industrielle ? demande Michel. Rhodia ça te dit quelque chose ? C'est encore nous. On a breveté la soie artificielle, la viscose. Et c'est aussi un cousin qui a produit l'aspirine du Rhône, dans le cadre de la SCUD, devenue Rhône-Poulenc. Mais on a inventé encore autre chose…

Écrasant sa cigarette, il me demanda de rouler un très gros pétard.

– Viens, on va au bord de l'eau. Je déteste ces grandes baraques, elles sont pleines d'oreilles. Ma sœur ne voudrait pas que je raconte tout ça : secrets de famille ! Mais il faut que je le crache. Ton grand-père comprendrait…

Nous sommes descendus vers la plage privée. On s'est installé face à face sur les transats huileux. J'ai roulé un trois feuilles de ganja pure. La braise rougeoyante ponctuait de lumière intermittente la nuit zébrée par les éclairs de chaleur. L'eau proche de trente degrés, si féroce que les pêcheurs déconseillaient le bain nocturne au milieu des barracudas et des méduses urticantes, clapotait sourdement.

– T'es du côté de Grenoble, toi ?

– Presque, sur l'autre versant du col de Lus-la-Croix-Haute.

– Tu connais Pont-de-Claix ? L'usine de chlore ?

– Bien sûr. Celle qui est classée Seveso 2, la terreur de tout Grenoble.

– En 1914, elle nous appartenait. On y fabriquait de l'eau de Javel et des dérivés chlorés. Tu sais ce que ça signifie dérivé chloré en ces années-là ? Ça veut dire gaz de combat, gaz moutarde, ypérite. Les Gillet ont gagné des fortunes avec ça. Après la victoire de 1918, on a récupéré pour rien les brevets allemands d'IG Farben. La fortune ! Mes aïeux tenaient le Crédit lyonnais et la Banque de France.

– Bah, c'est de l'histoire ancienne, non ? C'était l'effort de guerre. Pour l'ypérite, vous y avez participé et vous avez empoché.

– Fais pas le cynique à ton tour, merde ! On a aidé à gazer des milliers de jeunes gars comme toi ! Pas grand monde n'est au courant, sauf les anciens du journal parce qu'ils ont mené leur enquête. Normal, en travaillant avec un mec aussi friqué que moi, on finit par vouloir connaître d'où lui vient sa thune.

Michel a rallumé le joint. La flamme du briquet révéla sa paupière fripée d'hippopotame anxieux.

– Y a plus sombre encore, plus glauque ! Ça ne s'est pas arrêté à la Première Guerre mondiale. On n'a pas été clair avec les nazis, mais alors pas du tout. Après la débâcle de 1940, mon grand-oncle, à la tête de France Rayonne, s'est mis à produire pour la guerre du Reich. Il a procuré aux Allemands un brevet de fabrication pour garnir l'intérieur des pneus. En échange de quoi il est devenu le führer des textiles artificiels en France. Mais il y a eu pire. Via tout un réseau de sociétés mixtes, on a fortement aidé à la production du Zyklon B en tant qu'actionnaires d'une usine à Villers-Saint-Sépulcre, dans l'Oise. C'est avec ces millions douteux laissés par ma grand-mère lors de la vente de Rhône-Poulenc que j'ai pu fonder les journaux et les radios. C'était de l'argent pourri, alors autant créer quelque chose de plutôt pas moche. Je devais bien faire ça, non ?

Rendu taiseux par la ganja, j'ai détourné le regard vers le golfe des Caraïbes où grondait la gésine des cyclones. Le roulement diffus du tonnerre sur l'eau noire apportait comme des rumeurs de guerre.

La voix de Michel Ferlié se fit plus sourde.

– Tu feras ce que tu voudras de ce que je t'ai dit. Mais pas tout de suite. Quoique… Maintenant je m'en fous. Ce matin, j'ai encore pissé du sang… Je suis vanné. Vraiment vanné. Je vais me coucher.

Il remonta d'un pas lourd vers la villa endormie en allumant une énième cigarette. Puis ce fut le silence merveilleux de la ganja. Au sein des sons infimes, un chant métallique prit le dessus. Ce n'était ni un moteur lointain sur la baie, ni le grésillement des insectes noctambules. Ce gamelan à l'arythmie subtile provenait de minuscules grenouilles. Elles forgent la nuit jamaïcaine comme les grillons emplissent les nuits de Provence. Une légende yoruba conte que les âmes des morts chantent à travers leurs gorges. En les écoutant, le petit Blanc envapé sursauta. Les grenouilles animistes forgeaient une chaîne sans fin… les bateaux de l'esclavage… les camps du siècle défunt… Je m'endormis sur le transat.

Réveillé par l'humidité de l'aube, je vis sortir de la nuit encore embusquée sous les arbres un homme d'ébène. C'était un Yoruba, à la peau plus sombre qu'encre de seiche. Il se dénuda. Son corps osmotique fendit l'eau. Il plongea d'un puissant coup d'épaules vers les fondations de l'île. Le sommeil me reprit. Lorsque je rouvris les yeux, le soleil frappait le sable blanc entre les affleurements sous-marins. L'azur et l'émeraude explosaient partout sur le golfe. L'homme noir avait laissé un bermuda fatigué et une paire d'espadrilles au bord de l'eau.

Garrucha, Andalousie – Août 1974

Nous sommes pieds nus. Antoine mon grand-père, Isabelle ma grand-mère et moi-même. J'ai douze ans. L'eau tiède lèche nos chevilles sur la plage de Garrucha, un chétif village de la côte andalouse au-dessus d'Almería. Nous profitons un instant du soleil qui se couche derrière les cubes chaulés des maisons basses.

Garrucha est un port avec un maigre môle et deux chalutiers ; sa rue principale, un oued qui descend de la Sierra de Vera. Il nous a fallu vingt-quatre heures de train et d'autobus pour rallier ce bout du monde depuis Barcelone, huit cents kilomètres plus au nord. Exténuant. Isabelle souffre des orteils que l'arthrose déforme. Antoine éternue, comme à chaque fois que le soleil frappe son œil unique malgré la protection de ses lunettes noires. L'autre œil, un éclat de grenade l'a emporté à l'automne 1938, lors de la bataille de l'Èbre.

Rejoindre le village natal de ma grand-mère a longtemps été une translation dans l'espace et le temps. Lorsque le général Franco leva la peine de mort pesant sur les exilés républicains, mes grands-parents n'eurent de cesse de revenir dans le pays dont ils avaient été chassés. Atteindre Garrucha, au cœur de l'Andalousie, nécessitait, en 1974, de prendre d'abord un train jusqu'à Valencia, puis un second jusqu'à Murcia, ou bien Almería si l'on voulait trouver un hôtel sans morpions.

Les trains de l'Espagne franquiste étaient une légende malodorante. À la frontière française, l'espacement particulier des rails ibériques réclamait de nouvelles motrices et un long passage par un hangar où se calibraient les roues des wagons. La dictature espérait ainsi se prémunir d'une invasion ferroviaire. Arrivés à Valencia, on empruntait d'autres trains constitués de wagons de première, deuxième et troisième classe. Avec partout des latrines obstruées d'excréments et garanties de tout usage par des escadrons de mouches vertes. Au milieu de nulle part, on subissait de multiples arrêts. En première classe, le chef de train modifiait la position des fauteuils selon le sens des fréquents allers et retours. Quant aux classes inférieures, elles vomissaient.

Les trajets connaissaient des retards proverbiaux, six heures en moyenne. Cette descente vers le tiers-monde de l'Europe engluait les voyageurs dans un temps aussi immobile que le paysage aride qui débute après les orangeraies du Levant.

Les visages blancs des Catalans et des Européens du Nord cédaient alors la place à des faciès noirauds, à des corps plus petits. Nombre d'entre eux avaient été maltraités par la vie : pieds bots, culs-de-jatte prédestinés à la vente des tickets de tombola, mains où manquaient des doigts ; bossus, aveugles au regard blanc. Tous vociféraient un dialecte guttural, l'andalou, où la moitié des mots semble retenue à l'arrière du nez. Les gares voyaient errer les poules, les chats faméliques, les chiens efflanqués. Les mules écrasées sous leur fardeau avaient priorité sur la voie unique.

Ensuite c'était un bus aux banquettes de moleskine. La sueur vous collait la chemise au dos et le pantalon aux fesses. Des femmes sortaient un sein brun de leur corsage pour allaiter au milieu des animaux, des ballots et des glaviots. Avec son tailleur pied-de-poule et ses chaussures en cuir gris, ma grand-mère Isabelle semblait l'Américaine de service parmi les *abuelas*[1] en fichus noirs. Mais, marquée par les privations de sa jeunesse, elle rejoignait, voûtée par l'ostéoporose, la race courtaude des Andalous.

C'étaient des gens trapus, burinés par le soleil et le vent qui brûle. Les femmes usées par les grossesses et les carences se recroquevillaient une fois la ménopause atteinte. Les hommes n'étaient guère plus grands, mais plus secs. Personne ne connaissait le gras, les muscles étaient noueux et les pieds, souvent nus, avaient leur large plante bien calée sur la terre avare. Les Andalous s'y tenaient droits et fiers, fixant leur dénuement d'une pupille ardente et qui ne cédait rien.

Terre safranée, ravines crayeuses hachurant l'acier des montagnes taillées au couteau. Tourbillons erratiques de poussière blanche. Vert blême des eucalyptus, argent bleuté de l'olivier, rose terne des lauriers fleuris, œufs orange du figuier de barbarie aux raquettes racornies, mines aigres des agaves. À chaque arrêt du bus – appelé pullman comme en Italie du Sud – le cœur vermillon de la pastèque saignait contre une peseta échangée par la fenêtre fendue.

Après des heures à bringuebaler sur des routes écrasées par l'azur souverain, Isabelle dit « Mojácar ! » Il faut prononcer ce mot avec la *jota* bien appuyée pour en faire jaillir l'origine arabe : Mo*rr*acar ! Elle désignait à Antoine la couronne blanche d'un village maure. Des hippies, en avant-garde du tourisme de masse, retapaient à coups de truelles maladroits les maisons quasi africaines. Anglais, Allemands, Hollandais et quelques Américains venaient fuir en Andalousie le monde de

1. Grand-mère. (*Toutes les notes sont de l'auteur.*)

Mickey Mouse. Ils cultivaient le haschich, tongs aux pieds et torse nu toute l'année, ignorant qu'était né là, en 1901, José Guirao, le fils naturel d'Isabel Zamora Asensio, mieux connu sous le nom de Walt Disney.

Au bas du pittoresque village s'étalait la plage grise de Garrucha où Isabel Canuto Serrano, mon *abuela*, vit le jour en février 1908. Canuto-Serrano. *Canuto* comme le cigarillo noir et amer que l'on plante le dimanche entre les dents ; *serrano* comme le jambon séché par le vent des montagnes, dont la rare graisse forme des nodosités pareilles à des éclats de noisettes fichés dans la chair vineuse.

À Garrucha, il n'y avait pour les voyageurs qu'une pension glauque érigée sur un terrain vague. L'eau du robinet était salée. Le savon ne moussait pas, la douche laissait une inconfortable sensation de crasse. C'est englués dans quelque chose qui ressemblait à de la mer que nous retrouvions pour souper une lointaine branche de la tribu Canuto, restée dans ce coin oublié du grand sud.

Les souvenirs remontaient, mais ce n'en était pas vraiment. Ici, de 1910 à 1970 rien n'avait changé. Le premier point d'eau potable était toujours à deux kilomètres, une superbe fontaine du temps des Maures et qui crachait une eau abondante. Le pullman l'avait longée. Elle ne s'était pas tarie. Les femmes y venaient encore, les enfants s'y baignaient, les lavandières s'y activaient, les amours s'y tissaient, les langues colportaient les nouvelles.

Isabelle aimait cette fontaine, l'ombre de ses platanes, les irisations de l'eau et son chant pur. C'était la vie au milieu du vide poussiéreux, un miracle malgré la corvée du linge et les récipients qu'il fallait transporter chaque jour avec la mule pour les mieux lotis, sur la tête le plus souvent. À la maison, on conservait l'eau dans de grandes jarres protégées par de la mousseline pour que les larves n'y prospèrent pas.

Le rio andalou continuait de traverser les masures aux toits plats. Comme son cousin l'oued d'Afrique du Nord, il restait sec neuf mois durant et devenait colérique les trois autres.

Isabelle se rappela qu'un jour d'automne, de retour de la fontaine maure, elle avait traversé sur les épaules de son père Manuel le rio en crue. Il fit de même avec ses sœurs Soledad et Dolores, puis avec leur mère Isabel, un prénom que l'on se passe de génération en génération.

En dépit du danger saisonnier, c'est autour de cette évacuation à ciel ouvert, à la fois égout et dépôt d'ordures, que vivaient les habitants de Garrucha. Les parents Canuto s'entassaient à onze dans une maisonnette de torchis, entre la steppe et la plage. Pas de porte d'entrée, juste une couverture fermant la pièce de terre battue. Signe de fierté : le téléviseur noir et blanc couronné d'une poupée gitane. L'électricité était arrivée en 1968. Des photos de famille et un crucifix étaient cloués aux murs. Des rubans tue-mouches pendaient au-dessus de la longue table.

Cris, exclamations, bises qui claquent. Alors commença une bombance extrême, destinée aux parents de France avec leurs beaux habits et ces chaussures de ville qui tranchaient au milieu des espadrilles, la chaussure des pauvres.

La Méditerranée avait déversé sur la table tout ce que les Canuto, des pêcheurs, en avaient tiré le matin même. Poulpes, langoustines, gambas, moules, anchois, sardines et des crabes, charnus, tout enivrants d'iode, à manger avec les mains. Festival de mandibules et de jacasseries dans cette langue rauque et à présent souriante. Par d'incessants mouvements, la couverture laissait entrer les voisins, les voisines et les enfants, tous accueillis à bras ouverts. Antoine commença un grand débat avec les hommes. Mères, tantes et grands-mères souriaient de voir le « petit de France » manger de si bon cœur à la table ouverte car il n'est pas de meilleure nouvelle, il n'y a pas de plus réconfortante vision qu'un enfant qui dévore. Manger et trouver à manger : c'est cette nécessité-là qui avait causé l'exode des Canuto Serrano, six décennies plus tôt.

Garrucha, Andalousie – 1917

En Andalousie, terre maudite, se nourrir était un miracle quotidien. Pour survivre, l'arrière-grand-mère Canuto, celle qu'on appelait Anna, aidait les pêcheurs à tirer les barques sur la plage. On lui donnait alors un sou et deux sardines.

En 1900, le duc de Medinaceli et le marquis de Bomba possédaient toute la terre. Ce n'était que friches, terrains de chasse, élevages de taureaux et oliveraies. Dès la fin de la *Reconquista*, l'ancien paradis des Maures avait commencé d'être tondu par les centaines de milliers de moutons des latifundiaires. Leur laine fit la fortune des Grands d'Espagne et des tisserands des Flandres, alors vassales de l'Espagne du Siècle d'or.

Au sommet des montagnes décharnées, on peut encore distinguer, nichés au creux de vallons inaccessibles, quelques lambeaux de la forêt primaire. Les Maures restent une trace inscrite dans la chair du paysage où les châteaux ne sont pas l'œuvre des croisés, mais celle des émirs. Flanqués sur les amers de la côte, juchés sur chaque éperon rocheux, leurs créneaux en pointes de flèche gardent les puits. Ils témoignent d'un âge d'or ; pas l'âge de la paix, certes, mais celui de l'ingéniosité et de l'abondance.

Le jardin des Arabes, brouté, devint un pays sec et relégué dans l'ignorance, tout savoir étouffé par la superstition. L'humide disparut en même temps qu'Al-Andalus. Les âmes noircirent comme la terre latérisée par les feux des nouvelles pâtures. Les vents doux perdirent leurs gouttes fraîches, ils cessèrent de caresser l'herbe, ils ne soulevèrent plus que du sable sur les steppes stériles écorchées chaque hiver par des ondées féroces.

Les grands féodaux, dans leurs palais d'été autour desquels s'accrochaient les taudis des paysans accablés de loyers ruineux, mangeaient avec délicatesse. Pour se nourrir, les serfs n'avaient qu'un peu de porc et de mouton, des fèves, des olives et des pois chiches ; du poisson dans les villages côtiers. Parfois du gibier braconné dans les collines au péril de leur vie puisque seuls les maîtres avaient ce droit. Et les jours de corrida, une tête de taureau et une pastèque au dessert.

Au printemps 1917, les estomacs furent plus vides que d'habitude. Échaudés par des jacqueries incessantes, les latifundiaires avaient réduit la durée des contrats de fermage. Si l'on pouvait cultiver un peu de cette terre ingrate, on pouvait aussi en être chassé si le seigneur préférait voir ses maigres récoltes effectuées par des journaliers. Pas de travail, pas de pain, que de la peine et du vent, de la poussière et des larmes.

Les femmes étaient au bord de l'eau, à tirer le filet. Un progrès sur la génération de l'Anna : posséder un filet à soi permettait de ramener les sardines et les gambas qui s'engraissaient dans les courants proches du détroit de Gibraltar.

Alphonse XIII, descendant jouisseur et corrompu de Louis XIV, régnait alors. Trois ans que durait la Grande Guerre. Depuis l'automne, la mer ne donnait plus. Il y avait trop de mouvements sur et sous la Méditerranée. L'Espagne, restée neutre, était l'usine de toutes les puissances en guerre. La marine espagnole organisait des convois pour protéger les métalliers venus s'approvisionner aux gisements voisins de Rodalquilar. Mais ces mines ne profitaient pas aux Andalous. On avait fait venir des travailleurs peu turbulents et plus corvéables depuis les colonies marocaines. Malgré des filons en voie d'épuisement, le peu d'étain et de plomb que les mines renfermaient était destiné aux aciéries basques et catalanes, les armureries des belligérants de l'Europe. Au large, les sous-marins torpillaient l'ennemi et perturbaient les bancs de poissons.

Plongé dans les vagues jusqu'au ventre, Juan, le fils aîné de la famille Canuto, détacha du fond rocheux des mailles accrochées.

– Le filet est trop vide pour se déchirer, pensa-t-il. Avec une barque, je pourrais mieux pêcher. Mais pour vendre à qui ? On nous paierait avec quoi ?

Sur le sable, dans un couffin de joncs, les fillettes entassèrent la maigre pêche : trois seiches, des crabes tout juste bons à donner du goût au brouet que l'on obtiendrait avec les têtes du menu fretin. Il fallait nourrir neuf bouches : les parents, Isabel et Manuel, sa vieille mère la Juana ; les filles, Soledad, Isabel, Dolores ; les garçons, Juan, Serafin et Melchior.

– Puisse Manuel nous ramener un peu de riz, pria la mère en hissant sur sa tête le couffin trop léger.

La famille rejoignit le lit caillouteux du rio vers la calle Calvario, la rue du Calvaire.

Le père était devant la maison, en discussion avec un homme qu'ils ne connaissaient pas. Son chapeau noir contrastait avec la casquette paternelle. C'était un homme de la ville, mieux habillé et pourvu de souliers. Il sortit de sa veste un épais portefeuille, en tira dix billets qu'il compta d'un doigt humide et les tendit à Manuel. Le père les recompta avant de les glisser dans son pantalon. L'homme de la ville se dirigea vers la mule docile et le chariot branlant avec lequel le père parcourait les campagnes pour vendre des semences. L'homme en chaussures lui laissa un sac de riz avant de prendre les rênes. Le soleil déclinant allongeait l'ombre de son chapeau. L'équipage s'éloigna en cahotant.

Les fillettes avaient observé la scène d'un regard grave. La mère était entrée, avec un sanglot, déposer le couffin de poissons. Sur le pas de la porte, la grand-mère n'avait pas pipé mot. Juan s'avança vers son père, qui souriait tristement.

– Père, qu'avez-vous fait ?

– J'ai tout vendu, fils.

– Pourquoi ? De quoi vivrons-nous maintenant ? Comment irez-vous vendre les graines du *señor* Busquet ?

– Je n'en vendrai plus, fils. On s'en va…

– Où ?

– À Barcelone. Ne pleure pas, fils. Prends ces pesetas et va voir Gimenez, le pêcheur. Il a quelque chose pour toi…

Ce fut la Juana qui rompit la première le silence.

– Je sais ce qu'il y avait dans la lettre que ma sœur a envoyée de Barcelone. Le curé me l'a dit !

– Ah celui-là, il ne pouvait pas tenir sa langue. Je lui avais demandé de se taire, gronda Manuel. Et il cracha par terre.

L'aïeule se signa craintivement.

– Ne parle pas ainsi. C'est un homme de Dieu.

– Est-ce que Dieu nous a jamais aidés, mère ? explosa Manuel. Je lui ai apporté la lettre pour qu'il puisse me la lire. Parce qu'il est le seul qui sache. Bah, maintenant vous êtes au courant… Oui, à Barcelone il y a du travail et du pain. Les enfants pourront aller à l'école. Ce sera toujours mieux qu'ici. Et vous le savez bien ! C'est pour cela que votre sœur s'en est allée. Maintenant elle vit bien mieux que nous.

– Tu as peut-être raison, mon fils…

Que pouvaient-ils espérer de mieux ? Ailleurs un vent nouveau se levait. On le sentait jusqu'ici où les rumeurs arrivaient quand même, colportées par mules et par lettres déchiffrées tant bien que mal. Et tant pis si le curé prophétisait des catastrophes à qui ne suivait pas la voix du Souverain Pontife dont l'infaillibilité avait été proclamée le 19 juillet 1870.

Ceux qui étaient partis relataient des choses extraordinaires : l'énergie électrique, la radiophonie, l'automobile, la médecine, la pharmacie, la nature copiée. Les nantis savaient que ces changements portaient une subversion qui sonnerait la fin de leur ère. En quelques décennies, un anarchisme violent avait poussé sur les terres du sud. Des révoltes réprimées dans le sang avaient depuis longtemps fait comprendre aux plus pauvres en faveur de qui prêchaient les curés. On continuait à passer par l'église pour chaque étape de la vie, naissance, mariage et mort, mais on s'en méfiait tout autant que du latifundiaire et de son *labrador*[1]. On craignait l'autel autant que le choléra et les fièvres des marais.

Manuel n'avait aucun respect pour les prêtres. Lorsqu'il en voyait passer, il lâchait des croassements moqueurs. Ces corbeaux ne méritaient qu'un bon coup de poignard. Bien sûr il y avait les fêtes, les fleurs et les cierges qui font briller les ors des processions et les costumes des saints martyrs. Une vision magique pour les enfants qui ne connaissaient guère les couleurs sauf l'azur du ciel, le jaune de la poussière et, quinze jours par an, le vert des jeunes feuilles vite brûlées par le

1. Contremaître.

vent d'Afrique. L'autel de l'église de Garrucha était xurrigueresque et claironnant. Mais les jours de fête, il avait beau luire comme une platée de gâteaux dégoulinant du miel des cierges, ses rutilances n'apaisaient pas la faim.

En 1900, une violente jacquerie avait chassé le curé de Garrucha. Il avait été remplacé par un instituteur que les hommes de main du marquis de Bomba avaient tué. Le maître d'école était un fils des Lumières, donc un suppôt du Diable. L'archevêché de Séville avait aussitôt renvoyé une mission ensemencer par de belles paroles ces ouailles rétives. Le nouveau curé et ses prêches alambiqués n'avaient séduit que les *abuelas*. Les hommes grommelaient : le curé, c'était bon pour les vieilles femmes. La haine ne cessait de gonfler en leur cœur.

Juan, les yeux brillants et le sourire aux lèvres, revint à la nuit tombée.

– Une barque, maman ! Nous avons une barque ! Elle est grande comme un chébec, vernie de frais, avec une belle bande rouge tout le long.

– On l'appellera comment ? demanda-t-elle, sans laisser paraître de surprise.

– *Luz*, lumière !

– Et surtout on ne la fera pas bénir ! lança Manuel à la cantonade.

Dans la masure, ce soir-là, il n'y eut que la Juana pour pleurer. La famille était à la fête. Barcelone ! Les enfants les plus jeunes ne comprenaient pas, mais ils étaient les plus joyeux, enivrés par la belle humeur qui avait envahi le foyer. À l'aube, tous se levèrent pour aller voir *Luz*.

Gimenez, l'un des deux pêcheurs du village, la bichonnait encore un peu. C'était son instrument de travail, qu'il était bien content d'avoir vendu contre quelques pesetas. Veuf depuis peu, lui aussi avait décidé de partir, mais pour Madrid, et sans aucun vague à l'âme.

Luz était sur la grève. Elle portait magnifiquement son nom. Elle était solide, grande, élancée, avec un mât où pendait une voile rapiécée, signe qu'elle en avait vu d'autres et qu'on pouvait lui faire confiance. Elle était plus blanche que les maisons de Mojácar ; blanche comme la fleur de l'oranger, avec une belle bande de vermillon étalée de frais sur ses flancs.

Mai est un bon mois pour prendre la mer. Les méchants grains s'en sont allés avec les jours courts. Partir par la mer, c'était plus rapide que par les chemins. Et puis avoir une barque à soi, dans le port de Barcelone cela donnait l'assurance de trouver du travail : pêcher, transporter, se louer.

Autour de l'embarcation, on entendait des rires mais aussi quelques reniflements. Garrucha, ce soir, paraîtrait plus vide. La famille embarqua avant l'heure de midi avec un balluchon de hardes, de l'eau, des olives, des tomates. Ceux qui restaient firent un modeste don à ceux qui partaient : du jambon, quelques œufs durs, une vieille poule cuite au four, une roue de pain. On s'étreignit encore un peu sur la plage.

– Ne tardez pas ! leur cria Gimenez. Le vent se lève, le vent est bon ! Il faut prendre la mer. Allez Juan, Manuel, et vous les hommes, aidez-moi !

Les enfants se précipitèrent pour monter à bord. Avec des éclaboussures, des exclamations, des applaudissements, *Luz* fut mise à l'eau. En se tournant vers le village, Manuel fut surpris de voir sa mère, un ballot sur l'épaule, venir à lui. Depuis la veille, elle s'était abandonnée aux sanglots. Il était sûr qu'elle ne voudrait pas quitter Garrucha et il s'apprêtait à aller lui dire adieu, le cœur lourd. Mais elle était là. Alors Manuel se pencha et lui offrit son dos pour qu'elle s'y accroche. Comme il l'avait fait pour sa femme et ses filles le jour de la crue, il aida la vieille femme à traverser sans se mouiller. Manuel revint, prit son épouse dans ses bras et la porta jusqu'à la grande barque où Juan avait du mal à répartir le poids des enfants excités. Il la déposa tendrement sur les planches. Isabel se caressa furtivement le ventre en se redressant. Elle attendait un nouvel enfant. L'air était bon et la voile bien tendue. Derrière eux, la plage et le village fuirent rapidement. Les Canuto ne leur accordèrent qu'un coup d'œil. Ils préféraient regarder droit devant. Les villageois mirent longtemps avant de se disperser.

Le temps était propice au cabotage le long des côtes du Levant. Pour les enfants, c'était une fête, pour les parents, un soulagement. Isabel, neuf ans, avait fort à faire, s'occupant des plus jeunes. Garrucha, Alicante, Valencia, Tarragona : jour après nuit, le vent semblait vouloir les porter le plus vite possible vers Barcelone, l'orgueilleux phare de la Catalogne. Ils prirent peur lorsqu'un cadavre lardé par le bec des mouettes se glissa dans leur sillage. Loin des eaux côtières, les cuirassés se livraient des batailles de mitraille et de torpilles. La gaffe de Juan parvint à ramener à bord une caisse de provisions. Il y avait de la viande en conserve, des abricots au sirop. Et puis les rondelles jaunes d'un fruit délicieux, l'ananas, qu'ils se partagèrent, émerveillés.

– Vous verrez, mes enfants, là où nous allons, ce sera ananas tous les jours, s'exclama Manuel.

Aujourd'hui Garrucha n'a plus rien de commun avec le coin miséreux des années soixante-dix. Les jetées et le *paseo* maritime éclairés design abritent des bars de nuit pour les yachts de luxe relâchant entre Ibiza et Marbella. Les mafieux russes ont investi dans les marinas, les golfs et les complexes hôteliers à cinq mille chambres. Les pauvres de jadis sont devenus riches. La municipalité est connue pour être l'une des plus corrompues de la côte andalouse. Sur Internet, Garrucha a oblitéré son passé. Elle se targue d'avoir été, au début du XXe siècle, le petit San Sebastian de l'Andalousie avec ses maisons de maîtres construites grâce aux dividendes des mines de Rodalquilar et les conserveries de ce qui aurait été en 1910 le premier port de pêche de l'Andalousie. La guerre civile a éliminé dix pour cent de la population du sud de l'Espagne. Les témoins morts font les trous de la mémoire collective.

J'appris plus tard que les discussions enflammées entre les Canuto locaux et mon grand-père Antoine avaient pour but de lui faire acheter des hectares de terrain. Il aurait pu faire fortune avec cette nouvelle Andalousie où le soleil transforme tout ce qu'il brûle en or, surtout les caillasses. Mais Antoine ne donna jamais suite. Pour quoi faire ? C'était si loin cette côte calcinée entre Almería et Carboneras. Et il n'était plus misérable.

Miravet, Catalogne – 1917

Cette année-là une autre famille se mit en chemin pour Barcelone : les Vives. Rien n'est plus différent que ces deux lignées : autant les Canuto Serrano sont des noirauds tannés par le soleil qui souligne leurs origines maures, autant les Vives, issus du nord rural, ont le teint laiteux. Ils sont aussi moins nombreux. Après avoir voyagé toute la nuit dans une carriole afin de rejoindre la gare de Tarragona, ils ont pris quatre billets de troisième classe. Pour Juan Bautista, le père, pour Teresa, son épouse ; pour la fille aînée, naturellement prénommée Teresa, et pour Antonio, onze ans.

C'est un enfant maigre, à la peau tavelée de taches de rousseur. Il y a du roux dans cette famille ; roux comme l'était Ésaü, le fils aîné d'Isaac dans l'Ancien Testament. Les Vives sont un peu juifs par leur bisaïeule Tomasa, une native d'Ibiza où nombre d'israélites trouvèrent une sécurité précaire après leur conversion forcée au XVIe siècle. Peut-être descendent-ils de Juan Vives, l'humaniste persécuté par l'Inquisition à qui l'on imposa de déterrer les os de ses parents afin de mieux les brûler. Du sang juif chez les Vives, du sang maure chez les Canuto Serrano : en Espagne la tragédie des ancêtres a forgé les familles dans un même creuset de souffrances.

Mariée à un paysan de Catalogne, la Tomasa eut beaucoup d'enfants qui en eurent à leur tour pléthore.

De sorte que dans le village de Miravet qui domine le cours capricant de l'Èbre, on les compte par dizaines, les Vives. Il y a le Vives tailleur, le Vives charpentier, le Vives rôtisseur, le Vives officier… Chacun a endossé le nom de son métier en donnant naissance aux branches Vives Sastre, Vives Fuste, Vives Parralet, Vives Guerra.

Juan Bautista Vives i Presculi s'enorgueillit d'avoir, lui, procréé une lignée bien droite et bien redondante, conséquence de son mariage avec une cousine Vives i Treig. Le patronyme de la mère étant en Espagne accolé au patronyme du père, leurs enfants sont donc de purs Vives i Vives. Un sujet de fierté, mais aussi de malheur. S'il n'y avait pas assez de proximité entre ces cousins pour devoir demander une dispense de mariage, la redondance des gènes endeuilla leurs premières années. Un premier garçon mort-né, deux filles dont une trisomique et deux autres garçons disparurent en bas âge. Enfin naquit un sixième enfant, Teresa. Mais une fille, ce n'était pas satisfaisant. Juan Bautista n'eut de cesse de procréer un mâle viable. En 1906 arriva Antonio Septimo, le septième.

Miravet, à l'époque, ne se remettait pas d'une épidémie de phylloxéra. Dans la vallée de l'Èbre, les terres se fatiguaient et la misère s'aggravait. Ruinés, affamés, les foyers avaient vu se multiplier les diarrhées estivales fatales aux nourrissons. Le couple Vives n'appartenait pas à la paysannerie, plutôt à un embryon de petite bourgeoisie. La mère avait fait assez d'études pour être institutrice, le père était mercier. Mais à qui enseigner si les enfants sont mis à travailler dès le plus jeune âge ? À qui vendre du tissu quand les clients n'achètent plus ? Alors, comme des centaines d'autres, ils décidèrent de partir vers la métropole.

Juan Bautista époussette la poussière de son costume trois pièces. Le col et les manches de chemise ont été dûment amidonnés par son épouse avant de quitter Miravet. Il a l'élégance pauvre, mais opiniâtre, de l'hidalgo. Un chapeau mou barre le dessin très vertical de son long visage. Les poils de sa fine moustache sont jaunis par l'usage intensif du *señorito*, le petit cigare. Sur le quai de la gare, il fait le coq, scrutant les jeunes femmes.

Assise sur un banc, son épouse soupire. Taciturne, fatiguée par les ardeurs égoïstes d'un mari qui n'a que faire de ses déchirures intimes, elle serre fortement la main de sa fille. L'abricot du visage et la finesse des attaches promettent la belle plante. Sa mère ne sait que trop ce que lui réserveront les hommes. Antonio tourne autour d'elles, assaillant sa mère de questions relatives aux rails, à la pendule et à la couleur des bancs.

– Tiens-toi tranquille ! Et tais-toi un peu ! Ô Bautista, ton fils me fera mourir !

C'est un gamin agité que les torgnoles ne calment que quelques instants.

– Mon fils est curieux de tout. Il tient de moi !

Mari et femme échangent un regard froid.

Le coup de sifflet suspend la frénésie du garçon. Une bête fumante pointe son œil jaune et sa barbe triangulaire. Antonio est fasciné : sa première locomotive ! Elle ralentit dans des nuages de vapeur, s'arrête. Sans attendre personne, le garçon grimpe dans le wagon, s'attribue un banc et met aussitôt la tête à la fenêtre.

Teresa attend que son époux prenne les deux valises, un geste qu'il n'accomplit qu'à contrecœur.

– Vite, papa ! vite ! crie Antonio. Sa sœur vient se blottir à son côté, laissant bien volontiers les parents à leurs chamailleries.

Les voyageurs observent ces nouveaux venus poussant leurs valises dans l'allée ; le père à l'élégance flétrie, sa femme en noir paysan et leurs deux gosses mal attifés, pantalon et chemise rapiécés, jupe grisâtre. Le wagon s'ébranle rudement. La poitrine de Teresa bascule vers le nez d'un ouvrier, ravi. Juan Bautista aide sa femme à se redresser. Les deux hommes échangent un clin d'œil.

Le couple prend place sur la banquette de bois, face aux enfants amusés par les haillons de vapeur crachés par la locomotive. Dans un tintamarre épouvantable, elle s'engage au-dessus de l'Èbre verdâtre. La courbe du viaduc donne le vertige. S'il n'y avait la rambarde de protection, Antonio aurait l'impression de voler. Le soleil irradiant l'horizon immense n'a jamais été si glorieux. Les embarcations des pêcheurs semblent des fourmis. Ses yeux se perdent au loin sur le delta du fleuve, la mosaïque des rizières, les îlots de saules, les méandres argentés qui vont se confondre avec une bande bleue : la mer. C'est une autre première pour le frère et la sœur. Ils courent vers les fenêtres. Les parents laissent faire, émus. Une femme, à qui la jeune Teresa écrase les pieds, s'énerve :

– Paysanne, va !

La mère se rengorge :

– Et alors ? On en vient tous !

Le train a pris de la vitesse. Avant chaque tunnel creusé dans le calcaire des collines, la locomotive stridule. La voie ferrée coupe les villages en deux. Sur la plaine poussent les premières usines. Le bâti mange la végétation. Les squelettes de métairies, les arbres écorchés, les chemins de scories se multiplient. Le train croise des congénères accourus par d'autres rails. Certains saluent avec des panaches hurleurs, d'autres somnolent, bêtes fumantes. Un chaos de wagons se précipite aux fenêtres avant de disparaître. Les eaux charrient une fange de dessins fantasques. Les étangs ont des teintes bizarres : mauve moiré, brun orangé.

Autre tunnel et nouvelle plaine fuligineuse. Des monstres rougeoient derrière des tuyaux. Entraperçues dans l'obscurité des hangars, des enclumes gigantesques broient du feu en crachant des bouquets d'étincelles. Elles sont aussitôt perdues de vue, mangées par des monceaux huileux de plâtras blêmes et de moellons brisés.

Au loin veillent les protubérances rocheuses du massif de Montserrat. Des cheminées défilent, dressées comme des clochers de cathédrale. Les magnats du charbon et de l'acier encensent par leurs nuages industriels la montagne à la Vierge Noire, celle que les Catalans vont prier dans l'union du repos dominical. Puis c'est le Tibidabo, l'avant-dernière colline avant Barcelone. Son profil de sein plantureux répond à la montagne mariale. Le nom, en catalan comme en latin, dit : *Je te donnerai.*

Des cités textiles habillant les armées d'Europe surgit la multitude ouvrière. Par dizaines, elles ont fleuri le long de la rivière Llobregat, depuis Manresa où Ignace de Loyola mangea sa merde un an durant afin de mieux parler au Seigneur, jusqu'à l'embouchure où l'on fait fortune des excréments de Barcelone, recyclés en engrais pour les potagers de primeurs. Dans le wagon, les femmes se mettent un mouchoir sur le nez. L'odeur amuse les enfants :

– Papa, c'est toi qui as pété ?

Un ultime tunnel, et le train débouche dans un canyon où les maisons paraissent avoir poussé les unes sur les autres. Des draps gris flottent aux murailles de balcons. Tout là-haut, le ciel bleu n'est plus qu'un étroit ruban. Puis le train s'enfonce sous la ville avant de ralentir avec un cri d'acier qui laisse Antonio les tympans engourdis.

Les gens se pressent hors des wagons, sous la lumière blanchâtre des arcs voltaïques éclairant la gare souterraine du Passeig de Gràcia. Pour les villageois, c'est la stupéfaction. Sur les Champs-Élysées de Barcelone, les demeures Art nouveau tordent leurs façades de céramique. Des châteaux médiévaux les jaugent du haut de leurs tourelles. L'avenue est sillonnée de tramways jaune canari. Teresa mère et fille, guidées par un Juan Bautista qui en a vu d'autres, y montent avec appréhension.

Il a connu l'Amérique et New York. Juan Bautista a même tenté de s'y établir. Mais il en est revenu. L'homme n'était pas fait pour le nouveau continent. Teresa n'a jamais pu lui arracher la raison de son retour, toujours argumenté d'un « les Américains ne m'ont pas plu, ils vont trop vite. » Elle ne lui a jamais rétorqué que lui se levait trop tard, qu'il passait bien trop de temps à se tailler la moustache en sirotant son café, hésitant longuement quant au choix de ses cravates élimées. Combien avait-il passé d'heures à réellement travailler dans l'échoppe de Miravet ? C'est elle qui l'ouvrait aux premières heures et la fermait au retour de monsieur, tard le soir, après la partie de cartes. C'est pour pallier sa paresse qu'elle avait cessé d'être institutrice. Mais elle avait le secret espoir de recommencer, ici, à Barcelone.

Juan Bautista déguisait son échec derrière un sourire dédaigneux quand on évoquait New York, mais il y avait appris comment se comporter dans une métropole moderne. Un cousin de la lignée Vives Parralet, invétéré joueur de cartes, lui avait obtenu un rendez-vous dans les grands magasins El Siglo, au rayon cravates et boutons de manchettes. Juan Bautista, qui se voulait le dandy de Miravet, s'y était présenté deux semaines auparavant. Malgré ses vêtements un peu passés, on l'avait estimé avoir toute l'élégance futile nécessaire à un poste de vendeur.

Antonio s'est posté à l'arrière du tramway qui descend en fracas vers la vieille cité. Les rues se resserrent, de plus en plus populeuses entre les façades noirâtres. Au Siglo, on avait indiqué à Juan Bautista une petite rue derrière le parc de la Ciutadella où les appartements étaient bon marché. 13 *carrer*[1] dels Flassaders, Juan Bautista avait loué un étroit meublé au quatrième sur rue.

Le quartier, fruit de la spéculation immobilière de l'Exposition universelle de 1888, avait été construit vite et mal. L'enfilade de façades tape-à-l'œil séduisit à l'époque les milliers de visiteurs internationaux. Ils ne firent qu'y passer, sans pousser les portes pour juger de la qualité du bâti et peu curieux de ce que cachaient ces quelques façades de théâtre : le très ancien quartier du Born, antichambre de la misère.

Avec ses stores verts, ses pots de fleurs et ses cages à oiseaux, la rue semble mener étage après étage une vie de jungle suspendue. Elle forme un canyon si étroit que même une carriole à bras y passe avec difficulté. L'intérieur du numéro 13 est caverneux. Le linteau de porte indique 1780 comme date de construction. Sur la rue, une épicerie quincaillerie côtoie un couloir à la peinture en lambeaux. Les escaliers sont fendus malgré le soin qu'en prend le concierge qui accueille, la serpillière à la main, les Vives. C'est un petit homme très gras, avec des bésicles et une veste mal fermée dont les boutons dépareillés n'échappent pas à Juan Bautista. Après avoir délesté la jeune Teresa de son balluchon, le concierge qui tient aussi l'épicerie les précède péniblement jusqu'au quatrième étage, maudissant à chaque palier son emphysème.

1. La rue, en catalan.

Madame mère grimace en découvrant le couloir fétide desservant les deux minuscules chambres sans fenêtre et le salon sur rue où le papier cloque. Dans la cuisine graissée par des générations de locataires, un énorme cafard déguerpit le long des plinthes. Teresa rassure sa mère.

– Maman, nous allons nettoyer tout ça.

– Oui, il y a un peu de travail à faire mais avec un coup de peinture, ça ira, déclare Juan Bautista en s'installant dans un fauteuil qu'il désigne par là comme devoir être le sien.

– Les meubles sont propres, la literie désinfectée. Ni puces ni punaises. Les précédents locataires n'avaient pas d'animaux.

– Ils ne les aimaient pas, et ils n'avaient pas d'enfants non plus, glapit une voix dans le couloir.

La porte ouverte a attiré une femme au chignon colossal, le visage rond comme une pomme d'api, tenant dans ses bras un matou tigré.

– Euh… je vous présente la señora Emilia… commence le concierge.

– Votre voisine de palier. Bienvenue, bienvenue ! Oh, c'est là votre fille ? Dieu qu'elle est mignonne ! J'habite ici depuis dix ans. Si je puis vous être utile. Mon défunt mari était ferblantier, un bon artisan.

La señora Emilia furète dans le meublé, commentant tel ou tel détail, déplorant le mauvais état du papier peint, mettant en garde contre la robinetterie, bruyante :

– S'il vous plaît n'ouvrez pas l'eau après dix heures le soir…

Teresa est mise au courant de la vie de l'immeuble.

– Au premier vit une fille seule, si vous voyez ce que je veux dire… triste profession ! Au second un couple assez fréquentable. Sa femme, ah mon Dieu, quelle tristesse ! Ils ne peuvent avoir d'enfant. Ce n'est pas faute d'essayer. Tenez, dimanche dernier…

– Señora Emilia, je vous en prie, laissons les Vives s'installer, l'interrompt le concierge.

– Bien sûr, bien sûr, que je suis sotte. Et bavarde, bavarde ! n'est-ce pas, Toti ? Toti c'est mon chat. Je vous laisse. À plus tard, je vais faire un gâteau pour fêter votre arrivée.

– Señora, ne vous donnez pas cette peine…

– Mais si, mais si, voyons. Je suis sûre que les enfants aiment les gâteaux, n'est-ce pas mon petit ?

Mais Antonio est sur le balcon, scrutant les alentours.

– Mon Dieu non ! Qu'il fasse attention ! Ce n'est pas bien solide.

La loquace Emilia finit par quitter la place suivie par le concierge qui leur remet les clés.

– Excusez-la ! Mais la mort de son mari, ça lui a fait comme une deuxième vie…

Durant le repas, une soupe aux lentilles et un bout de jambon, les Vives retrouvent leurs marques, silencieux. Se nourrir est chez eux un cérémonial triste. Teresa la mère est en cuisine. Après avoir servi la maisonnée, elle mange debout son brouet à elle : du pain rassis dans de l'eau coupée de vinaigre. Jamais elle ne partage la table avec ses enfants et son mari.

Juan Bautista lit le journal tout en buvant son café qu'accompagne l'indispensable petit verre de cognac. Il est indifférent au babil des enfants tant qu'ils ne dérangent pas sa lecture. Le frère et la sœur ont établi entre eux un système de gestes, de regards échangés et de pieds sous la table, qui échappe au géniteur. Après avoir débarrassé la table et essuyé le peu de vaisselle, ils sont envoyés dormir. Alors le père prend son chapeau, ses gants, et sort pour la promenade du soir. Son épouse n'y est conviée que le samedi en nocturne et le dimanche, après le déjeuner.

Teresa mère ne reste pas seule longtemps. Emilia apporte un gâteau roulé plein de crème et pas assez cuit tant fut pressant son désir de faire plus ample connaissance avec madame mère. Teresa se force à lui rendre hommage, puis Emilia l'entraîne chez elle.

Les enfants sont dans leur chambre sans fenêtre. Ni Teresa ni Antonio ne peuvent s'endormir. Le lit qu'ils partagent est humide, les murs sentent le moisi. L'immeuble, bruyant, suinte de palabres et de cris. Quelqu'un range bruyamment des casseroles. Les rumeurs de la ville, au loin, sont attirantes. Elle est si grande et l'appartement si petit ! Antonio n'y tient plus.

– Teresa, je veux sortir !

– Tu ne peux pas, tu es trop jeune.

– Mais non. Je n'irai pas loin. Et je n'ai pas sommeil. Dis, tu ne cafteras pas ?

– Tu sais bien que non. Où veux-tu aller ?

– Dehors, voir ce qu'il y a…

– Mais si maman revient, elle s'apercevra que tu n'es pas dans le lit !

– Non ! Écoute, voilà ce qu'on va faire…

Cinq minutes plus tard, Antonio est dans l'escalier, pieds nus, ses galoches à la main. Sa sœur complice a glissé le traversin à sa place pour faire croire qu'il dort, au cas où un œil viendrait s'enquérir de leur sommeil, ce qui n'arrive jamais, sauf en cas de fièvre.

Au village comme à la ville, les portes sont rarement fermées. Le concierge est là, qui veille à la bonne tenue de la maison. Seule la porte sur la rue a droit à un tour de clé.

– Dès que sonnent dix heures à Santa Maria del Mar, l'entend-il dire à son père qui fume un cigarillo dans l'échoppe. Encore une goutte d'anis, señor Vives ? Parlez-moi de New York…

À quatre pattes, Antonio passe sous la vitre donnant sur le couloir. Il s'y faufile. Il attend d'avoir parcouru quelques mètres de rue pour enfiler ses galoches lorsque, d'une encoignure, surgit un gamin, cigarette au bec. Il n'est guère plus âgé, mais avec sa casquette, les mains dans ses poches, il se donne des airs de petit homme.

– Eh toi, là ! T'es qui ? Où tu vas ? On t'a laissé sortir de ton étable ?

Antonio force le pas, suivi par le gosse railleur.

– Qu'est-ce que t'as fait de tes moutons ? La machine à refouler les péquenauds, elle était en panne qu'elle t'a laissé passer ? Tu pues encore la crotte !

Antonio n'est pas du genre à s'en laisser causer. Il accélère le pas, attend d'avoir tourné la rue pour toiser l'autre, qui le gifle. Antonio réplique d'un coup de poing. Ils sont vite par terre. Le péquenaud coince les épaules du gamin crâneur entre ses genoux.

– Ça va, ça va ! C'est bon… t'as gagné.

Pas rancunier, Antonio l'aide à se relever en lui tendant la main.

– T'es peut-être un bouseux mais t'es pas une mauviette. La vache, t'as une sacrée droite, comme Uzcudum !

– Uzcudum ? C'est qui ?

– Le boxeur.

– Jamais entendu parler de lui.

– Normal, vu d'où tu viens.

– Quoi ?

– Ben y a qu'à te regarder. Ton futal, on dirait de la toile à matelas. Et ta chemise, on te l'a taillée dans un sac à patates ? Pff ! ricane le gamin en époussetant sa casquette qu'il repositionne, visière en arrière. Pas grave, je vais m'occuper de toi ! (Il lui tend la main.) Moi c'est Faustino !

– Antonio !

– Mouais, m'est avis que Toni ça serait mieux. Ça sonne vrai catalan. T'es à Barcelone, mec. Et t'allais où comme ça ? Je parie que tes vieux, ils savent pas que t'es dehors.

– Ben…

– Normal, y a que dans la rue qu'on est bien. Allez, suis-moi. On va faire un tour.

Deux heures plus tard, ce qui ressemble à une dispute d'ivrognes réveille le carrer dels Flassaders, des numéros 7 au 15. Antonio et Faustino, les fesses piquetées par la baïonnette d'un brigadier aviné, sont ramenés à grand bruit. Avec sa crosse, l'homme tambourine à la porte du 13.

– Montsé ! Montsé ! Viens donc récupérer ton gosse. Les anarchistes ont bien failli l'avoir !

À ce mot d'anarchistes, des voix inquiètes s'élèvent, les fenêtres claquent, les stores sont violemment remontés, des têtes surgissent. Une lanterne à la main, le concierge ouvre prudemment.

Derrière lui, l'immeuble est en émoi.

Antonio pleure, Faustino hurle :

– T'es pas mon père ! Fiche-moi la paix, je fais bien ce que je veux !

– Si je l'étais, je ne te laisserais pas sortir à pareille heure ! lance le brigadier.

Une matrone, les cheveux en papillotes, se précipite dans la rue pour flanquer une retentissante torgnole à Faustino.

– Tiens, ça c'est pour avoir réveillé tout le monde !

D'un revers de main, elle lui en administre une seconde.

– Et celle-là c'est pour m'avoir menti ! Où sont les cigarettes que tu devais me ramener ?

– Il les fumait tranquillement en rigolant avec celui-ci, dit le brigadier en poussant Antonio devant lui. Après il y a eu cette explosion au café Colón.

– Mon Dieu ! Est-ce qu'il y a eu des morts ? s'inquiète Emilia.

– Non. L'anarchiste s'est juste arraché le bras en allumant son gros pétard, ricane le militaire.

– Le pauvre, murmure le concierge.

– Ah vous, toujours du côté des sans chemise ! Vous voulez donc la fin du monde ! s'indigne Emilia.

– Non madame, seulement un peu plus de justice ! Monsieur le brigadier, sait-on qui était cet homme ?

– Sans doute un gars de la campagne vu son accoutrement. Béret et chemise ouverte, la folie dans les yeux et une barbe de quatre jours ! Blessé comme il est, il sera bientôt mort.

– Au moins on ne le torturera pas au fort de Montjuich comme les autres !

– Tu vois, Faustino, toi aussi tu finiras comme ça, les ongles arrachés l'un après l'autre, si tu continues à traîner avec n'importe qui !

Montsé, la matrone, a désigné, furibonde, le petit Antonio.

– Voyou, graine de voyou ! Regardez-moi cette dégaine ! Mon fils, mais quelle fréquentation ! D'où est-ce qu'elle sort, cette vermine-là ?

– Mon Antonio n'est pas n'importe qui, madame ! C'est un Vives i Vives ! (Teresa mère s'est interposée.) Je vous interdis de salir notre nom !

– Ah, c'est vous les paysans arrivés cet après-midi !

– Oui madame, quelque chose vous gêne ? Mon fils n'a jamais rien fait de mal... Et il vaut sûrement bien mieux que le vôtre !

Montsé change soudain d'interlocuteur.

– Merci, Joselito, merci ! Sans toi qu'est-ce qu'une pauvre femme seule deviendrait ?

Sa voix s'est faite tout miel. La moustache du brigadier frémit. Il bombe la poitrine, remonte la ceinture blanche qui lui cintre la taille.

– Femme seule n'est pas bégueule ! lance une voix de fausset depuis la pénombre. Montsé flanque ses mains sur ses hanches et adresse un regard crâne à la cantonade.

– Quelqu'un a quelque chose à dire ? Qu'il le fasse sans se cacher, face à face !

– Allons, calmez-vous señora, l'implore le concierge. Nous vous connaissons bien. Tout le monde vous estime.

D'autres têtes sont aux fenêtres, emplissant la rue d'une rumeur inquiète. La nouvelle de l'attentat anarchiste s'est répandue. Encore une poussée sanglante dans la Rose de feu, ainsi que toute l'Espagne surnomme Barcelone à cause de ses violences politiques.

– Quand même, qu'est-ce que c'est que ces sous-entendus ? Fort désobligeants pour une honnête femme !

– Allons, allons ! Il faut rentrer. Nous réglerons cela à l'intérieur. Je ne veux pas d'attroupement devant la porte. Si le señor Millà, notre propriétaire, venait à l'apprendre !

Défendu publiquement par sa mère, Antonio se souviendra longtemps de sa première nuit. Juan Bautista, rentré peu après, est mis au courant de l'algarade.

– Tu sais ce qui t'attend ! Lève ta chemise, dit-il en dénouant sa ceinture. Penche-toi sur la table.

Dix coups tombent sur les reins du gamin qui serre les dents. Ni hurlements, ni supplications : la raclée est dans l'ordre des choses.

Plus dure s'annonce la punition de Teresa mère.

– Demain matin, nettoyage de l'appartement et interdiction de sortie !

Dans le lit, tout en frottant ses reins endoloris, le petit Toni, ainsi qu'il demande à sa sœur de l'appeler désormais, lui conte ses aventures.

Pas très loin d'ici, il y a les ruines d'un couvent que Faustino lui a dit, non sans orgueil, avoir été incendié par les *descamisats* le jour de sa naissance. Teresa en est toute effrayée. Brûler des édifices religieux, quelle impiété ! Au sortir des sombres venelles du Born, Antonio est resté un instant ébloui par la perspective du carrer de la Princesa avec ses luminaires pareils à des fruits aveuglants. À partir de là les maisons ne cessent de grandir. Dans certaines, en construction, la pleine lune joue entre les fenêtres béantes comme dans les ruines du château de Miravet, mais si hautes qu'à côté il ressemble à un tas de sable. Ensuite ils avaient poussé jusqu'à la Plaça de Catalunya, immense et pleine de monde. Faustino s'était posté en face du café, voulant voir comment les bourgeois étaient habillés. Il avait allumé une cigarette en prenant de grands airs. Lui, il avait essayé, mais il s'était étouffé. C'est alors que l'explosion s'était produite, puis les cris et la cohue. Quelqu'un l'avait pris par l'oreille et tiré loin de la foule. La suite, tout l'immeuble la connaissait. Et il s'endormit, plutôt fier de lui.

Barcelone – 1917

Comme ils se sentent petits dans leur barque ! Que le port est immense et dangereux ! Des navires aveugles ont menacé de les faire chavirer plusieurs fois tandis que la mer, grise dans l'aube indécise, se couvrait d'un nombre croissant d'embarcations.

Les colonies espagnoles, accourues de tous les ports de Méditerranée et de plus loin encore, captées comme en des rets, s'acheminent par paquebots et nefs vers les docks bondés. Bois exotiques d'Argentine et du Chili, tabac et sucre de Cuba, voyageurs des Baléares, du Maroc et des Canaries nourrissent le sang de Barcelone, riche d'êtres et de commerce. Cela sent l'or, cela suinte la rapine. Elle les guette au petit jour depuis le quai où piétinent les marchands de sommeil et les détrousseurs à l'affût de la plèbe d'Espagne attirée par l'Eldorado industriel.

À bord de *Luz*, des sentiments partagés courent sur les visages. Les enfants sont ébahis par la statue de Christophe Colomb dominant le port, l'édifice mauresque des Douanes, les lignes austères des casernes. Voici leur but après ces journées de cabotage. Juan, anxieux, manœuvre à vue sur les eaux encombrées. Manuel se tait.

Il ne sait que répondre aux incessantes questions de son épouse et de sa mère.

– Comment trouver la rue où habite ma sœur ? Pourra-t-elle seulement nous loger ?

– Que comptes-tu faire à présent, Manuel ?

– On verra bien ! On était d'accord pour partir. Il n'y avait pas d'autre choix.

Un matelot les a repérés, jugeant les capacités de l'adolescent basané qui louvoie entre les coques. Plutôt habile, avec toute sa tribu entassée à bord. Combien sont-ils ? Une vieille et un couple, trois fillettes, deux garçonnets. Vite, vite, il se précipite dans leur direction avec de grands gestes.

– Qui c'est ?

– Je ne sais pas, père, mais dirigeons-nous vers lui. Il me désigne un bon emplacement.

Le matelot lance une corde que Manuel attrape. *Luz* accoste doucement.

Les Canuto mettent le pied sur une terre où l'on ne leur accorde guère d'attention, sauf ce matelot empressé.

La grand-mère connaît l'adresse de sa sœur, carrer de Jaume Giralt.

– Moi Jaume, moi aussi je m'appelle Jaume, leur fait-il comprendre.

Il s'est adressé à eux en catalan. Ils parlent l'andalou. Tant bien que mal, ils s'accordent.

– Loin, c'est loin d'ici, signifie le matelot en montrant la brèche d'une ruelle sombre entre les immeubles du port.

Puis il tend la main. Mais les Canuto n'ont rien à lui donner. Le matelot contrarié hausse les épaules. Il jette un œil sur la barque, se gratte un instant le menton. Finalement il leur fait signe de l'accompagner. Juan hésite.

– Père, on ne va pas laisser *Luz* sans surveillance. C'est notre seul bien. Suivez-le, il va vous mener vers la tante. En attendant je reste ici, avec la barque.

– Tu es raisonnable, mon fils. Dès que nous l'aurons trouvée, je reviendrai.

Une odeur de fiente et de poisson mort les prend à la gorge dès qu'ils pénètrent le Born et son dédale de ruelles noirâtres. Des mendiants émergent lentement des tas d'ordures. Ils sont contre les murs comme les pierres qui les constituent. Des petites vieilles tassées sur des chaises se recroquevillent dans leurs fichus. Un gamin à l'œil éteint dépose le volet d'une échoppe miséreuse. Il sort un panier avec quelques pommes ratatinées qui ont l'air d'oranges flasques. Ah ! si seulement c'était des oranges, quelle richesse ce serait !

Le linge pendouille sur des fils tendus de part et d'autre par des femmes au regard soucieux. Leurs hommes sont partis avant l'aube vers les fabriques textiles, les abattoirs, les fonderies. Ceux qui n'ont pas de travail sont assis par terre. Leur visage est hâve et leur barbe bleue d'être rasée au couteau. Ils fixent les Canuto avec le regard brûlant de qui souffre la fièvre de la faim. Des rats gros comme des chats détalent sur les pavés. Le marin s'enfonce d'un pas assuré entre les maisons lépreuses qui se resserrent, étouffantes.

Sans l'aide de Jaume, ils n'auraient pu trouver le carrer de Jaume Giralt parmi toutes ces venelles boueuses où s'épandent les habitats sordides. Il ne s'agit même pas d'une rue, mais d'un terrain vague traversé par un ruisselet où trottent des cochons.

La mère serre les dents.

– Jésus-Marie-Joseph, pourquoi être partis ? C'est bien pire que là-bas…

Retrouver la tante Lucia soulage un peu son dépit. C'est une femme boulotte avec un chignon noir comme la poix, la taille et les jambes serrées dans une jupe grise qui ne laisse voir que le bout de ses souliers. Elle habite une pièce au premier étage, vivotant de travaux de couture accomplis pour son compte, chez des patronnes et chez elle. Elle s'est précipitée pour les serrer tour à tour entre ses bras maigres, caressant le visage des enfants avec ses mains piquées par les coups d'aiguille. Ses yeux sont pochés par les nuits passées sur l'ouvrage, mais ils ont cette vivacité nerveuse des gens de la ville.

Des nouvelles du pays, il n'y en a plus à donner : il est là, tout entier, solidaire. Lucia leur a trouvé un local pas très loin.

– Oh, rien de très reluisant, vous verrez. Les précédents occupants sont morts il y a deux mois et depuis personne ne veut le reprendre. J'ai obtenu un loyer très bas.

– Morts ? Mais de quoi ? demande sa sœur.

– De la grippe. Vous n'en avez pas entendu parler ?

– Non…

– Une horreur, mais elle tue plus de Catalans que d'Andalous, ricane-t-elle. Je les ai soignés et je n'en suis pas morte. Allons, ne vous inquiétez pas. Ça fait de la place !

– Lucia, comment peux-tu dire ça ? lance la Juana qui s'est signée, horrifiée. Toi qui étais si douce, si charitable…

– Eh quoi, Juana, on y passe tous un jour ou l'autre. Que t'importe ! Charitable, je le suis restée, mais pas pour tout le monde. Ici, vous verrez, il faut choisir son camp. Allons, venez ! Tout a été passé à la chaux pour tuer les miasmes. Et j'ai brûlé du souffre pour désinfecter.

Situé de plain-pied sur une rue coudée, le carrer del Corretger, la pièce unique est aveugle. Il y a bien une sorte de mezzanine, mais cela ne représente que la moitié de ce dont ils disposaient à Garrucha. Ils s'y serrent tant bien que mal. Le propriétaire des cochons donne de la paille, Lucia apporte des couvertures confectionnées avec des chutes de tissu.

Dans la nuit, un orage s'abat sur la ville. Ce coin de Barcelone se souvient brutalement qu'il était jadis une zone de marais recevant les alluvions des collines. Les Canuto sont réveillés par la brusque montée des eaux. En urgence, ils se retirent sur la mezzanine tandis qu'Isabel et les plus petits trouvent refuge chez Lucia.

Faute de place, Juan reste dormir dans la barque jusqu'à la naissance de Manolo, début octobre. Tout l'été, le jeune pêcheur a veillé sur leur bien commun. Juan est courtois et travailleur, prêt à rendre service mais pas à se faire rouler. Il s'est imposé parmi les gars du port où nul n'a songé à voler l'embarcation ni à lui chercher noise.

À la naissance de son troisième frère, venu sans difficulté et accouché par la Juana, une place se libère dans la pièce sordide. Car le quartier, situé entre le marché de Santa Caterina et celui du Born, est infesté par les rats. Chaque nuit, ils furètent sur les pieds. Les mères savent que les rongeurs ont un goût prononcé pour les nouveaux-nés. Prudente, Isabel part donc coucher avec le bébé chez Lucia qui cède son lit et dort par terre, sur une paillasse.

L'hiver leur est terrible. Dans le réduit du carrer del Corretger des auréoles marbrent les murs que le salpêtre encroûte. Il faut veiller à ce que les enfants ne le mangent pas. Tout moisit. Lorsque souffle la tramontane, Juana réchauffe l'air quelques instants en brûlant de l'alcool dans une casserole. Après on s'emmitoufle dans ce qu'on peut, on dort les uns contre les autres pour garder la chaleur. La promiscuité est pénible, le repos difficile.

Manuel n'a guère eu de mal à trouver à s'employer dans une fonderie, au nord, vers Mataró. Les hauts-fourneaux ne refroidissent jamais. Le salaire est maigre :

deux pesetas par jour pour dix heures de travail. Sur la table, la pitance est rare. La tante Lucia n'a pas décrit dans sa lettre les incessantes crises de subsistance que connaissent les grandes villes.

Neutre dans la guerre, l'Espagne en subit le contrecoup. Les paysans français envoyés en masse sur le front ne cultivent plus leurs champs. Les liaisons avec les colonies d'Afrique du Nord sont entravées par la marine allemande. L'énorme demande française en farine, sucre, légumes, café, tabac et vins précipite la spéculation. Les premiers touchés sont les Espagnols dont la production est exportée, ou passée en contrebande tant les marges sont prodigieuses. Dans les campagnes on possède parfois un jardinet, mais en ville, rien.

Les Canuto ont la chance d'avoir Juan le pêcheur. Il ramène le produit de son labeur qu'il n'a pas de mal à vendre sur les quais. Il garde parfois un peu de poisson. C'est alors jour gras. La mère réussit à nourrir son monde avec du pain rassis, de la cassonade et de l'huile qui font des beignets bourratifs. Il y a aussi les brisures de riz et les légumes ramassés en fin de marché, selon l'immémorial droit de glane prescrit par le chapitre 23 du Lévitique. Et les poubelles.

Les quelques pesetas amassées par les deux hommes sont économisées afin de déménager dès que possible du taudis, car chez Lucia qui travaille jour et nuit, avec un enfant en plus, on se gêne.

À l'aciérie Manuel accepte, contre deux pesetas supplémentaires, de travailler le dimanche. Le long des coulées de métal, on le regarde de travers. La jeune CNT[1] vient d'obtenir, par une grève très dure, de ne pas tra-

1. Confédération nationale du travail.

vailler le jour du Seigneur. Cet homme du sud n'est qu'un jouet des patrons, un jaune !

Les Canuto n'ont pas pour autant mis leurs enfants au travail, alors que la majorité des gamins entre en usine à huit ans, malgré l'interdiction légale énoncée par Madrid, mais ignorée par le patronat barcelonais qui accuse le gouvernement central de vouloir étrangler l'industrie catalane. Et il n'y a pas d'inspecteur du travail pour appliquer la loi.

Manuel tient à ce qu'Isabel aille à l'école, obligatoire et gratuite jusqu'à onze ans, où la gamine apprend le castillan et le catalan. Les Canuto savent ce qu'ils ont offert à leurs enfants en abandonnant l'obscure Garrucha pour rejoindre la province la moins illettrée d'Espagne. Isabel lit, Isabel compte et le soir, c'est elle qui enseigne aux siens tandis que sa mère écrase contre la table le gros poulpe violacé, un mets trop dur pour être vendu aux palais délicats, mais estimé des estomacs miséreux. Les dizaines de coups pour l'attendrir sont alors l'occasion d'une leçon d'arithmétique générale.

Le drame arrive un matin de décembre. Manuel se présente devant la fonderie. Comme d'habitude il s'est levé avant l'aube pour accomplir à pied, avec un peu de gruau dans l'estomac, les kilomètres la séparant du Born. Une foule d'ouvriers s'agite devant les portes barrées par un escadron de gardes à cheval.

– Fermée !

– L'usine est foutue !

– L'activité est transférée en Biscaye !

– Il paraît que là-bas on fait moins d'histoires.

– Les salauds ! Les fils de pute ! Qu'est-ce qu'on va devenir ? Forçons les portes !

Mais les gardes tirent leurs sabres. Ils sont si grands sur les chevaux qui piaffent et frappent du sabot. La troupe charge. Les ouvriers se dispersent comme une volée de moineaux. Au lever du soleil, il n'y a plus âme qui vive. Les trois cheminées de l'usine sont froides, les ateliers silencieux, le portail cadenassé.

L'armistice qui a libéré l'Europe vient de sonner la fin du miracle espagnol. Les belligérants n'ont plus besoin d'acier pour leurs chars et leurs canons, ni de charbon, ni de zinc, ni de plomb, ni de ce tungstène qui rend les obus si pénétrants. L'industrie lourde s'effondre. La victoire alliée ne laisse à l'Espagne que la grippe qui tue par milliers. Curieusement, la maladie sévit plutôt chez les bourgeois, ceux qui bâfrent et vivent sans souci.

– Tant mieux !

Manuel retourne au Born en tirant des coups de pied rageurs dans les cailloux. Il refuse le cruchon de picrate que lui tendent certains, ivres et affalés au bord de la route. Il a soudain la nostalgie de sa carriole, du grain qu'il allait vendre même si c'était pour une misère. Une Hispano-Suiza avec chauffeur quitte en trombe l'usine et soulève un tourbillon de poussière en accélérant devant les ouvriers. Les hommes la regardent disparaître, abasourdis. Manuel ne ressent rien, rien qu'une rage qui ne trouve pas ses mots.

Barcelone – 1919

Barcelone est sous les bombes, mais ce ne sont que de sympathiques engins qui mettent le sourire aux visages et font crier les enfants. La nuit de la Saint-Jean et ses feux illuminent les rues. Des pétards sont tirés depuis les balcons. Les étourneaux ont fui les platanes des Ramblas, ils ne fienteront pas sur les capelines des dames qui se pressent à l'entrée du Liceu. La façade de l'opéra de Barcelone, perlée d'ampoules électriques, change de couleur avec les rosaces des feux d'artifice ; lilas, safran, émeraude, amarante. Les robes du soir semblent communier avec ces étoiles éphémères.

Un incessant défilé de voitures dépose sur le trottoir les messieurs en haut-de-forme et leurs épouses qui frémissent à l'explosion des plus gros pétards. Aux entrées latérales, celles qui donnent accès au paradis, les portiers fouillent le populaire, tout en s'assurant de sa tenue correcte, chemise blanche, veste et cravate. Personne n'a oublié que c'est du quatrième niveau du Liceu que Santiago Salvador jeta sa bombe pendant le *Guillaume Tell* de Rossini. Cet anarchiste ne manquait pas de culture : il attendit l'imprécation de Guillaume et Gautier appelant la Suisse à la révolte, *Jurons jurons par nos malheurs de repousser d'injustes maîtres*, pour viser la loge 14. Le premier engin tua vingt-quatre personnes, le second rebondit sur l'embonpoint d'une bourgeoise dont le velours amortit opportunément le détonateur.

Mais ce soir pas de *Guillaume Tell* à l'affiche, ni de *Nabucco* ou de *Vêpres siciliennes* susceptibles d'exciter les velléités révolutionnaires. Le gala de la Saint-Jean propose les *Maîtres chanteurs* de Richard Wagner, un compositeur idolâtré par toute la Catalogne, de la marchande de poissons au moine de Montserrat. Les bons bourgeois de Nuremberg plaisent à la haute société barcelonaise, et tout particulièrement à la famille Güell, de puissants industriels.

Posséder une loge au Liceu ce n'est pas, comme ailleurs en Europe, disposer à l'année de six fauteuils serrés entre des panneaux de bois recouverts d'un même tissu pelucheux. Au Liceu, c'est un véritable appartement et la loge des Güell la plus opulente de toutes. Propriété privée de la famille, elle se constitue d'un coquet salon en bois de merisier, tendu de velours ocre, meublé de fauteuils Art nouveau, de kilims turcs et d'appliques de jade. Un magnum de champagne Eugène Laroche impérial très sec, année 1915, rafraîchit dans un seau de vermeil. Les coupes de cristal et le service de Limoges luisent sur la desserte d'ébène filigranée d'argent.

L'œuvre de Wagner est longue et roborative. Chaque acte paraît avoir été conçu pour entretenir l'appétit. Sur les réchauds de cuivre, les pommes soufflées et le canard à l'orange attendent l'entracte. À minuit, heure raisonnablement espagnole pour souper, on se rendra au très privé Cercle du Liceu, derrière le Salon des Miroirs.

En gants blancs, le maître d'hôtel apprête un plateau de rafraîchissements. D'une main sûre, il remplit les verres de punch à la Dupony pour les dames, de vin de Moscatel pour les messieurs. Puis il soulève l'épais damas séparant le salon particulier de la salle d'opéra et s'incline devant madame veuve Güell y López Bru, plus inquiète du service que de la performance de Lauritz Melchior, le jeune Danois dont c'est la prise de rôle en Walther von Stolzing. À sa droite, le ténor Francisco Viñas, ancienne étoile du Liceu, sirote un troisième vin doux en jugeant de la performance du chanteur. Son autorité, que l'on sait piquante en la matière, ne manquera pas d'amuser la famille dont il est l'intime.

Mais ce n'est ni pour les reparties du chanteur à la retraite, ni pour les *Maîtres chanteurs* que les Güell sont en grand apparat. Cette soirée de haute lice est offerte à la famille Gillet, arrivée il y a peu à Barcelone à bord de *L'Aldébaran,* le yacht de l'empereur Guillaume II.

Les bons bourgeois de Barcelone ne parlent que de cette prise de guerre lyonnaise. L'arrivée du luxueux vapeur a fait la une des journaux saisis d'une fièvre patriotique entretenue par les Comillas, les richissimes amis du défunt compositeur Enrique Granados, coulé avec le paquebot *Sussex* en 1916, malgré une neutralité dûment monnayée.

La présence des Gillet dans la loge des Güell attire les regards du théâtre, ce qui n'est pas pour déplaire à Edmond Gillet, propriétaire d'établissements chimiques et du Comptoir des textiles artificiels, pesant à lui seul quarante pour cent de la production du chlore liquide et cinquante-cinq pour cent de l'industrie française des textiles teints.

Dans les milieux si discrets de la Presqu'île, l'étalage d'un luxe tel qu'un yacht est proscrit. Mais à l'étranger, pourquoi se priver de ce petit plaisir ? D'autant qu'en Espagne le change est favorable aux Lyonnais.

– Si l'argent est un mauvais maître, il est un bon serviteur, aime répéter Edmond à son épouse Léonie Clémence Marie Josèphe, l'héritière des filatures Motte de Roubaix.

Même sans fortune, le couple ne saurait passer inaperçu. Ils sont de bien plus forte stature que les Catalans et portent beau. On les croirait presque frère et sœur tant ils partagent un même front vaste et haut, des lèvres minces, un menton jupitérien, un nez pointu et convexe. Ils posent sur l'assemblée un regard qui n'a nul besoin de bésicles ni de monocle pour la juger avec cette sérénité compassionnelle qu'accorde l'argent amassé de plein droit. Femme du nord aux racines wallonnes, Léonie est d'un blond naturel peu courant ; quant à Edmond, c'est l'un des rares visages glabres dans un public majoritairement barbu comme on l'était au siècle précédent.

– Oui, il n'est pas mauvais d'afficher ce que l'on est, songe Edmond, surtout lorsque l'on vient visiter ces bons Catalans. C'est plutôt une belle soirée, mais Dieu que je ne n'aime pas leurs teinturiers !

Assis au premier rang d'une loge incessamment parcourue par les jumelles de théâtre, son col blanc trop amidonné lui occasionne de sévères démangeaisons que la bienséance l'empêche pourtant d'apaiser d'un franc grattage.

Si les Gillet règnent sur Lyon, les Güell possèdent Barcelone. Le patriarche, le célèbre Eusebi Güell i Bacigalupi, créé grand d'Espagne par Sa Majesté Alphonse XIII, est décédé il y a peu. Son buste figure désormais à l'entrée de l'opéra. Il a laissé à ses héritiers la Compagnie générale d'asphalte, la Banque hispano-coloniale, la Compagnie de tabac des Philippines, les Chemins de fer nord-espagnols et en premier lieu les puissantes filatures Güell, une entreprise cotonnière qui n'a d'équivalent en capacité de production que les usines de Manchester.

Edmond surmonte son gratouillis en se concentrant sur la salle. Il observe, il calcule. Aucun divertissement, si chic soit-il, ne doit être une perte de temps. Ainsi l'ont éduqué son père Joseph et son grand-père François, les fondateurs de la dynastie. Edmond a grandi parmi les pannes de velours, les pièces de soie, les bobines, les laboratoires de teinture et les catalogues de tanins. À dix-sept ans, sur ordre paternel, il a fait le tour du monde pour établir des rapports fort remarqués sur la culture du cachou, un important tanin tinctorial, et sur les diverses qualités des soies de Chine. Le bois de campêche d'Amérique centrale, les gousses du dividi vénézuélien, les galles d'Alep et la fuschine extraite de la houille qui fournit la couleur magenta, n'ont pas de secret pour lui. Sans oublier les extraits d'écorce de châtaignier qui ont fait la fortune de la famille sous le Second Empire.

L'arbre donnait le « noir riche » apposé sur les lourdes failles de satin. Ce noir si nécessaire aux jupes de dessous, ce noir opulent qui rendait les moires cirées et tombantes, toute la confection d'Europe le reconnaissait comme étant le noir Gillet. Cette précieuse couleur a habillé les deuils de la cour d'Angleterre et de Saint-Pétersbourg, les nouveaux princes d'Amérique latine et les baronnes françaises.

Mais les temps ne sont plus à ces tissus d'aristocrate. Au Liceu, même les riches veuves n'en portent plus, note l'œil expert d'Edmond qui mesure, sous l'éclairage électrique, la qualité et la nature des étoffes.

Une simple question de flair familial. Dès leurs origines, les Gillet ont dressé leur nez aquilin au-dessus des métiers lyonnais. Ils ont toujours anticipé les modes. Ils ont accompagné les diktats de Worth qui créa les élégantes de Compiègne. C'est d'ailleurs sur les recommandations de l'impératrice Eugénie que Napoléon III attribua aux Gillet la franchise sur les tissus de soie mélangée de coton, ainsi que le monopole de leur réexportation après teinture. Le Bon Marché et la Samaritaine, qui soumirent une plus vaste clientèle aux tentations d'une soie moins coûteuse, décuplèrent leurs revenus. Ces empereurs du noir firent de la soie un tissu de grande consommation en offrant toutes les nuances de l'arc-en-ciel aux nouvelles consommatrices. À la veille de 1914, les Gillet dominaient la production, le marché et le financement tandis que les petits soyeux de Lyon ne travaillaient plus qu'à retaper le Mobilier national et les chambres de Fontainebleau. Et puis il y eut cette Grande Guerre, si riche en opportunités...

Au deuxième rang de la loge Güell, voici les héritiers, et tout d'abord Mathilde Josèphe Gillet, une grande blonde au maintien sérieux et au regard espiègle. Malgré tous leurs efforts, Mathilde reste l'unique enfant du couple. Cet intéressant parti, doté d'autant de millions que de prénoms, pouffe derrière son éventail. Si Lauritz Melchior est en train de conquérir le Liceu dans son duo avec Eva, Mathilde s'amuse de sa partenaire grasse comme une laitière bavaroise.

– Que tout cela est convenu ! Si Francis était là, il rirait bien...

La jeune fille de seize ans a déjà l'usage du monde. Francis Poulenc, un proche de la famille, l'initie à des musiques autrement modernes, comme cette diablerie américaine que l'élégant voyou appelle jazz. Poulenc lui a aussi offert un exemplaire numéroté de *Du côté de chez Swann*, la toute première parue chez Grasset. Une rareté qu'elle tient masquée sous une reliure d'Anatole France, loin des yeux inquisiteurs de sa gouvernante allemande. Elle y reconnaît la société qui bruit dans leur hôtel particulier du parc de la Tête d'or.

Mathilde visite avec Proust les recoins des cœurs et le sien a déjà, malgré sa jeunesse, des perspicacités amusées. Elle n'ignore pas les coups d'œil ardents que lui jette à la dérobée son voisin Santiago Güell, le cadet du défunt patriarche. L'aîné Joan, marié et l'estomac avantageux, somnole un peu plus loin, fatigué par ses fréquentes tournées des grands ducs dans les bordels chics du carrer del Cid : La Criolla d'abord, Cal Sagristà ensuite.

Santiago Güell, long, maigre, avec une touche d'ascète à la Greco sur ses joues creuses, possède une âme inflammable. De dix ans plus âgé que Mathilde, toujours célibataire, il est le théoricien de la famille, dévoué corps et âme à la colonie textile qu'un autre ermite, l'architecte Antonio Gaudí, a édifiée à cinq kilomètres de Barcelone sur les désirs d'Eusebi.

Mathilde n'est pas dévorée par les seuls yeux de Santiago. Nombreuses sont les élégantes du Liceu à l'observer furtivement.

– Que porte-t-elle ?

– Avez-vous vu cette robe ?

– Cette coupe droite et ces franges qui permettent d'apercevoir les mollets…

– C'est strict mais très osé !

– Quel peut être ce tissu qui permet un tombé aussi moelleux ?

– Comme il prend bien la lumière ! On ne distingue aucune couture.

– Ce ne semble pas être de la soie…

– Ma chère, si ce n'en est pas, c'est bien mieux !

Edmond savoure le crescendo que provoque la toilette de sa fille, un modèle commandé au couturier Paul Poiret dans une nouvelle matière siglée Gillet : la soie artificielle.

La viscose, dont le brevet avait été déposé par le comte de Chardonnet en 1884, fut acquis par Joseph Gillet en 1903, conscient que les crises de l'Europe menaçaient les importations nécessaires à la fabrication d'une soie naturelle mise à mal par l'épidémie de pébrine qui tuait les vers français.

Le mariage d'Edmond avec Léonie, la même année 1903, n'avait pas été un hasard. Les usines Motte produisirent la fibre artificielle dès 1904. Leur viscose ne garnit d'abord que l'intérieur des pneus mais, dix ans plus tard, le conflit vint offrir aux Gillet un fabuleux marché.

Edmond, exempté de service militaire en vertu d'un droit opportun accordé aux anciens membres de l'École de commerce de Lyon, s'était, lors de son mariage, lié d'amitié avec un cousin de Léonie, Louis Loucheur.

Ce dernier, nommé ministre de l'Armement, s'aperçut que les trop nombreux soldats tués en 1915 l'étaient parce que leur pantalon rouge, dont on n'avait pas voulu changer la couleur par crainte de perdre les voix des électeurs fabricants, était une cible immanquable. Il se décida à changer de tactique industrielle. Loucheur, qui cherchait sa fortune privée à droite et sa fortune publique à gauche, confia le marché de la teinture des équipements militaires, assombris, aux entreprises Gillet, et celui des tissus à Marcel Boussac.

Le ministre, désireux d'obtenir au plus vite des produits chimiques pour le front, aida aussi Edmond, grâce à de larges subventions de l'État, à fonder la Société de chlore liquide basée à Pont-de-Claix. La République fournit les crédits pour acheter en Suisse l'outillage et les brevets manquants. Edmond Gillet et Fernand Motte prirent la tête de l'usine qui produisit six mille cinq cents tonnes de gaz moutarde. Tandis que Léonie Gillet, donatrice de la Croix-Rouge et directrice de sa section lyonnaise, multipliait les déplacements dans les hôpitaux du front arrière, l'usine familiale fabriquait à grande échelle le gaz de combat dont, dame patronnesse, elle déplorait au même moment les dégâts.

Teintures Gillet, fibres de synthèse brevetées Gillet, obus bourrés d'ypérite fabriquée par les Gillet : la famille a terminé la Grande Guerre en ayant multiplié ses profits par trois cents.

C'est cette même soie artificielle développée grâce au conflit et aux deniers publics qu'Edmond arbore sur les formes élancées de sa fille. L'industriel n'ignore pas que pour les Güell l'année 1918 est critique. Le 11 novembre a saigné leurs carnets de commandes. Puisque les vareuses, les calots et les chemises des troufions ne sont plus réduits en charpie et qu'il n'est plus besoin de rhabiller incessamment une nouvelle chair à canon, l'empire Güell se trouve amputé de la moitié de ses exportations. Venir mettre sous leur nez la soie artificielle, un textile d'avenir comme le lui prouve l'intérêt des élégantes du Liceu, avec le possible partage du monopole pour l'Espagne, tel est le but de la croisière de *L'Aldébaran* racheté pour presque rien grâce à l'entremise du baron Fassini, l'homme des Gillet en Italie, et qui développe là-bas, sous leur licence, des filatures de soie artificielle à Turin, Pavie, Padoue, Rome et Naples.

Les Maîtres chanteurs de Nuremberg, acte III. Le deuxième magnum Eugène Laroche gît, vide, dans le seau à glace. Les élégantes barcelonaises sont passées par la loge Güell durant l'entracte. On a fait force amabilités à l'épouse du maire et à quelques autres politiques sans avoir à se rendre au Salon des Miroirs, trop hanté par les classes moyennes. On a aussi regardé de plus près cette curieuse robe. Le quintette de l'acte III s'achève. Madame veuve Güell, sous le charme des sirènes wagnériennes, laisse échapper une larme en mémoire de son époux.

Santiago a définitivement fondu pour Mathilde griffée Paul Poiret. On lui a très souvent présenté des laiderons compassés, des beautés idiotes et des brunes velues. Mais cette blonde pince-sans-rire, habillée avec une rigueur élégante, le stupéfie. L'après-midi aura suffi pour que le Catalan succombe.

Léonie Gillet, très active dans les bonnes œuvres, est la présidente des Poupons des Brotteaux, association promotrice de l'allaitement maternel et du sort des parturientes pauvres. Il était donc naturel qu'elle voie comment les patrons Güell, de fervents catholiques, considèrent leurs ouvrières. Santiago s'était proposé pour faire visiter aux dames Gillet la colonie textile, Edmond et Joan tenant un conseil restreint à la Bourse de Barcelone.

À bord de la confortable Hispano-Suiza il s'était montré un guide inspiré. Il leur raconta comment son père, propriétaire d'un immense domaine agricole sur la commune de Santa Coloma de Cervelló, y avait transféré dès 1890 l'usine qu'il possédait auparavant à Sants. Dans ces faubourgs de Barcelone, la mortalité était effroyable, les ouvriers improductifs et querelleurs. Au milieu des vergers, il édifia donc sa cité industrielle. L'Hispano-Suiza prit soin de passer par d'autres cités-usines de la plaine du Llobregat, des lieux au remugle d'égouts, construits à proximité des bassins où se décantent les rebuts du processus tinctorial.

La Colonia Güell les avait accueillis par une allée de lauriers-roses. Les voies ferrées nécessaires au transit des marchandises pénétraient directement dans l'usine sans traverser l'habitat. Il n'y avait guère que la haute cheminée et les monotones bâtiments de la fabrique pour rappeler la fonction du lieu. Des bosquets et des terrains de jeu la séparaient de l'habitat ouvrier dont l'extravagance impressionna les visiteuses.

On commença d'abord par la maternité aux allures de mosquée flamande, un curieux mariage de tuiles vernissées et de minarets gothiques. On l'avait construite en surplomb de la colonie, sur le parcours des vents descendant les pinèdes. Léonie loua la salubrité d'un lieu obéissant aux données les plus récentes en matière d'hygiène. Symboles d'avenir et d'espérance, deux écoles bâties comme des châteaux pour enfants regardaient vers la campagne. L'une était pourvue d'une tour en aiguille pour les garçons, l'autre d'une porte ovale et d'échauguettes colorées pour amuser les fillettes. Santiago expliqua que les ouvriers Güell étaient tous d'anciens paysans sélectionnés par leurs contremaîtres et qui n'avaient pas l'habitude des tentations de la grande ville où l'alcool, la promiscuité et les maladies les guettaient plus que d'autres.

– La compassion, le devoir du chrétien, nous intime de les préserver de ces écueils.

Léonie, fondatrice de la Ligue de tempérance de la Croix-Rousse, applaudit à ce discours. Dans la colonie, l'habitat ouvrier proprement dit suivait un plan ingénieux. Les racines paysannes y étaient choyées. Chaque maison était dotée de jardins. Haute de deux étages, elle était pourvue de balcons de fer forgé et de coquettes façades aux motifs géométriques. Un luxe d'ornementation qui ne manqua pas de surprendre l'économe Léonie.

– Mon père Eusebi avait deux amours, Wagner et les architectes, expliqua Santiago. Il a suivi maître Gaudí depuis ses débuts, quand il découvrit son travail de décoration pour une vitrine de magasin. Après nos ouvriers, ce sont les architectes qui sont ici les plus choyés. Non seulement Gaudí, mais aussi ses élèves.

Deux grandes rues orientées selon les quatre points cardinaux dessinaient en se croisant une place à l'allure villageoise. Eusebi y avait voulu une salle de théâtre, un café, un restaurant et un dancing. À l'écart, un petit couvent abritait un hôpital. Le maître architecte de ce singulier phalanstère peuplé d'ouvriers à la robuste constitution, ainsi que le nota Léonie, n'avait pas bridé sa fantaisie.

La maison du contremaître interloqua Mathilde.

– Est-ce de l'art roman compressé par un géomètre obsessionnel ou une case africaine revisitée par Palladio ?

Les références ne cessaient de se multiplier dans son esprit solidement formé par mademoiselle Guimaron, son institutrice privée. Le flot de questions embarrassait Santiago, impuissant à la suivre. Il était impressionné, mais en son for intérieur ravi car il sentait sa curiosité sincère. Elle demandait à pénétrer dans les maisons, elle interrogeait les ouvrières sur leur intérieur et leur travail. Santiago bredouilla des excuses plus qu'il n'était raisonnable. Il déplora de n'avoir su convaincre maître Gaudí de les accompagner, mais l'architecte était en méditation dans une grotte de Montserrat où il puisait l'inspiration de ses formes uniques.

Léonie, en apparence ravie de l'hommage de fleurs et de massepains que lui présentèrent de jeunes apprentis, s'agaçait progressivement. À son étonnement d'économe succédèrent l'incompréhension esthétique et la réprobation. Après la messe basse chantée dans la chapelle de la colonie qui passait pour le chef-d'œuvre de Gaudí, elle explosa.

– Ma fille, j'ai bien cru être prise de nausée dans cette église effroyable. Avez-vous vu ces piliers tout de travers, ces chaises marquant l'emplacement du postérieur, ces mamelons sortant des murs ? Mais c'est odieux et immoral ! Et ces vitraux qui paraissent des yeux de poisson. Impensable ! A-t-on idée d'édifier de telles choses pour de simples ouvriers. C'est dispendieux ! Dangereux !

– Vous trouvez, Bonne Maman ? Je dirais au contraire que c'est un bien bel endroit.

Mathilde n'avait nulle envie de taire son admiration. Santiago avait été accueilli avec des sentiments qui dépassaient le respect dû au simple fils d'un patron. Les Güell avaient tout pouvoir sur la main-d'œuvre, et pourtant aucun regard ne paraissait hostile. Personne n'aurait eu l'idée de ricaner ou, pire, de lancer une pierre. Il y avait ici de l'affection, pour ne pas dire de l'amour.

– Si j'étais fileuse, j'aurais envie de travailler ici.

Elle prenait plaisir à contrer l'opinion maternelle.

– Vous n'y pensez pas ! la coupa Léonie horrifiée. Vous parlez presque comme ce monsieur Güell, qui, tandis que vous folâtriez, béate, dans l'école, m'a tenu des propos stupéfiants quant au nécessaire bien-être social de ses employés. Je me demande s'il n'est pas un peu socialiste !

– Il est simplement original. Et généreux. Cette colonie est d'un goût absolument moderne ! La chapelle, vous avouerez, c'est autre chose que Notre-Dame de Fourvière !

– Sottise, sottise ! Quand votre père apprendra ce que nous avons vu ici ! Non, jamais nous ne pourrons nous allier à des gens de la sorte.

Avec les loges d'observation et leurs salons de politesse, le très fermé Cercle du Liceu est le lieu de l'opéra où les « gens de bien » s'adoubent. Sous les grandes peintures signées Ramón Casas, le Manet catalan, les Güell et les Gillet, les Ferrer et les Vilà, concurrents textiles des Güell, Juan March, le milliardaire des Baléares, Damián Mateu, le fondateur d'Hispano-Suiza, se portent de nombreux toasts devant un buffet de fruits de mer et de salades exotiques. Les jeunes héritiers déploient verve et enthousiasme. Edmond, en causeur instruit aimant la conversation quand elle présente le double charme de l'esprit et du cœur, a cédé la primeur des échanges à Mathilde et Santiago. La colonie Güell est au centre des entretiens.

– Pourquoi avoir construit ce lieu singulier ? Je le vois un peu comme une île, une utopie… me tromperais-je ? Mathilde s'est tournée vers Joan, conquis de même par son esprit si ouvert.

– Mademoiselle, il vous faudrait pratiquer Barcelone comme nous la connaissons pour vous répondre. Voyez-vous, cette cité est une rebelle, capable du meilleur comme du pire. Elle n'est jamais plus admirable que lorsqu'elle se bat pour sa liberté et l'honneur de sa culture.

– Mon frère est un ardent défenseur de la langue et des lettres catalanes. C'est là quelque chose que Madrid et ses rois ont toujours voulu nous enlever, insiste Santiago.

– Car l'Espagne est ainsi, mademoiselle, reprend Joan. Elle est partagée en de multiples provinces qu'un pouvoir centralisateur veut ramener à soi. Or ce pouvoir a été trop longtemps représenté par des souverains étrangers. Les Flamands et les Habsbourg de la Renaissance, les Français avec Philippe, le descendant de Louis XIV, puis Napoléon…

– On nous a toujours coupé les ailes, mais le gouvernement central ne se prive jamais d'appeler nos biens à la rescousse quand le pays vacille, s'insurge Santiago.

– Mais quel est ce pire, puisque vous évoquiez le pire à propos de Barcelone ? intervient Edmond.

– Le pire, ce sont les colères du peuple, l'ignorance des ouvriers, leur violence intrinsèque, les vices et les misères dans lesquels ils se complaisent, pontifie Joan.

– Ce n'est qu'à moitié vrai, l'interrompt Santiago. Tu sais comme moi que la ville elle-même en est la cause. La plupart des Barcelonais humbles vivent dans une situation effroyable ! Notre cité n'a pas évolué depuis le Moyen Âge. Comment ne se révolterait-on point à vivre sur un tas d'ordures ! Si le modèle Güell pouvait être exporté à d'autres villes et sur d'autres dimensions, il y aurait de grands changements !

– C'est pour cela que notre père a voulu cette colonie. Afin d'offrir à nos ouvriers des conditions décentes, afin de leur donner une instruction et les soins nécessaires. Vous parliez d'une île, mademoiselle, eh bien vous avez raison. Nos ouvriers vivent loin des idées dangereuses. Il nous faut les maintenir loin de la poudrière barcelonaise et de l'exécrable influence citadine. Qui ne sait pas, il ignore.

– Cette ville est une cité d'athées ! s'emporte la comtesse Güell. Lors de la Semaine tragique de 1909, on y a tué autant de prêtres et de nonnes qu'à Paris sous la Terreur. Les terroristes attribuèrent les malheurs du peuple à un clergé supposé de mèche avec les classes dirigeantes.

– Certes, la colère est allée trop loin, mère, mais tant que les conditions de vie resteront ce qu'elles sont, pires seront les réactions des opprimés, s'enflamme Santiago.

– Opprimés ? Comme vous y allez, cher monsieur ! sourit Edmond. C'est là une expression digne d'une plume révolutionnaire.

– C'est que je vois justement dans le désespoir des masses la principale raison de la Révolution russe. Et personnellement cette poussée des pauvres me fait beaucoup d'effet, s'exclame-t-il, une coupe de champagne à la main. En 1917, je ne vous cacherai pas avoir éprouvé un mélange de peur et de satisfaction, inséparables l'une de l'autre !

À ces mots, Joan manque de s'étouffer. Mathilde observe Santiago avec des yeux brillants. Léonie tourne prestement la tête en direction du vieux Viñas, trouvant un intérêt soudain à Wagner qu'elle n'apprécie pourtant guère, lui préférant Gounod.

Edmond a reposé son verre avec un calme étrange.

– Je m'étonne, monsieur, de vous entendre proférer une telle opinion. Je m'étonne et je vous admire, ayant de l'affection pour les inconséquents car ils ont parfois des idées originales. Ainsi vous approuveriez la Révolution russe ?

– N'y a-t-il pas là quelque chose que nous devons entendre ? Vous-même, travailleriez-vous dix heures par jour, dimanche compris, pour une bouchée de pain ?

– Certes oui, puisque je travaille dix heures par jour pour fournir leur pain à mes milliers d'employés. N'est-ce pas votre cas ? Le repos, cher ami, le repos n'est pas une vie, il en est la négation. Après tout, on ne peut pas même vivre dans le repos. C'est par le labeur que je suis devenu un grand industriel. Et c'est ainsi que vous-même vous ferez votre bonheur, celui de vos proches et de ceux que nous avons en notre garde : nos ouvriers !

– Ne pensez-vous justement pas que, nous autres patrons, nous devons réfléchir aux conditions de travail qui se voient communément : la dureté des contremaîtres, l'exploitation des enfants, l'absence de mesures de sécurité malgré l'aide que le clergé apporte aux malades ? demande Joan venu à la rescousse de son trop enthousiaste frère.

– Bien sûr, bien sûr, si cela peut améliorer le rendement. Mais point de grève, et surtout point de violence ! Savez-vous, monsieur, ce que la révolution m'a coûté en Russie ? Nous y possédions de vastes usines à Moscou, les teintureries Watremez. Les révolutionnaires les ont pillées, incendiées. Mon cousin Émile Chatin a dû fuir avec les siens, traverser la mer Blanche gelée, au péril de sa vie, pour rejoindre un territoire libre de la folie des bolcheviques. Ne me parlez pas de révolution, monsieur. Je puis vous le dire en connaissance de cause : c'est le grand néant !

Et Edmond de s'emporter :

– Quelle folie que de vouloir tous les hommes égaux ! Quelle idée insensée que ce nivellement par le bas ! Voulez-vous les laisser à la charité publique qui abaisse les âmes au-delà de toute expression et les empêche même d'être chrétiennes ? Le vrai chrétien est fier. Il souffre plutôt que de demander ; il rêve de donner et non de recevoir ; il tient à vivre par lui-même et à aider son voisin ! Il bénit le travail !

– Il pourrait aussi bien bénir la révolution ! Aider son voisin par l'égalité des conditions, n'est-ce pas aussi cela qu'elle préconise ? surenchérit Santiago.

– Cessons, monsieur, cessons. Nous ne nous entendrons pas sur ce sujet. Vous m'effrayez trop ! Revenons à Wagner, à votre architecte, à votre colonie, à vos projets qui me semblent, eux, de bon sens. Je sais que l'esprit du temps est à l'enthousiasme russe. Mais croyez-m'en : c'est le chaos qui s'y prépare, non le paradis. Heureusement tout cela n'est qu'un feu de paille. Les esprits vont recouvrer la raison, dussions-nous les y contraindre.

Les toasts cessent. Les Gillet, prétextant la fatigue, se retirent du Cercle. Les élégantes de Ramón Casas, peintes souriantes et libres au volant de leurs voitures, saluent prestement Mathilde. Elle jette un regard désolé à Santiago.

De retour sur le yacht, Léonie ne cesse de pourfendre Santiago, ce « poseur de bombes », et le mécénat de cette famille « somptuaire ! ridicule ! »

Sa colère est tempérée par Edmond :

– Certes, ma mie, certes… Cependant un pays comme celui-ci, où les industriels ne paient aucun impôt, n'est pas à considérer à la légère. Pour nos affaires, quel paradis !

L'Aldébaran appareille le surlendemain pour Saint-Tropez, ayant laissé à la politesse le temps de suspendre l'accord sur la viscose pour que les Gillet se rapprochent mieux des Vilà, concurrents des Güell.

Barcelone – 1920

Voilà trois ans que dure la Révolution russe et ce feu de paille a pris l'allure d'un bûcher où flambent les vieilles idoles. Les monarques ? On peut les fusiller. Les patrons ? On peut les chasser. Les usines ? Elles peuvent être collectivisées et les riches demeures devenir un bien public. La terre retrouve ceux qui la travaillent. La chair à canon est maîtresse de ses décisions. Les opprimés règnent. Dans l'Allemagne vaincue, l'idéal communiste se répand. L'exemple des soviets de soldats, d'ouvriers et de paysans est contagieux. Dans les fabriques de Barcelone, l'arrivée des puissantes machines-outils jette à la rue une main-d'œuvre déjà prompte aux émeutes.

Accroupi devant un kiosque à journaux des Ramblas, Antonio Vives parcourt les gros titres. *El Poble Català* et *El Progreso* dénombrent cinq cent trente mouvements sociaux pour les six premiers mois de l'année 1920. On a compté deux cent cinquante mille grévistes, soit cent mille de plus qu'en 1919, clame *El Periódico*. *El Progreso* décrypte les arcanes d'une politique madrilène totalement discréditée. En une : « Nous en sommes au quinzième gouvernement en trois ans ! »

Solidaridad Obrera glorifie les héros de la rue : Salvado Seguí et Angel Pestaña, les leaders anarcho-syndicalistes de la CNT forte de trois cent mille adhérents, et qui vient d'achever son congrès à Sabadell. Jour après jour ce qui se passe là-bas, à l'Est, se rapproche. Sur les murs, on voit des *Viva Lenin* peints à la hâte et vite effacés. Il est courant d'être réveillé par des tirs. Les journaux modérés comme *La Vanguardia* ou *El Diario de Barcelona* s'inquiètent de la lutte, chaque nuit plus sanglante, entre les militants rouges et les *pistoleros* du patronat. Quand ce n'est pas un patron qui tombe sous les balles d'un Star, le revolver favori des anarchistes.

Le jeune Antonio lit toutes ces nouvelles sans difficulté. Avec avidité. Il n'est pourtant pas resté longtemps à l'école. Ces classes où il lui faut demeurer assis pour absorber le savoir comme un engoulevent gobe les mouches, elles ne sont pas son genre. On s'est à de multiples reprises plaint de cet élève curieux mais insubordonné.

– Tiens-toi tranquille et écoute tes maîtres ! Avec tout le mal qu'ils se donnent. Crois-moi, si tu avais été dans ma classe, je t'aurais déjà mis au pas. Tu ne sais pas la chance que tu as !

Mais Antonio est resté sourd aux admonestations de sa mère comme au ceinturon paternel. L'adolescence écoute rarement de bon cœur ses aînés. Les Vives sont d'une génération respectueuse de l'ordre, comme beaucoup d'autres Catalans qui se sont battus pour leur langue et le droit à l'éducation. Au Congrès de Versailles, ils ont réclamé leur indépendance au cri de *Catalunya liure*, Catalogne libre. La Lliga Catalana a multiplié les écoles et les bibliothèques. L'enseignement délaisse peu à peu les institutions religieuses. Apprendre n'est plus le seul fait des élites. À la colonie Güell ou dans les écoles de quartier, libérer la culture c'est secouer le joug sous lequel Madrid tient cette province séparatiste qui lutte pour son autonomie. On veut aussi contrer le danger des écoles anarchistes de Ferrer, trop libres. Pourtant, d'une couleur politique ou d'une autre, la Catalogne revendique ses auteurs et ses journaux, elle entretient son folklore à coups de jeux floraux concourus chaque année et de sardanes dansées en cercle chaque dimanche.

Mais les Vives i Vives ne dansent jamais la sardane devant la cathédrale Sainte-Eulalie. Leur foyer ne connaît ni équilibre ni bonheur depuis sa translation urbaine. Juan Bautista continue sa vie d'hidalgo indifférent et Teresa mère n'a pas retrouvé d'emploi d'institutrice. Elle en est physiquement incapable. Déchirée par sept grossesses, elle est incontinente, condamnée à vivre en son petit foyer de peur que, dans la rue, une envie soudaine ne tourne à la catastrophe. Elle s'est raidie et asséchée, claquemurée dans une mauvaise humeur que même la conciliante Emilia a du mal à comprendre. Entre bonnes voisines, on ne parle pas de ces choses-là.

Antonio a bien sa sœur Teresa, mais les garçons ne jouent pas longtemps avec les filles, ou alors plus tard, et à d'autres jeux. L'appel de sa première nuit à Barcelone a été irrésistible. Il n'a pas mis longtemps à devenir un vrai gars de la rue. Le quartier n'a vite plus eu de secret pour lui. Les portes sont surveillées le jour par les voisins et cadenassées le soir par le concierge ? Qu'importe, tous les gamins savent qu'à Barcelone il y a une seconde vie sur les toits et les terrasses. Dans la cité mi-médiévale mi-orientale, tout communique. Un peu d'élan et la ruelle d'un mètre cinquante est aisément franchie. C'est un jeu risqué où l'on s'affirme. Avec Faustino et d'autres gosses, Antonio rejoint à sa guise l'existence des chats et des pigeons, passant par le haut pour rejoindre plus bas, par d'autres escaliers, le grisant tourbillon des rues.

L'agitation grouillante des carrer de la Princesa et de la Portaferrissa mène irrésistiblement au fleuve des Ramblas. Antonio aime les aborder depuis la Plaça de Catalunya. Le dénivelé descendant vers le port donne à la foule, sans cesse grossie par des milliers de nouveaux arrivants, l'allure d'un torrent humain.

Le courant des chapeaux et des têtes brunes s'écoule comme de l'eau. Il stagne aux terrasses où les hommes boivent et fument. Il tourbillonne autour des kiosques aux fonctions spécifiques. Ici ce sont les oiseaux en cage vendus sous les ocelles verts des platanes lardés de soleil. Les piailleurs multicolores iront chanter sur les balcons des rues parmi une sauvagine de géraniums halte-aux-moustiques et d'herbes aromatiques bienvenues dans *l'arroz* dominical.

Après la Rambla des Oiseaux, la Rambla des Fleurs accueille la foule avec des brassées d'odeurs patiemment rafraîchies par les marchandes. À mi-chemin, le marché de la Boqueria ouvre sa gueule d'acier sur les pyramides de fruits, le rose doux des langoustines, le sang des viandes, la verdure des fèves et les rousseurs alléchantes de la charcuterie catalane : *fuet, sobrasada* et saucisses de toutes formes.

Durant des siècles, les Ramblas furent un torrent dévastateur. L'humain y a désormais le dessus. Sept cent mille habitants foulent les anciens galets disposés en rosaces. De part et d'autre de la promenade centrale circulent les tramways électriques, les automobiles, les tilburys, les landaus, les charrettes, les bicyclettes.

Au milieu : une foule d'hommes à chapeaux, à casquettes, à bérets. Ils portent le costume trois pièces ou la blouse de travail, des pantalons de toile ou de laine. Ils sont chaussés d'espadrilles, de bottines ; ils affichent la barbe bien taillée ou le poil patibulaire du mauvais garçon.

Et les femmes ! De toutes sortes et de tous habits. Celles frappées du sceau de la grande bourgeoisie, à la démarche insouciante sous leurs ombrelles ; celles des quartiers pauvres, avec la marmaille accrochée à leur jupe crasseuse, allant d'un pas pressé sous le fardeau des soucis. Les mains gantées des élégantes déposent parfois une piécette dans la paume déformée par les milliers de lessives, desséchée par le chiffon qui astique les cuivres des bureaux et des demeures bourgeoises.

Sur une lieue de long, les Ramblas réunissent la populace du Born puant et les hautes castes des quartiers de Sarrià et de Sant Gervasi descendues par l'opulent carrer Balmes. Ici la lumière et le mouvement sont égaux pour qui s'assoit et regarde, pour qui palabre ou somnole dans l'air tiède. Ou pour ceux qui lisent, et ils sont nombreux à le faire sans payer, agglutinés à la devanture des kiosques à journaux.

Jordi Pebre tient celui qui fait face à l'hôtel Oriente. Afin de ne pas rebuter l'acheteur, il demande de temps à autre que l'on s'écarte des imprimés disposés à terre. Mais le cercle se reforme vite. On déchiffre, on commente et parfois on se cotise pour acheter un titre. Pebre aime ces lecteurs sauvages et comme le kiosquier est un peu poète, il chantonne :

– À Pebre, vos cent regards ne rapportent pas une peseta ; mais chez Pebre, ce sont cent esprits qui s'épanouissent !

Ici l'opinion publique se fait et se défait. Les nouvelles y sont plus que fraîches car ce qui est imprimé s'écrit juste à côté dans les rédactions dont les façades Art nouveau dominent les Ramblas, décidément au cœur de toute chose.

Pour Antonio et pour des dizaines de regards avides, la lecture c'est autant de fenêtres sur le monde qu'il y a de pages parcourues. Un mot construit une phrase qui forme un chapitre recelant de multiples expériences. La combinaison des lettres de l'alphabet une fois maîtrisée est aussi infinie que le nombre d'êtres sur la terre.

Bien plus tard, Antonio regrettera d'avoir quitté l'école. Pour lors, il lui a tourné le dos, comme il fuit le carrer dels Flassaders où n'existent que des convenances et où personne ne répond à ses questions. Car Antonio a soif, comme tous ces êtres avides de savoir et de connaissance. La lecture n'est pas pour eux une échappatoire ou un loisir de nantis : lire c'est croître.

– Allez mon garçon, ça suffit comme ça ! Tu vas me décolorer le papier à force de le regarder, s'amuse le señor Pebre. Va travailler ou tu vas encore te faire disputer !

– Ah, tu ne veux plus aller en classe ? Eh bien je vais te mettre au boulot, moi, avait crié Juan Bautista, ceinturon en main.

Le concierge a eu vent, par son frère, d'une place libre dans le Grand Hôtel, le rival en luxe de l'hôtel Oriente. Les deux établissements se font face et accueillent une clientèle de vedettes de music-hall, d'affairistes et de toreros avec leurs *cuadrillas*. Nombreux sont les palaces à Barcelone, comme le Ritz, le Cuatro Naciones et le Colón, Plaça de Catalunya. Avec Alger, elle est la dernière capitale commerciale de la Méditerranée avant les bouches de Gibraltar. Ses palaces, voulus par une municipalité désireuse d'afficher une classe internationale, réclament une main-d'œuvre en croissance constante.

Le Grand Hôtel passe pour être celui des m'as-tu-vu, tandis que l'Oriente a la réputation d'abriter les fortunes plus sages des richissimes oisifs, venus de Mexico et de Buenos Aires prendre leurs quartiers d'hiver dans la capitale des plaisirs et de la culture. Le Grand Hôtel a aussi l'avantage, pour sa clientèle volontiers masculine, d'être proche des quartiers chauds. Le propriétaire, Massimo Maffiolo, un Palermitain, aurait d'ailleurs des parts dans certains établissements.

Durant trois jours, Antonio est à l'entrée du Grand Hôtel et porte les valises. La nature l'a doté de dents blanches impeccablement disposées. Avec son large sourire, ses cheveux noirs bien lissés et son costume rouge à boutons dorés, il présente bien. Lorsqu'il tend la main au pourboire, il y a souvent droit. Trop souvent pour les employés du hall. La *propina* représente le triple du misérable salaire de base octroyé par Maffiolo. Les convenances des gens de service obligent chacun à mettre son pourboire au pot commun, qui est ensuite partagé non à égalité, mais selon le rang et l'âge.

Le premier jour, le concierge et le portier sont surpris de voir la cagnotte s'accroître. Le deuxième, ils le sont encore plus d'entendre Antonio réclamer sa juste part. Le troisième jour, Antonio est dégradé. Il se retrouve en cuisine à faire la plonge, place subalterne s'il en est. Finis les pourboires, la porte ouverte aux beaux messieurs et aux gentes dames qui lui pinçaient la joue. Antonio doit aussi sortir les poubelles et nettoyer.

Antonio reste des mois à laver des montagnes d'assiettes et de casseroles, les bras dans l'eau sale, le front ruisselant de sueur. Ses mains sont rougies par la soude, ses ongles s'abîment. Un panaris y éclot, salement douloureux, qu'un marmiton lui apprend à cautériser en pissant sur la zone purulente.

Faustino qui se casse le dos en portant les caisses au marché de la Boqueria retrouve Antonio après le travail dans la ruelle grasse où s'entassent les ordures des cuisines. Ils n'ont alors qu'une hâte : rejoindre le flux des Ramblas, exaltant, exaspérant aussi. Car elles sont semblables à un serpent qui enserre dans une ronde infinie celui qui vient y chercher fortune, depuis son arrivée jusqu'à son trépas. Des hauteurs du Tibidabo aux falaises de Montjuich, toute la ville coule vers son port pour aussitôt lui tourner le dos et remonter vers l'air pur, l'espace, et tout ce que l'argent permet. En bas stagne la plèbe dont le labeur construit les fortunes.

Jacint Verdaguer, le poète national, a écrit le mythe étymologique de Barcelona, cette « petite barque sur l'onde » qui attendit Hercule sous les falaises de Montjuich pour l'emporter vers les colonnes de Gibraltar. Barcelona est ancrée à la mer par laquelle on arrive, que l'on crève de faim ou qu'on soit milliardaire, pêcheur ou accapareur. Le port et l'infini de son horizon poussent au départ. Pour Cuba, pour les Philippines, pour l'Amérique. Partir, comme étaient partis Juan Bautista et des milliers d'autres, Antonio et Faustino y songent souvent lorsque, las de déambuler de haut en bas, ils échouent sur les quais.

– J'en ai marre, Toni ! Marre de porter des cageots toute la sainte journée. On serait si bien là-bas…

– Qu'est-ce qui te fait rêver ?

– Le Mexique, l'Argentine…

– Moi je voudrais voir les Andes.

– Et moi disposer d'une immense hacienda avec des milliers de chevaux. Fumer des cigares dans un hamac en comptant mes *peones*.

– Esclavagiste, va !

– Je plaisante… Mais être loin, oui ça me plairait. Ici, c'est toujours pareil.

Les mouettes à l'empennage blanc, maîtresses de l'espace et du vent, paraissent les moquer. Ils se sentent en cage dans la ville indifférente. Sur leurs têtes se gonfle le poumon bleu du ciel ; devant leurs yeux se lève et s'abaisse la plèvre céruléenne de la Méditerranée. C'est l'espoir d'autres mondes que désigne la statue de Christophe Colomb dont les Catalans s'attribuent les origines. Le roulis des mâts et des cheminées sur le crépuscule, l'entrechoquement des vergues, le craquement des bordages, les clapotis contre la coque des bateaux : tout chante la promesse d'une nouvelle vie loin des rues étriquées, des yeux du voisinage, de la monotonie de la vie familiale.

Un dimanche soir, ils dérobent une barque. Ils godillent comme des manches et ne vont pas bien loin. Ils chavirent et peinent à rejoindre le quai où des matelots narquois leur offrent de se sécher devant un feu de bois. Leurs habits dominicaux, de confection grossière, rétrécissent et ce sont alors deux Charlot puant la fumée qui rejoignent le carrer dels Flassaders où une bonne raclée les attend, chacun à son étage.

La routine les poursuit, mais l'adolescence susurre aux oreilles des deux copains. Le corps entame ses bouleversements. Les poils poussent. Les membres s'allongent, ils portent le regard au-dessus du cercle de l'enfance. Et il y a cette chose qui se métamorphose et s'alourdit : le sexe.

C'est pour son culte qu'à la tombée du jour les Ramblas se font interlopes. Lorsque l'industrieuse Barcelone s'endort, une autre, luxurieuse, s'éveille, accorte aux patrons, aux ouvriers et à tout ce qui a l'insomnie turgescente. Sous l'auvent des kiosques fermés, des filles trop maquillées qui se disent parisiennes mais ont l'accent de Perpignan surgissent pour accoster le mâle. Des silhouettes titubantes s'engouffrent dans les ruelles du Barri Xinès [1] où rôdent les rastaquouères.

Lors de l'embauche, Maffiolo, un homme maussade, avait insisté sur un point essentiel.

– Pas de contact autre que professionnel avec les clients. Pas de discussions. On répond poliment, on n'engage jamais la conversation. Et surtout je ne tolère pas de relations dans le personnel !

1. Quartier chinois.

Mais depuis que Faustino, son aîné de deux ans, clame haut et fort qu'il s'est fait dépuceler par une copine de sa mère, il semble à Antonio que toute la ville ne pense qu'à ça.

La Nina, l'une des femmes de chambre, glousse en le croisant. Antonio se fait mettre en boîte par les marmitons quand il ne saisit pas l'une de leurs allusions salaces. La Nina le pousse contre le mur lorsqu'elle descend à la buanderie les bras chargés de draps sales. La soubrette lui claque une bise en quittant son service. Antonio rougit sous le regard lourd de la patronne, une grande rousse d'apparence aussi sévère que son mari.

Un soir que Maffiolo s'est absenté de l'hôtel pour raisons familiales, un chauffeur cueille Antonio au sortir des cuisines. En ôtant sa casquette, l'homme prie l'adolescent de bien vouloir le suivre jusqu'à une voiture garée non loin. Faustino n'est pas dans les parages. L'air est léger et doux. Il est tard, il n'y a pas âme qui vive et l'homme n'a pas l'air louche.

Au fond de la voiture aux rideaux tirés, Antonio découvre madame Maffiolo. Ses grands yeux verts le fixent avec cette lueur qu'avaient certaines dames en lui donnant un pourboire.

La voiture roule calmement vers les beaux quartiers. À l'arrière, madame Maffiolo ne dit mot. Elle prend la main d'Antonio et l'applique sur son corsage. Elle l'incite à desserrer le vêtement. Il y consent volontiers : elle a des seins lourds et chauds. Elle pousse de courts soupirs quand Antonio lui effleure les mamelons. Le chauffeur a discrètement réglé son rétroviseur et les observe, l'œil brillant. Il y a une odeur sans odeur dans la voiture close, une forme de chaleur humaine qui ouvre les pores, dilate les pupilles et fait bouillir le sang. Madame caresse l'entrecuisse d'Antonio. Il bande.

Soudain c'est le choc, suivi par d'affreux hennissements. Sur le Passeig de Gràcia, la voiture a renversé le cheval d'un tilbury. Si elle avait heurté ailleurs une carriole et son âne, cet accident serait resté lettre morte mais, survenu sur l'avenue la plus chic, il figure dès le lendemain en page des faits divers : « Une bourgeoise et un gamin renversent un attelage : bilan, un cheval mort. »

Antonio est renvoyé. Comme *El Diario de Barcelona* n'a dévoilé aucune identité, monsieur Maffiolo ne déclenche pas de vendetta et madame part opportunément en cure dans les Pyrénées.

Le soir, carrer dels Flassaders, Juan Bautista n'enlève pas son ceinturon, mais il sert un verre de porto à son fils. Il vient d'entrer par la grande porte dans le parti des hommes où l'on s'amuse de ces bourgeoises qui se donnent du bon temps, et que les messieurs disent quelquefois saillir dans les maisons galantes où elles vont gagner de quoi payer leurs créanciers.

L'affaire grandit Antonio. Il est embauché à l'hôtel Oriente, pas à la plonge mais côté salle, au poste de commis. C'est un pas hors de la crasse des baquets et des poubelles. Des cuisines à la desserte, Antonio va et vient dans le grand monde dont il n'est séparé que par le battement des doubles portes ouvrant sur la salle à manger luxueuse, embaumée par les lys masquant les odeurs de rhum flambé, de beurre chaud, de fonds de vins et de cigarettes. Dans cet écrin de théâtre, des femmes chapeautées avec extravagance semblent manger ce qu'elles arborent. Leurs plumes et leurs fourrures jettent de la couleur au milieu des serviettes immaculées qu'Antonio apprend à plier en éventails, en losanges, en cônes, en barques.

Il connaît d'abord le calme plat de la mise en place, ce long cérémonial par lequel une table de bois brut s'habille comme une cocotte avec ses dessous, son dessus et ses fanfreluches florales.

Il est initié à la diagonale de la cristallerie, du grand verre à eau, toujours à gauche, suivi d'autant de verres qu'on servira de vins. Il astique longuement la pesante argenterie, comptée par le chef de salle, monsieur Armand, qui lui en décline la grammaire codée, et en français s'il vous plaît.

– À gauche, tu places les *fourchettes de table* et celle qui est pour le poisson. À droite, tu poses les couteaux, la lame toujours tournée vers l'assiette, ainsi que celui pour le poisson. La *cuiller à soupe* est à droite du *couteau à poisson*. Tu la remplaces, le cas échéant, par la *fourchette à huîtres*. Et tu ôtes les couverts après chaque plat lorsque le convive a déposé dans l'assiette ceux qu'il a utilisés.

Il est rabroué lorsqu'il dispose couverts et cuillers à dessert entre l'assiette et les verres, ainsi qu'il l'a vu faire au restaurant du Grand Hôtel.

– Cette pratique, ainsi que l'usage des repose-couteaux, est prohibée. Ici, nous pratiquons *le service à la russe*. Une table à l'Oriente est élégante et pratique. Elle n'a pas pour but d'étaler prétentieusement son argenterie !

Ou alors avec une savante discrétion : Antonio retient qu'il doit poser la fourchette les dents piquant la nappe et la cuiller l'intérieur tourné vers la table afin de laisser voir le blason de l'hôtel.

Pour le beau monde qui vient dîner, Antonio n'est que l'un de ces commis rangés contre le mur à l'entrée des cuisines, et qui ne s'avance que sur ordre du chef de rang. Il est au bas de l'échelle, derrière le serveur. On reconnaît le loufiat au tablier blanc qui descend jusqu'aux chevilles, alors que serveur, maître d'hôtel et chef de rang portent le frac noir. Si tous ont un gilet, un plastron blanc et le nœud papillon assorti, seul le maître d'hôtel arbore un nœud noir. Le cheveu est aussi lustré que les chaussures ; pas de moustaches, autorisées aux seuls cuisiniers.

Une serviette blanche repose sur le poignet. Pour qui est en contact avec la nourriture, elle permet de chasser la tache et de nettoyer le bord de l'assiette. Le long tablier signale celui qui porte les plats, exercice d'équilibre rapide, souvent inaperçu des convives alors que ce sont des kilos d'argenterie et de victuailles que le commis de salle transborde des coulisses à la scène dînatoire. Il est l'esclave de ces lourds plateaux de cloches portés sur l'épaule jusqu'à la desserte. Après découpe et apprêt, le serveur apportera les assiettes à table par paire, jamais plus, ce serait vulgaire.

Antonio se coupe et se brûle en silence, Antonio apprend l'art du déhanché pour éviter les commis arrivant en sens inverse. Mais le travail est excitant. Ce ballet effréné, réglé au millimètre, atteint la pure virtuosité au moment du coup de feu, lorsque toutes les commandes doivent être servies en ordre et en temps.

Les feux des cuisines donnent à plein, les sauces mijotent, les poissons crépitent, les viandes susurrent. Cela peut vite déposer un verglas graisseux si le commis désobéissant, qui a reçu cette tâche pour punition, n'a pas bien brossé le carrelage.

Les cuisines sont un organisme que Antonio a abordé par son rectum, la vaisselle et les ordures. Commis de salle, il s'en fait le bras armé ; il est l'épaule adroite et le pied rapide qui acheminent vers les bouches délicates ces mets aux noms pompeux que ses supérieurs ont l'honneur d'apprêter dans une maestria de gestes sûrs. Une technique qu'enregistrent les commis, service après service, espérant gravir les échelons de l'aristocratie hôtelière.

Le restaurant du palace est une caserne odorante où l'erreur n'est pas longtemps permise, où la récompense est interdite au loufiat. Le pire, c'est d'avoir à transporter tant d'abondance le ventre creux. L'Oriente ne nourrit pas les subalternes et il leur est impossible de grappiller quoi que ce soit. En salle c'est une évidence, en cuisine une impossibilité : le maître-queux est le comptable des victuailles.

Les commis, en cours de service, réussissent parfois à se requinquer avec des morceaux de sucre et des quignons de pain qu'ils laissent mollir sans avoir l'air de mastiquer, ce qui n'est pas difficile, parler étant interdit. Un jour, Antonio gobe une omelette refusée par un client, d'un seul coup et sans la mâcher, tant la faim qui le tenaille menace de le faire trébucher. Armand s'en aperçoit mais ne pipe mot. Tous, dans l'armée hôtelière, ont commencé par quelques miettes. Un garçon qui s'effondre dans la salle et répand ses plateaux, c'est impensable. Armand laisse passer l'infraction. Cependant, après le service, Antonio doit récurer le sol des cuisines. La solidarité ne tolère pas d'exception.

Barcelone – 1921

Juan Canuto tousse de façon inquiétante. La nuit sa respiration siffle, entrecoupée de quintes terribles. Une forte fièvre l'empêche de sortir en mer depuis deux semaines. La dernière pêche de l'automne a été périlleuse. Il est rentré trempé de pied en cap, une vague ayant emporté le ballot ciré où il conserve des hardes sèches.

– C'est à ce moment que tu as dû prendre froid, fils.

La mère est assise à côté de la paillasse qu'il mouille de suées. La toux est grasse, l'œil s'enfonce dans l'orbite. Il peine à avaler la bouillie que la Juana a confectionnée. Elle est dans un coin du réduit, tordant son fichu noir de veuve éternelle entre ses mains. Les enfants, sur la mezzanine, observent la forme longue et immobile du grand frère qu'éclaire la flamme d'une unique bougie. Comme les deux femmes, ils sentent tourner dans la pièce le souffle glacé du malheur.

Isabel est allée une nouvelle fois chez le pharmacien se procurer le quinquina recommandé en cas de forte fièvre. La mère se demande bien comment elle fait pour le payer. Cette poudre coûte si cher.

Manuel au chômage a repris son ancien métier, sauf qu'il ne vend plus de semences, mais des fruits et des légumes sur une carriole des quatre-saisons. Au marché de Santa Caterina, un grossiste andalou a eu pitié de cette famille comme il en arrive tant et qui lui a rappelé ses propres origines. Il a avancé à Manuel le montant de son premier achat, à charge d'être remboursé sur les gains futurs. Ce que le père arrive à faire. L'homme est sérieux et s'est constitué une clientèle d'autres « sudistes ». Tout plutôt que de mettre les enfants au travail.

– Et pourtant, si jamais Juan… comment ferons-nous ? murmure-t-il la nuit à son épouse, le plus bas possible pour ne pas être entendu dans l'infect taudis.

– Et voilà, ma mignonne, trois grammes de quinquina. Je les rajoute sur ton crédit. Mais la prochaine fois, je ne pourrai plus. Tu vas devoir tenir ta promesse !

– Oui señor Malaliet, bien sûr, cela sera fait… Encore mille mercis. Puisse mon frère se porter mieux qu'hier !

– Que le Seigneur t'entende et qu'il le prenne en Sa sainte garde ! À bientôt ma petite.

– À bientôt, répond Isabel en baissant la tête.

Elle referme la porte dont la clochette tinte lugubrement. Poudre encore nécessaire ou pas, il lui faudra bien revenir. Elle l'a promis pour payer ce qu'elle doit.

Face au porche de Santa Maria del Mar, les époux Malaliet tiennent une affaire réputée. La prospérité se remarque aux mosaïques ornant l'entrée, aux dorures compliquées des lettres *Farmacia*. Dans la vitrine, Josep Malaliet exhibe fièrement une coûteuse collection de pots en faïence de Séville. C'est un homme sec et jaune, un gros fumeur qu'enveloppe une fragrance de tabac mêlée aux odeurs nécrophiles des médicaments. Carolina, l'épouse, est tout aussi sèche mais d'un teint verdâtre. Sa peau de vieux grimoire sied à la blouse grise qu'elle porte pour peser les poudres et doser les gouttes. C'est Josep qui tient la caisse, une inversion des rôles qui les a rendus aussi célèbres dans le quartier que leur pingrerie masquée sous la compassion commerciale.

Dans le gros livre de comptes Josep Malaliet, satisfait, rajoute un « 3 × 7 » à la ligne Canuto.

– Autant d'économisé ! Ma chère, nous pourrons bientôt aller tranquillement à l'Apolo entendre Raquel Meller, puis dîner sans plus avoir à nous soucier des petits.

– J'espère que son frère ne partira pas trop vite. J'aimerais fêter la nouvelle année à Sitges, lui réplique Carolina en glissant, à l'insu de son époux, une dizaine de petits paquets dans la poche intérieure de sa blouse.

Le chemin est long de Santa Maria au carrer del Corretger. Après avoir serré contre son sein le sachet de quinquina, Isabel s'arrête à la fontaine. Elle pose sur sa tête une jarre d'eau fraîche. Malgré les privations, le passage de la fille à l'adolescente est splendide. La finesse du cou, l'épanouissement de la poitrine, le galbe des mollets, la franchise du regard en font l'une de ces beautés émergentes dont les groupes d'hommes suivent la maturation avec des regards gourmands. Qui saura cueillir un tel fruit ? Mais Isabel ne songe qu'à son frère qui se liquéfie sur sa paillasse.

– Qu'il vive, surtout qu'il vive !

Elle n'adresse pas son souhait au ciel. Elle ne rentre pas sous les hautes voûtes de l'église brûler un cierge. Devant ses yeux humides dont l'iris a des reflets verts, elle revoit Juan dressé à la poupe de *Luz* tandis qu'ils cabotaient le long de la côte du Levant. Et les gestes puissants qu'il a en jetant le filet, et l'élégance de sa main lorsqu'il recoud les mailles, le respect avec lequel il détache le poisson, lui caressant presque les ouïes. Les mains, c'est quelque chose de commun aux Canuto. Des mains fines et fortes, de celles qui peuvent aimer et travailler, caresser et saisir, des mains que le labeur ne déforme pas mais que la tâche fortifie.

Soudain un sanglot puissant lui noue la gorge. Un goût de fer inonde sa bouche, comme celui du sang coulant de ses gencives après une semaine de pain rassis. Ce n'est pas un pressentiment, mais une évidence :

– Juan est mort !

La jarre tombe et se brise. Elle court vers le taudis. Elle trouve sa mère et la Juana en larmes autour de la paillasse. Les yeux immenses des enfants que la faim a cerclés de noir luisent comme ceux des rats dans la pénombre où la chandelle vacille.

Jaume et Jordi, les jumeaux du couple Malaliet, n'ont guère été élevés par des parents trop préoccupés à caresser leur tiroir-caisse. De multiples bonnes s'en sont chargées et toutes se sont demandé, à un moment ou à un autre, pourquoi les Malaliet avaient conçu ces garnements tant ils leur sont indifférents. Un mainate, un chien ou un chat eussent mieux convenu. Et Isabel aurait été moins malheureuse d'avoir à s'occuper d'un animal.

C'était là le marché pour obtenir du quinquina. Chaque gramme octroyé valait sept jours de garde d'enfants. Trois grammes par jour durant quinze jours : Isabel doit trois cent quinze journées aux Malaliet.

À douze ans, au grand dam de son père, elle quitte donc l'école pour un labeur qui s'avère vite éprouvant. Non seulement Jaume et Jordi sont insupportables, gâtés pourris et d'une prétention rare, mais Carolina pense aussi disposer d'une boniche gratuite.

Dans le petit appartement situé au-dessus de la pharmacie, Isabel astique et épluche, Isabel balaie et fait les lits, Isabel recoud et passe la serpillière, Isabel s'occupe des pots de chambre et des courses. Le tout dans le désordre car la patronne monte sans cesse lui intimer des ordres contradictoires, prenant un plaisir vicieux à annuler les précédents pour en réclamer de nouveaux, s'énervant que rien ne soit proprement fait.

Les jumeaux n'arrangent rien. Ils sont sales et ils aiment le rester. Avec une scrupuleuse méchanceté, ils se curent le nez puis essuient leur morve sur les meubles dès que la poussière a été faite. Ils pissent à côté du pot et renversent leurs assiettes où la Malaliet compte les carottes de peur qu'Isabel ne mange à ses crochets.

Mais le pire, c'est la langue. Le couple n'admet pas qu'on parle autrement qu'en catalan. Et l'accent d'Isabel les horripile. Sans cesse réprimandée, elle est méchamment moquée par les jumeaux dès que la Carolina retourne à ses sachets. Chaque soir, Isabel doit partir à sept heures pétantes. Elle croise souvent des silhouettes nerveuses qui entrent en catimini sans faire sonner la clochette.

De retour carrer del Corretger, Isabel exténuée pleure.

– Encore un an chez ces gens-là, ce n'est pas possible !

Manuel a respecté le sacrifice de sa fille. Dans le malheur du deuil, il n'a rien dit, rien fait. Mais la voir dans cet état n'est plus possible.

Un soir, il vient l'attendre devant la pharmacie.

Madame Malaliet, inquiète, a observé depuis le comptoir cet homme immobile. Elle sort lui demander qui il est et ce qu'il veut.

– Je suis le père d'Isabel, madame. Elle devait garder vos enfants et non pas faire la bonne.

– Elle doit à la pharmacie l'équivalent de quarante-cinq grammes de poudre de quinquina !

L'Andalou reprend calmement les comptes. La Carolina, énervée, a le malheur de traiter sa fille de métèque.

– Nettoyer votre merde et celle de vos gosses, cela représente bien plus d'heures que ce qu'on vous doit, madame.

– Comment vous permettez-vous, grossier personnage ! La merde, vous en savez quelque chose, vu où vous vivez et d'où vous venez.

– Eh bien trouvez donc une Catalane pour ramasser la vôtre ! Isabel ne travaillera plus ici.

– Et tout ce qu'elle nous doit ? Voulez-vous que j'aille voir les autorités, espèce de voleur ?

Manuel s'approche d'elle. Il se forme, quand il est en colère, un repli de peau au-dessus de son nez qui lui donne un rictus démoniaque.

– Madame, voulez-vous vraiment que cela finisse devant les autorités ? Voulez-vous *vraiment* voir la garde civile dans les parages ?

Il a un regard pour la silhouette qui attend sous un porche la fin de l'altercation. Madame Malaliet tourne brusquement les talons. La clochette sonne l'alarme jusque dans les pots à pharmacie. Manuel prend gentiment le bras d'Isabel qui n'a pas compris la panique soudaine de la Carolina.

– Pourquoi l'avez-vous laissée se mettre chez des gens pareils ?

La tante Lucia ne décolère pas.

– Ta fille est trop bonne, trop généreuse ! Quelle idiote !

– Ne dis pas cela. Il fallait bien trouver un remède pour Juan, déplore Manuel.

– Pour ce que cela change maintenant ! Vous voilà bien avancés, avec un seul salaire. Et puis vous ne pouvez plus rester dans ce taudis. La grippe vous a épargnés, mais c'est la tuberculose qui va vous tuer. La pneumonie a déjà eu Juan : à qui le tour ?

– Père, je veux travailler ! Je suis assez grande à présent. Je n'ai plus besoin de retourner en classe, supplie Isabel.

– Hélas ma fille, si tu continuais tu pourrais être institutrice.

– Nous n'en avons pas les moyens. Il faut plus d'argent à la maison. Papa, je l'apporterai !

– Viens ici, jeune fille, et donne-moi tes mains.

Lucia, conciliante, l'a fait s'asseoir. Elle a une solution pour chaque désarroi.

– Ah, qu'elles sont fines. Tu as des doigts parfaits pour la besogne délicate. Tu vas travailler avec moi !

Isabel commence son apprentissage. Elle se montre vite suffisamment adroite pour accomplir broderies et dentelles. Son ouvrage est remarqué par les professionnelles :

– Cette petite doit entrer en atelier. Elle a de l'or entre les doigts, elle peut aller loin.

– Oui. L'atelier, c'est une bonne solution. Encore faut-il en trouver un de correct et de bien tenu…

Lyon – 1924

V'là la villa de l'argent moutarde, n'y monte pas qui veut, sauf les bâtardes d'Izieux !

À Lyon, il n'y a guère que Guignol pour chantonner pareil refrain. Ça détend le prolétariat. Mais personne ne se risquerait à l'entonner dans les usines du quai de Serin : qui le ferait serait immédiatement jeté dehors. On ne ricane pas des fortunes de guerre, tels sont les ordres venus de la villa de monsieur Paul Gillet qui surplombe l'imposant domaine chimique des entreprises du même nom.

La bâtisse à l'italienne avec cheminée Renaissance, faux escalier Louis XV et simili appartements Régence est le sanctuaire de la famille, le signe de sa puissance, le lieu de sa mémoire.

La famille Gillet, ce sont trois frères, Edmond l'aîné, Paul le cadet, Charles le benjamin. Le patriarche, Joseph, est mort il y a peu. C'est lui qui a porté la famille au rang où elle est parvenue, laissant en héritage deux cents millions de francs. On est entre soi dans cette opulente demeure que Paul s'est fait construire par l'architecte Joseph Folléa grâce aux affaires brocardées par Guignol, assez brièvement puisque la marionnette du gendarme vient immanquablement rabattre son caquet au gone insolent.

Avant d'être la « villa moutarde », ce fut ici le Clos de la Cerisaie, un jardin de six hectares à flanc de

Croix-Rousse doté d'une simple bicoque de jardinier. Des bois, des prés, des cerisiers où Edmond, Charles et Paul grimpèrent lorsqu'ils étaient bambins avec leurs cousins Chatin et les petits Guizot, Herriot, Aymard, les fils des bonnes familles de Lyon. Il y avait aussi une vaste pièce d'eau où les enfants patinaient en hiver, canotaient et apprenaient à nager l'été, ceinturés de ces gousses sèches si portantes qui avaient abrité les graines du dividi vénézuélien utilisé dans les teintureries, juste en dessous.

C'est là une spécificité de la famille qui pourrait mettre en exergue sous les écureuils ornant les frises de la villa : *Rien ne se perd, tout ressert.* Paul n'a-t-il pas transformé le bassin de sa jeunesse en un château d'eau pour l'usine, avec laquelle il communique via un souterrain qui commence rue Chazière et débouche quai Saint-Vincent ?

Là, sur deux kilomètres le long de la Saône, des gorges de Pierre-Scize jusqu'à Caluire, un noirâtre habitat étale ses façades lépreuses. La villa des maîtres est en haut, dominante. Coincé entre le fleuve et les pentes ardues, s'étend le royaume malodorant du phosphate de soude, de l'acide acétique et du bichlorure d'étain essentiels aux teintures. Cinq cents ouvriers y vivent en vase presque clos, loin des dangereux parages des ateliers qui s'entassent anarchiquement au-dessus de la place des Terreaux. Le conseil municipal s'apprête à renommer le quai de Serin quai Joseph Gillet. Lumière, Berliet ou Gillet : Lyon aime sanctifier ses industriels philanthropes.

La cloche de l'usine sonne quinze heures, fin des trente minutes de pause. À nouveau les cheminées vont cracher, les cuves bouillir et les tonneaux rouler. Les trois frères Gillet, rassemblés dans le bureau de Paul, connaissent par cœur le rythme des journées de travail.

Il n'a pas changé depuis leurs premières années à l'usine, lorsque Joseph décida que, pour ses trois fils, le temps de l'enfance était révolu.

Cela avait été pour eux une période studieuse. Joseph, craignant plus que tout l'abus de loisirs, leur faisait visiter chaque été les mines de pyrite de Saint-Bel, les tréfileries d'or de L'Arbresle, les fabriques de mousseline de Tarare et tout ce que le Lyonnais compte d'entreprises. Tous trois étaient destinés à lui succéder et à faire croître la prospère entreprise fondée par le grand-père François. Aucun n'a manqué au destin tracé par Joseph.

En ce 21 juin 1924, Edmond, Charles et Paul fêtent un contrat d'importance : l'accord Gillet-Ruepell avec l'Allemagne. La visite faite aux Güell de Barcelone n'avait été pour Edmond qu'un amusement. Il y avait troqué une famille pour une autre, dédaignant les mécènes de Gaudí pour s'allier avec les Vilà et fonder la SAFA, première entreprise espagnole de textiles artificiels. L'usine vient d'être inaugurée à Blanes, au nord de Barcelone.

L'accord Gillet-Ruepell est autrement faramineux. D'ailleurs le terme « accord » étant inapproprié, celui de mainmise s'avère plus adéquat. Si le traité de Versailles a démembré la carte de l'Allemagne au grand plaisir des patriotes de tout poil, l'essentiel de la victoire est ailleurs. « Le boche doit payer ! » cria-t-on après l'Armistice. Le Reich vient de déposer au pied de la France l'intégralité de son industrie chimique et les brevets afférents, renonçant dans la foulée à toute indemnisation. Et c'est énorme. Ainsi la Badische Anilin und Soda Fabrik, la BASF, première productrice mondiale d'engrais azotés, apporte ses ressources à l'agriculture française. Un sacré palliatif au guano du Chili que la France importait avant 1914. Ces engrais,

Charles et Paul ont participé à leur élaboration avant la guerre, alors qu'ils étudiaient la chimie dans les laboratoires de Berlin et de Francfort. Grâce à l'ami Louis Loucheur, toute la chimie allemande leur offre sur un plateau ses innovations. Et tant pis si Anatole France s'insurge que l'on est mort pour les industriels.

– À Progil ! lance Paul, un homme de vaste carrure et au nez jupitérien, en tout point semblable à son frère Edmond.

– Longue vie et prospérité comme on dit en Chine, souligne ce dernier.

L'accord Gillet-Ruepell est entériné par la fondation de Progil, une structure destinée à exploiter tous les brevets allemands. Le tissu productif de la nouvelle société a été patiemment élaboré depuis deux ans, une période durant laquelle les Gillet ont absorbé onze sociétés et vingt-huit usines concurrentes allant des parfums synthétiques de la Compagnie de Paris aux dérivés pétroliers des Établissements de Fontaines-sur-Saône. Ces sept dernières années, l'actif industriel des Gillet s'est plus accru que durant les quatre-vingts précédentes. Et cela continue : Edmond, le grand ordonnateur des fusions et acquisitions, est en négociation avec les Poulenc, la dynastie des industriels pharmaceutiques, pour accroître encore la branche chimique. La Société chimique des usines du Rhône, première productrice d'aspirine, s'y prépare activement.

Si l'usine historique du quai de Serin est spécialisée dans la fabrication des teintures, l'autre apanage de la famille reste la soie artificielle. Ce produit n'est pas unique. Il y en a de plusieurs sortes, et pour de multiples applications. C'est là sa chance et sa fortune, à l'instar du coton.

Depuis la fin de la guerre de nouveaux produits sont apparus. À la viscose originelle s'ajoutent désormais la nitrocellulose filée, dite soie Chardonnet, et la soie cuproammoniacale, appelée soie de Bemberg. La création de nouvelles usines a suivi cette floraison : la Société de la soie artificielle d'Izieux et la Société de la soie artificielle de Givet qui emploient les filles mères des campagnes environnantes, ainsi que d'autres sites installés de Nîmes à Chalon-sur-Saône.

Elles sont toutes chapeautées par le Comptoir des textiles artificiels qu'Edmond dirige aussi. C'est à présent une structure majeure de l'industrie française, l'équivalent des filatures du Nord, le berceau de son épouse Léonie. Le CTA coordonne la chaîne de production et commercialise l'ensemble des produits. Il s'apprête à changer de nom. Il va s'appeler la Rhodiaseta, alias soie du Rhône. Comptoir des textiles artificiels faisait un peu boutiquier, Rhodiaseta, avec ses consonances latines, sonne plus impérial.

La célébration des bonnes affaires est dans la famille un curieux cérémonial. Edmond remplit de champagne un vieux sabot. Il l'offre d'abord à Paul, puis à Charles. Lorsque le sabot lui revient, avant d'y tremper les lèvres il le lève en direction de l'autre rive de la Saône. C'est là un geste secret qui se perpétue entre mâles de la lignée, un rituel que nul employé de maison ne connaît et ne connaîtra jamais. Louis Loucheur n'a pas bu à ce Graal rustique lors du contrat sur l'ypérite, ni le comte de Chardonnet, jadis, lors du rachat de son brevet. Seule Léonie en a eu vent, mais sans y avoir jamais assisté.

Par-delà la rive de la Saône se déploie la ligne des monts du Forez, la terre d'où sortit l'ancêtre, la terre où abondent les forêts de châtaigniers à tanins. Ce sabot noirci par l'usage, que l'on garde pieusement au coffre est un original sans prix. Il a chaussé François Gillet, le fils de cultivateur venu apprendre la teinture sur soie à Lyon. Ce fut le sabot avec lequel il circulait entre les rigoles où s'écoulaient les produits colorants. Le second sabot, l'ouvrier François Gillet le perdit sur les barricades formées par les métiers brisés des canuts en 1864. Il avait pris part aux émeutes après avoir été renvoyé de sa première place pour s'être inscrit à la Société des ouvriers teinturiers.

Edmond étreint ses frères et repose le sabot historique. La boîte à cigares est ouverte. On tête avec gourmandise la fumée bleue des havanes. Aucun lieu familial, ni l'hôtel particulier d'Edmond boulevard des Belges, ni le château de Charles, à Couzon-au-Mont-d'Or, ne saurait mieux abriter leurs victoires que cette villa qui ramasse dans son exposition à la fois le passé et le présent de leur fortune.

Quant à son futur, il réside dans le ventre des épouses, un site hélas moins productif qu'on ne pourrait l'espérer. Mathilde, la fille d'Edmond, n'a ni frères ni sœurs et Léonie, à quarante et un ans, voit l'espoir d'une nouvelle grossesse s'amenuiser.

Paul a épousé Marie Blanchet de Rives. Elle est issue d'une famille de papetiers qui fournit la Banque de France, dont Paul se trouve être conseiller de la succursale lyonnaise. Leur couple n'a pas d'enfants. Seule Marcelle, l'épouse de Charles, a dignement assuré la descendance dynastique en ayant eu trois rejetons.

À présent les femmes sont conviées à rejoindre le bureau pour sabler le champagne dans des coupes de cristal.

– Mais où est donc Marcelle ? s'enquiert Edmond. Je ne la vois pas.

– Une migraine épouvantable l'a retenue au château, s'excuse sa belle-sœur.

– Tout de même, c'est extraordinaire ces migraines qui se répètent depuis juin ! Avez-vous consulté ?

– Rien de grave semble-t-il. Les glandes, déclare Charles.

– Et la belle vie ! Je sais qu'elle était avant-hier soir, avec notre petite Denise, au bal des Brunet-Lecomte.

– Charles, il conviendrait de tenir un peu mieux ton épouse, ironise Edmond.

– Elle se devait d'introduire sa fille dans la bonne société, le coupe Léonie. Marcelle remplit admirablement ses devoirs de mère et de femme du monde. Il y va de notre rang et de nos amitiés, tu n'es pas sans le savoir.

Personne n'insiste. On ne contredit pas Bonne Maman.

Léonie est réfractaire à toute intrusion dans l'univers féminin dont elle est la gardienne. Enfant, déjà, c'était un fort tempérament. L'étude la faisait tant bouder qu'elle fut mise quatre ans en pénitence chez les Clarisses d'Esquermes afin de lui dresser le caractère. Elle y était entrée rétive, elle en sortit femme de tête.

C'est ici un accord tacite que de séparer les rôles. Le triumvirat masculin partage son temps entre travail et vie de famille. Les trois frères se laissent un intermédiaire, fort court, destiné aux garçonnières. Lyon est petit, mais Lyon est un dédale. Nul besoin de chauffeur pour aller se perdre quelque part, de quatre à six, pour s'adonner aux galantises. De cela, évidemment, on ne pipe mot.

Léonie sort un instant sur la terrasse pour échapper à la fumée des cigares. Elle aperçoit Mathilde qui remonte, visiblement en pleurs, depuis le fond du jardin.

À mi-chemin entre la villa et l'usine, le parc a conservé la bicoque du jardinier. Elle est occupée par Sébastien, un orphelin de la guerre chaudement recommandé à Léonie par son confesseur, le père Anselme.

Un homme pour s'occuper à plein temps de six hectares n'est pas de trop. Pléthore de jardiniers n'y est pas non plus nécessaire. Le Clos est un parc à l'anglaise où la sauvagine a une place calculée. Le jardin des Gillet n'a jamais été « à la française » et l'on y garde pieusement les bosquets fournis et les chemins mystérieux au détour desquels la ville disparaissait au regard de l'enfance.

C'est devenu le domaine des dames, fort portées sur les arbres et les fleurs. Mathilde raffole des tulipes, les pivoines ont la préférence de Léonie et Marcelle a la passion des dahlias. Marie Gillet, résidente permanente de la villa, est la seule à y être indifférente, sauf quand le jardin ne peut la fournir en fleurs pour orner les chapelles des nombreuses congrégations qu'elle visite à longueur d'année. Ses bonnes murmurent qu'elle brûle plus de cierges qu'une planche n'imprime de billets.

Sébastien était entré au service du jardin à l'âge de quatorze ans. Ce taiseux, que l'on avait longtemps cru muet, devint un peu leur enfant sauvage.

– Dieu sait quelles misères le pauvre garçon a pu connaître, s'était émue Léonie en le voyant la première fois.

Il s'était glissé à la perfection dans le cadre du jardin qu'il se mit à embellir par son talent de botaniste. Il n'en est depuis presque jamais sorti.

Un regard farouche, des sourcils épais et une carrure sèche marquent chez lui une origine qui n'est guère locale, mais plutôt méridionale. Le parc est son domaine. Le travail l'absorbe entièrement, le silence lui convient. Il a, de ses propres mains, construit des serres pour les semis et les boutures. Il choisit les espèces, il échange avec ces dames idées et astuces. Lorsqu'elles reviennent de chez leurs amies, ce sont de longs conciliabules pour de nouveaux projets botaniques d'où les messieurs sont exclus. Parfois, on amène Sébastien dans l'Hispano jusqu'au château de La Volontaire où Marcelle soigne les nombreuses espèces exotiques qu'y planta l'ancien possédant. Les deux parcs sont l'unique univers de l'orphelin.

À travailler au grand air, bien nourri et choyé par ces dames, Sébastien l'enfant sauvage s'est transformé. Marcelle s'en aperçut la première, le voyant moins fréquemment que sa belle-sœur et sa nièce. En mars, lorsqu'il descendit de la voiture, Marcelle se demanda un bref instant quel était ce beau visiteur avant de reconnaître en lui l'orphelin d'hier. Sébastien portait une chemise de lin blanc à col droit, un achat de Mathilde, et un ample pantalon bien serré à la taille par une ceinture qui n'allait plus à Edmond. Sébastien avait acquis la prestance d'un homme qui n'a rien de prolétaire. Le travail physique le façonnait admirablement. Une casquette gris taupe achevait de couronner son visage sculpté par la lumière du printemps.

Le jardinier officia comme à son habitude, choisissant avec un instinct sûr les meilleurs plans. Il s'imposait parmi les fleurs comme leur maître. Mathilde l'observait tandis qu'il se baissait et se relevait pour charger les godets de pétunias. Son autorité naturelle, que rehaussait la chemise blanche entrouverte sur sa poitrine brune, frappa Léonie. La femme mûre ne fut pas indifférente à cet être qu'elle voyait homme pour la première fois.

C'est par un miracle du paternalisme bourgeois qu'avait pu se développer, à l'abri des très hauts murs de la demeure patricienne, au cœur d'une ville de plusieurs centaines de milliers d'âmes, cette plante innocente et soudain si virile. Mais Sébastien n'était pas conscient de sa séduction, la vie recluse l'ayant conservé dans l'ignorance sensuelle. Sur le chemin du retour, il ne se rendit pas compte que Mathilde et sa mère, pourtant frivoles comme des perruches lorsqu'elles revenaient du château de La Volontaire, gardaient un silence rêveur.

– Que pensez-vous d'Édouard Ferlié ?

– Mon cher ami, il est votre employé. Que voulez-vous que je vous dise de plus ? maugrée Léonie en revenant vers le bureau où parlementent les trois frères.

– Je n'emploierais plus ce mot, pontifie Edmond. Il est désormais notre associé. Édouard vient d'engager pour un million dans la Rhodiaseta avec ma bénédiction.

– Il est bon que les Ferlié rentrent dans le capital, souligne Charles.

– C'est une famille sûre, sérieuse et richement pourvue.

– Hautement placée à la Banque de France et au Crédit lyonnais, insiste Edmond.

– J'entends bien utiliser ses compétences personnelles dans nos nouvelles structures. Un poste de directeur adjoint, qu'en dites-vous, Bonne Maman ?

– Vous avez déjà pris votre décision, alors pourquoi me le demander… À moins que vous n'ayez quelque autre idée derrière la tête ?

– Effectivement ! Donc ? Que pensez-vous d'Édouard ? Je veux dire en tant qu'homme ?

– Un parfait Lyonnais. Je ne sais pas de tares notables dans la lignée.

– Puisqu'il est entré en affaires parmi nous, irons-nous plus loin ?

– Vous songez au mariage, évidemment. C'est acceptable. Les Ferlié sont trop éloignés pour être des cousins pas touche. La descendance n'aura rien de consanguin à craindre. Et la proximité des noms me plaît assez : Ferlié cela sonne presque comme Gillet. Mais qui songez-vous lui faire épouser ? Denise ?

– Non, très chère. Puisque vous n'aurez plus d'enfants, je pensais…

Léonie se raidit et reprend son mari :

– Puisque sans doute *nous* n'aurons plus d'enfants…

– Certes, certes… je pensais donc lui faire épouser notre Mathilde.

– Je ne suis pas contre. Un mariage avec la branche centrale des Gillet est une bonne idée, cela dit sans vous vexer, mon cher Charles, car vous n'êtes pas vraiment une extrémité familiale, vous le prolifique géniteur.

On sourit courtoisement à la boutade.

– J'acquiesce, très chère, réplique Charles. Personnellement, je préfère ne pas avoir mon propre gendre comme sous-directeur. En certaines circonstances, une telle proximité peut être inopportune. Lui faire épouser Mathilde me semble en effet plus juste.

– Eh bien soit ! Il ne reste plus qu'à fixer la date, se réjouit Edmond. Mathilde et Édouard se connaissent, il n'est donc pas besoin d'organiser une rencontre officielle au théâtre des Célestins. Un an de fiançailles sera suffisant pour mettre les formes.

– Je propose le 21 juin l'an prochain. Les soirées estivales sont longues. Et puis nous aurons des fleurs, sourit Paul en désignant le parc.

– Oui, nous aurons beaucoup de fleurs… Léonie serre plus qu'elle ne devrait le pied de sa coupe.

– Je compte sur vous pour en informer Mathilde qui ne saurait refuser si bon parti.

– Bien sûr, Edmond, bien sûr. Elle acquiescera comme nous le fîmes en notre temps.

Sébastien, pour paraphraser un fameux poète floral, vécut ce que vivent les roses. Le 1er septembre 1924, on le retrouve gisant dans une mare de sang, le crâne fendu et l'œil arraché par un club de golf. L'objet contondant repose dans les herbes folles à côté de lui. La police ne trouve aucune empreinte sur le métal. Le forfait a été accompli par une main gantée. Le club appartient à monsieur Paul et figure parmi la liste des objets dérobés, la nuit du meurtre, dans la villa.

Les journaux lyonnais mettent l'événement cinq colonnes à la une pendant deux jours. Le troisième, il a rejoint la dernière page. On a trouvé une victime et plusieurs mobiles. Le beau jardinier aurait eu une liaison contre nature avec un valet que Marie Gillet suspectait, le jugeant efféminé. Longuement interrogé par l'inspecteur Lacazze, qui doit sa nomination à Charles, le jeune homme avoue avoir cambriolé la villa et s'être violemment disputé avec Sébastien au sujet du butin.

De crainte que le valet homosexuel ne soulage sa conscience en prison et déclare une méprise ou un remords – tant ces gens ont peu de conscience, habitués qu'ils sont à tout travestir et d'abord eux-mêmes –, on le fait interner. Des mœurs dénaturées réclament un traitement adéquat : ce sera les électrochocs puis la lobotomie.

Un bienséant silence retombe sur l'affaire, laissant aux rumeurs tout loisir pour se répandre. Qui était vraiment l'amant de qui ? D'ailleurs l'amant ou la maîtresse ? Une, ou bien plusieurs ? De quoi donner à Guignol l'occasion de changer une lettre à son refrain, sans doute destiné à l'inspecteur Lacazze.

V'là la villa de l'agent moutarde, n'y monte pas qui veut, sauf les bâtardes d'Izieux !

L'insolente marionnette ne goûte décidemment guère le gendarme.

Avec cinq mois d'avance sur l'agenda mondain, Mathilde épouse Édouard Ferlié en la paroisse Saint-Nazaire, Lyon Ier arrondissement, le 12 février 1925.

Barcelone – 1925

L'atelier est plein de fils. Le soir, quand partent les couturières, ils traînent partout. Ce sont des débris de coton tombés de la pièce de tissu brut ; des fils déjà utilisés et arrachés à l'ourlet à reprendre, ou les quelques centimètres résiduels des boutons cousus. Légers comme des plumes, les fils volettent dans l'activité diurne pour finir amalgamés en moutons. Ils s'assoupissent en troupeaux dans les recoins que seule la serpillière peut atteindre. Et puis il y a le déchet noble, ce fil de soie dont la main a mal évalué la longueur nécessaire à l'ouvrage et qui gît sur l'établi, inutile, mais toujours précieux. Un par un, Isabel les ramasse, les trie par taille, les range par couleurs. C'est un petit travail mais ce n'est pas un sot métier car, comme le dit le patron :

– Depuis Rockefeller, on sait que ramasser une épingle peut conduire à la fortune !

Il y a une telle demande dans l'atelier de Ferran Basi qu'on ne risque pas de chômer. Barcelone est avide de bonne couture. Il en faut pour les dizaines de théâtres qui, chaque soir, font salle comble sur le Parallel. Ce sont des centaines de costumes que réclament les revues de music-hall, les comédies de boulevard et les zarzuelas, cet opéra-comique national encore plus prisé que Wagner ou Verdi. Les arènes aussi sont de grandes consommatrices d'habits de lumière qui mettent en émoi les ateliers quand les toreros viennent à l'essayage.

Une autre caste, rutilante, galonnée, vient encore d'augmenter les commandes en costumes : les militaires. Le 13 septembre 1923 à Barcelone, un général d'âge mûr et de mœurs légères, Miguel Primo de Rivera y Orbaneja, marquis d'Estella, provoque un pronunciamiento pour mettre le holà aux désordres. Ce coup d'État sans effusion de sang, mené grâce au soutien des milieux d'affaires et à l'apathie de syndicats indifférents au sort des parlementaires véreux, est une aubaine. Primo de Rivera reçoit beaucoup et s'amuse follement. Ce Mussolini de lupanar gouverné dans l'alcôve par la môme Acajou, une hétaïre de haut vol, règne sur des années folles qui se voudraient vertueuses, mais sont d'abord dispendieuses et dépravées.

Les fournisseurs de luxe livrent au clergé de riches chasubles et des décorations d'autel glorifiant plus que jamais les bonnes mœurs soutenues par la dictature. Mais, au lieu des pains et des poissons que promet le Sauveur, ce sont les réceptions et les parties fines qui se multiplient. Les riches ont leurs maisons de couture et la classe moyenne aspire elle aussi à s'offrir du bon temps. Sans omettre les créations nécessaires aux abondantes maisons closes. Une manne pour la cité catalane, son industrie textile et sa main-d'œuvre à profusion.

Tant que les gens n'iront pas nus dans les rues, ici, chez Ferran Basi, il y aura du travail.

La tante Lucia avait cependant eu raison de mettre Manuel en garde. La proximité du corps et du tissu peut s'avérer source de soucis. Dans le premier atelier l'amant de la patronne, femme mariée, guignait effrontément Isabel dès que madame avait le dos tourné. Car il y a de nombreux courtisans autour de la jeune Andalouse. Isabel a le pied menu, la cheville fine et une taille svelte qui met en valeur son buste généreux. Et ce visage ! Pommettes hautes, peau mate, un sourire franc quoique rare, des yeux qui fixent sans ciller. Il y a en elle une autorité douce forçant le respect. Dans la pupille droite, Isabel a une subtile coquetterie, cicatrice d'un choc reçu dans la petite enfance et qui brille quand elle rit. La légère imperfection de cette beauté provoque, sur son passage, la rhétorique de la séduction espagnole. Les *Guapa! Maja!*[1] jaillissent facilement des gosiers masculins. Les hommes dédient ces baisers sonores à la femme qui les reçoit en détournant la tête avec une offuscation feinte.

Les *machos* ont la drague élégante. Ils ne sifflent pas, ils n'apostrophent pas de façon vulgaire. C'est un art, presque une danse, l'héritage de siècles catholiques où l'interdit du corps a démultiplié le désir. Dans la rue, Isabel a les faveurs de ce fandango érotique. Parfois un homme, plus enthousiaste que les autres, « soûl sans doute, ou bien fou » pense-t-elle, jette son manteau devant ses pieds comme la cape devant le taureau.

L'indélicat peut aussi se prendre une paire de gifles, ce qui arriva à l'amant de la patronne qui se mit à suivre Isabel de trop près. Apeurée par les conséquences, elle ne se représenta pas à l'atelier. Mais madame, qui connaît les hommes, lui fit apporter une semaine supplémentaire de maigre salaire. Ce témoignage de solidarité féminine compensa l'exploitation sans vergogne que les Malaliet lui avaient fait subir.

Il vint s'ajouter aux bénéfices de Manuel, devenu une figure du quartier. On apprécie ce marchand des quatre-saisons qui ne s'en laisse pas conter. Le père est informé d'appartements peu chers carrer de Jaume Giralt. Les Canuto vont-ils enfin pouvoir sortir de leur cloaque ?

1. Belle ! Mignonne !

Chez Basi, maison de grand renom, Isabel est à l'essai. Le premier atelier a un peu entaché sa réputation. La petite connaît-elle vraiment le métier ou seulement ses pires travers ?

Elle se montre discrète, attentive, curieuse. Les couturières louent sa propreté et son efficacité de ramasseuse. Elles n'attendent que l'autorisation de la patronne pour lui faire une place. Mais madame demande bien plus qu'une petite main adroite. La maison Basi habille ce qu'il y a de plus chic et produit les costumes pour la création catalane la plus en vue. L'atelier bruit du contrat signé pour une nouvelle zarzuela de Manuel de Falla. Madame est aussi grande amie des peintres, comme les deux Joaquim, Mir et Biosca, ce dernier étant un intime du couple Basi, gens élégants et posés, où seule dénote la différence d'âge. Vingt ans séparent en effet monsieur Ferran, l'âme créatrice de la maison, de son épouse Beatriu.

Madame apprécie les filles alertes et intelligentes. Le travail est dur, mais elle est juste et intègre. Elle a aussi de petits secrets qui font s'échanger des clins d'œil entendus lorsque Joaquim Biosca vient la visiter.

L'homme est doux, mélancolique, coiffé d'un feutre mou, vêtu de velours noir et d'une lavallière sombre. Il est surtout le peintre majeur du groupe des « charbonniers », appelés ainsi car pratiquant le dessin au fusain et affectionnant les sujets graves : les pauvres, les démunis. Beatriu l'oppose aux « safranistes », Joaquim Mir ou Nicolau Raurich, des paysagistes aux couleurs fauves. En apercevant Isabel, Biosca lui propose aussitôt de poser nue. Elle refuse sèchement. Prêter son corps au regard d'un homme, qui plus est contre rémunération, pour être ensuite contemplée, voire moquée par la multitude, c'est presque de la prostitution.

Sa réserve joue en sa faveur. Dès lors Beatriu l'envoie en toute confiance chez les clientes des quartiers cossus de l'Eixample apporter une robe ou y prendre des mensurations. Isabel s'en acquitte parfaitement. Si elle doit louer un taxi, à son retour il ne manque jamais rien à la monnaie de la course. Madame lui permet dès lors d'aller régler certains fournisseurs.

Isabel est enjouée, souriante, dotée d'un joli brin de voix quand elle chante, ce que les filles, à l'ouvrage, font sans cesse, illuminant l'arrière-cour grisâtre du carrer Comercio.

Elles y sont neuf couturières. Ariana et Nicoleta sont les deux nièces du patron chez qui un menton chevalin signale l'air de famille. Elle ne sont pas pour autant les plus favorisées, effectuant plus d'heures que les autres. Assumpció et Leia sont deux filles gourmandes et bourrues. La petite Neus, avec son profil d'écureuil, semble avoir arrêté de grandir. Elle arbore un bonnet de marin et joue les garçons. Il y a une espiègle, Nuria, et une coquine, Mireia. Isabel a reconnu une fille du sud dans le faciès gitan de Mercedes. Et la timide du groupe c'est Ines, à qui sa trop grande paire de lunettes donne un air d'intellectuelle. Dès qu'elle le peut, Ines dévore la presse du cœur.

Au milieu des machines à coudre se dresse le bureau directorial de madame. Les deux attributs de Beatriu sont un collier de perles noires et une ombrelle crème. Elle lui est indispensable pour sortir par les rues et conserver un teint de lait. C'est une beauté vêtue à la dernière mode dessinée par Ferran. Avec orgueil, madame a fait encadrer une photo de l'atelier. La maison Basi pose comme la grande famille qu'elle est : on y admire les couturières toutes ensemble et Ferran qui s'efface derrière elles.

Elles se souviendront longtemps du 5 novembre 1925. Jamais ville d'Espagne n'a connu ça. La foule est massée de la Plaça de Catalunya aux abords du Liceu. Cinq des plus importants théâtres de la ville ont ouvert gratuitement leurs portes pour donner encore plus d'écho à l'événement. C'est la première fois qu'une radio diffuse une œuvre en direct. Radio Barcelona fête, depuis le Liceu, « le plus grand ténor espagnol de tous les temps », Miguel Fleta, dans son rôle fétiche : Don José, le malheureux brigadier de *Carmen*.

Il ne s'agit pas uniquement de plaire aux très nombreux fans d'opéra, soit le tiers de la cité, l'événement est d'abord politique. Primo de Rivera, qui est arrivé au pouvoir grâce aux industriels barcelonais, a, pour satisfaire l'extrême droite castillane, interdit l'usage du catalan. La stupidité politique culmina avec l'arrestation de Gaudí qui, bravache, répondit à la police en catalan le 11 septembre, jour de fête nationale. Carmen se moquant dangereusement de son amant soldat, serait-ce la Catalogne se riant de l'autorité centrale ? Mais Primo de Rivera ignore cette célébration de la technicité barcelonaise : il est à Madrid pour accueillir le maréchal français Philippe Pétain venu mettre au point la coordination militaire franco-espagnole.

En prévision du grand air de Don José, « La fleur que tu m'avais jetée », les kiosques de la Rambla des Fleurs ont été pris d'assaut. Il n'y a plus un œillet, un camélia, voire un chrysanthème de disponible. On a mis la fleur dans les cheveux ou à la boutonnière. Chacun rivalise d'élégance selon ses moyens car il y va de la fierté nationale.

C'est un jeudi, mais la représentation est donnée en matinée. L'atelier Basi se rend à l'événement. La municipalité a interdit la circulation automobile et les Ramblas sont un opéra à ciel ouvert. Ferran a offert à chaque couturière un œillet blanc, s'excusant de n'avoir su trouver de roses rouges. L'ouverture sémillante de *Carmen* est saluée par les vivats des dizaines de milliers de personnes assises aux terrasses ou plus communément sur les chaises apportées du domicile. On écoute avec une ferveur extraordinaire la musique et ces voix sans visage.

Le marché de la Boqueria est aussi de la fête. Faustino chahute en fumant des cigarettes. La *Carmencita* de Maria Gay et le Don José de Miguel Fleta sont paroxystiques. Elle se refuse encore, une ultime fois il l'implore avant de lever son couteau. Rideau : les rugissements de la foule font trembler les bourgeois du Liceu jusqu'au fond de leurs loges.

Le soleil a été au rendez-vous de cette journée exceptionnelle et il fait tiède entre les murs. Une coulée d'outremer s'élève à présent du port. Le couchant rougit les collines. La foule se disperse, les couturières ravies retournent à regret vers les ruelles sombres. Sur la multitude flotte l'ombrelle nonchalante de Beatriu. Ines est enthousiaste. Elle a souvent essuyé ses lunettes mouillées par le mélodrame. Elle chante, pas très juste, la *seguidílla* de Bizet et danse en singeant la gitane. Devant le marché, Ines jette sa fleur en direction des déchargeurs musculeux. L'œillet blanc atteint Faustino dans le dos. Il se retourne et se perd une éternité dans la coquetterie rieuse d'Isabel, croyant qu'elle lui a lancé l'œillet alors qu'Isabel ne lui a pas prêté attention.

– Pétard, mais qui est cette superbe fille ?

Voilà Faustino fou d'amour, l'image fugace d'Isabel incrustée dans la tête.

– Antonio ! Antonio ! Il faut que je te dise !

Son copain pense qu'il lui est arrivé malheur quand il le retrouve à la fin de son service, grillant cigarette sur cigarette dans la rue.

– Qu'est-ce que tu as ? On t'a viré ?

– Non, c'est pas ça ! Cette fille ! Ah, si tu savais, cette fille ! cette fille !

Faustino lui raconte l'heureux incident.

– Tu étais sur les Ramblas ? Tu ne l'as pas vue ?

– Comment voulais-tu que j'y sois ? Avec tout ce monde… Nous avons eu trois services. Fleta vient d'arriver pour souper. Tous les chanteurs sont là, dont Lazaro. D'ailleurs à ce propos, j'ai trouvé que…

– Ne me parle pas d'opéra. Tu aimes ça et moi aujourd'hui je m'en fiche. Ah, si tu savais ! Il faut absolument la retrouver !

– Et comment ? avec la foule qu'il y avait ! Tu ne l'as aperçue qu'un instant. Va savoir où elle habite maintenant.

– Elle était avec d'autres, accompagnées d'une bourgeoise à ombrelle. Grâce à ça, je l'ai suivie de loin jusqu'au carrer Comercio. C'est une piste !

– Et ?

– Eh bien j'irai guetter dans les parages.

– Bon courage !

Ce n'est pas le premier béguin de Faustino, et Antonio laisse passer la tourmente.

– Bon, et maintenant, tu proposes quoi ?

– Comme d'habitude, on va faire un tour au Barrio.

– Tu te dis amoureux et tu veux aller aux putes ? Bravo…

– Il faut bien que je me calme. Et que j'apprenne de nouveaux tours pour rendre ma promise heureuse. Comme ça elle n'ira pas voir ailleurs…

– Du calme ! Pour l'heure tu ne sais pas encore où elle crèche, ta beauté à l'œil de travers !

Depuis l'accident avec madame Maffiolo, Antonio a fait plus ample connaissance avec la gent féminine ainsi qu'un garçon est habilité à la rencontrer : au bordel. Ce fut le cadeau de ses quinze ans, voulu par Faustino et payé par Juan Bautista. Le dépucelage eut lieu dans le Barri Xinès où abondent les claques. La vie nocturne y a la trépidation de la jeunesse. Le quartier de mauvaise vie est un dédale où se côtoient les filles de joie, les lesbiennes et les travestis. Les lampions jaunes signalent les fumeries d'opium, la verte absinthe illumine les bars glauques, la cocaïne s'achète sans peine au comptoir des pharmacies. Toutes les langues du monde fricotent ensemble dans cette poignée de rues. La décadence masque la misère et les parfums grossiers le vomi. Le couteau sort vite, parfois le revolver claque. Le Barri Xinès provoque le frisson de l'aventure et des histoires à n'en plus finir. Y traîner c'est déjà être loin en pénétrant les cercles concentriques de la cité lubrique.

Cette première passe fut pour Antonio une expérience rapide et frustrante, dont il n'a retenu que le côté hygiénique. La fille s'était rincé le sexe dans un bidet pourvu d'un jet vertical et le sien fut désinfecté au permanganate dans l'édicule au bas de la maison de passe. Puis, avec Faustino, ils se firent raser et coiffer chez le barbier où, accablé de questions sur sa première expérience, Antonio la romança passablement.

La raclée qu'ils avaient reçue après la chute dans le port n'a pas tué leur puissante envie de partir. Ils ont voulu recommencer, cette fois à bord d'un magnifique navire, le *Cap Arcona*, effectuant la navette entre Barcelone et l'Argentine. Choses jamais vues, il y avait à son bord deux piscines, un garage et même une roseraie de quarante mille plans. Sans rien dire à personne, ils économisèrent trois mois durant pour s'offrir un billet de quatrième classe. Antonio avait préparé une lettre pour ses parents et une seconde pour Montse, l'écriture n'étant pas le fort de Faustino.

Billet dans la poche et balluchon à la main, ils s'étaient présentés à la passerelle où on les avait refoulés. Ni l'un ni l'autre n'avait l'âge légal pour partir : vingt et un ans. Les papiers d'identité d'Antonio en attestèrent, Faustino avait maladroitement falsifié sa date de naissance. Ils ravalèrent leurs rêves nourris d'émissions de radio entendues dans les bars et par le cinéma aux images saccadées que l'imaginaire drape de mille et un ailleurs.

Bienheureux cinéma : Antonio y avait connu une expérience sensuelle autrement plus fascinante. Sous l'écran, il y avait le piano joué par des prolétaires du clavier comme l'avait jadis été Albéniz au Brésil. Ils ne jouaient pas des airs de bastringue, mais improvisaient sur un répertoire de haute lice adapté au temps de l'image. Sur les blessures secrètes de l'âme, un nocturne de Chopin, un prélude de Rachmaninov apportaient la consolation étrange de la musique, cette bienfaisante suspension où la vie puise une nourriture abstraite mais enivrante.

Et puis un jour, alors qu'Antonio cherchait à se faire un peu plus d'argent que ce qu'il gagne à l'Oriente, et dont il rapporte la quasi-totalité carrer dels Flassaders, il découvrit l'opéra. Un cuisinier le mit en relation avec Andreu Capistrana, le chef de la claque du Liceu. C'est un travail plutôt plaisant puisqu'il s'agit d'aller soutenir l'artiste qui paye une clique pour cela.

– Il faut juste savoir applaudir à bon escient. Tu commenceras juste avant le dernier accord de l'air…

– L'accord ?

– Oui, le moment où la musique se termine, la note finale si tu préfères. Tu comprendras vite. Mais tu ne devras pas applaudir n'importe comment. Il faut arquer la paume d'une main et courber légèrement les doigts de l'autre pour que ça résonne bien fort.

Andreu frappa ses mains l'une contre l'autre, produisant un bruit à casser les oreilles. Mais l'affaire était quand même plus subtile que ce raffut.

– Tu applaudis comme je viens de te montrer quand tu es en haut, au paradis. Là tu dois faire beaucoup d'éclat et c'est pas grave si on te remarque. Mais quand tu seras à l'orchestre, dans quelque temps si tu me conviens, il faudra être plus discret. Tu applaudiras seulement à tout rompre comme si tu débordais d'enthousiasme, afin d'entraîner les autres. Et tu devras être bien habillé. Ça, je m'en occuperai.

Le premier ouvrage auquel assiste Antonio est un grand voyage. Dans *Le Guaranï* du Brésilien Antonio Carlos Gomes, la féroce tribu des Indiens Aimoré réduit en cendres le fort des conquistadors portugais. Il y a de l'amour, des catastrophes et la jungle d'un orchestre pétaradant. Antonio n'a pas besoin de feindre l'enthousiasme : il est abasourdi de bonheur et il applaudit toujours bien que les lumières se soient rallumées.

Son deuxième opéra, *Rigoletto*, lui fait découvrir la puissance de la voix : les aigus de Mercedes Capsir vibrent jusqu'au lustre, le baryton de Titta Ruffo cingle toute la salle avec ses imprécations. Et l'orchestre, cette machine forcenée ou impalpable, qui suscite des montées d'émotion piquant les yeux plus fort que l'oignon ! Il en a les mains rougies et les cheveux trempés de sueur. Les chanteurs, rivaux implacables, ne lésinent pas pour être honorés longuement. Ils se jettent des défis sur lesquels le public renchérit en réclamant tant de bis que certaines représentations tiennent du cirque.

Sur les Ramblas, Antonio cherchait une échappatoire pour cesser d'aller de long en large vers il ne savait quoi. S'élever, s'exalter : le spectacle qui se vit dans l'intensité de l'instant musical lui ouvre des dimensions inouïes. Il les ressent avec autant de passion dans le noir intime du cinéma que dans le colisée de l'art lyrique.

Très vite Andreu n'a plus besoin de quérir Antonio pour assurer la claque : il viendrait presque gratis ! Il entre ainsi en religion d'opéra, celle qui a fait tomber les gouvernements belges, lever les nationalismes italiens et dépenser des fortunes aux souverains d'Égypte rien que pour s'en donner le plaisir exotique. L'opéra est une histoire vivante avec ses cercles, ses cafés, ses chanteurs du dimanche et ses intermittents du succès : la claque.

Son statut n'offre pas à Antonio l'accès au Salon des Miroirs et encore moins au Cercle du Liceu. Tant mieux : c'est dans le hall d'entrée que les véritables aficionados dissertent, dissèquent et parfois s'empoignent. Vêtu d'un costume d'emprunt, gagé deux pesetas par Andreu afin qu'il n'omette pas de le lui rapporter, Antonio ouvre grand ses oreilles. Il boit les paroles des connaisseurs descendus du paradis pour s'aérer un peu, leur partition sous le bras et un crayon derrière l'oreille. Ça discute contre-*ré*, contre-*fa* ou *pignol* pour messieurs les ténors, soit contre-*ut* en langue musicale internationale. Le terme amusant lui évoque les pignons de pin qui truffent la frangipane des gâteaux de Mardi gras.

Un soir, il place son savoir tout neuf en servant à table Hipolito Lazaro, très attendu pour la nouvelle saison. Le ténor a un trou de mémoire quand Antonio lui présente l'assiette d'œufs au rhum, bons pour le larynx.

– Woglinde, Wellgunde et… et… et… ? Zut, comment s'appelle la troisième fille du Rhin ?

– Flosshilde… glisse Antonio.

C'était risqué : on n'aime guère voir un inférieur briller plus que soi. Mais Lazaro n'est pas bégueule :

– *Me cago en Deú*[1] ! Mais d'où tu sais ça toi ? Bravo mon gars !

L'ancien pêcheur, dont un imprésario remarqua à la criée le timbre fabuleux, laisse expressément à l'intention d'Antonio un généreux pourboire et une invitation pour la première du *Trovatore* où les aficionados attendent son *pignol* dans *Di quella pira*. Certains industriels sortent leur chronomètre suisse pour voir combien de temps Lazaro va tenir la note finale. Une minute ! Le record est salué par des cris à n'en plus finir. À la sortie des artistes, carrer Sant Pau, Lazaro est attendu par une impressionnante haie d'honneur. Mais c'est au jeune commis qu'il demande en premier son avis sur la fameuse note.

Armand a jugé Antonio apte à passer du poste de commis à celui de serveur en salle. Le maître d'hôtel est l'un des anciens de l'Oriente et Esteve Sala, le propriétaire de l'établissement, a toute confiance en cet homme élégant qui pourrait être la doublure de Rudolf Valentino. Armand connaît la clientèle, ses exigences, ses travers. Il sait aussi parfaitement juger le personnel tant il a vu passer de ladres, de paresseux, de futurs gigolos mais aussi d'excellents garçons partis servir dans les meilleures maisons.

Depuis l'affaire de l'omelette gobée, Armand a pris Antonio sous sa protection. Mais sans jamais le complimenter, de peur qu'il ne prenne la grosse tête. Antonio n'a pas froid aux yeux, il sait rester calme dans les situations délicates. Jamais Antonio ne crie dans l'office. La vulgarité n'est pas son fait, il a quelques bonnes manières et montre vouloir en acquérir de meilleures.

En cuisine, Antonio a appris les rudiments du métier. Différencier le tournedos du rond de bœuf, le

1. *Je chie sur Dieu*, variation catalane du juron « nom de Dieu ».

salmigondis de bécasse de la grive sur canapé. Préparer sans les tourner les sauces hollandaise, mayonnaise et ravigote. Découper la sole meunière, dresser le vol-au-vent. Présenter la brandade, le cassoulet ou le turbot à la crème. Tous ces plats nobles, les seuls respectables en haute hôtellerie, lui ont fait caresser la langue privilégiée de l'art de vivre, des bonnes manières et de la diplomatie : le français. Antonio s'y est fait la langue et le goût.

– Ce garçon est stylé, monsieur Sala. Il s'affinera en se frottant au monde. Si vous m'en croyez, l'hôtel n'y perdrait pas en le mettant dès à présent au service d'étage.

La proposition agrée au patron Esteve Sala, à sa façon un petit magnat de la restauration, propriétaire des bars et restaurants à la mode : le Baviera, l'Euskadi, le Moka, le kiosque Canaletes, l'American Bar. Dès lors Antonio prend littéralement le chemin des hautes sphères. Le service d'étage met dans l'intimité du client. Il ne s'agit pas de gens de passage, mais de résidents au long cours, comme la Mexicaine du 121 qui dirige ses plantations de café depuis Barcelone grâce au câble sous-marin. Antonio lui rend de menus services après s'être une première fois fait rabrouer pour l'avoir regardée ajuster son bas. Rapidement, le jeune homme se voit aussi prié de l'assister dans cette tâche.

La réputation de l'Oriente attire les têtes couronnées et les caprices afférents aux richissimes oisifs. Il y a ceux qu'on ne peut que tolérer, vu leur statut. Qui refuserait le séjour à l'Aga Khan et à sa suite, douze chambres, même si la passion matinale du prince est de pisser du haut des escaliers en riant bruyamment ? Il faut savoir fermer les yeux sur les cleptomanes pour ouvrir discrètement la chambre au détective de l'hôtel qui récupère l'argenterie dérobée durant le repas. On peut aussi décider que l'établissement sera dorénavant toujours complet pour ce couple de pétroliers texans qui tresse un collier avec ses excréments et le porte au dîner.

– Heureusement, le caca bien sec ça ne sent pas, soupire Armand.

Antonio est parfois la proie des lubriques comme Lord Stanley qui le réclame pour lui apporter son petit déjeuner et lui tripote la braguette quand le garçon d'étage se penche en déposant le plateau sur la courtepointe. Antonio se plaint, mais Antonio est prié de serrer les dents ou alors il prendra la porte.

– Tu n'as qu'à penser à ta fiancée et ça te passera ! râle monsieur Sala. Apprends, mon garçon, que l'hôtellerie est la grandeur et la servitude du sourire obligé. Le client est roi, surtout quand il est infiniment riche.

– Toni, écris-moi un poème ! Toi qui sais les mots que les amoureux se chantent sur la scène, tu sauras bien me trouver les expressions qu'il faut.

Antonio et Faustino sont accoudés au balcon de Montse qui vient de sortir avec son garde civil.

– Tu es toujours entiché de ta belle des Ramblas ?

– Plus que jamais, et tu sais quoi ? L'autre jour, je l'ai suivie depuis le carrer Comercio. Tu ne devineras jamais où elle habite…

– Je ne sais pas. Et ça ne m'intéresse pas vraiment.

Antonio a la tête ailleurs. Il va y avoir grande fête dans la suite louée par Lazaro à l'Oriente. Le ténor pêcheur a invité ses amis à manger des sardines grillées. Antonio le sait capable d'utiliser la baignoire où il a déjà cuit des saucisses. En dédommagement, Lazaro avait offert six places d'opéra à la famille du patron.

– Elle habite tout près de notre rue !

– Ah oui ?

– Oui, carrer de Jaume Giralt !

– Dans ce groupe de méchantes bicoques ?

– Celles-là mêmes. Elle vient d'y emménager avec sa famille, plutôt nombreuse d'ailleurs.

– Alors il va falloir que tu me la montres enfin, si tu veux que j'écrive un bon poème.

– C'est justement l'heure de sortie des ateliers. Viens, on descend boire une *orxata* [1] en attendant qu'elle passe.

Est-ce sa petite robe noire, ou bien ses cheveux coiffés un peu à la Louise Brooks, mais sans en avoir la coupe, ce serait trop osé ? La nuit même, les mots viennent à l'apprenti poète avec une facilité déconcertante.

Écoute, ô belle, ce que te dit mon cœur
Quand je te vis, je crus disparaître
Comme le soleil entre les blancs nuages…

*

L'amour naît au crépuscule. Sous les portes cochères ou à l'angle des rues, les silhouettes clandestines égrènent les caresses volées.

Elle va d'un pas vif et discret. Elle se fond dans cette nuit où palpite le souvenir du premier baiser qui lui a brûlé les lèvres. D'autres silhouettes se profilent parfois aux balcons. Derrière les persiennes entrebâillées pour laisser entrer le frais, tout s'entend et tout se répète. « L'œil te voit et la langue te tue », clame le dicton. Mais c'est étrange comme on se découvre libre dans la rue. On s'y sent si vivant qu'avoir ainsi la nuit pour complice devient une drogue.

Sa main est sortie de l'ombre juste à temps pour l'intercepter.

1. Boisson à base de lait d'orgeat.

– Que fais-tu ?

– Je viens vers toi ! murmure-t-elle.

Les amoureux n'ont pas d'autre heure que le soir équivoque montant des venelles sans feux. Ils ont tous deux la voix des conspirateurs anxieux d'être dérangés.

– Es-tu bien ?

– Parfaitement bien.

Elle flotte un instant, hésitant à passer la frontière vers la face noire de la rue où son sourire brille, où luisent ses cheveux peignés en arrière. Isabel frissonne.

– Que veux-tu ?

– Un baiser.

– Ici ?

– Ici et maintenant.

– Es-tu fou ?

– Non, car nous sommes condamnés !

– Comment parles-tu ? Nous ne sommes pas des criminels ! Tu es vraiment fou, le poète…

– Nous sommes condamnés à nous entendre, condamnés à être ensemble !

La main qu'il lui a prise veut s'échapper.

– Arrête… il faut bientôt que je rentre.

Elle a dans la bouche un goût de peur.

– Non… Je t'aime.

– Ne dis pas de bêtises !

– Viens plus près ! Rejoins-moi !

Isabel franchit le pas, de la pénombre à la nuit étroite, là où tout est différent, comme s'il y avait plus de vérité dans ce silence noir. C'est un monde où priment la sensation et l'odeur. Antonio ressent à nouveau ce parfum sans parfum, cette adrénaline solide, si dense qu'elle pourrait se lécher avec la langue, se couper avec les dents. Leurs yeux brillent comme deux astres opposés, humide et sec, frais et brûlant.

– Tu sais bien que je t'attendais, sinon tu ne serais pas venue.

– Crois-tu ?

– Si ! tu le sais. Allez, dis-le-moi…

– Te dire quoi ?

– Que tu m'aimes !

Elle se sent fondre, devenir toute petite. Elle est attirée vers ces bras qui s'ouvrent pour l'accueillir.

– Viens !

Isabel l'a au bord des lèvres, le mot définitif. Deux grosses larmes brillent un instant sur sa joue. Il les embrasse. Elle sent ses lèvres qu'elle a désirées toute la journée lui effleurer la narine.

– Oui, je t'aime !

Leur baiser est abyssal. Ils tombent l'un en l'autre. Son désir d'homme et sa fureur de femme les emplissent d'un bloc. Lorsque leurs visages se séparent, ils ont les pupilles palpitantes d'étoiles.

Antonio reste calme et apaisé au milieu de la rue, entre l'ombre et la pénombre où Isabel vient de s'évaporer dans un froissement d'étoffe.

Ainsi va l'amour chez les gens du Born où seul le ciel étroit est libre de toute rumeur. Dans les rues rôde *el sereno,* le veilleur de nuit qui dispose des clés de chaque foyer. Il suffit de claquer dans ses mains trois fois pour qu'il surgisse, son trousseau à la ceinture, et vienne ouvrir la porte sur la rue. Cette politesse encadrée ne convient guère aux passions naissantes.

Isabel a pris l'habitude d'aller chercher le lait à la tombée du jour. C'est le prétexte trouvé pour revoir Antonio qui lui a remis le poème écrit pour Faustino. Ce n'était pas du García Lorca et le feuillet finit dans le caniveau.

Mais ce soir-là il crut bien avoir été trompé par son cœur tant les veines de son poignet tressautaient. Isabel avait eu un regard intéressé pour le jeune homme qui l'avait priée d'accepter, avec une révérence, son poème écrit en faveur d'un autre.

Le galant lui en adressa un deuxième, puis un troisième. Il n'avait guère hésité à trahir son copain :

– Tant pis, il est bien mieux fait que moi, et fichtrement plus attirant, s'était-il dit. D'ailleurs c'est lui que les filles regardent. Mais moi, c'est elle qui m'intéresse. Cela prendra le temps qu'il faudra… ce sera elle, et nulle autre.

Faustino ne lui en a pas voulu longtemps. Il y a deux sortes de jaloux : les innombrables qui haïssent pour la vie, et les rares qui savent ce qu'il coûte de trahir une forte amitié pour un coup de cœur probablement fugace.

– Isabel, était-ce moi que tu fixais, ce fameux dimanche ? lui demandera Faustino bien plus tard.

Elle avouera avoir regardé en direction des portefaix à cause des folies d'Ines. En revanche Ines l'avait remarqué, lui, et la pauvrette ne savait que trop qui Faustino guettait en bas de l'atelier. Pas elle, hélas.

Manuel commence à trouver curieuse l'impatience croissante de sa fille à aller chercher le lait, ce qu'elle pourrait aussi bien faire en sortant du travail. Avoir à revenir à la maison récupérer un pot qui, sinon, « embarrasserait madame » : l'argument ne tient pas longtemps. Ces courses répétées durent trop, et puis on l'a vue. Il faut bien qu'elle l'avoue : elle a un béguin.

Manuel et Isabel mère la rappellent aux convenances.

– Ma fille, cela ne se fait pas de se rencontrer comme cela, à la sauvette, dans la rue et dans l'obscurité. Nous voulons le voir.

Isabel n'espère que cela.

– Comment s'appelle-t-il ?

– Antonio !

– A-t-il une bonne situation ?

– Il travaille à l'hôtel Oriente.

La réputation de l'établissement est telle que le garçon est estimé devoir être de grande classe. Il y a des conciliabules favorables dans le lit matrimonial. Ordre est donné à Isabel de le présenter dans les plus brefs délais.

Les Canuto sont maintenant plus à leur aise. Ils ont quitté leur réduit pour un appartement situé à deux numéros de celui de la tante Lucia, toujours carrer de Jaume Giralt. Le lieu est sombre, sur cour et mal ventilé. Pourtant, comparé au cloaque qu'ils ont connu, c'est un palais. Isabel partage une pièce avec ses sœurs et sa grand-mère. Les garçons s'entassent dans une espèce de salon-salle à manger étroit où Manolo, le petit dernier, n'a d'autre possibilité que de dormir dans un placard mural. Il en gardera toute sa vie des séquelles : il ne dépassera jamais un mètre trente.

Le jour de la présentation, un dimanche, est un événement considérable.

– Isabel est amoureuse ! Isabel a un fiancé ! Isabel va se marier !

Soledad et Dolores tournent autour de leur grande sœur comme des oiseaux excités. Elles volettent, piaillent, époussettent et remettent en place les rares objets. On demande à Serafin et Melchior de passer un peigne humide sur leurs tignasses. La tante Lucia a prêté une belle nappe et une voisine son service à café.

Enfin il arrive, un bouquet de roses sous le bras, vêtu de son costume de claque lyrique gratuitement loué quelques heures de plus par Andreu. Antonio est dûment observé et questionné devant le gâteau aux amandes que la Juana a élaboré.

– Vous devez servir des pâtisseries merveilleuses au restaurant de l'hôtel, mais goûtez donc celle-ci, jeune homme.

Elle en attribue la saveur délicate à sa petite-fille. Pas

question de faire mauvais effet. La seule à ne montrer aucun enthousiasme c'est Isabel. Elle fond en larmes dès le départ d'Antonio. La famille est abasourdie.

– Qu'est-ce qui ne va pas ?

– Excusez-moi, excusez-moi ! Je ne savais pas, je n'avais pas vu !

– Quoi ? Il ne te plaît plus ?

– Mais ce n'est pas possible, il doit être malade ! Vous avez vu les marques sur sa peau ? Et son teint cireux ? Je suis sûre qu'il est malade !

La tante Lucia se montre elle aussi réticente.

– Ma fille, un garçon comme celui-là, qui fréquente des gens de la haute, apprends que ça ne peut guère avoir de bonnes mœurs. Dehors tous les soirs à faire la fête : il doit avoir les poumons pourris !

– Ma tante, vous pensez à la tuberculose ?

– Je pense à bien pire, ma petite. S'il mène la vie à laquelle je pense, il doit avoir la syphilis.

– Quelle horreur !

– J'espère que vous n'avez rien fait de cochon !

– Lucia ! Pour qui prenez-vous Isabel ? Elle n'est pas une traînée !

Le carrer de Jaume Giralt est chagrin. Le carrer dels Flassaders est en colère. De son balcon, Teresa mère entend souvent l'accent rocailleux de Manuel qui pousse sa carriole en apostrophant le chaland. Alors, quand Antonio demande à son tour la permission de présenter la fille du marchand des quatre-saisons, l'accueil est glacial. Il n'y a pas de gâteaux, pas de café, tout juste Teresa fille a-t-elle l'accord de sa mère pour faire asseoir Isabel sur une chaise de paille. Le rendez-vous est vite expédié et le verdict plutôt bref :

– C'est une mésalliance !

– Comment cela, mère ? Pensez-vous que les Vives

soient les comtes de Miravet ou les ducs de je-ne-sais-où ? Allons, allons !

– Non, tu ne te marieras pas avec cette gitane.

– Mère, je vous interdis de dire cela d'elle ! Père, s'il vous plaît, qu'en pensez-vous ?

Juan Bautista se montre d'une lâche circonspection. Il sait ce que son épouse a en tête : marier Antonio au village avec quelqu'un de la famille, une lointaine parente, ce dont le fils se doute depuis quelque temps.

– Vous savez que cela n'est pas bon. Les enfants en pâtissent. Voulez-vous des petits-fils débiles comme ceux des tsars ? Isabel me plaît, mère…

– On verra, tempère Juan Bautista.

– Comme d'habitude ! Mais c'est tout vu, je l'aime ! Et tant pis si vous ne l'approuvez pas !

– Je t'interdis de nous parler sur ce ton !

Antonio part en claquant la porte.

Il va bientôt avoir l'âge d'effectuer son service militaire. Il file au bureau de santé des armées pour la visite médicale. On ausculte ses poumons : ils sont sains. On regarde sa peau à la recherche de la roséole signalant la syphilis. Ce ne sont que des taches de rousseur. Ses yeux ne sont pas rouges. Il ne saigne pas du nez et sa langue n'est pas blanche. Ses jambes sont droites, ses pieds sont plats mais son audition est parfaite. Antonio est apte au service et à l'amour.

Isabel est la première à lire le certificat, lui ayant fait comprendre que cela rassurerait tout le monde. Dès lors Antonio multiplie ses visites carrer de Jaume Giralt puisque Isabel n'est toujours pas la bienvenue chez les Vives.

Il est adopté par les Canuto comme s'il était déjà leur gendre. Il les gâte comme jamais il n'a gâté les siens. Il arrive toujours avec des fleurs, des babioles et des attentions pour chacun. Et d'abord de la nourriture, ce que lui permet son poste dans l'hôtellerie où on gâche plus qu'on ne devrait. Il y a d'abord de quoi ragaillardir Isabel, sous-alimentée, sujette aux malaises et aux baisses d'acuité visuelle. Ce sont les gâteaux restant sur la desserte et que l'on ne représentera pas aux clients. Ce sont des corbeilles de fruits exotiques, et pour la première fois les Canuto dégustent de l'ananas frais. Manuel se souvient des rondelles mangées sur *Luz* quand Juan ramena, de sa gaffe, les caisses du bateau torpillé. Dolores revoit les cadavres flottant à la surface. Elle a un sanglot.

Antonio apprend le destin de Juan et leur histoire à tous. Il écoute en silence, il les regarde l'un après l'autre. Ils sont bien plus unis que ne le sont les siens. Ils ont la bonté évidente. Depuis la présentation officielle, personne n'a fait de manières pour l'accueillir, sauf la tante Lucia qui reste froide. Mais elle est rarement là quand Antonio vient chercher Isabel pour sortir.

Comme il se doit, leur relation reste sous surveillance. La grand-mère Juana les chaperonne lorsqu'ils vont au cinéma où Antonio amène parfois sa sœur Teresa qui rêve de devenir actrice. Louise Brooks, Douglas Fairbanks, Mary Pickford sont leurs idoles. La Juana se place d'abord entre Antonio et Isabel, puis rapidement plus loin afin de laisser les amoureux tranquilles. Elle est là pour les convenances, mais tant qu'ils ne s'embrassent pas à bouche que veux-tu, leurs mains peuvent bien faire ce qu'elles veulent. La Juana aussi a été jeune.

Elle est fascinée par l'écran. En Andalousie, on ne connaissait que le théâtre ambulant et les mélodrames éructés devant des toiles peintes : *L'Horrible Crime de Cuenca* ou *L'Effroyable Passion de Mercedes*. Les westerns et les aventures de Mata Hari ont tout de même plus de panache. La Juana n'en finit pas de les commenter le dimanche à Las Planas, où l'on va, dans les rôtisseries aux immenses tables communes, manger le lapin à l'aïoli et boire le vin à la gargoulette. Toute la famille s'y rend avec le train dont les réseaux s'étendent autour de la ville fiévreuse.

Après le spectacle en direct à la radio catalane vient de s'ouvrir le chantier de l'Exposition universelle de 1929. Elle s'annonce grandiose. Des quartiers entiers de taudis sont mis à bas. La cité a rompu ses amarres médiévales grâce à l'extension de l'Eixample planifiée par le maire Ildefons Cerdà soixante ans auparavant. L'immense ensemble de rues et d'avenues se coupant à angle droit délimite des zones d'habitations où les meilleurs architectes d'une nation qui les produit aussi abondamment que des saucisses rivalisent d'orgueil. Des banques lourdes comme des temples babyloniens ouvrent leurs portails de bronze. Les premiers gratte-ciel encerclent la Plaça de Catalunya. Ils se veulent les frères de ceux de New York avec, dictature de Primo de Rivera oblige, une amphigourique tentation du fascisme romain.

Sur le site de l'Exposition, dont on va voir la maquette comme l'on va en pèlerinage, il y aura la réplique exacte du campanile de Saint-Marc, à Venise. Mais au lieu d'un, on en érigera deux : Barcelona doit être la plus belle de toutes ! Il y aura surtout une fontaine lumineuse célébrant la vallée de l'Èbre qui voit se multiplier les ouvrages hydro-électriques. Les ampoules commencent à briller dans les villages reculés. La fontaine glorifiera la Fée du XXe siècle. En admirant sa maquette, le petit Manolo décide qu'il deviendra électricien pour illuminer lui aussi le monde. Mais cette vague de construction s'arrête brusquement au portail de la *Sagrada Familia*, l'orgueil de toute une nation : Gaudí, le poète des pierres, est écrasé par un tramway le 7 juin 1926.

Vaulx-en-Velin – 1927

– Bénis soient les Gillet !

– Longue vie à monsieur Edmond ! Merci, monsieur Paul !

Trois cents verres se lèvent à leur santé.

– Très bonne année à tous !

31 décembre à Vaulx-en-Velin, dans le grand hall de la SASE, l'Usine de soie artificielle du Sud-Est, la filiale la plus moderne de la Rhodiaseta. C'est le vin d'honneur. Une fois l'an, les cadres et le personnel méritant sont traités comme des princes par leurs patrons. La tradition remonte au fondateur François, l'homme aux sabots. Sous le grand sapin de Noël bronze et or, tout enguirlandé d'oranges et de mandarines, il y a les cadeaux que Léonie, dame patronnesse aux innombrables bienfaisances, offre aux enfants. Chevaux de bois, meccanos, poupées, jeux de l'oie, patins, livres, dînettes… Rafistolés, repeints. Ce sont les jouets dont les rejetons des bonnes familles n'ont plus l'usage.

La cérémonie, écourtée durant la guerre, a été remise au goût du jour par Edmond qui tient à associer ses meilleurs employés aux juteux profits de l'entreprise. Et comme l'année 1927 s'annonce encore plus faste, monsieur Edmond n'a pas lésiné pour choyer le personnel de la nouvelle usine, l'un des fleurons de l'empire familial.

Les tables aux nappes blanches sont garnies de brioches, de petits-fours et de sacs en papier glacé contenant chacun une livre de caramels Bernard, le meilleur confiseur de Lyon. Il y a des boîtes de cigares et de cigarettes, du champagne et du punch pour tous. Ils sont tous là afin que l'on sache qui fait le bien : monsieur Paul, monsieur Charles et leurs épouses ainsi que Mathilde Ferlié et le gendre Édouard, l'alter ego de Charles à la Rhodiaseta. Qu'on se le dise, qu'on le répète : il est bon d'être choyé par les Gillet.

Les filles célibataires qui vivent dans un hôtel foyer, la version moderne des usines couvents de jadis, font le service. Ces jeunes femmes s'appellent les Filles de Jeanne d'Arc. Elles ont été placées sous la protection de la sainte en vertu des recommandations de Marie, la dévote épouse de monsieur Paul. Pour l'occasion, on leur a demandé de revêtir le costume traditionnel de leur pays, la Russie.

Il s'agit de trois cents orphelines recueillies par Émile Chatin grâce au réseau tissé parmi les Russes blancs de Lyon. Leurs nattes, leurs tabliers brodés, leurs chemisiers où brille la croix orthodoxe sont autant de remparts iréniques dressés contre le marxisme, le cancer de la classe ouvrière selon le cousin Chatin qui a été, comme il aime si souvent le rappeler, la première victime des bolcheviques. D'ailleurs ce Noël à la russe, dix ans après la catastrophe de 1917, c'est son idée.

Mesdames, vêtues avec une gracieuse austérité, distribuent les jouets de seconde main. C'est amusant et gratifiant. Léonie, de belle humeur, glisse à sa fille :

– Vous voyez, Mathilde, la carrière de la charité est la seule qui ne soit pas encombrée aujourd'hui !

Les Gillet ont amélioré le tissu de leur géographie industrielle. Les ateliers nauséabonds du quai de Serin ont été déplacés hors de Lyon. Les plaintes d'un voisinage de plus en plus exigeant ont eu raison de leur premier ancrage chimique lequel, d'ailleurs, ne suffit plus. La fabrique originelle produisait pour les teintures, la nouvelle génération d'usines réclame plus d'espace, plus d'eau et de meilleurs axes de communication.

Sur l'ancien quai de Serin rebaptisé quai Joseph-Gillet se dresse désormais l'église Saint-Charles, une vaste bâtisse de béton armé dédiée au Gillet le plus prolifique. C'est en effet du rameau de Charles que jaillit la lignée des mâles portant le nom de famille : Renaud et Michel, suivis par Denise. Quant à Mathilde elle ne procrée pour l'instant que des filles. Au porche de l'église une fresque convoque les figures de Charlemagne et de saint Charles Borromée, l'archevêque de Milan, le saint militant de la contre-réforme du XVIe siècle, le pourfendeur des abus de l'Église et le petit père des pauvres que n'effrayait ni peste ni guerre. Charles, le saint patron, gouverne chaque dimanche les prolétaires lyonnais. Un tel parangon de vertu est un très bon étendard pour ces catholiques libéraux qui n'ont pas été élevés à avoir un cœur mauvais et égoïste. Les trois frères ont fréquenté l'école Ozanam où l'enseignement éclairé se double d'une surveillance morale et d'une solide éducation chrétienne.

Ces industriels prudents sont des chrétiens agissants. On leur a donné l'exemple d'une religion bienfaisante et généreuse. Ils ne veulent pas voir naître autour de leur ville une banlieue glauque comme celle qui ronge de sa lèpre spéculative les anciennes fortifs de Paris, de Bicêtre à Aubervilliers. Lyon, premier centre industriel de France avec le bassin du Nord, réclame des bras par milliers. De multiples nationalités viennent grossir le troupeau ouvrier. Puisque les Français de la campagne rechignent à venir s'embrigader à l'usine, on préfère embaucher une main-d'œuvre d'Arméniens, d'Indochinois, de gars de l'Est et du nord de l'Afrique. Certains appartiennent à l'empire colonial français, d'autres ont été refoulés par les États-Unis d'Amérique où, la guerre terminée, on a renforcé les quotas et fermé les ports aux émigrants de la vieille Europe triturée par le traité de Versailles. Les Polonais, les Ukrainiens, les cosaques du Don, les Levantins et les juifs ne trouvent le plus souvent que misère parmi les baraquements de tôles et de papier goudronné. Le moins pauvre y exploite le plus démuni dans des bistroquets où l'alcool frelaté et la vérole se vendent à prix coûtant.

Les Berliet, les Lumière, les Herriot, aucun ne laissera les caïds de bistrots, les entrepreneurs véreux ni les banquiers douteux s'improviser maçons et géomètres pour lotir les friches et profiter de cette crise du logement qui précipite l'exode, cinq cents kilomètres plus au nord, de milliers de Parisiens de petite condition. Ces artisans, ces bricoleurs, ces petits fonctionnaires, ces retraités et ces veuves de guerre se transplantent dans des pavillons à bon marché engloutissant leurs économies plus sûrement que les briques sucent la lymphe infecte des champs d'épandage sur lesquels on les a bâtis. Mais à Lyon, la spéculation est affaire de charité politique. Elle se planifie à bon escient : on ne jette dans l'aventure que des francs dont on est assuré qu'un centime planté rapportera au centuple.

À bord de *L'Aldébaran*, une fois calmées les fureurs esthétiques qui agitèrent fortement Léonie, Edmond écouta très attentivement Mathilde lui décrire la colonie Güell. Elle avait l'enthousiasme juvénile, il eut l'oreille rationnelle. Éloigner l'ouvrier de la poudrière anarcho-communiste était intelligent, à condition de ne pas confondre le mécénat artistique et les affaires.

Dans son mas Saint-Jaume, à Saint-Tropez où mouille le yacht, Edmond avait eu un rêve. Il lui accorda d'autant plus d'intérêt qu'il se reproduisit.

Il se voit seul dans une enfilade de loges. Ses invités l'ont quitté. Il ne reste, dans la salle, que l'écho du triomphe qu'on vient de lui accorder pour sa dixième usine de bronze et de verre. Le claquement d'une semelle accompagne ses pas. Une ombre le suit, mais elle n'a pas de visage. Il emprunte un escalier en spirale qui mène à une terrasse. Alors cela commence.

Le subtil glissement d'un rideau de théâtre dévoile un paysage furtif parcouru de canaux brumeux. Au loin, il y a la mer où se balancent les équinoxes. Il perçoit comme une vibration rocailleuse sur cet horizon aquatique. Une terre nue surgit, signe et promesse, verte comme une jeunesse incessante. Il la désire puissamment et de tout son corps.

Les mains croisées derrière le dos, il fait face au tumulte d'une ville enfumée qui grouille à ses pieds. Mais sur la terre lointaine, voici qu'une autre cité s'agglomère. Elle est faite d'eau, de ciel et de tourbe mêlés. D'abord visqueuse, encore marine, elle se calcifie peu à peu.

Étoile de la mer, elle devient un madrépore dont la pierre se creuse, s'exalte, enfante de nouvelles géométries à partir de ses débris. Son dessin concentrique vient hanter Edmond. Comme une imprécation, elle lui donne des vertiges de sens giratoires et de culminations. De cette ville lovée, symbole chtonien sur le visage de la mer, émane une lumière qui nimbe d'or ses mains. Toute son énergie converge vers lui, avec cent peuples divers affluant à ses pieds.

Il voit un hémicycle de montagnes fracturées en leur milieu : ce sont des portes d'acier que franchiront les vaisseaux d'un âge encore à inventer. Il y en a d'autres dans le ciel, pareils à des baleines. Tous accourent vers cette cité qui semble la prééminence de sa volonté. Il lui suffit de la regarder et *cela* se crée, cette chose neuve, hérissée de dizaines de tours pareilles à des donjons de verre. Au-dessous d'Edmond, la ville putride s'est à présent liquéfiée.

– Mon père, serait-ce là le rêve d'un orgueil immense ?

Il s'était ouvert de ce songe répété au confesseur de Léonie. Il aurait dû avoir peur de sa vision mais, chaque fois, il s'en éveillait comme fortifié.

Le confesseur n'avait donné aucune interprétation au rêve de l'industriel. Il n'était pas dans ses attributions d'interpréter les divagations des puissants ainsi que le faisaient les pontifes de la Rome antique. Cependant il lui dit :

– Mon fils, il y a des hommes qui sont nés pour de grandes choses. Il apparaît parfois des êtres aptes à les concevoir et les mener à bien. Souvenez-vous de l'abbé Rambaud. Votre rêve pourrait être le sien.

Edmond prit comme une absolution favorable ce rappel du fondateur de la Cité de l'Enfant Jésus. L'abbé Rambaud, pour lequel son père Joseph fut un généreux bailleur de fonds, était à l'origine des premiers logements ouvriers lyonnais. Son souvenir agit sur Edmond comme un engrais.

Il acquit à Vaulx-en-Velin un terrain alluvial de cinq cents hectares au prix ridicule de soixante et quinze centimes le mètre carré. Avec son frère Charles, il convia plusieurs architectes à méditer la future usine. Les temps étaient à l'emphase et au gigantisme : ils choisirent des plans plus sensés. Il n'était pas question de tape-à-l'œil. On ne voulait pas spéculer sur le bâti mais faire fructifier un empire.

Ainsi naquit, en moins de deux ans, la Petite Cité où cinq mille ouvriers sont pris en charge de la maternité au tombeau. Autour de l'usine de Vaulx-en-Velin on trouve des villas toutes identiques : celles des cadres. Les contremaîtres et les administratifs disposent de maisons avec jardinets. Les ouvriers demeurent dans des cités-jardins fonctionnelles. Confort extraordinaire, il y a des toilettes pour chaque foyer. La brique, la tuile romaine et les frises de faïence ornant les façades sont le seul luxe décoratif.

On vit là comme sur une île, dans un monde clos où tout est griffé Soie artificielle du Sud-Est. Sur le Rhône circulent des péniches SASE transportant les matières premières de l'acétate de cellulose : le *linter*, ou bourre de coton, ainsi que le bois, issu des forêts SASE. Le charbon est acheminé par des wagons SASE. La SASE pompe l'eau dans un Rhône souterrain qui coule de Montluel à Vernaison entre des couches de sable filtrant. Puis la SASE rejette ses eaux usées dans le noble fleuve. Le dimanche, sur les terrains de sport de l'usine, on boit de l'eau SASE car monsieur Charles a aussi fait capter les sources environnantes et détourner les rivières traversant le domaine. L'école y est SASE, comme les maîtres et les institutrices soigneusement choisis pour leur bonne couleur morale.

À Échirolles, près de Grenoble, une autre usine a été édifiée par messieurs Gillet. La Société nationale de la viscose file des milliers de kilomètres de soie artificielle. Les produits nécessaires à la transformation du bois en fil proviennent des cuves Gillet de Pont-de-Claix, la capitale toute proche du chlore et de la soude. Elle alimente l'usine d'Échirolles par ses conduites. Le Drac voisin, capté par la Société hydro-électrique du Drac-Inférieur qui vient de tomber dans l'escarcelle du groupe lyonnais, offre la puissance de ses eaux jaillies des Hautes-Alpes.

Deux mille ouvriers de quarante nationalités différentes trempent le bois dans le sulfure de carbone avant de le plonger dans l'acide sulfurique. La pâte ainsi obtenue est filée au travers de pommes d'arrosoir, puis désulfurée au chlore et blanchie à l'acide chlorhydrique. Au bout de cent heures de maturation, les femmes tordent et moulinent le fil de viscose dans des hangars puant le pet. Ces banlieues industrieuses de Lyon et de Grenoble vivent et meurent, plutôt rapidement vu la nocivité des émanations, sous la triple bannière du Travail qui anoblit, de l'Éducation qui immunise et de la Religion qui absout.

Mais le vin d'honneur ne s'éternise pas. Pour chacun, la Saint-Sylvestre se fêtera ailleurs. À la sortie, les trois cents méritants sont progressivement canalisés par un petit homme vêtu de gris, monsieur Bridemann. C'est un être onctueux que l'on redoute car il a pour habitude de surgir par-derrière sans crier gare. Dans les bureaux, il ne fait jamais crier la porte, de sorte que l'on ne sait pas quand il arrive ni quand il s'en va. Présent dès les premières lueurs de l'aube jusque très tard le soir, il semble une émanation des cuves d'ammoniac. Monsieur Bridemann sait tout. Il est le clerc de confiance qui ouvre les lettres pour la messe basse de huit heures le matin à l'usine, c'est-à-dire la lecture du courrier par les patrons.

En cet instant, il les salue alors qu'ils rejoignent, dans la nuit fuligineuse, leurs belles voitures. Certains ouvriers voudraient approcher monsieur Paul, mais la présence de Bridemann les intimide. Alors ils s'éloignent, piteux, leurs casquettes à la main. Dans sa tête, monsieur Bridemann a noté avec application, selon trois couleurs différentes, leurs faits et gestes. Dans un moment, il reportera dans le livre secret tout ce qu'il a vu. Il y aura de l'encre noire pour qui est venu, de l'encre bleue pour qui est sorti plus tôt que prévu, de l'encre rouge pour qui a reçu un cadeau. Car Bridemann tient une documentation complète sur chaque ouvrier. Il connaît son sobriquet d'atelier et ses défauts. Il sait les noms et âges de ses enfants ; l'état sanitaire, les antécédents et les ressources de la famille. Soigneusement mis à jour, il présente le livre une fois par semaine, le mercredi, à monsieur Charles.

Les colonnes de son registre décident de l'allocation annuelle allouée aux familles, celle que l'on distribue expressément le matin du 1er mai afin d'être sûr que les ouvriers sont bien à l'usine ce jour-là.

Monsieur Bridemann est le pasteur qui veille à ne pas laisser de brebis galeuses contaminer le troupeau des bons travailleurs. Il serait dommage de les voir gâcher leur chance à la SASE, cette petite partie de la grande vision industrielle de monsieur Edmond.

Larache, Maroc – 1928

La pièce a deux fenêtres. L'une est ouverte sur l'océan, la seconde regarde le désert. Dans ce bout de caserne battu par les vents atlantiques, il fait tiède l'hiver et frais l'été. Là réside un trésor dont Antonio prend grand soin.

On lui a demandé de ranger un encombrement de livres abandonnés par un gradé bibliophile. Le reste du temps Antonio repasse les chemises du général Emilio Mola, époussette ses uniformes lourds de médailles et nettoie son pot de chambre.

Partir, ce rêve d'adolescence, Antonio l'a accompli, mais pas comme il l'espérait. Il a appareillé dans le port de Barcelone, direction le Maroc où le service militaire l'a appelé.

En découvrant son état dans le civil, le général a aussitôt voulu l'avoir comme ordonnance. Pour une simple question de nationalité : Mola, grand et maigre, au crâne bien dessiné, avec un large front et des lunettes rondes plus appropriées au savant qu'à l'homme d'action, est un Catalan de cœur, bien que ses lèvres épaisses trahissent ses origines cubaines. Campé dans des bottes à tiges qu'Antonio cire soir et matin, le général Mola appartient au clan des hauts gradés « africains » pour qui le Maroc est le tremplin idéal des ambitions personnelles.

Depuis 1921, date du désastre d'Annual, la guerre du Maroc gangrène la politique espagnole. Dix mille morts dus à l'incurie du général Silvestre, un incompétent qui abandonna son armée d'affamés et de désespérés aux troupes rebelles d'Abd el-Krim el Khatabi. Le général Silvestre, favori d'Alphonse XIII, s'était à l'époque honorablement suicidé. La récente défaite d'Abd el-Krim, obtenue par Primo de Rivera secondé par les maréchaux français Lyautey et Pétain, a réduit l'intensité de ce conflit colonial. Mais le Maroc continue d'être un dur réveil pour tous les conscrits.

Cela a été le cas pour Antonio. Il était prévu qu'il parte à l'armée à sa majorité : vingt et un ans. Hélas, sur le registre baptismal de Miravet, une coquille le fait naître en 1905. Un sien cousin, employé au greffe de Tarragone, et qui voulait justement épouser celle que convoite Teresa mère pour son fils, a profité de l'erreur pour anticiper l'avis de conscription.

Rien n'y a fait : ni les récriminations d'Antonio, ni l'état civil produit par son père. Le rond-de-cuir, un fervent nationaliste bien introduit dans l'armée, invoqua la nécessité du devoir. Il savait surtout que les Vives de Barcelone ne pourraient jamais réunir les mille cinq cents pesetas leur permettant d'acheter la *rédemption* du service militaire. Ainsi se nomme la loi qui exempte les riches et envoie les ouvriers et les paysans à leur place sous les drapeaux. La rage n'avait plus quitté Antonio.

Armand le vit pour la première fois à cran.

Il l'avait pris à part, le temps d'un rapide en-cas fait de pain frotté de tomate et d'huile d'olive, mais sans ail, puisqu'il fallait reprendre le service pour des nez délicats qui ne supportaient pas cette odeur si vulgaire.

– Allons mon gars, tu savais bien que tu n'aurais pas l'argent pour acheter ta rédemption. Un jour ou l'autre tu devais être rattrapé. Personne n'y coupe, à moins de s'appeler Romanones ou Güell ! Mais ne t'en fais pas, je te promets que ton poste t'attendra. Avec l'Expo universelle, il y aura beaucoup de travail.

– Ce n'est pas ça qui m'inquiète, Armand ! Je ne veux pas partir deux ans ! Plus maintenant ! J'ai Isabel !

– Elle aussi t'attendra, je ne m'inquiète guère. Mais il faudra que vous vous écriviez souvent, pour ne pas perdre le contact. Et je sais que tu le feras, tu aimes trop les lettres, avait-il dit, apaisant. Non, moi ce qui me met en colère, c'est qu'aucun d'entre vous, pauvres troufions, n'a de raisons d'aller au Maroc.

La guerre coloniale, Lazaro aussi l'avait connue. Il l'avait faite quand la région était loin d'être « pacifiée ». Le ténor, qui fréquentait désormais les cercles huppés, savait très bien pourquoi on ne cessait d'y envoyer des troupes.

– Les Maures attaquent la construction du chemin de fer desservant les mines qui sont la propriété des Comillas et des Romanones. Tu vas aller te battre pour défendre leurs intérêts dans le Rif tandis que leurs fils achètent leur exemption. Et ça, tu vois, les journaux n'en parlent pas. Les hommes décents et les travailleurs doivent aller mourir pour les biens d'une poignée. Si le gouvernement dédiait à l'instruction, à l'agriculture et aux travaux publics tout l'argent qui va au clergé, à la ploutocratie et aux caprices de la Maison royale, on ferait meilleure figure. Ah Toni ! soupira-t-il, l'Espagne est une grande nation formée d'un ensemble de peuples magnifiques. Unis sous une idée généreuse et commune nous connaîtrions le bonheur, mais jamais ils ne la laisseront devenir réalité !

Antonio a cependant de la chance. Avec Abd el-Krim déporté sur l'île de la Réunion, le Maroc de 1928 est une contrée d'escarmouches où il ne se passe plus grand-chose. Et à Larache, ville-garnison proche de

Tanger, encore moins. Le simoun, le soleil, les pluies diluviennes d'hiver : la routine n'est interrompue que par les chasses au sanglier durant lesquelles Antonio charge comme un automate les fusils du général Mola. S'ensuivent de mémorables gueuletons où le loufiat de l'Oriente déploie son savoir-faire. Puis le soleil, l'imperturbable souverain du Rif, écrase tout. Alors Antonio profite de ces siestes sonores pour rejoindre son état-major littéraire.

Il ne classe pas les livres, il les dévore. Il s'enfonce avec passion dans le paradis abandonné par un certain officier B. mort au front sans descendance et dont tout le monde a oublié le nom. Il n'y a que cette initiale, B., inscrite en tête de chaque livre lu, pour rappeler le bref passage de cet inconnu sur la terre.

– J'aurais aimé te connaître, monsieur B., pense souvent Antonio en ouvrant un livre.

L'officier en avait parcouru les deux tiers. C'est ceux-là qu'Antonio choisit de lire, se laissant guider par le disparu. Il aime chacun des ouvrages parfois annotés en marge. *Guerre et Paix* puis *L'Homme qui rit* le tiennent en haleine durant des semaines. Un beau hors-d'œuvre. Sous les couvertures racornies par la chaleur, il y a Balzac et Eugène Sue, Diderot, Vallès, Rousseau. Ceux-là, Antonio n'aurait pu les avoir à Barcelone. Ils coûtent bien trop cher.

B. semblait aussi avoir apporté aux portes du désert de quoi étancher une intense soif d'interdits. Outre les Français et les Russes traduits en espagnol, il y a des auteurs plus sulfureux. Nietzsche, Bakounine, Marx, Barbusse. Tous ces noms, dont les idées agitent les colonnes des journaux, bénéficient de pauses bienvenues. Car Antonio se fait écrivain public pour ses camarades, de pauvres gars illettrés, arrachés à leur terre par l'injuste conscription. Ils viennent le voir pour se faire lire les lettres et pour qu'Antonio écrive leurs réponses. Ordonnance de général, il est correctement vêtu tandis qu'eux n'ont qu'une capote ou un calot, rarement les deux. Ils portent encore les vêtements qu'ils avaient à leur descente de navire, ou s'habillent à la mode locale. Burinés par le soleil, on ne sait plus trop qui est espagnol ou marocain. Les gars trompent leur lassitude avec les innombrables chiens d'Afrique. Ils leur apprennent des tours de cirque et leur parlent puisque les chiens comprennent toutes les langues.

Entre *Zarathoustra* et *Le Capital,* Antonio astique ses vers comme il fait reluire les caparaçons de Mola. Puis, ses yeux dans les yeux de B., il replonge dans la lecture. Il ne l'abandonne que tard le soir pour retrouver Isabel. À la lueur d'une lampe-tempête, il lui écrit des lettres de plus en plus racées. La distance augmente encore la densité d'un amour qui s'enrichit au contact de tant de belles pages et de nobles sentiments. Là, entre océan et désert, entouré d'étagères qu'il a amoureusement vernies et où les livres reposent désormais par nation et par auteur, Antonio grandit, Antonio respire.

Un ouvrage monumental le porte très haut sur le monde : *L'Homme et la Terre* d'Élisée Reclus. Au début du XXe siècle, le savoir en croissance exponentielle a eu l'ambition d'être ramassé en une somme unique désireuse d'offrir tous les rameaux de la connaissance. Le géographe anarchiste a réuni les volcans et les primates, les tribus et les marées, les pôles et les minéraux dans une encyclopédie lyrique. Des phrases lui frappent l'esprit comme « L'homme est la nature prenant conscience d'elle-même. » Reclus est un vin fortement titré qu'Antonio coupe avec *Le Voyage au centre de la Terre* puis *Les Enfants du capitaine Grant.* Mais il ne s'agit pas que d'ivresse mentale. Les mots travaillent le sommeil, les phrases dessinent les rêves, de sorte qu'à son réveil un lecteur épris n'est plus celui qu'il était la veille : il a mûri à son insu.

Larache est une terre archaïque et brute. Antonio, exalté par son cheminement grandiose sur l'avenue des siècles, se perd dans les ruelles interlopes avec les autres troufions. Son regard n'est plus le même. Il est comme à distance, il se fait observateur. À Larache ou à Tanger, les plaisirs interdits sont foison. Le *kif* ôte généreusement la conscience à qui le veut. Il est légal, et les autochtones, malins, prennent plaisir à pervertir leurs colonisateurs avec sa résine vénéneuse. Et puis il y a les filles, libres comme jamais prostituées du Barri Xinès ne l'ont été. Antonio a quelques expériences purement hygiéniques.

Il regrette surtout de ne pas être peintre. Dans les souks, les longs vêtements laissent flotter les désirs. Les regards brûlent, des senteurs de magie bousculent les narines, les couleurs ont des turbulences traîtres. La chair du désert est brute et sans fard, incandescente. Elle palpite d'une vérité que n'atteignent pas les atours du bordel bourgeois. Dans les cours, les femmes libres et suantes, le mamelon palpitant, enduisent leurs cuisses d'une huile ambrée. Ces mêmes mains roulent les boulettes de viande, coupent les légumes. Elles rient aux éclats et leurs voix rauques bousculent l'homme hispanique. S'il n'y avait à heure fixe les mélismes ophidiens du muezzin, le garçon du vieux Barcelone pourrait se croire chez lui dans cette ville de terrasses où s'épanouit la proximité de l'intime. De mystérieuses profondeurs l'appellent à chaque porte entrouverte.

Parmi les livres endormis, il entame une lente descente en soi, nourrie de ses pérégrinations et de l'abattement de ses camarades qui ont le mal du pays. Le Maroc lui paraît si semblable à l'Espagne rurale avec son cortège d'ignorance, de féodalité, d'oppression et de rage rentrée. Mais partout, dans les deltas de la Chine ou du Pô, dans les mines des Asturies ou les aciéries de la Ruhr, il y a une foi neuve et puissante qui se lève. Elle aspire au progrès, à l'amélioration du sort de l'humanité. Elle souffle avec les vents du large chassant la poussière déposée sur les pages. Son espérance succède aux dieux morts.

Il envoie une photo à Isabel. Elle lui trouve le regard changé. Elle le voyait rieur et plaisantin, il y figure grave, intense, comme brûlant d'un feu intérieur. Il est entouré d'autres soldats coiffés de keffiehs et chaussés de babouches. Ils ont pris des pauses rigolardes, désinvoltes, crâneuses. Mais les pupilles d'Antonio transpercent la plaque photographique avec deux aiguilles d'ébène.

Le Maroc dessille les yeux, le Rif délie les langues. Le général Mola, fin lettré, dévot en public mais disposant en privé d'un inépuisable répertoire de blasphèmes, apprécie Antonio. Comme lui, il observe, derrière ses lunettes rondes, un état-major qu'il méprise. Entre hauts gradés, la solidarité de caste peine à masquer les conflits d'intérêt. Il y a là des hommes épouvantables comme le général Millàn Astray, borgne et manchot, un sauvage qui jouit en battant les filles de son bras valide. Ou encore le cauteleux lieutenant-colonel Francisco Franco Bahamonde qui affectionne l'intimité des bergers du désert.

Mola et Antonio ont vite des rapports qui n'ont guère à voir avec les convenances militaires.

– Alors Antonio, qu'as-tu lu durant la sieste ?

– Encore du Reclus, mon général. « L'équilibre des sociétés n'est instable que par la gêne imposée aux individus dans leur franche expansion. »

– Une phrase bien sentie, Antonio, et faite pour la dissertation. Elle se justifie pleinement. Ici c'est bien ce que nous faisons : rétablir l'ordre après tout avoir foutu en l'air. La guerre, mon Antonio, c'est du profit et rien que du profit ! conclut-il, jovial, avec cette cynique lucidité qui fait craindre ses saillies durant les beuveries du mess.

Car la réalité décrite par Lazaro est peu de chose comparée à ce que dévoile le Maroc « hispanisé ». La corruption y est un mode de vie. Les crédits destinés à la construction des routes et des édifices publics sont dilapidés par l'état-major tandis que les juteux trafiquent sur le savon, le ciment, les conserves et le cuir des semelles. Les ingénieurs militaires délaissent leurs chantiers pour se vendre aux particuliers et construire tout ce qu'ils veulent en extorquant des honoraires faramineux. Dans la caserne, des caisses sont chargées au milieu de la nuit sur des mulets : elles contiennent les armes de la Légion espagnole que les légionnaires revendent en sous-main aux Maures.

– Reste avec moi dans l'armée, Antonio. Quand ton service sera fini, je pourrai t'y faire une place au soleil. Tu es largement aussi intelligent que tous ces couillons. Nous irons loin !

– J'y songerai, mon général… mais j'ai une fiancée.

– Et qui t'empêche de la voir et de te marier ? Fais-la donc venir, ta *novia*[1].

– Ici, au Maroc ?

– Et pourquoi pas ? On saura bien lui faire une place…

Un nuage obscurcit le désert. Une lettre d'Isabel lui découvre les intrigues de la tante Lucia. Elle qui a tant

1. Fiancée.

œuvré pour offrir une situation à sa nièce, la voilà qui renâcle à la marier hors de la famille et de ses racines andalouses. Ayant elle-même épousé son propre cousin, elle ne verrait pas d'inconvénient à marier Isabel à un autre Canuto. Et justement, à la maison, il s'est présenté un Plácido Canuto, venu d'Almería. Manuel a beau rappeler à Lucia qu'elle avait eu besoin d'une dispense papale pour ce mariage incestueux, la tante travaille sa sœur Juana au corps. Il y a de nombreux tiraillements chez les Canuto.

Antonio bout de tant d'obligations, de ligatures, de faux-semblants. C'est ce type d'embrouilles familiales qui a précipité son service militaire. Et tout ce qu'il peut lire lui démontre l'impasse des mariages arrangés et de leurs convenances mortifères. Les familles régnantes en crèvent. L'hémophilie gangrène les Bourbons d'Espagne autant qu'elle le fit chez les Romanov, fraîchement passés par les armes. Si l'inceste est un tabou, pourquoi autant craindre le péché et s'y précipiter si volontiers ?

– Mon général, singer les tares des puissants, c'est pire quand on est moins que rien !

– Ce n'est que de la vanité, Antonio. Autrement dit : vouloir péter plus haut que son cul ! La famille de ta *novia* n'a sûrement pas les moyens de ses ambitions, et la tienne guère plus.

– Mon général, je vais vous poser une question voltairienne. C'est quoi la liberté ?

– La liberté, mon Antonio ? C'est simple. C'est toi qui décides et nul autre. Ne laisse personne t'ordonner ce que tu as envie de faire. Moi je voulais épouser une danseuse, j'ai épousé une baronne sans le sou. Ni l'un ni l'autre n'en sommes heureux. Heureusement, elle a des amants et moi j'ai des maîtresses. C'est notre accord pour être libres. Toi tu veux épouser ton Isabel ? Vous

vous aimez ? Faites-le ! Au diable le reste. Cela aussi, il faudra bien le balayer un jour.

Nouvelle lettre, nouveau drame. À la surprise générale Soledad, la sœur d'Isabel, vient d'accoucher. Personne n'a rien vu, sauf Isabel avec qui elle dort. Jusqu'à la fin, elle s'est ceinturé le ventre pour ne pas laisser paraître un état d'autant plus désespéré que le père de l'enfant est mort en tombant d'un échafaudage. C'est à la maison, devant tout le monde, qu'un soir d'hiver la fille mère a donné le jour à une petite Anita. La honte est sur le foyer. Lucia ne cesse de répéter que le même sort attend Isabel si elle s'entête à vouloir épouser son Catalan bambocheur.

New York – Octobre 1929

1929 voit se produire à Wall Street un curieux phénomène : la chute d'hommes. Ils explosent sur le bitume avec un floc obscène de figues trop mûres. Un de ces fruits fracasse la verrière du Select Food et manque de peu Edmond Gillet. Il partage une collation avec Pierre Dupont et Michel Gillet, son cousin établi depuis quinze ans dans les pétroles du Texas.

La giclée de tripes et de cervelle horrifie, mais elle ne surprend guère Edmond.

– C'était à prévoir. Il ne faut pas céder à la panique, déclare-t-il avec un flegme qui choque ses commensaux. Tant qu'on n'a pas vendu, on n'a rien perdu. Après… eh bien voyez le résultat.

Une foule de visages se presse à l'extérieur. On y lit l'anxiété, le désarroi, la peur. Beaucoup ont dormi dehors, terrifiés à l'idée de rater les premières cotations du jeudi 24 octobre.

– Je perds, je perds !

– Vendre, vendre ! Je dois vendre !

– Quelle bonne idée, se dit Edmond.

– Qui veut du Steel ?

– General Electric !

– La General Electric de New York, je suppose ? demande le Lyonnais en se penchant vers son cousin texan.

– Oui, c'est, ou c'était, l'une des valeurs les plus demandées.

Un commis entre précipitamment. Michel Gillet l'intercepte.

– Jeune homme, où en est la cote de GENY ?

– Hier 230, ce matin 110 !

Le garçon a le pantalon fripé d'avoir passé une nuit blanche à enregistrer des milliers d'ordres entassés dans des cartons. Depuis la veille, des centaines d'autres se sont égarés ou ont été jetés aux ordures, la faute au chaos général.

– 110 ? sourit Edmond. Pas mal, mais ce n'est pas assez !

– Mon cher, vous exagérez ! s'exclame Pierre Dupont. La ruine est partout, et elle ne vous semble pas assez forte ?

– Pierre, à 110, est-ce que vous prendriez, vous ?

– Certes non, c'est encore un peu haut… Laissons faire ! Laissons faire, et attendons.

Devant la corbeille de la Bourse, dans les rues, partout c'est la grande braderie. Trois jours plus tôt, on achetait sans modération des actions de sociétés improbables, depuis hier on vend sans réflexion. Les prix fléchissent, les courbes mollissent plus vite que la gomina des cheveux torturés par des mains frénétiques.

Les spéculateurs doivent brutalement répondre à un premier appel de marge, puis à un second, et très vite. En quelques heures, tout l'argent spéculé s'évanouit. Les costumes ont des taches de café, les coudes sont déchirés de s'être battu pour parvenir jusqu'au téléscripteur annonçant, avec beaucoup trop de retard, la chute des cours, distorsion temporelle qui amplifie d'autant la panique. Chaque rumeur chasse la précédente, comme les cigarettes fumées les unes derrière les autres.

Les rues connaissent d'épouvantables poussées

d'adrénaline. Rugissement à la vue d'un homme enjambant une fenêtre au trentième étage de la Shenandoah, la fameuse société d'investissement. On n'a pas peur pour lui, on a peur comme lui ; va-t-il sauter dans le vide, avec les maisons, les fourrures, les bijoux et la réputation des milliers de petits porteurs grisés par le fabuleux casino boursier ? La secousse tellurique vient de libérer sept années d'une folie spéculative comme on n'en avait plus connu depuis la faillite de Law et l'effondrement de l'Affaire des mers du Sud, au XVIIIe siècle.

– J'ai du Tel and Tel !

– Qui veut du Goldman Sachs ?

Edmond fait un geste à l'attention d'un second commis, qui repart aussitôt.

– Messieurs, je vous abandonne là. J'ai envie d'aller respirer un peu à Central Park. C'est donc convenu ? Ce soir à huit heures ?

– Oui, sur le site de l'ancien Waldorf. On vous y attendra. Les papiers seront établis, puis nous aurons quelques amis.

Le krach laisse Edmond songeur. En homme qui aime la mer, il a senti le vent devenir mauvais dès sa venue aux États-Unis, ce printemps. Il y négocie en ce moment même la licence du tissage de l'acétate de cellulose avec la firme Dupont de Nemours, l'équivalent américain, en taille financière et en puissance de production, de Progil et de la Rhodiaseta réunis.

Il avait effectué la traversée sur le paquebot *Île-de-France* où se déroulait un jeu à peine concevable. Un tiers des passagers avait abandonné la roulette et les cartes pour rejoindre la dernière folie inventée par le roi du câble M.J. Meehan : la spéculation hauturière. Trois vastes cabines avaient été aménagées avec corbeille, tableaux d'affichage et téléscripteur crachant les ultimes cotations. Jouer en bourse était devenu une telle addiction qu'en être débranché quelques jours mettait les nerfs à vif. Après quelques réticences, Wall Street n'avait plus voulu laisser quiconque perdre le contact avec le marché.

Des classes aisées aux classes moyennes, ils étaient innombrables à s'être laissé prendre à ce jeu prometteur où les économies devaient se multiplier presque à l'infini. À bord, on ne parlait que de ça. Le fourreur filait à la douairière des tuyaux épatants qu'il tenait d'un type qui était parent de machin chez Bethlehem Steel. Connaître un quidam à la Chase National ou à la City Bank offrait au pique-assiette des nuits de cocktails gratuits et les oreilles attentives de pékins qui, en temps normal, l'auraient considéré avec une morgue aussi raide que leur smoking.

Le sentiment merveilleux que la fortune sourirait à tous nimbait chaque passager dans un rêve d'Éden doré. Le marché ne donnait jamais l'impression de fléchir. Les actions étaient durablement à la hausse, fortifiées par l'optimisme des experts et celui de Hoover, le président des USA. Lorsque les cotations marquaient un palier, c'était pour mieux filer vers des altitudes encore plus prometteuses.

Même les mouvements du transatlantique paraissaient suivre l'exaltation générale. Les vagues poussaient haut et fort la merveilleuse machine conçue à Saint-Nazaire. Elle affrontait les coups de mer avec l'assurance des conquérants. L'*Ile-de-France* avait été accueilli sous les tours de Manhattan, le casino du monde, par les jets des navires-pompes. Leur écume avait la couleur de l'argent et tout, jusqu'au crépuscule doré, suintait l'appât du gain.

Le naufrage du *Titanic* était loin, d'un autre temps, presque d'un autre siècle. Et peu importait que la spéculation hauturière, comme celle qui s'effectuait à terre, reposât sur des architectures truquées à base de sociétés investissant dans les valeurs d'autres compagnies encore plus truquées. Tout financier aguerri savait bien que cette bulle formée sur des tripatouillages immobiliers en Floride ne pouvait qu'éclater. Encore fallait-il vouloir l'entendre : l'affirmer c'était passer pour un épouvantable pisse-froid.

Le soleil est doux sur Central Park. Edmond déambule d'un pas souverain sous les frondaisons multicolores. La panique qui montait le matin par vagues d'adrénaline, de caféine, de nicotine, a réveillé chez lui sa vision récurrente. La vieille ville putrescente vient de sombrer dans le désastre. Les foyers de dizaines de milliers de petits porteurs à travers les États-Unis sont dévastés.

C'était prévisible.

– Au jeu, on est la banque, ou bien l'on est un idiot. Dans ce cas, on ne pleure pas sur son sort puisqu'on l'a mérité.

La méditation d'Edmond est fondée. Rien n'est plus volatil que la mémoire du malheur financier, sauf dans l'esprit d'un Lyonnais de vieille souche. La faillite de l'Union Générale, en 1882, avait ruiné tant de bonnes familles de la Presqu'île que son souvenir, perpétué de père en fils, sert depuis lors de repoussoir pérenne aux sirènes du boursicotage. À Lyon, on pratique la banque d'affaires et de dépôts, pas la banque de casino. Les actions des Gillet restent en famille, elles ne sont jamais jetées dans la spéculation, aussi tentante l'idée puisse être.

Un industriel de la trempe d'Edmond est semblable à ces albatros qui planent dans des courants d'air trop subtils aux simples mortels. Il n'est pas de la race des rapaces, mais de celle des anticipateurs. Calme, pondéré, il agit sans jamais se laisser surprendre, habile en coups inattendus effectués dans une ombre qui n'a rien de commun avec l'opacité où pataugent les forbans. Edmond Gillet porte dignement le blason de ceux que Lyon appelle la « famille invisible ».

Depuis 1905, succédant à la famille déclinante des Morin-Pons, elle a pris en main le Crédit lyonnais dont Edmond est, avec son frère Charles, un pilier du conseil d'administration. Quant à Paul, il est leur relais au cœur de la succursale lyonnaise de la Banque de France. Mais aucun des trois frères Gillet ne tire gloire de figurer parmi les rares élus habilités au vote des assemblées générales qui régissent la Banque de la nation. Il n'y a pas de raison à cela. Le Crédit lyonnais est comme la Banque de France : simplement leur pré carré.

Le grand homme large d'épaules et sans embonpoint se pose sur l'un de ces rochers que les glaciers abandonnèrent il y a dix mille ans dans ce qui n'était pas encore Central Park. Il a envie de nourrir les écureuils. Il ôte ses gants en chevreau crème. Une brise fraîche caresse sa peau protégée. Ce contact le rappelle aux vastes mouvements de l'univers, à un temps qui est celui du Créateur, un temps au-delà des agitations des hommes si semblables à ces animaux qui courent thésauriser dans le creux des arbres la nourriture dont on leur fait crédit.

Les érables américains amarante, vieil or et jaune citron déploient leurs teintes flamboyantes. Edmond, l'enfant de la soie, aimerait les reproduire sur des kilomètres de tissu.

– Obtenir ce mordant, cette fraîcheur des couleurs naturelles ! On ne synthétise pas encore la fourrure des écureuils ou la couleur des feuilles, mais demain on y arrivera.

Teintures, fibres, vernis : depuis un siècle on cherche à remplacer la nature dans ses œuvres, à rançonner ses procédures. Le comte de Chardonnet a inventé la soie artificielle en copiant l'art inné du ver à soie. Les Gillet ont tissé le premier fil de viscose vraiment utilisable, inventé un marché, construit des usines, bâti un empire. Et celui-ci vient d'atteindre sa masse critique.

La naissance, l'année précédente, de la société Rhône-Poulenc issue du regroupement entre les Gillet et les Établissements Poulenc Frères, fut un coup de tonnerre dans le club feutré des trusts. En France personne ne l'imaginait possible. Le Cartel des gauches voulait imposer une fiscalité énorme à la fusion des entreprises.

Edmond avait habilement plaidé auprès d'Édouard Herriot, l'ami d'enfance du jardin de la Cerisaie :

– Rhône-Poulenc c'est l'avenir face aux cartels internationaux. En Allemagne, IG Farben relève la tête. Fusionner c'est opposer un front uni, c'est pouvoir s'entendre sur la politique douanière, c'est faire recherche commune !

Cette intervention d'Edmond, l'éminence de la Banque de France, auprès de Herriot, un président du Conseil qui avait ses bons et ses mauvais riches, offrit au trust familial une diminution considérable des charges fiscales.

L'industrie est une guerre sans morts, mais avec des armes. Celles de Rhône-Poulenc se nomment engrais, aspirine, vernis, gardénal, bromure, saccharine. Et aluminium puisque l'ogre lyonnais, par le jeu des absorptions de filiales, vient aussi de pénétrer Pechiney et Ugine Kuhlmann. Mais son arme de pointe reste le tout nouveau fil de rayonne acétate, le nec plus ultra en matière de fil synthétique, encore plus performant que la viscose. Si l'acétate de cellulose est au départ un procédé chimique breveté Poulenc, ce sont les ingénieurs Gillet qui ont réussi à le filer correctement. Ce produit révolutionnaire bénéficie en outre de la force de frappe commerciale du Comptoir des textiles artificiels, plus que jamais présent sous la marque Rhodiaseta. Tout le monde veut de cette matière, souple et fine comme la soie naturelle, et dont les Gillet dominent la production, la filature et la distribution. Pour un industriel, l'acétate de cellulose offre un avantage supplémentaire. Non filé, c'est le meilleur des vernis pour le fuselage des avions, ces machines de l'avenir.

La diffusion du textile et de son brevet technique est menée avec une célérité inouïe par Edmond, le VRP du triumvirat Gillet. Il lui faut prendre date, s'imposer, devancer la concurrence. Edmond a déjà vendu la rayonne acétate, moyennant vingt-cinq pour cent des bénéfices futurs, à la Suisse, à l'Italie, à l'Angleterre, et même aux Allemands. Quant aux États-Unis…

Recevoir au Waldorf Astoria était un signe de gloire. Le 3 mai, Edmond avait été invité au dîner marquant la fermeture de l'établissement. À la place, Dupont de Nemours et d'autres financiers vont élever l'Empire State Building.

– Rassurez-vous, mon cher Edmond, nous n'avons pas déclaré de faillite, lui avait dit Lucius Boomer, le directeur. Mais ces drapés, ces velours, ces ors : ce n'était plus possible. Il nous faut du puissant, du radical. À quinze blocs d'ici, au 301 Park Avenue, s'élèvera bientôt le premier gratte-ciel hôtelier, le nouveau Waldorf Astoria. Venez donc en admirer la maquette…

À y repenser, l'événement mondain semblait avoir anticipé le krach. À New York, à peine un vieux monde mourait-il qu'un nouveau était déjà en chantier. Edmond avait connu le vieux palace lors de ses premiers voyages en Amérique. C'était avant la Grande Guerre et il n'y séjournait pas. Son père Joseph n'aurait jamais accepté de le voir dilapider en luxe inutile :

– Mon fils, ce n'est pas ainsi qu'on établit une réputation de sérieux. Laisse cela aux nouveaux riches.

C'était pourtant là, dans l'opulente bâtisse érigée par les Astor en 1893, qu'il fallait venir prendre langue avec les hommes qui comptaient dans l'industrie et la finance. Edmond, devenu un homme d'influence, y était reçu avec tous les égards.

Dans le hall où se déroulait *The Final Dinner* s'élevait la réduction du futur hôtel. La pyramide cubiste bardée de flèches verticales, de balustres et de nombreux penthouses était illuminée par des centaines d'ampoules électriques, un tout nouveau modèle constitué d'un filament de tungstène. Lucius Boomer lui avait détaillé ce fleuron créatif, le dernier-né de la General Electric, qui paraissait avoir capturé un atome de soleil dans une bulle de verre. L'effet était saisissant au milieu des crachoirs qui donnaient un air de vieux saloon au palace new-yorkais. Boomer lui fit l'éloge de Louis Rigal, le décorateur français en charge de l'habillage Art déco du palace. Durant la vente aux enchères qui suivit le dîner, Edmond, un brin nostalgique, acheta quelques shakers, en souvenir.

Face à l'énorme trou d'où surgissent les arêtes d'acier du futur Empire State, Edmond jette un œil à l'édition du soir du *New York Times*. GENY cotait 90 à quatorze heures.

– Préoccupé par la bourse, cher ami ? s'enquiert Lucius Boomer qui surgit à côté de lui.

– Lucius ? Mais que faites-vous ici ? Je vous pensais au vert, loin de New York…

– Les affaires continuent. J'achève de former les équipes du nouveau Waldorf.

– Vous y étiez incomparable !

– Je vous remercie. Alors, monsieur Gillet, cette Bourse ? Une immense catastrophe. Fort heureusement, je ne suis pas joueur. J'en ai trop vu passer, de ces nouveaux riches, pour ne pas être méfiant.

– Et vous avez eu raison. Voyez où ils en sont. Désormais la situation mérite toute notre vigilance.

Edmond n'en dira pas plus. La moindre remarque, à la fin d'une journée si nerveuse, pourrait avoir des conséquences inopportunes.

– On vous attend au salon Dupont.

– Comment cela ? Mais quel salon puisque l'hôtel a été rasé !

– Ces messieurs l'ont acheté tel quel et fait remonter à quelques blocs d'ici. Un pur caprice. Suivez-moi, on m'envoie pour être votre guide.

Le patron français, stupéfait, s'abandonne à la fantaisie des nababs Dupont, Dupont comme *Dupont de Nemours*. Sous le portrait du fondateur de la dynastie, l'économiste Pierre Samuel Dupont de Nemours, son arrière-arrière-petit-fils Pierre sirote un bourbon. C'est dans ce même salon, dont l'imposante cheminée avait été arrachée à un château du Poitou, que Michel Gillet avait présenté pour la première fois son cousin aux dédicataires du lieu, les rois de la dynamite.

La poudre Dupont de Nemours a ouvert le canal de Panama. Elle a creusé les Rocheuses, elle a foré les puits de pétrole du Texas, elle a délivré l'or des filons du Yukon, faisant d'eux les milliardaires de la chimie américaine.

Sur le visage de l'ancêtre, l'économiste huguenot de Montchanin qui émigra aux États-Unis en 1799, comme sur celui de son descendant, on lit une même distinction aristocratique. Il n'y a que la perruque du premier, et la calvitie du second, pour signaler le passage des générations. Une fine moustache barre le visage parfaitement ovale de Pierre.

De ce côté-ci de l'Atlantique, le sang bleu s'est quelque peu ensauvagé. Lors de ses premiers contacts,

Edmond avait assisté à la guerre qui opposait Pierre Dupont à ses cousins Alfred et Coleman. Rachat d'actions familiales, mises en minorité, évictions, procès, on s'était déchiré au sein d'un trust accusé de vendre de la mort en poudre mais dont les profits lui avaient permis l'acquisition de General Motors et des pneus US Rubber.

Question de bol alimentaire sans doute : les capitalistes sont rarement rachitiques. Edmond et Pierre ont même taille et même carrure, une façon identique d'occuper l'espace en conquérants. Seule l'allure diffère. Moustache proustienne, ailes de cheveux gris, chemise à col cassé, cravate parme, épingle en perle et costume gris pour le soyeux lyonnais. Une apparence presque féminine à côté du tweed robuste et de la calvitie luisante de l'Américain qui lui frappe sans façon sur l'épaule.

– L'air était-il bon à Central Park ?

– Excellent ! L'amplitude de New York demande à être saisie à pleines enjambées, les poumons bien ouverts.

– Bien ! Voilà qui appelle un remontant. Bourbon ? Whisky ?

– Une larme, coupée de beaucoup d'eau. Uniquement pour le plaisir de vous suivre.

– J'oubliais, cher Edmond, que vous n'aimiez pas nos liqueurs de rustres ! Mais permettez-moi de vous remercier pour votre bourgogne. Le Clos des Mouches cru 1921 est absolument fabuleux. J'espère que nous aurons le bonheur d'en boire quelques bouteilles. Alice vous veut absolument pour *Thanksgiving* à Longwood Gardens.

– Je crains d'avoir à repartir bien vite. Les temps réclament d'être fermement présent aux commandes, vous ne croyez pas ?

Edmond ne songe pas précisément à la crise boursière. Très attentif à l'évolution de cette dynastie cousine sous bien des rapports il n'ignorait pas, en venant aux États-Unis, les difficultés de sa branche ammoniac. 1926, surproduction ; 1927, effondrement de la demande. Il savait Dupont de Nemours disposer de stocks énormes. Alors, puisque l'industrie des textiles artificiels en était une grosse consommatrice et que Rhône-Poulenc possédait le brevet de fabrication du nouveau fil…

– Certes oui. À ce propos, mon cher, voici le contrat. Nos avocats respectifs ont bataillé, lu et relu. Je pense que nous n'aurons plus besoin d'en rediscuter.

– Permettez que nous le relisions une dernière fois ensemble.

Pierre a un rire franc.

– À la bonne heure ! Si vous ne me l'aviez pas proposé, j'aurais été vexé. Regardons cela de plus près.

Ils se rapprochent des fenêtres donnant sur Park Avenue. Aucun d'eux n'aime discuter assis. Les affaires se traitent les pieds sur terre et la tête droite. Dans un fauteuil on laisse mollir l'initiative, on fait du gras.

Un géant roux, parfaitement couleur locale, les rejoint.

– Je n'ai pas besoin de vous présenter le docteur Hull…

– Ah, monsieur Hull, comment allez-vous ? Et notre chercheur ? Toujours aussi incroyablement productif ?

– Oh, il est enthousiaste à l'idée de travailler à partir de votre nouveau procédé.

Tandis qu'à New York les deux cabinets d'avocats finalisaient la vente du brevet sur l'acétate, Edmond avait visité en compagnie de Hull, le chef du département des recherches chimiques de Dupont de Nemours, les sites de Seaford et de Wilmington, dans l'État du Delaware. Il en était revenu impressionné.

Hull lui avait recommandé la dernière pioche de la firme, Wallace Carothers. Chez ce petit bonhomme aux lunettes épaisses, le tic qui crispait le visage et le bégaiement trahissaient une tension formidable. Insomniaque, ce professeur venu de Harvard vivait dans son laboratoire, dévoué corps et âme à ses recherches. La firme en profitait. En moins de trois ans, Carothers avait permis de breveter dix innovations dont le néoprène, un polymère dérivé du caoutchouc naturel.

– Attendez de voir ce que cet homme fera avec le pétrole et le charbon, lui avait glissé le docteur Hull.

L'atelier de recherche puait ces produits fabuleux. Edmond en aime la pestilence. C'est l'odeur du progrès. Elle guide l'humanité vers plus de confort et d'aisance. Grâce aux engrais les terres agricoles décuplent leur production. On a moins faim. Les ménagères, pourvues de lessives et de produits d'entretien, passent moins d'heures en travaux ingrats. La voiture, cette merveille d'indépendance et de liberté, s'équipe comme de petits appartements grâce aux nouvelles inventions : le vinyle, la bakélite. Des centaines d'innovations sont nécessaires à son fonctionnement : huiles, liquides de batteries, vernis. Le nouveau monde sera bon pour tous et très lucratif pour les plus avisés.

Dans l'antre de Wallace Carothers, génie aussi complexé que productif, Edmond était retourné en pays d'alchimie. Au siècle précédent, l'Allemagne où il était allé s'initier avait développé l'équivalence synthétique du monde. Le Reich n'avait pas autant de ressources exotiques que les puissances coloniales européennes. Mais il disposait de charbon, de bois, de minerais, d'eau, et surtout de nombreux cerveaux. Les universités placées sous la houlette de la Raison et de la Technique y avaient imaginé le progrès. Des chefs d'entreprise l'avaient incarné.

Les États-Unis poursuivent sur ce chemin avec des moyens et une assurance démultipliés. La proximité entre les universités et les industriels y est d'une efficacité redoutable. La production standardisée, sortie des chaînes d'assemblage Ford elles-mêmes calquées sur les abattoirs industriels de Chicago, donne un essor inouï à chaque invention. Dans les rues de New York, Edmond adorait subir le puissant bombardement de la publicité. Oui, ici l'avenir coulait formidable et ininterrompu, pareil à ces grand fleuves le long desquels se construisent les couloirs de la chimie : le Rhône, le Rhin, le Saint-Laurent. Le pétrole, le bois, le charbon sont des ressources illimitées. Pour Edmond, qui n'aime rien tant qu'une bouteille de Vichy Célestins bien fraîche, les odeurs âcres des laboratoires valent tous les alcools du monde.

Après la relecture attentive du document, il boit une gorgée de son whisky édulcoré d'eau.

– Pierre, c'est parfait. Rhône-Poulenc cède à Dupont de Nemours la licence sur la fabrication du fil d'acétate moyennant cent soixante-quinze mille dollars plus une redevance de cinq dollars sur chaque tonne produite. Vous vous engagez à construire une usine apte à produire deux tonnes de fil par jour. Et vous nous reverserez vingt-cinq pour cent sur les ventes. Nous bénéficierons prioritairement des découvertes découlant du procédé que nous avons initié. Et vous, de nos recherches sur les esters et éthers de cellulose. Et tout cela pour une durée de dix ans.

– Nous sommes parfaitement d'accord. Nos entreprises marcheront main dans la main de part et d'autre de l'Atlantique.

– Appelons cela une compétition dans l'entente.

– La plus cordiale qui soit !

– Cher Edmond, à notre santé.

– Cher Pierre, je célèbre tout ce que nous allons bâtir ensemble.

La nuit est tombée sur New York. Les gratte-ciel dessinent des canyons de lumière sous un flot de nuages bas. La ville paraît avoir volé l'horizon. Les mille feux de la cité surgissent d'un océan de bitume et de soufre. C'est magnifique et oppressant. Ils contemplent le spectacle dans un silence qui dure. Pierre l'interrompt :

– Puis-je me permettre une question, mon cher ?

– Faites donc !

– Vous n'avez vraiment pas eu peur quand l'homme est tombé, ce matin ?

– Non. Il en tombera bien d'autres.

– Mais alors nous perdrons nos clients, s'esclaffe le magnat américain.

– La mort, c'est le début d'une renaissance, ne croyez-vous pas ? Un monde s'achève. Nous allons le reconstruire à neuf sur ses propres ruines.

– Le marché s'est pourtant gravement effondré.

– Une crise financière est un écueil qui ne fait que diversifier les courants et multiplier les opportunités du flux. Il fallait assainir le paysage, déparasiter en quelque sorte, de la même façon qu'un oiseau se roule dans la poussière pour ôter la vermine et s'envoler plus beau, plus pur.

– Je ne vous savais pas poète ! Je vous réitère mon invitation : Longwood Gardens vous plaira. L'arrière-saison y est une merveille, et la lumière sur les sycomores !

– À propos de lumière, où en est GENY ?

– L'action est tombée à 50.

– Achèterez-vous ?

– C'est fait.

– Vous aussi ?

Rires.
– Le monde est une marchandise !
– Alors trinquons aux marchands.
– Et aux inventeurs !

Barcelone – 1930

Sur le bateau de troupes qui le ramène vers Barcelone, Antonio est pressé. Il voudrait que le vapeur fende les eaux plus vite que les dauphins sautant devant l'étrave. Les lettres d'Isabel sont inquiétantes. La tante Lucia continue son travail de sape. Isabel va-t-elle pouvoir résister ? Voilà cinq ans qu'ils sont fiancés…

Il n'a pas voulu la faire venir au Maroc. Pour l'exposer à quelle vie parmi ces crapules ? L'un et l'autre ne désirent rien tant qu'être ensemble et mener leur vie comme ils l'entendent. Le général Mola l'a bien compris.

– Tiens, voilà tes papiers. Tu achèves ton service avec quelques mois d'avance sur la durée légale. Je me suis arrangé, j'ai ce pouvoir. Va, profite ! Et vraiment, si l'académie militaire te tente, n'hésite pas. Je serai là pour te faciliter les choses.

Mais il n'a pas su convaincre son ordonnance de s'établir dans le rang pour y faire carrière. Ce monde-là est trop sale pour sa jeunesse avide de bouleversements.

Le vent lui cingle le visage. Bientôt se profileront le front têtu du Montjuich et les grues du port. Ils veulent se marier au plus vite et à leur manière. Ce sera un simple mariage civil. Pas de curé, ni de litanies, ni d'argent à donner à ces sangsues. Dieu est bien mort et ses serviteurs ont jeté leurs masques. Au Maroc, les mineurs les plus maltraités sont ceux qui s'échinent dans les mines de cuivre sous contrôle de la banque Urquijo, la propriété des jésuites. Elles sont bien loin, leurs missions philanthropes du Brésil et d'Uruguay. Les troufions misérables, ses camarades, n'ont pas de mots assez violents pour évoquer l'Église et ses sbires. Les plus rancuniers sont les Andalous, grandis sous le joug des latifundiaires. Ils honnissent ce fouet doucereux des riches.

– Chancre de la liberté !

– Ennemie du travailleur !

Quelque chose d'énorme, et qui n'a d'autre désir que d'abattre l'ordre ancien, injuste, inique et intolérable, veut sortir de sa chrysalide. Cela cherche à exploser ainsi que tombent les vieux quartiers de Barcelone qu'Antonio retrouve après ses années au désert. Des bâtiments jamais vus se dressent pour l'Exposition universelle. Comme le pavillon construit par Mies van der Rohe pour la république de Weimar. Cubiste, géométrique, aéré, lumineux. Oubliés les appartements bourgeois, les chambres de bonne et les sous-sols loués aux crève-misère. Table rase du passé, bienvenue au confort et aux désirs de l'homme nouveau. On veut vivre pour soi et d'égal à égal.

Quelques heures après avoir débarqué, Antonio est carrer de Jaume Giralt où Isabel l'espère. La situation y est confuse et moche. Soledad, la fille mère, a les yeux rougis. Sa petite Anita vit recluse dans l'appartement miséreux. Il n'est pas pensable de la montrer dans la rue.

– Qu'en dira-t-on ? Elle n'a pas de père !

Antonio n'hésite pas : il prend l'enfant et, avec Isabel, ils sortent dans la rue étroite où cent regards veillent aux balcons. Anita cligne des yeux. Elle n'a jamais vu le bleu du ciel. Le soleil lui fait mal. Elle a peur, elle pleurniche.

Le concierge les dévisage d'un air mauvais. Il rejoint le cercle des voisines qui s'est formé devant le marchand de boissons. Antonio achète une orangeade pour cette fillette que personne n'a jamais aperçue. On murmure.

– Serait-ce leur fille ?

– Pourtant Isabel n'est pas mariée !

– Quelle honte !

Mais ils n'ont pas peur des logeuses revêches, du *sereno* réprobateur, ni du garde du jardin public où ils osent échanger un long baiser, au grand jour, enfin ! Sur les Ramblas, Isabel se serre contre Antonio, séché et bruni par le soleil du Maroc. Il a pour elle des regards de feu. Leur couple exhale une fierté qui fait se retourner sur leur passage.

Lorsqu'ils sont sortis avec la fillette, Manuel Canuto en a pleuré de bonheur. Son futur gendre a fait ce que lui rêvait d'accomplir sans l'oser.

– Ah, ces jeunes ! Ils ont du courage. Et comme ils ont raison !

Chez les Vives, l'accueil de Teresa mère est froid, comme à l'accoutumée. Mais il y a en elle plus de lassitude qu'avant, une sorte de démission. Teresa fille a changé. Elle est presque le sosie de Mary Pickford, coupe crantée, air mutin, touche de rouge aux lèvres et cou découvert. Elle suit des cours de théâtre et son désir de devenir actrice se concrétise. Ses abondants cheveux roux, une rareté, font qu'on la remarque. Elle a de sérieux contacts qui ne se contentent pas d'être des promesses en l'air avec comme seul but la coucherie obligatoire.

La sœur d'Antonio a du chien et de l'aplomb. Elle échappe à l'autorité de sa mère, de plus en plus restreinte par son intimité disloquée, obligée de vivre comme l'ont fait sa mère, et avant elle la mère de sa mère, affairée aux travaux d'aiguille et de cuisine, assise autour de la table ronde juponnée sous laquelle rougeoie le *brasero* alimenté en coquilles de noix et d'amandes, avec comme seule distraction les cancans et les feuilletons radio auxquels la convie Emilia, la voisine bavarde et un peu mieux lotie. Sa carrière d'institutrice brisée, elle est redevenue l'une de ces femmes d'avant, mal nourries, insatisfaites, révoltées parfois, mais jamais au grand jour.

Les jeunes femmes bousculent les conventions. Isabel est semblable à Teresa, pleine d'assurance et habillée à la mode. À l'atelier, elle se confectionne avec ses amies des robes modernes, simples, seyantes, et qui ne cachent rien sans rien montrer pour autant. C'en est fini des chignons et des robes ras du talon que portent leurs mères.

Chez Basi, les couturières discutent souvent du projet, envisagé par le général Primo de Rivera, d'accorder le droit de vote aux femmes.

– On sera comme les Anglaises ! On existera ! On a notre mot à dire ! Madame, vous croyez qu'il va le faire, le général ?

– Je l'espère bien, mes filles, rétorque Ferran en coupant net un ourlet trop long.

Refuser de se marier à l'église réclame un courage certain. On ne s'affranchit pas ainsi de règles sanctifiées par quinze siècles de tradition pour suivre sa propre voie. Seuls l'osent ces anarchistes qui s'en prennent aux couvents et aux églises à chaque émotion populaire, sortant de force les nonnes des cloîtres afin de les engrosser et de les rendre à la nature. Juan Bautista n'est guère plus amateur de religion que Manuel. Si l'idée d'un mariage civil est vite arrachée aux hommes, ce sont les mères qui freinent et tempêtent le plus longuement.

Un mariage, ça demande aussi de l'argent. Les Canuto n'en ont pas assez pour offrir des noces correctes. Quant aux Vives, Teresa mère dit à Antonio :

– Tu partiras de la maison avec ce que tu as sur le dos. Pas de dot !

Le salut vient de l'Oriente où Antonio a retrouvé sa place et la riche Mexicaine qui n'a pas oublié son cher garçon d'étage. Elle est comme une vieille amie, la femme mûre et d'expérience qui se régale de l'entendre lui raconter ses sottises militaires. Elle goûte son langage amélioré par la bibliothèque de monsieur B. et sa vivacité piquante.

La riche veuve offrira la noce, mais à une condition.

– Il faut que vous vous mariiez à l'église…

– Ah ça non !

– Il ne peut pas en être autrement. Jamais les gens ne reconnaîtront votre mariage si vous ne passez pas devant monsieur le curé.

– Mais pour quoi faire ? Ni l'un ni l'autre nous ne croyons en Dieu. Que les autres fassent ce qu'ils veulent, je les respecte. Mais nous ne voulons pas être hypocrites. Pourquoi payer une messe alors que la bénédiction et tout le saint-frusquin ne nous concernent pas ?

– Pense aux autres. Ne froisse personne. Antonio, fais-moi plaisir. Et puis sait-on jamais ? Es-tu si sûr que le bon Dieu ne te regarde pas ?

– Qu'est-ce qu'un mariage de plus ou de moins pourrait bien lui faire ?

– Je suis sûre qu'Isabel en a envie. C'est si joli un mariage à l'église. La robe blanche, les orgues, les chants, le riz… Tu verras, je louerai des voitures pour toute la noce, elles seront comme des carrosses pleins de fleurs et de rubans…

– Non, pas d'église ! Elle et moi, on s'en fiche.

– Réfléchis. Vous ne voulez quand même pas d'un machin à la sauvette, du genre vous vous désirez ? Alors c'est d'accord, signez ici et puis ciao. Allons, allons ! C'est un grand jour. Cette fête-là est trop belle pour ne pas rester dans les mémoires…

Le 30 novembre 1930, Antonio Vives i Vives épouse Isabel Canuto y Serrano en l'église de Betlem, sur les Ramblas, celle qui fait l'angle avec le carrer del Carme. Devant la façade de style plateresque, avec son bossage en pointes de diamant qui lui donne un air d'épineuse forteresse, un photographe suspend le temps.

Ils sont tous là, vingt hommes et femmes de noir vêtus. C'est plus élégant pour aller partager au restaurant Can Culleretes le repas de noces, comme tous les mariés de Barcelone depuis 1786.

Antonio arbore des souliers vernis, le smoking, le nœud papillon, la pochette blanche, le chapeau melon. Isabel serre entre ses gants blancs un bouquet de fleurs d'oranger. Les filles de l'atelier, où se distinguent les lunettes rondes d'Ines, ont cousu sa robe de satin immaculé. Au-dessous, Isabel porte une combinaison en rayonne, ce tissu à la mode produit dans la nouvelle usine SAFA. Elle est ravissante avec son diadème de perles et ses joues rebondies tout empourprées.

Isabel sait le bonheur qui l'attend. Son voile n'est virginal qu'en apparence. Ils n'ont pas attendu la bénédiction du prêtre pour se connaître, nus et libres comme leurs parents ne l'étaient pas il y a trente ans. Au bordel, Antonio a acquis la science amoureuse. Hier il l'a longtemps dévêtue avec des caresses dont elle n'avait pas idée, doucement nimbée par une lampe basse couverte d'un foulard de couleur. C'est une femme aux bras fermes, aux cuisses dures, aux lèvres joliment dessinées. Ses seins frémissants ont appelé à ce jeu intime qui, seul, fonde le couple.

Alors, quand le curé a filé la métaphore marine pour parler des sacrements du mariage où « il y aura des falaises et des plages, où la mer attaquera avec force les premières, où elle s'étalera langoureusement sur les secondes », ils avaient échangé devant l'autel un regard complice, songeant à d'autres vagues et à d'autres mouvements.

– Résistez aux premières, bénissez les secondes, avait conclu l'homme en soutane. L'assistance avait souri.

Elle avait attendu si longtemps, cette fleur tenue cinq ans au secret ! Les jeunes femmes effleurent le bouquet de la mariée. Le pollen est sur leurs mains comme des étincelles de sa joie. Si les femmes anciennes portent la *mantilla* sombre, les jeunes ont les cheveux libres et la jupe bien au-dessus du mollet. Le grand nez busqué de Manuel est derrière, humant leurs parfums. Se souvient-il seulement d'avoir battu Soledad lorsqu'elle était revenue avec une coupe à la garçonne ? Mutin et agité, Juan Bautista, en tenue d'hidalgo, son chapeau crânement de travers, remet le gant que lui tend sa fille. Son épouse, deux plis crispés autour de la bouche, regarde ailleurs, lasse, comme étrangère. Dominant tout le monde de sa forte carrure, Faustino, adossé contre le pilier du porche, arbore le camélia blanc du témoin.

Après le déjeuner, la noce n'ira pas danser. Ni le tango ni le charleston, les jeunes mariés n'aiment pas cela. Et puis Antonio ne veut pas montrer ses chaussettes trouées, ni abîmer le smoking loué au chef de claque du Liceu.

À l'hôtel, il a retrouvé la brigade. Elle est en effervescence. La politique est partout, dans les discussions de café, sur les bancs des Ramblas, à la porte des cuisines et jusque dans la grande salle du restaurant où souffle un vent inquiet. Réunis clandestinement à San Sebastian, les chefs de l'opposition républicaine, Alcalá Zamora, Alejandro Lerroux, Miguel Maura, ont fomenté une insurrection afin de renverser la monarchie.

Le 12 décembre 1930, des garnisons commandées par les capitaines Galán et Garciá Hernández se sont soulevées, malgré les mises en garde du général Mola, un ami de Galán connu au Maroc. Les rebelles ont proclamé un embryon de République aussitôt noyé dans le sang. Les politiciens croupissent en prison et les mutins viennent d'être passés par les armes. Devenus des martyrs populaires, les portraits des deux capitaines fleurissent sur les murs de Madrid et de Barcelone. On en trouve même en carte postale.

– Si tu en veux, Pebre les vend au kiosque, dit Antonio à Armand, avant le service.

– J'ai vu ça, mais je n'aime pas assez les juteux pour les avoir au-dessus de ma porte. Déjà qu'il n'y a pas de buis ni de sainte vierge ! Tu les connais assez, les militaires, tu viens d'en souper durant trois ans.

– Plus y a de galons plus ils sont cons, c'est ça ?

– Oh je ne suis pas si basique. Ils sont loin d'être cons. Mais tu sais très bien pour qui ils roulent. Allez, dépêche-toi, ce soir on est complet.

– Ils ne sont pas tous catastrophiques, regarde Mola.

– Mais tu es naïf, Antonio, tu sais bien que c'est Mola qui a balancé la conspiration ! Allez, grouille je te dis ! On en parlera après.

À l'Oriente, les riches étrangers se font rares. La faillite de Wall Street en a ruiné bon nombre. Les survivants voyagent moins. Il n'est plus temps de jouir de ses dividendes : il faut les préserver.

Au contraire des bonnes familles d'industriels catalans : exportant peu et tournant sur leurs fonds propres, elles continuent à mener grand train. L'Exposition universelle leur a été une très bonne affaire.

Les coupes de champagne Codorníu, le mousseux catalan, tintent allègrement à une tablée de *señoritos* ivres. Les fils des beaux quartiers de Sarrià et de Pedralbes fréquentent exclusivement les universités anglaises ou allemandes après leurs études chez les jésuites ibériques. Un nom nouveau court leurs conversations. Adolf Hitler fait depuis deux mois les gros titres des journaux. Le parti national-socialiste est arrivé deuxième au Reichstag allemand.

– Ah, il faut entendre comment Hitler galvanise les foules !

– Je te le dis : avec lui les Allemands ont trouvé un père.

– Alors après Mussolini, c'est le tour d'Hitler ? demande une poule dotée d'un très voyant collier de strass.

– On ne peut qu'être fasciné par le fascisme. Il y a entre fascination et fascisme une allitération si juste. C'est comme un faisceau sifflant de flèches qui vont droit au but. Invincibles ! Droites ! On sait où l'on va, on sait ce que l'on veut. Et ça ne fléchit pas.

– Mais comment est-ce que tu parles, toi ? Tu n'es plus sur les bancs de Heidelberg ! Dis plutôt qu'Hitler est un mec qui en a. Ta poule comprendra.

– Ah c'est sûr, il n'est pas comme notre Mussolini à nous.

– Primo de Rivera ? Laisse-moi rire. Tu sais ce qu'en dit mon père ? Il ne l'appelle plus Primo de Rivera, mais Primo qui partira.

La tablée s'esclaffe.

– Bien vu, bien vu ! Il a de l'esprit ton paternel !

Primo de Rivera, désavoué par le directoire des militaires gouvernant pour le roi, a été contraint à l'exil. Un militaire chasse l'autre : le général Berenguer l'a remplacé, aussitôt suivi par l'amiral Aznar.

– Il paraît qu'à Paris Primo de Rivera ne mange plus, ne dort plus, ne baise même plus. Imaginez : lui le général des boxons !

– Alors c'est le début de la fin ! Un homme qui ne baise plus, c'est un feu qui meurt.

– Eh bien qu'il s'éteigne, et bon vent. Pour le merdier qu'il a laissé. Nous autres, en Espagne, on n'a jamais que des militaires d'opérette, tout juste bons à jouer dans les zarzuelas. Par contre son fils, José Antonio Primo de Rivera, ça c'est un homme.

– Oui, il a les couilles de son vieux. Mais pas à la place de la cervelle !

Les filles entretenues pouffent derrière leurs serviettes.

– Il vous a pourtant bien servi la soupe, messieurs les noceurs, pense Armand en s'avançant avec courtoisie pour leur énoncer la liste des desserts.

– Mais non la queue-de-pie, on n'en veut pas de tes tartes ! On passe tout de suite aux *carajillos*[1]. Et que ça saute, l'esclave !

– Jordi enfin ! Tu es soûl ! C'est le maître d'hôtel, un peu de respect ! intervient une blonde platine, les yeux cerclés de noir par la morphine.

– Pff ! C'est du pareil au même, ça pue le graillon, ça bouffe des lentilles. Je suis sûr qu'il est socialiste. T'aimes ça les lentilles, hein, mon larbin ? Ta mère, elle les triait entre deux passes ! Socialo, tous les *camareros*[2] sont des socialos ! Mais tu sais ce qu'on leur fait, en Allemagne, aux rouges ?

Il tente un croc-en-jambe maladroit, qu'Armand esquive sans peine.

1. Café mélangé d'alcool : anis, cognac ou rhum.
2. Serveur.

Trois heures du matin. La salle est un champ de bataille. Nappes souillées, cigarettes écrasées dans les serviettes. Les noceurs ont laissé une liasse de billets à la réception et envoyé des volées de piécettes aux serveurs comme on jette du grain aux volailles. Ça pue la graisse froide et les parfums qui ont viré à l'aigre sous l'aisselle des maîtresses soûles. La brigade hôtelière n'a pas pipé mot, maintenant elle peut desserrer les tabliers salis, tomber la veste, et fourrer le nœud papillon dans la poche.

– Vous les avez entendus ! Mais vous les avez entendus ces fils de pute, explose Armand. Mussolini ! Hitler ! La fascination du fascisme ? Ah, moi je te leur ferais boire de l'huile de ricin dans une coupe à champagne !

Donatiu, le nouveau commis, retrousse ses manches pour passer la serpillière.

– Pourtant cet Hitler il est socialiste, pas vrai ? Alors où est le mal ?

Armand s'emporte.

– Tais-toi, jeune crétin ! Tu ne sais pas ce que tu racontes !

– Chef, vous me vexez, je ne suis pas un crétin !

– Mais si tu l'es ! Tu te laisses abuser ! Hitler n'est pas socialiste, il est national-socialiste. National, tu entends ? Socialiste c'est pour les gogos, c'est un masque. C'est national qu'il faut entendre. Ça veut dire la patrie avant tout. Et on sait où ça mène, la patrie.

– Quel mal y a-t-il à être fier de la patrie, Armand ? demande Enrique, le chef de rang, un grand Aragonais doté de fières bacchantes.

– Mais toi, de quelle patrie tu es ? l'interpelle Antonio qui pousse le lourd chariot où s'entasse la vaisselle sale. Catalan parce que tu travailles à Barcelone ? Aragonais parce que tu y es né ? Ou bien espagnol parce que c'est sur tes papiers ? Armand a raison : qu'est-ce que ça veut dire, la patrie ?

– La patrie, Vives, moi je vais te dire ce que c'est : de la merde ! grogne Picot, un petit râblé aux yeux verts. La patrie, c'est un machin inventé par les bourgeois qui envoient les pauvres gars se faire tuer à leur place, et puis c'est tout !

– Ah, l'anarchiste parle ! raille Antonio.

– Ben moi, je me sens un peu de toutes ces nationalités, rétorque Enrique. Un tiers d'Aragon, un tiers de Catalogne et le reste d'Espagne.

– Eh ben, tu te trompes, tu n'appartiens à aucune, tu es juste un être humain et basta !

– Ah Vives, toi tu es un idéaliste.

– Comme toi, Picot, comme toi. On a lu Reclus, et Bakounine et Marx.

– Alors donc, cet Hitler ? demande Donatiu, qui paresse, le menton appuyé sur le manche du balai. Il faut en penser quoi ?

– Surtout s'en méfier. Ne deviens pas comme ces petits *señoritos* qui défendent uniquement leurs intérêts de classe. Ils n'ont que ça à foutre : aucun d'eux ne travaille comme l'ont fait leurs pères. Ils ne savent que profiter.

– C'est la meilleure, Armand ! Tu fais l'apologie des patrons maintenant, raille Picot.

– Au moins leurs pères ont-ils bâti quelque chose. Patron ou pas, construire, ça au moins c'est louable. Mais pour en finir avec cette histoire de patrie, nous autres travailleurs on appartient à une nation qui n'a pas de frontières. C'est celle des gars qui bossent.

– Oh, Armand, moi je la connais ta patrie, sa capitale est à Moscou ! s'amuse Picot.

– Je ne suis pas un bolchevique, mais un socialiste, ah ça oui !

– On devrait tous être socialistes, dit Antonio. Le travail, c'est respectable à condition d'en partager les fruits. Par contre, les sangsues…

– … On les écrase. Moi, ces gars-là, je te les mettrais contre un mur et pan entre les deux yeux. Tu as un peu vu comment ils traitent les filles ?

– Eh oui, Picot ! Tu sais, quand on n'a que ses charmes pour vivre, c'est comme ça. Mais la jeunesse dorée, il ne faut surtout pas la tuer, tempère Antonio, il faut juste l'évincer.

La brigade s'arrête un moment pour rouler ces cigarettes qui patinent d'or l'index et le majeur.

– Vives, tu as tort. Une révolution, ça se fait dans le sang, sinon c'est peau de lapin.

– Et qui te parle de révolution, Picot ? Il y a bien d'autres façons de changer les choses… Par les élections, par la légalité.

– Voter ? Ça aussi c'est un machin de bourgeois. Tu votes et puis quoi ? Et surtout pour qui ? Tu crois que les Maura, les Lerroux, les Zamora vont changer quelque chose ? Bon c'est clair, on va les sortir de prison parce que quand même… Ils sont avocats ou fils de politiciens monarchistes, ils ont le cul dans la soie depuis des générations. Les deux capitaines ont payé à leur place. Et tu veux attendre quoi de gens comme ça ? Un jeu de chaises musicales, tout au plus ! D'ailleurs regarde, dans leur conspiration ratée, il n'y avait pas un socialiste, pas un anarchiste.

– Pas officiellement, corrige Armand. On sait qu'il y a eu des observateurs du PSOE[1].

– Mais pas de la CNT ! De toute façon, pas un seul de nos gars n'y serait allé. Nous les anars, on n'y croit pas. Leur pacte de San Sebastian, leur soi-disant Comité révolutionnaire, mais c'est de l'arnaque ! Une

1. Partido Socialista Obrero Español.

révolution des pantoufles. Et puis les socialistes ! Quand je pense que Largo Caballero était rentré dans le gouvernement de Primo de Rivera. Un leader socialiste dans une dictature militaire, franchement on rêve ! Un social-traître oui, un félon ! Moi je dis : Alphonse XIII et Largo Caballero sur un grand bûcher, et pour tous le feu, les flammes et la mort. C'est la mort qui ensemencera la terre pour la venue des temps nouveaux.

– L'ordre nouveau par les flammes ? Nous voilà bien lotis avec vous, les anars, dit Antonio. En Allemagne on brûle les livres et vous autres vous voulez cramer les églises et le parlement !

– Quoi ? Tu veux dire que moi je suis un fasciste ? Alors anar et facho, pour toi c'est la même chose ?

– Non, bien sûr que non. Mais ce sont vos moyens qui me font peur. Toi, tu veux te lancer dans le vide les yeux fermés. Tu veux faire table rase de tout. Partir de zéro, c'est d'une naïveté. La révolte individuelle est une belle chose. Moi je ne crois pas, donc je ne vais pas à l'église. Mais je n'empêche personne de faire ce qui lui plaît. Chacun est libre, non ? Après… après… franchement, je n'en sais rien.

– Non, tu n'as pas le droit de douter, Vives ! On ne peut plus douter aujourd'hui. Les temps ne sont plus au doute. L'hésitation engendre les calamités !

– Et c'est bien ça que tu veux, la catastrophe, pour tout changer ? Ce n'est pas le grand soir, c'est le grand tremblement de terre !

– Bon les gars, vous n'en avez pas assez ? Ça pourrait durer des heures comme ça. Allez, on termine et on rentre. Demain, révolution ou pas, il faudra quand même turbiner, bâille Armand.

– Oui, monsieur l'esclave comme t'a lancé l'autre zigue, lui envoie Picot en simulant une révérence. Qui c'était au fait ? Tu dois le savoir, puisque tu tiens le livre des réservations.

– Le fils Vilà et ses amis.

– Celui de la SAFA, l'usine de rayonne ?

– Lui-même, avec quelques étrangers, des Français je crois. Barcelone, c'est toujours le boxon de l'Europe.

– Raison de plus pour en finir avec tout type d'exploitation !

*

En louant carrer Avinyó, Antonio et Isabel se sont installés à trois numéros de la maison close où travaillaient les demoiselles peintes par Picasso, vingt-trois ans auparavant.

Leur appartement est petit : deux pièces, avec une cuisine où l'on mange et un grand évier où on se lave. Situé à un angle de la rue, doté d'un balconnet, il reçoit la lumière du matin et celle du soir. Leur lit est dans l'alcôve.

Antonio est parti de chez ses parents avec vingt pesetas en poche et, comme seul trousseau, sa paire de chaussettes trouées. Isabel s'est chargée du linge qu'elle a cousu et brodé de leurs initiales, un *A* et un *I* entrelacés.

Ils sont pauvres, certes, mais heureux. Ensemble, ils ont un peu plus d'argent. Isabel ne subvient plus aux besoins familiaux. Ses frères ont grandi. Manolo est en apprentissage chez un électricien, Serafin est graveur sur verre. Les sœurs font commerce de marrons chauds et de friandises dans la rue où Manuel continue à vendre ses fruits et légumes.

Ce sont ces classes laborieuses dont la masse grandit et qui exige un régime politique garant de plus de droits et de liberté. Ils ne sont pas seuls à vouloir le changement. À droite, à gauche, dans toutes les entreprises on veut secouer le joug. Même dans l'hôtellerie. Si ces graines de socialistes de l'Oriente croyaient en saint Laurent jadis martyrisé comme une grillade, le saint patron des cuisiniers et des loufiats viendrait témoigner pour la dureté de leur condition. Entre douze et quatorze heures de travail quotidien. Ni dimanche ni vacances : cette idée n'existe même pas. Les brigades ne connaissent ni le chômage ni l'assurance en cas d'accidents du travail. Et ils sont fréquents : doigts entaillés, couteaux plantés dans le ventre, pieds écrasés par les plots à découper, brûlures multiples, foulures, chevilles tordues, glissades… Esteve Sala ne les nourrit pas avec les restes périmés, ce qui se voit fréquemment : il s'abstient juste de leur donner à manger. Pour le prolétariat de la bouche tout est à réinventer, jusques et y compris la redistribution du pourboire.

Dans le pays, la mise à mort des deux capitaines a l'effet inverse de ce que le régime souhaitait. Si la République a vu le jour un bref instant, sa lumière a été suffisante pour qu'on la sache possible et qu'on espère en elle. Désormais, il y a en Espagne trop de grèves et de manifestations. Le recours aux élections, afin de calmer les esprits, est inévitable. L'amiral Aznar les fixe au printemps 1931.

Alors tout se précipite. Le 12 avril, d'immenses files d'hommes en civil se pressent dans les villes et les villages d'Espagne pour voter. À la campagne, la fraude est importante. Les grands propriétaires terriens bourrent les urnes en faveur de l'ordre ancien. Mais dans les villes ! Les officiers de seconde ou de troisième classe, ceux qui n'ont ni pain ni chapeaux, les cuisiniers, les acteurs, les retraités, les marchands de quatre-saisons, les chauffeurs de maîtres, les métayers, les larbins, les intellectuels, les journaliers, les électriciens, les portefaix, les graveurs sur verre, les marins, les gars en cotte bleue et en espadrilles, les mineurs : tous font déferler la République.

On ne l'attendait pas, on ne l'espérait plus, c'est la TSF qui l'annonce : la *Niña*[1] voit le jour. Et tout ce qui pouvait craindre la naissance de « la Gueuse » est balayé. L'armée et la Garde civile, garantes du pouvoir, ne bougent pas. À de très rares exceptions près, les casernes restent muettes. Les chevaux ne sortent pas de leurs stalles ni les fusils des armoires. Dans la nuit, Alphonse XIII s'enfuit au volant de son Hispano-Suiza. À Carthagène, il embarque à bord du croiseur *Principe Alfonso* et se réfugie à Marseille. Le reste de la famille royale prend le train pour Hendaye en gare de Galapagar, non loin de l'Escorial. Sur le quai, un vieillard regarde s'ébranler le convoi monarchique. Une bouteille vide traîne à ses pieds. C'est le richissime comte de Romanones. Il pleure.

Le mardi 14 avril le drapeau rouge, or et violet de la République flotte Puerta del Sol à Madrid. Il fait très beau sur toute la Péninsule. Un azur printanier baigne les peuples d'Espagne descendus par millions dans la rue, sans armes mais avec en bouche des *coplas*[2] sarcastiques contre les monarques et les grands d'Espagne. À Madrid, on déboulonne dans la bonne humeur la statue d'Isabelle II, la grand-mère d'Alphonse XIII, célèbre pour ses innombrables amants, afin de l'amener au couvent des Déchaussées Royales pour y être reconvertie.

Le 12 août 1931 naît Teresa Vives. Elle porte le prénom de la sœur d'Antonio, un hommage à la prometteuse actrice foudroyée en juillet par la fièvre de Malte bue avec un mauvais lait vendu dans la rue.

1. La Fille.
2. Refrains.

Par tradition, ou par superstition, les femmes des deux familles réclament le baptême.

– Alors là, ce sera la première et la dernière fois, s'emporte Antonio.

En sortant de l'église, Manuel Canuto trouve le moyen d'accrocher une morue de papier dans le dos du curé. Curieusement personne ne rit.

Paris – 1931

17 octobre, neuf heures trente. Les ormes ont jauni, les érables ont rougi. Dans le matin brumeux, une pluie de feuilles oiseuses tombe aux abords de Saint-François-Xavier, paroisse du VIIe arrondissement. Le portail de l'église, tendu de noir, est grand ouvert. Une foule considérable assiste aux funérailles d'Edmond Gillet, mort des suites d'une longue maladie.

– Terrible coup d'arrêt à une destinée qui s'épanouissait dans la réussite. La Providence a marqué du doigt le point d'accomplissement qui marque la fin !

C'est le cardinal-archevêque de Paris, monseigneur Verdier, qui célèbre la messe des morts. Paul, désormais l'aîné des frères Gillet, dit l'oraison funèbre.

– Quoiqu'en France et à l'étranger sa notoriété fût très grande, l'homme était modeste et craignait les éloges prodigués à l'occasion de la mort des personnalités en vue. Devenu le chef d'une maison industrielle que son père et son grand-père avaient fondée, toutes ses actions ont été inspirées par l'obligation morale très vive qu'il ressentait : le devoir de développer la raison sociale de sa maison dans la voie du progrès et de l'honneur.

À homme exceptionnel, situation d'exception : c'est du haut de la chaire que Paul s'adresse à l'assistance. Son baryton évoque, pour ceux qui l'ont bien connu, la voix d'Edmond. Il en est le portrait, en plus massif. Tête large, épaules carrées, fortes mains scandant l'élogieux discours qui fige le défunt dans l'éternité de ses vertus.

– Il était d'une indépendance absolue, d'une rare élévation morale et d'une grande bonté. Doué d'une précocité de jugement remarquable, il étonna les chefs d'industrie plus âgés que lui par la précision de ses questions et la sûreté de ses vues. Il eut des visions d'avenir extraordinaires. Il comprit que les dirigeants industriels de chaque nation ne pouvaient s'ignorer, il eut la prescience qu'après les particularismes, un jour viendrait où les ententes se feraient d'abord au sein de chaque pays, puis de nation à nation et de continent à continent…

La maladie vint à Edmond lors de son dernier matin aux USA. Il avait laissé un étron sanglant au fond d'une cuvette de toilettes. L'homme était pourtant sobre et peu gourmand : pas de quoi se gâter le côlon. Le signe mauvais s'était répété sur le bateau du retour où plus personne ne jouait à la bourse. On n'avait guère tardé à déceler la gravité du mal qui surgissait. L'angoisse s'imposa. Après une première opération, Edmond parut avoir récupéré. Durant sa convalescence à Saint-Moritz, le crabe fit son retour, jusqu'à l'agonie dans la clinique de la rue Bizet.

La dépouille d'Edmond repose sous la coupole embellie par l'atelier de Charles Lameire, le peintre lyonnais qui œuvra à Notre-Dame de Fourvière. Le cercueil est ouvert. Les yeux clos du cadavre embaumé fixent peut-être, au travers des ailes d'Azraël, l'ange de la mort, les noms qui sont inscrits là-haut en lettres d'or. Malacca, les Moluques, Cangoxima, Cap Comorin, Mozambique, Goa : telle fut la route que suivit François-Xavier dans ses missions, jusqu'au Japon où il subit le martyre. Sur les traces de la soie, le jeune Edmond avait parcouru les mêmes océans, abordé les mêmes ports et dominé l'horizon depuis les mêmes amers. Adulte, cet évangélisateur de la viscose avait fini par atteindre les USA, sa Terre promise, où il avait auguré les temps de la chimie moderne.

– Il traduisit cette pensée partout où il pouvait. Il savait que rien ne résistait au progrès ; qu'une industrie n'est jamais stable et qu'il faut toujours aller de l'avant sous peine d'être dépassé. C'est que l'ordre stabilisateur du progrès vaut mieux que le désordre générateur des luttes stériles, et finalement de la misère.

Au premier rang, les femmes. Léonie sa veuve, sa fille Mathilde, ses belles-sœurs Marie, Marcelle et les petits-enfants, tous en grand apparat de soie noire. Puis Charles Gillet, Édouard Ferlié et Fernand Motte, le frère de Léonie, qui ont porté avec Paul le cercueil, suivi par un vieillard cassé de douleur : le cher ami Louis Loucheur.

– Bien des gens se demandent dans quel but il s'occupait de tant de sociétés, si c'était par goût, par intérêt ou par devoir. En réalité, il était passionné par le mouvement moderne de la vie ; il avait une telle faculté d'assimilation, une aptitude si vive à comprendre les problèmes les plus divers, que sa collaboration était partout recherchée parce que clairvoyante et optimiste.

L'église néo-byzantine, proche de l'hôtel particulier de la famille, rassemble le gratin de la politique et de l'industrie. Les amis et les affidés sont venus des ministères et des ambassades proches. Les rues de Grenelle et de Varenne, la rue Saint-Dominique et le Palais-Bourbon se sont vidés. Voici, sous les voûtes à la louange du saint, Aristide Briand inquiet de la récente agression du Japon sur la Mandchourie. Les présidents du Conseil, présents ou passés, rendent l'hommage : Pierre Laval, Édouard Herriot, Raymond Poincaré, Alexandre Millerand, Édouard Daladier. Chacun a, en son temps, chassé la loutre avec le défunt dans ses rivières de la vallée de l'Azergues. Ensemble ils ont connu la Grande Guerre et les ministères instables de la Troisième République. Certains ont déjà un pied dans la tombe.

– Partir si vite, à cinquante-sept ans !

L'ancienne génération salue l'ami Edmond. Ils furent ses amis ou ses adversaires.

– Dieu sait si nous eûmes des mots, mais quel homme ce fut !

Leurs batailles furent toujours menées avec une courtoisie où la perfidie n'était que façade. Leurs intérêts étaient communs : la grandeur de l'empire français, les profits partagés, l'ordre maintenu. L'armée est représentée par Pétain et Lyautey rencontrés jadis par l'intermédiaire de l'écrivain Paul Desjardins dans son club de l'Union pour l'action morale. Ces vieux Gaulois à la moustache blanche ne pouvaient manquer d'honorer le maître du chlore et de l'ypérite.

– Activité infatigable, droiture impeccable en même temps que le respect absolu de l'opinion des autres, quoi d'étonnant à ce que bien des personnes éminentes, ici présentes, lui aient demandé de siéger à côté d'elles dans les grandes affaires du pays ? clame Paul.

La République endeuillée n'est pas seule à faire corps autour du grand industriel. Le monde entier le salue. Voici, sous la statue de saint Ignace, l'Italie en la personne du baron Fassini, l'ami du *Duce*. Sous les clés de saint Pierre, la grande industrie allemande est représentée par le baron Fritz Thyssen. L'Amérique a mandaté le docteur Hull muni des condoléances de Pierre Dupont de Nemours.

De Roubaix sont descendus les soixante-dix cousins du Nord, cornaqués par l'ami Fernand Motte. Ce deuil est pour lui une épreuve intime. Ses yeux humides lui rappellent combien ils souffrirent tous deux à mettre au point la production des gaz chlorés dans l'Isère. Il ressent à nouveau leurs paupières collées par le pus au petit matin, leurs larynx en feu, leurs foies abîmés. Ils n'étaient pas sur le front en 1916, mais personne ne peut leur reprocher de ne pas avoir fait don de leur corps à la patrie.

Édouard Herriot accompagne le Tout-Lyon, à savoir les quinze plus gros comptes du Crédit lyonnais. On a affrété trois wagons du PLM pour venir rendre un dernier hommage au redoutable financier.

– Suprême honneur pour un industriel, la Banque de France l'appela à son Conseil de régence, estimant que personne mieux que lui n'avait jugement plus élevé et connaissance mondiale plus approfondie. On pouvait lui appliquer la sublime devise qui orne l'écusson d'un de nos grands pays voisins : *Je sers*. Servitude et grandeur industrielle : il a travaillé jusqu'au bout de ses forces ; il est mort trop jeune pour sa famille, pour l'industrie française et, disons le mot, pour l'industrie mondiale. Car il en était l'arbitre incontesté. Après les heures brûlantes des discussions égoïstes, on allait à lui pour se purifier et se rafraîchir comme à l'oasis de la Paix. Hélas, c'est un grand Français qui est disparu !

Les Belles-Lettres et l'Académie ne sont pas en reste. Dans la travée de gauche, les journalistes de *L'Illustration* et du *Figaro* notent la présence d'André Gide, devenu une fréquentation de Mathilde par l'intermédiaire du vieux Pierre Laurens, le portraitiste officiel de la famille qui a succédé, sur ses murs, au pinceau de Carolus Duran. Paul Claudel, avant son départ aux USA, se tient, comme à son habitude, derrière un pilier, méditant sur la foi des puissants.

À la tribune le fameux Adolphe Marty, l'organiste aveugle, entonne un choral signé de son maître César Franck. La voix céleste, le tremblant et le cor de nuit saluent de leurs harmonies souffreteuses la sortie d'Edmond vers son ultime demeure, le caveau familial de Bully, en Côte-d'Or.

À midi, la porte cochère de l'hôtel particulier se referme sur le deuil officiel. Demain, qui aimait Edmond prendra le PLM avec sa dépouille réfrigérée. L'aîné des Gillet n'aurait pas reproché à ses cadets de tenir conseil de famille le jour même de ses funérailles. Les affaires font oublier la douleur. Et il y a urgence.

– Vous n'allez pas le croire, mais ils nous assignent ! Le décès à peine su et ils attaquent, s'indigne Paul, un télégramme à la main. Lisez plutôt : *Dépôt plainte concernant Rhodiaseta – attendons instructions – condoléances. Signé Bridemann.*

– Qui attaque ? s'enquiert Léonie, sa voix aiguë enrayée par les larmes de la nuit.

– Ces vieux râleurs de la Fabrique[1] qui s'imaginent encore travailler au temps des canuts de la Croix-Rousse ! s'exclame Édouard.

– C'est grotesque ! Qu'est-ce que cela signifie ? Assigner en justice et pour quel prétexte ? demande Charles.

– Il s'agirait du *S* de la Rhodiaseta. Vous savez ce qu'en latin *seta* signifie, soie. Soie du Rhône : eh bien la Fabrique nous conteste le nom au prétexte que nous ne produisons pas de soie naturelle.

– On ne peut pas non plus lui donner tort. Pauvres soyeux, tous ces gens au chômage. Ah, quels sinistres temps nous vivons, soupire Léonie.

Chute des exportations, fermeture des marchés, sévérité des barrières douanières, guerre des changes : le cataclysme commencé à Wall Street deux ans plus tôt déferle sur l'Europe. Et la soie lyonnaise agonise.

1. Corporation des soyeux lyonnais.

– Certes, Bonne Maman, c'est bien dommageable. Mais n'oubliez pas ce qu'en disait Edmond. Il déclarait l'époque propice au ramassage de cadavres, sourit Édouard.

– Le cher homme, il ne s'est jamais départi d'une pointe d'humour.

Trois jours avant son décès, ils avaient fêté à la clinique, et toujours dans le sabot de l'aïeul, leur entrée majoritaire dans de nombreux secteurs touchés par la crise. D'abord les Assurances générales, les Assurances Abeille, les Assurances France et la Française de réassurances ; puis les transports avec Air Orient. Et la distribution en acquérant les Entrepôts et Magasins généraux qui assurent la vente des textiles synthétiques à bon marché dans la grande distribution.

Les dispositions testamentaires avaient été prises, les plans d'avenir tracés au chevet d'un agonisant que la morphine apaisait sans lui ôter ses facultés que l'on vient de célébrer avec pompe.

Il avait testé comme suit : à Paul la responsabilité de la Rhodiaseta et des filatures, à Charles et Édouard le devenir de Rhône-Poulenc et son extension mondiale sous l'égide d'un patron poussé sur le devant de la scène, Nicolas Grillet. Eux resteraient dans l'ombre, siégeant aux conseils de toutes les sociétés dont l'infiltration n'avait nullement été suspendue par l'agonie du chef de famille.

De son bras perfusé, Edmond avait béni Paul, Charles et Édouard. Jamais il n'y avait eu de mésentente entre eux :

– Puisse cela se poursuivre !

La liste établie par *L'Humanité* des deux cents familles possédant la France les place désormais en cinquième position. Ils sont devenus ces hommes d'annuaire qu'on suit à la trace, de la bonneterie aux assurances, du textile aux transatlantiques dans le répertoire des sociétés par actions. Et puisque la chimie n'est rien sans l'énergie, ils ont fait leur entrée dans la Société lyonnaise des eaux et de l'éclairage, la Compagnie générale des eaux, dans Gaz de Lyon et dans la Compagnie hispano-américaine d'électricité qui lorgne les centrales hydro-électriques construites par Primo de Rivera. Après s'être préparé une assise locale avec les manufacturiers Vilà, l'électricité est l'investissement du futur sur le marché espagnol. Décidément, rien ne semble pouvoir arrêter l'ascension du cartel lyonnais qui marche main dans la main avec les colossales filatures roubaisiennes des parents Motte-Bossut. Rien sauf, peut-être, leur berceau : Lyon.

– La Fabrique doit s'adapter. Le métier à tisser et le ver à soie, c'est mort, insiste Édouard formé à l'École polytechnique.

– Certes, mon gendre. Mais nous ne pouvons faire la sourde oreille ni prendre l'affaire de haut. Edmond ne m'aurait pas démentie.

Depuis son mariage avec Mathilde, ses mérites ont été longuement éprouvés par Edmond avant de l'adouber pleinement. Il a les cheveux épineux et de curieuses lèvres pâles qui se colorent de rouge vers l'intérieur de la bouche, comme s'il suçotait incessamment un bonbon.

– Désormais l'avenir est ailleurs, insiste Édouard avec impatience. Nous avons produit vingt-trois mille tonnes de rayonne cette année. Face à nous, qu'est-ce que sont les quinze tonnes de soie fine vendues sur la Presqu'île ?

– Pas grand-chose, j'en conviens. Mais je me souviens que Joseph, il y a cinquante ans, se battit au sein du conseil municipal pour obtenir le filigrane aux armes de la ville qui rend unique la soie lyonnaise, continue Léonie.

– Allons-nous céder ?

– Vous employez un méchant mot, Édouard. Il ne s'agit pas de céder, mais de trouver une entente. Je sais nos intérêts, mais je comprends aussi leurs difficultés, d'autant que la crise ne facilite guère l'avenir.

– Les exportations de soie ont baissé de quatre-vingts pour cent en deux ans. C'est dramatique, déplore Charles.

– Mais nous ne ramasserons pas leurs cadavres, s'exclame Léonie. Edmond plaisantait. Il ne serait pas allé jusque-là avec ces petits entrepreneurs.

– Justement parce qu'ils sont trop petits, raille Édouard.

– Point de cynisme, mon gendre… Nous sommes aussi fils et petits-fils de soyeux, un peu de solidarité, que diable. Là sont nos racines, d'ailleurs plus les vôtres que les miennes, moi qui suis une fille du Nord, pays de laine et de coton. Je suis surprise de vous voir si vindicatif en ce jour où le malheur nous appelle au pardon et à la paix. Sachez que j'ai toujours été d'accord pour le rachat d'entreprises latérales favorisant l'expansion de notre maison. Mais pour les soyeux, l'agonie est terrible. Je ne reconnais plus l'industrie française. N'y aurait-il plus de connaissance du cœur ?

– Ah ! Bonne Maman, j'admire votre fibre charitable ! Sachez que je l'aime et que je la respecte. Mais la bonneterie, la doublure des vêtements, les dessous féminins, l'habillage intérieur des voitures, tout devient consommation de masse. Nos productions sont un progrès pour tous. La soie telle que la Fabrique la comprend, c'est un passé révolu. Cette attaque est ridicule, inconvenante. Et cela nous coûtera combien ?

– C'est le cri d'un mourant, Édouard. Ne l'entendez-vous pas ? Nous n'avons pas le droit d'achever une institution qui a permis à notre maison de devenir ce qu'elle est. La Fabrique ne peut pas mourir après tant de siècles de services. Les lettres patentes du privilège datent de 1536, sous François Ier ! Cela ne peut disparaître. Cherchons à la préserver, non à l'étrangler.

– Alors que va-t-elle devenir, cette Fabrique des vieux siècles ? Un musée industriel ? s'amuse le polytechnicien.

– Et pourquoi pas, l'ami Herriot n'a-t-il pas fait la même chose pour que soit sauvé de la ruine notre cher vieux village de Pérouges ? s'enthousiasme Paul. Bonne Maman a raison, il faut laisser à la Fabrique sa fierté. Que les derniers soyeux aient encore un peu de place…

– Après tout, il y aura toujours un parapluie pour déchirer un rideau à Versailles ou érafler un fauteuil à Fontainebleau ! ricane Édouard.

– Donc concrètement, mon cher frère, qu'allons-nous répondre au télégramme de Bridemann ? s'agace Charles.

– J'ai mon idée. Mais nous ne pouvons décider seuls. Nous avons nos partenaires allemands et espagnols. J'ai convoqué une réunion au Comité International de la Rayonne où nous devons nous retrouver incessamment. Car vous n'êtes pas sans savoir l'inquiétude que suscitent les changements politiques advenus en Espagne. Des rumeurs de nationalisation, infondées je pense, mais les Vilà sont aux abois. D'autre part un changement à la Rhodiaseta ne saurait être imposé à nos amis de Fribourg et de Berlin. Messieurs, allons nous préparer. Costumes de ville et rubans noirs. Le deuil sans afféteries est un juste hommage à rendre à Edmond. De là-haut, il veille sur nous.

L'Hispano-Suiza H6 de 32 chevaux crisse lentement sur le gravier, emportant les décideurs vers l'avenue Percier, siège du Comité International de la Rayonne. Ils y retrouveront les hommes du matin, l'Italien Fassini, l'Américain Hull et un nouveau venu : le baron Fritz

Thyssen. Ce poids lourd de l'industrie allemande est indispensable au développement international de la Rhodiaseta.

Le commerce étant la seule paix qui vaille, les industriels du textile et de la chimie ont construit des ponts par-dessus les rancœurs nationalistes. À Fribourg, le cartel lyonnais s'est lié discrètement avec Thyssen en construisant l'usine de la Deutsche Acetat Kunstseiden AG Rhodiaseta. Si le rapatriement massif des capitaux américains à la suite du krach de 1929 saigne l'Allemagne, produire à la frontière suisse du textile bon marché est une excellente localisation. Cela peut épargner les grèves et les déconvenues fiscales. Des ouvriers allemands, fileurs et revideurs, font déjà la navette avec Vaulx-en-Velin pour s'y former aux procédures du tissage à l'acétate, sous la houlette du directeur de la nouvelle usine franco-germano-suisse, Karl Wilhelm Zachrich.

Léonie observe la voiture qui franchit le portail. Le silence retombe sur l'hôtel. Elle se rend au jardin. Son frère Fernand Motte est reparti urgemment à Roubaix où deux grèves bloquent les filatures. Mathilde et ses filles sont descendues à Lyon. Léonie est seule. Volontairement. Moins pour laisser libre cours à ses pleurs que pour se ressaisir. Les longues maladies ont ceci d'avantageux qu'elles apprivoisent la mort, c'est une résignation au départ qui n'a pas la sauvagerie du trépas accidentel. Et il lui faut réagir, ne pas sombrer, continuer l'œuvre, pour la famille.

Rue Barbet-de-Jouy, Léonie dispose d'un voisin fort attentif. Il n'habite pas l'édifice faussement Henri II constitué d'appartements en location qui s'affiche au numéro 36. Là on se montre sans avoir alors qu'au 34, l'adresse familiale, on possède sans se montrer. Elle jouxte le numéro 32, résidence privée du cardinal-archevêque de Paris.

Les jardins du 32 et du 34 sont les deux parties scindées d'un ancien parc. Si Léonie connaît chaque tulipier de Virginie, chaque hêtre rouge du jardin, c'est qu'il fut pour elle le cadre d'une vie. Léonie a en effet achevé ses études au Sacré-Cœur de la rue de Varenne, le bâtiment occupé par l'actuel musée Rodin. Quand l'hôtel, au numéro 34, se présenta à la vente, elle demanda à Edmond de l'acquérir. Il leur fallait un pied-à-terre dans la capitale, Edmond venant de succéder au siège de Camille Poulenc à la Banque de France. Ils avaient apprécié les communs sur rue qui masqueraient l'intimité de leur foyer parisien. Suivi par les Ferlié et leurs quatre filles, le couple délaissa Lyon et l'avenue des Belges pour s'établir au pied des Invalides.

Mathilde, au bout de l'aile proche de l'ancien couvent, a fait aménager un jardin d'hiver où elle reçoit. Les feuilles mortes se sont amassées sur la verrière. C'est un lieu que Léonie pénètre avec appréhension. Rien, dans les plantes et les fleurs, ne lui souhaite la bienvenue. Il flotte là comme un reproche, identique à cet éclair tressaillant dans le regard de sa fille lorsque Léonie effleure les pétunias que Mathilde affectionne. Une ombre fugitive s'invite alors entre elles.

D'un geste brusque, Léonie renoue l'écharpe qu'elle laisse négligemment flotter derrière elle. Mathilde est-elle heureuse ? Connaît-elle ce bonheur calme que Léonie partageait avec Edmond ? La complicité leur était venue avec les années, complétant le mariage de raison qui les avait unis. Le bonheur : on ne s'ouvre guère de ces intimités-là. Jamais Léonie n'avait évoqué le sujet avec sa propre mère. Elle aurait aimé avoir d'autres enfants, mais… Pour les confidences, il n'y a que les amies très proches, ou le confesseur.

Léonie est troublée par son gendre. Il est sérieux, discret, de la même farine que ses beaux-frères, en plus autoritaire. Certes, ce n'est pas un défaut chez un patron, mais son cynisme la choque. Ramasser les cadavres ! Oui, Edmond avait eu l'humour douloureux. Vu son état, ce n'avait été qu'un trait de désespoir lâché pour détendre l'atmosphère d'une chambre d'hôpital. Édouard avait alors éclaté d'un rire où perçait un étrange air de victoire, sitôt réfréné.

Charles et Paul n'y avaient pas prêté attention. Mais Léonie avait discerné un je-ne-sais-quoi de saignant, comme ses lèvres. « Édouard, songe-t-elle, est de cette génération de technocrates froids qui animent les usines d'aujourd'hui, si spéculatives. Ses démonstrations sont brillantes, ses calculs donnent le vertige. Les affaires ne sont pour lui que pure mathématique. En tant que mari est-il aussi froid et cassant ? Mathilde est d'une autre nature, artiste, subtile… Un peu trop ! Qu'est ceci ? s'interroge-t-elle en saisissant un ouvrage que le coupe-pages a déjà bien entamé. Un exemplaire du *Voyage au Congo* de Gide. Et dédicacé ! Que peut-elle trouver d'intéressant chez cet inverti, qu'en plus on dit communiste ?

Sur un chevalet, une coulée noire sur un fond bleu balafré d'ocre est posée. Encore un de ces tableaux contemporains qui représentent à ses yeux l'excès déplorable où conduit le mépris du dessin. Dans le jardin d'hiver de Mathilde, cette chose est un répulsif de plus.

Sarah, la petite bonne israélite, toque à la porte vitrée.

– Madame, Son Éminence est là, qui souhaite vous entretenir…

– Faites-le entrer au salon, ma fille. Je l'y retrouve à l'instant.

Après l'office funèbre, le cardinal Jean Verdier pensait trouver une femme égarée dans la douleur, mais c'est la silhouette d'une veuve altière qu'il aperçoit se détachant contre les grandes fenêtres. Derrière elle, les marronniers nus griffent le dôme des Invalides.

Le cardinal est d'un naturel joyeux et intuitif. Il fut un petit pâtre des montagnes, aux confins du Rouergue et de la Haute-Auvergne. Il en a gardé une franchise bonhomme, où l'apprêt mondain, inhérent à une carrière, fût-elle sacerdotale, n'a pas détruit la fibre humaine.

– Ma chère amie, je vous ai aperçue dans le jardin… vous paraissiez si seule… c'est la raison pour laquelle je me suis permis… je pensais… après cette terrible matinée !

– Que j'avais besoin de secours ? C'est vrai, Votre Éminence, et une retraite sans doute m'aiderait, cependant…

– Souhaitez-vous que nous priions ensemble ?

– Oh, j'ai bien assez prié ! Il n'est plus temps d'en appeler au ciel, aussi cruelle me soit la disparition d'Edmond.

– C'était un grand laïc, madame. Un grand laïc d'état-major.

– Oui, un homme d'ordre, mais méprisé je le crains…

– Méprisé ? Voyons ! L'élite de la nation ne vient-elle pas de lui rendre un hommage considérable ?

– Je ne songeais pas aux officiels, mais à nos ouvriers. C'était un chef d'entreprise. Il avait le devoir de gouverner ses troupes. Il lui a souvent fallu être dur pour rester juste. Voyez-vous, j'ai beaucoup songé à eux ce matin, durant l'office.

– C'est fort charitable de votre part, alors que vous connaissez un si grand chagrin.

– Détrompez-vous, Votre Éminence, je n'ai pas eu pitié d'eux ! Savez-vous qu'il n'est pas venu un seul message de condoléances, de quelque usine que ce soit ? Bien sûr, nous avons eu les télégrammes de nos cadres et de nos associés. Mais l'ouvrier, lui, est resté silencieux.

– Cela vous étonne ? Qu'espériez-vous ?

– Je n'attendais rien, ne vous méprenez pas. Nous sommes en haut, et ils ont la tâche rude. Pourtant, ce me semble…

– Pourtant ?

– Eh bien, je vais vous surprendre, mais je pense que nous ne faisons pas assez pour eux.

– Ah oui, vous me surprenez ! Vous, à la tête d'une famille si riche, si puissante… La fortune, mon Dieu, chez ceux qui vous entourent, c'est tellement d'égoïsme.

– Justement. Dans ma famille, dans celle du Nord, j'entends, nous n'avons jamais laissé l'ouvrier dans la misère. C'est un contrat entre nous. Un contrat de vie. Et Edmond, en faisant construire des cités pour les ouvriers, ne leur voulait que du bien. Voyez-vous, mon père, jadis je fus une femme égoïste et dure. Tenez, savez-vous que nous avions interrompu notre voyage de noces à Corfou pour mater une grève quai de Serin ? Fille du Nord, habituée à ces conflits, je les croyais inévitables autant que haïssables.

– Inévitables, ils le sont la plupart du temps. Les conditions de travail sont dures, vous le savez fort bien.

– J'avoue ne pas avoir assez voulu le voir. Je suis une femme de l'ancien temps. Je n'aime guère toutes ces choses modernes dont ma fille raffole. Je ne les comprends pas. Après guerre, nous fûmes à Barcelone, où Edmond désirait se mettre en affaires. J'ai visité avec Mathilde une étrange colonie textile construite par un architecte un peu fou. C'était dispendieux, irraisonné. Avec le recul, je juge avoir été bien sotte. Ce monsieur Güell voulait en faire trop pour ses ouvriers en leur construisant des palais. Mais il y avait là une sorte de contrat, une forme de justice. Voyez-vous, je pense que les patrons savent ce qui est bon pour l'ouvrier. Celui-ci, seul, n'est qu'une brebis perdue.

– Ils ne le sont plus, ma chère amie. Désormais ils vous échappent. C'est pourquoi leurs revendications se font si violentes.

Les Gillet et leurs cousins du Nord, les Motte, ont toujours pratiqué un socialisme chrétien dont l'axiome de base consiste à considérer le travailleur comme un crétin que menacent l'alcool et les boxons. Raisons pour lesquelles on tempère ces mauvais penchants congénitaux par le sport et la prière. On veille à ce qu'ils n'aient jamais d'argent à eux. Leur paye leur est donnée sur le lieu de travail et, pour les plus jeunes, portée à la famille. On remerciait les patrons parce qu'on savait les enfants surveillés et assurés d'être placés sur la voie de l'honnêteté et du sérieux.

À Vaise, à Vaulx-en-Velin, les cités ouvrières des Gillet, fruit du paternalisme patronal, auraient pu être un paradis avec leur confort, leurs écoles, leurs jardins privatifs et leurs squares aux architectures paisibles. Mais autour de Lyon, l'ancienne rebelle aux métiers à tisser rompus, aux barricades si souvent noyées sous la mitraille, dans cette ceinture de nouvelles banlieues que l'on pouvait croire sages et où trop de nations s'enchevêtrent pour craindre qu'un peuple ouvrier uni ne devînt rebelle et revendicatif, les grèves ont désormais l'outrecuidance de se multiplier.

Aucun des frères Gillet n'a vu monter ce danger-là. Ils s'imaginaient que tant d'êtres et de cultures écarteraient la tentation rouge propre à l'ouvrier français depuis les péans de Jean Jaurès. Et voilà que ces milliers d'Arméniens, d'Italiens, d'Ukrainiens qu'on supposait inatteignables sont à présent manipulés par les agents de Moscou.

– Mais revendiquer quoi, je vous le demande ? Sait-on bien ce qu'étaient les conditions de travail avant nos entreprises ? Se souviennent-ils seulement des logeurs d'antan qui les hébergeaient, à peine descendus des bateaux ou des wagons de dernière classe ? Pour deux sous ils dormaient sur un banc, le coude appuyé sur une corde tendue, qu'on lâchait, à l'aube, juste avant l'appel des sirènes. Et les citernes d'eau glacée ? Le ventre vide avant l'ouvrage ? La tuberculose galopante ? Leurs enfants mourant dans les premières semaines ? Le lait gâté au sein flasque des mères émaciées ?

– Je sais ce que les vôtres ont fait contre cela, ma fille. Vous n'êtes point de ces exploiteurs sauvages et sans scrupule. Je sais La Goutte de lait fondée à Roubaix par votre père pour enrayer la mortalité infantile. Je connais vos propres actions en faveur de l'enfance et de l'hygiène des femmes ouvrières. Et vos mérites auprès de la Croix-Rouge, raison de cette Légion d'honneur qui vous a été accordée à la fin de la guerre.

– Pff ! Broutilles et breloques ! Mais pourquoi cette indifférence, presque cette haine ? Voyez-vous, jadis, à la mort d'un patron, toute l'usine portait le deuil. Désormais c'est le mépris. Que s'est-il passé, mon père ? Qu'avons-nous fait, où avons-nous failli ? Je ne comprends plus cette sauvagerie du travail aujourd'hui. Il n'y a pas si longtemps, nous étions présents pour les étrennes de fin d'année. C'était une grande fête. J'avais alors toujours en tête cette phrase de Pascal…

– Que vous me citez souvent. « Vous êtes les membres d'un même corps, vous vous devez mutuellement le service. »

– Aujourd'hui nous ne nous y risquerions plus ! Il y a une violence qui n'a plus rien de commun avec la rancœur somme toute habituelle que j'ai connue. Mon gendre est, je l'avoue, dans cet esprit-là, dans ces rapports tendus…

Monsieur Bridemann a beau éplucher les listes de surveillance, émonder les effectifs, virer les fauteurs de troubles, le mal se répand. Ses sbires rapportent ce qu'on dit des patrons dans les ateliers, qu'ils font partie de cette pègre dont les crimes défraient la cote des Bourses alors qu'ils devraient alimenter les tribunaux. Dans les colonnes de *L'Humanité*, des journalistes faméliques ou, pire, des petits bourgeois passés à la cause, les vilipendent.

« Les deux cents, ce sont les maquignons du fer, de la chimie, du textile ! » hurle-t-on à la Chambre.

Pour l'ouvrier, ces propos sont le bon sens même. Ils furent déjà le troupeau expiatoire du jeu des nantis en 1914-1918. Mais, en 1917, la légion des peuples en colère a terrassé les armées nationales. Elle a fusillé ses maîtres. L'armée d'octobre rouge est devenue redoutable. Elle infiltre les usines où on lutte contre les méthodes de travail venues des États-Unis. Chronométrer le temps de chaque geste. Économiser. Fragmenter la chaîne de production. De plus en plus vite. Appliquer une même règle à tous : la rentabilité.

« Qu'ont-ils donc à s'opposer au progrès ces crétins-là ? La gauche, ce n'est rien d'autre que le parti des convoitises ! fulmine souvent Édouard. Ce que l'on fait, c'est pour leur bien ! »

Quitte à confondre l'intérêt du prolétaire avec celui du patron. Les ouvriers ont haï les machines, maintenant ce sont eux, les machines, rangées dans ces usines nouvelles closes comme des châteaux forts, où règne le pointage au nom du rendement, où la multiplication des accidents du travail est passée par pertes et profits.

– Les travailleurs ne sont plus ces brebis dont vous pensiez être le pasteur, madame. Vous leur avez ouvert des écoles et vous leur avez donné l'enseignement. Leurs yeux se sont dessillés. Et ils voient plus crûment l'indifférence, l'âpreté, le surplus de la fortune et l'injustice. Eux aussi désirent avoir et posséder. Sinon, quel sens aurait ce qu'ils produisent ?

Ce que le cardinal se garde bien d'évoquer, c'est le spectre odieux qui tétanise les deux cents, le rêve grandissant de la classe ouvrière, si redoutable pour le patron : l'abolition de la propriété.

Le slogan, qui fut celui des anars au siècle précédent, se développe avec la force d'une implacable théorie. C'est l'idéal des communistes dont les rangs grossissent.

– Votre Éminence, quelle est alors la place de l'industriel en ce monde bouleversé ? interroge Léonie. Il nous arrive des nouvelles tellement cruelles d'Amérique où l'on détruit le lait et le blé alors que tant de gens meurent de faim. Et ces queues de chômeurs en Allemagne ! Il y a dans le monde trop de poings levés. J'ai parfois peur…

– Ces poings ne se baisseront plus, je le crains, madame. C'est à vous de mener votre propre lutte. Non contre eux, mais pour eux, avec eux. Je connais l'engagement de votre famille, madame Gillet. N'oubliez pas que je fus moi aussi un temps dans le Nord, tout comme mon secrétaire, l'abbé Jacques. Nous savons que les Motte ne sont jamais allés contre leurs ouvriers. Vous avez été sincères en choisissant d'organiser des conseils de conciliation et d'arbitrage entre vous, qui possédez, et eux, qui œuvrent pour vous. Vous avez favorisé la création de syndicats mixtes, de conseils d'entraide.

– Oui ! Mais cette époque-là était bien plus raisonnable que le socialisme aveugle et revanchard qui veut prendre notre bien. Il ne faut pas qu'ils l'oublient : sans nous il n'est pas d'entreprise, et sans entreprise il n'est point de travail.

– Mais sans eux, madame, qu'êtes-vous ? C'est bien plus qu'un contrat de travail qui vous lie. Quand les ouvriers menés par les socialistes opposent les prolétaires et les patrons, vous employez, vous, les mots d'amour et de haine, ces sentiments qui sont de toute éternité et de toutes classes. Eh bien justement, madame, il est temps d'aller encore plus loin ! Construisez, édifiez, donnez, améliorez encore les conditions de vos ouvriers. Vous en avez les moyens et vous en avez le devoir. C'est un bien que vous ferez et que l'on vous rendra. Voudriez-vous laisser la révolution agir à votre place ?

– Mais, Votre Éminence, à tant donner et tant faire : n'est-ce pas encore la favoriser, cette révolution ? Le désordre accompagne si souvent la liberté sociale.

– Non ma fille, donner c'est favoriser la paix, c'est la construire. Voyez-vous, les yeux de l'Église aussi se sont ouverts. J'apporte avec moi, depuis Rome, les volontés de notre saint père Pie XI. En ces temps de troubles, il repense à cette grande encyclique de Léon XIII, *Rerum Novarum*, qui dénonçait le libéralisme et le socialisme et en appelait à l'association fraternelle des ouvriers et des patrons. Nous devons en revenir à la primitive Église. N'avons-nous pas à reconquérir le monde ? Les apôtres ne firent pas tout de suite des évêques et des prêtres. Leurs premiers auxiliaires furent des laïcs convertis. Et vous êtes de cette trempe, chère madame Gillet. Aidez-nous à construire la paix sociale.

Dans les usines de Vaulx-en-Velin, de Vaise, de Roussillon, d'Échirolles, dès le 2 janvier 1932, on déconstruit. Une légère modification orthographique est un symbole fort, surtout pour les comptables. Changer ne serait-ce qu'une lettre coûte beaucoup en nouvelles étiquettes, en en-têtes de courrier et en enseignes. Mais c'est décidé : la soie naturelle et la soie artificielle ne seront plus amalgamées. Monsieur Paul, avec la bénédiction du Comité International de la Rayonne, fait ôter le *S* de Rhodiaseta et le remplace par un *C*. *C* comme cellulose, *C* comme chimie. *C* comme capital. La soie est morte, vive la Rhodiaceta.

Barcelone – 1932

Un franc soleil chauffe le balcon fleuri d'œillets. Isabel est sur une chaise basse, une serviette étendue sur son corsage. Teresa bave d'aise. Du miroir où il achève de se gominer, Antonio contemple ce tableau, ancien et moderne à la fois : la maternité. Teresa, goulue, s'étouffe. Son père a un regard inquiet.

– Allez ma fille, dit Isabel en tapotant le dos du bébé, cela va bien comme ça. Fais ton rot, puis nous irons travailler, toi et moi. Tu seras comme une reine parmi les rubans…

Isabel est déjà vêtue pour le travail, une robe pêche qui découvre ses genoux et ses chevilles fines. Cette mère-là n'est pas confinée entre les langes et sa cuisine. Dans un moment, elle sera à l'atelier avec le poupon. Isabel n'y est plus couturière, mais brodeuse.

Les robes des femmes ont encore raccourci. Pour le soir, le taffetas et le crêpe se couvrent de parures de perles. Bien sûr, il serait plus confortable pour Isabel de rester au foyer à s'occuper de l'enfant si seulement son salaire pouvait lui être payé durant les premiers mois. Ce n'est pas le cas, mais qui sait, cela pourrait venir. Non pas un jour, mais demain, ou après-demain. Il y a tant de changements dans l'air.

La République n'a guère tardé à mettre en application ce pour quoi la majorité populaire l'a fait naître des urnes. Aux prochaines élections, c'est tout l'atelier qui ira voter. Ce droit est inscrit dans la nouvelle constitution adoptée le 9 décembre 1931. Huit ans après les velléités de Primo de Rivera, enfin ! Les femmes de Perpignan ou de Lyon n'ont pas encore cette chance-là.

Quelle fête cela avait été chez les Basi ! On avait sablé du champagne offert par Ferran et son épouse. Ces patrons ne cachent pas leur sympathie pour l'Esquerra, le parti de la gauche catalane. Leur petite entreprise n'a rien de commun avec les filatures de banlieue où le travail des enfants continue, où les horaires tiennent de l'esclavage, où les contremaîtres, les « hommes à l'oignon » sortent à tout bout de champ leurs montres grosses comme le légume qui pousse aux pleurs afin de faire suer l'ouvrier.

Dès le lendemain des résultats, quelques églises avaient bien brûlé à Madrid, un peu moins à Barcelone, conséquence des propos outranciers de l'archevêque de Tolède monseigneur Segura, qui s'interdit les bains parce qu'ils sont l'œuvre du diable et porte le cilice comme au Moyen Âge. Il avait fulminé contre la République vicieuse et bolchevique. Raison supplémentaire pour que la nouvelle constitution sépare l'Église de l'État et proclame la liberté de culte. À Moscou, Staline vient de lancer la « décennie sans Dieu ». La République a ôté les crucifix des bâtiments publics, elle a cessé de verser des aides publiques aux paroisses et aux couvents.

– Quand on connaît l'étendue des biens fonciers amassés par l'Église d'Espagne depuis cinquante ans, ce n'est que de la décence économique, s'était réjouie la majorité républicaine, férocement anticléricale.

Le nouveau gouvernement a aussi interdit au clergé de posséder des banques, des mines et des industries. Et les incendies se sont éteints.

– L'Espagne a cessé d'être catholique, finit par déclarer le président Azaña.

Ni Antonio ni Isabel ne désirent tout mettre à feu et à sang. Leur République, jeune et fragile comme leur premier enfant, ce n'est pas la révolution. Elle a été acquise de plein droit, avec la liberté et l'égalité. Quant à la fraternité, elle a resplendi durant ces beaux jours où les peuples assemblés ont enfin obtenu les deux vertus précédentes. La fraternité, ce fut par exemple ce glorieux 14 avril 1931, le salut de la victoire électorale et, dans la foulée, la proclamation de la République catalane par ses vieux leaders Francesc Macià et Lluís Companys. Presque une autonomie.

– *Estem lliures !*[1] avaient-ils crié à la foule.

Combien on avait été soulagé ! On se réveillait d'un long hiver plein de miasmes et de rechutes, une saison moche qu'on avait connue de toute éternité. On revenait à la vie comme au lendemain d'une opération qui s'est bien déroulée après l'angoisse de l'anesthésie et du verdict. Mais c'est fini. Tout va bien. On peut aller de l'avant.

On veut plus d'équité dans le travail. En finir avec la corruption, les passe-droits, le népotisme et le cynisme des classes dirigeantes : l'armée, les ecclésiastiques, les aristocrates. Ce désir est devenu un droit par la grâce du suffrage universel. Encore faut-il que rien ne vienne l'entraver.

Ce qu'Antonio s'apprête à demander, en resserrant sa cravate, en lissant ses épaules afin d'en éliminer les pellicules, est légitime. Il va souscrire un prêt à la banque pour l'achat d'un petit appartement. Oh, ce n'est pas histoire de jouer au capitaliste, mais juste pour être plus à l'aise avec Isabel et la petite. Afin de sortir du

1. Nous sommes libres !

vieux Barcelone, étouffant, suspicieux, médiéval. Leur couple a envie d'indépendance, c'est son acte de foi en l'avenir. Les temps le lui permettent. Ils en ont souvent discuté le soir, dans le lit de l'alcôve.

– Tu crois ça raisonnable, Antonio ? Quand même, on n'a guère d'argent. Ça va nous faire prendre de gros risques. Je ne te cache pas que ça m'effraye.

– Je n'arrête pas de peser le pour et le contre. Mais la situation est en train de changer. Cela va aller mieux, je le sens. Tu n'as pas envie de vivre dans plus grand et plus confortable ?

– Oh, que si, dit-elle, en se blottissant contre lui. Ce serait bien pour la petite !

– Et pour nous !

Et ils s'embrassèrent plus profondément, scellant davantage le pacte fondateur de l'amour.

Les Vives-Canuto n'aspirent pas aux beaux quartiers. Ils n'en ont pas les moyens, même si le travail ne manque pas et que leur argent est honnêtement gagné. S'ils craignent les dettes comme la vérole, ils sont cependant prêts à se risquer au crédit.

Pour les gens de leur condition, il y a mieux que l'Eixample bourgeois, plus poétique, plus sain aussi : la Barceloneta, un quartier populaire entre les plages et le port. Un damier de maisons de rapport, de rues droites et perpendiculaires que traverse le bon air iodé. D'un côté on voit les gréements, de l'autre l'infini marin ; on y ressent sa brutalité bienveillante qui baigne les matins et les soirs. La Barceloneta, la petite Barcelone, avec son marché, ses boutiques, ses immeubles 1900, est un quartier de pêcheurs et de petits commerces, un village au pied de la ville crasseuse, un promontoire de vie dans le coude du port, ni trop près ni très loin des Ramblas et de l'atelier du carrer Uniò. Mais cependant assez pour mettre de la distance avec le carrer dels Flassaders et les familles. Car, comme dit Antonio :

– Les amis on se les choisit, la famille on se la coltine.

Du moins celle qui vous a engendré, pas encore celle que l'on se crée.

Isabel chasse les ultimes bouloches sur le costume d'Antonio, le même qu'il portait lors du mariage.

– Que tu portes beau ! Bonne chance.

– Oui ce serait merveilleux si Isabel, pour notre prochain enfant, pouvait bénéficier d'un congé maternité, songe Antonio en empruntant la Vía Layetana, l'avenue des banques.

Cela fait partie des idées qui s'expriment entre camarades, ce mot nouveau, fraternel et égalitaire, qu'emploie désormais Armand. On se donne sans cesse du camarade dans la rue et partout ailleurs où « ceux de 1931 » se reconnaissent. Sauf entre *señoritos* bourgeois, évidemment.

Camarade, c'est un terme de communistes, et on l'emploie à mi-voix à l'Oriente et dans les innombrables hôtels et restaurants de Barcelone où la main-d'œuvre n'est guère plus respectée que dans les usines.

– Nous sommes le prolétariat de la gargante et du repassage, du monte-plats et des draps de lits ! rigole Armand. Vous savez, les gars, ça ne doit plus continuer comme ça. La République nous en offre l'occasion. Nous voulions nous faire entendre ? Maintenant nous le pouvons !

Dans l'hôtellerie, les conditions de travail restent révoltantes. Les cuisiniers attaquent maintenant à six heures du matin, comme le personnel d'étage. Deux heures de repos après le service de midi. Fin du travail le soir à minuit. Dans les cuisines, la fumée de charbon encrasse les poumons. La silicose y est fréquente. Le patron organise le travail à sa guise. Un progrès : il nourrit désormais avec les restes. Les cas d'intoxication alimentaire sont nombreux.

Les ouvriers hôteliers ont longtemps été sous la coupe de la fédération patronale hôtelière : l'AHCRC[1]. Entre propriétaires d'établissement et employés, les négociations sont rudes. Le personnel a des revendications longues comme un tablier de cuisine :

– La fumée nous tue, on n'a pas de repos. Si un jour nous ne travaillons pas, c'est autant de moins rapporté à la maison. On n'y vient que pour dormir et repartir. Acceptez nos requêtes ! Nous vous en prions, faites œuvre de paix !

Mais la majorité des patrons ne veut rien savoir. Cela dégénère. Il y en a deux de tués. La puissante CNT en profite pour pousser une première antenne syndicale : l'Unic, rapidement suivi du syndicat Lliure, socialiste. Pour ceux qui s'activent à défendre les travailleurs, il y a désormais moins à craindre. Plus besoin de se cacher. Mais des petits chefs se sont instantanément poussés du col, gouvernant leurs troupes comme des généraux et fort peu à l'avantage des troufions. L'aristocratie des loufiats reste la même : maîtres d'hôtel et cuisiniers en haut, commis et femmes de chambre en bas. Clientélisme et népotisme règnent. Le chef du syndicat s'arroge le droit de vie et de mort sur les carrières.

Armand a été l'un des premiers à s'être syndiqué à la FOSIG[2], un nouveau syndicat d'obédience communiste né durant l'été 1932. Une troisième voix s'avère nécessaire pour lutter contre le syndicat patronal et

1. Associació d'hotelers, cafés, restaurants i similars de Catalunya.
2. Federació Obrera de Sindicats de la Indústria Gastronòmica de Catalunya.

contre ses adversaires officiels dont les membres bénéficient d'acquis quand les non-affiliés restent sur le carreau. La FOSIG s'adresse à tous les laissés-pour-compte d'un système trop dévoyé.

La politique commence dès la fin du service. On n'utilise pas la salle du restaurant pour tenir meeting. Les réunions ont lieu dans des cafés amis, ou chez soi. Il y a Armand bien sûr, et Antonio, et le petit Donatiu qui a cessé de s'interroger sur le fascisme.

À la brigade, on n'est cependant pas tous d'accord. Enrique, l'Aragonais, avoue des sympathies pour Acción Popular et son chef, José María Gil Robles, monarchiste radical.

– Je reste fidèle à ma terre et à mes racines. J'en ai rien à foutre de votre syndicat. Je travaille pour croûter, parce qu'il n'y a pas d'hôtels en Aragon. Et puis vous m'emmerdez, partout on rigole de mon accent ! Qu'est-ce que j'y peux, moi, si je ne suis pas né ici ?

– Reste poli, Enrique. On t'a bien compris. Si tu ne veux pas en être, c'est comme tu veux. On ne force personne. Il ne manquerait plus que ça !

– Moi non plus, il ne m'intéresse pas votre truc ! Le syndicat c'est le début de la pourriture, les gars.

On n'est guère surpris des coups de gueule de Picot, l'anar.

– Toujours les mêmes arguments ! Je vais finir par croire que vous, les anars, vous êtes totalement cons, lui lance Armand. Pourquoi vous avez votre propre syndicat, alors ? Il faut s'unir, non pas se diviser. C'est ça qui fait le jeu de l'adversaire.

Dans leur brigade, trois gars sur cinq rejoignent la FOSIG. C'est une majorité de justesse, mais une majorité quand même, et qui grossit un peu plus les rangs. En quelques mois, ils sont quatre mille cotisants venus de Barcelone, de la côte, de Tarragone, de Sitges, de

La Garriga, de Caldetes, partout où l'on ripaille et l'on prend du bon temps. Revendiquer du concret plutôt que mouliner de l'idéologie, voilà ce qui motive le flot grandissant des inscrits.

Le mouvement ne concerne pas uniquement l'hôtellerie, mais aussi le textile, la métallurgie, l'automobile. Les syndicats marxistes conseillent ceux qu'on lèse. Ils examinent et coordonnent les revendications, ils dirigent les combats les plus difficiles pour faire valoir les droits sans cesse bafoués. Avec tout ce que cela signifie pour leurs adhérents de courage et de don de soi.

– Maintenant qu'on ne reçoit plus de coups de matraque quand on gueule, faut foncer !

À la FOSIG comme ailleurs, on discute concret. On n'y entend pas ces discours mous propres aux centristes de gauche, encore moins cette rage nihiliste des anarchistes qui ne jurent que par le sang, le meurtre, le feu et la mort. Car les fanatiques du je-suis-le-bien-tu-es-le-mal ont de plus en plus des mots d'inquisiteurs.

– Ils parlent comme Segura, la mitre en moins, s'énerve le kiosquier Pebre en disposant fort démocratiquement leur journal, *Solidaridad Obrera*, entre *Catalunya Roja* et *L'Humanitat*.

– Toujours à critiquer, à vouloir détruire sans jamais rien avoir à proposer. Je vous le dis, les anars foutront la merde plus sûrement que les fascistes ! dit souvent Antonio.

Les communistes sont, quant à eux, organisés et rationnels. Contrairement à ce que craignent les patrons, ils ne réclament pas l'abolition de toute propriété. Si, dans les réunions, on évoque l'éventualité d'une collectivisation des biens industriels, c'est uniquement au nom d'une redistribution équitable des profits.

– Il ne s'agit pas d'un rêve fou, ni d'une utopie, c'est juste possible et charitable. Presque chrétien. Jésus et son Sermon sur la Montagne : celui-là aurait-il été le premier des communistes ? plaide Armand.

– Il faut considérer toute l'affaire dialectiquement, explique un encarté. La politique, camarades, c'est une affaire de mouvement. Il n'y a rien de statique, ni de monolithique dans l'histoire. On doit savoir s'élever au-dessus des contradictions apparentes. La sauvegarde des conquêtes de la République est plus grande que la somme des intérêts particuliers. Commençons donc par là…

L'antienne fait du bien aux oreilles. On parle charité, entraide, retraite. Tout cela était jusqu'alors atomisé entre les mains des institutions caritatives, coincé entre le patronage et la caserne. Les chefs d'entreprise barcelonais, exemptés de tout impôt sur leurs sociétés mais moralement un peu gênés aux entournures, y lavaient leurs âmes repentantes de tant d'égoïsme.

– Finissons-en ! La République doit prendre tout ça en charge.

Dans l'Espagne nouvelle dont ils rêvent, l'égalité devant le travail va établir une opérante parité entre l'homme et la femme. La République va créer les institutions qui fonderont une stabilité domestique compromise par la maternité. L'État assurera la vieillesse et le chômage. La République n'a-t-elle pas déjà mis fin à la mainmise du religieux sur l'éducation ?

– Pour créer des esprits modernes, il faut les soustraire à l'endoctrinement des écoles confessionnelles qui régentent les livres et brident le libre arbitre !

Antonio applaudit des deux mains. La République a ouvert deux mille écoles au grand effarement de paysans qui posent aux instituteurs des questions anxieuses avant de mettre leurs mioches sur les bancs : « Faut payer ? Vous êtes les nouveaux curés ? On doit s'inscrire à quel parti pour y avoir droit ? »

Pas toujours facile de leur faire comprendre que cette

école est la leur, gratuite. Les « missions pédagogiques », des autocars de profs et d'étudiants bardés de postes de TSF, de projecteurs de cinéma, de livres et de copies de tableaux prennent les chemins les plus impraticables pour porter la culture au cœur de l'Espagne analphabète. Et, changement radical, la République interdit la corrida et ferme les arènes.

– C'est par la beauté qu'on éveillera l'esprit de ces travailleurs moins considérés que leurs bêtes !

– On va former des êtres libérés de l'obscurité. Des citoyennes et des citoyens adultes. Voici l'humanité nouvelle !

Les nouvelles provenant d'URSS sont exaltantes. Cela tient du miracle social. Là-bas les femmes peuvent disposer d'un congé maternité, les travailleurs malades toucher des allocations tant qu'ils sont dans l'impossibilité de reprendre leur emploi. La retraite y est pour tous.

– Camarades, soyons clairs : on ne veut pas supprimer le travail, mais en finir avec l'oisiveté qui parasite les efforts du travail. Nous autres, on ne veut pas ne plus travailler, comme hurlent les patrons. On veut juste ne plus se tuer au labeur !

– Oui à des horaires décents !

Que de choses nécessaires sont à planifier, organiser, légaliser. N'est-ce pas le devoir d'un État digne de ce nom ?

– L'État, camarades, n'est rien d'autre que l'ensemble des citoyens déléguant à d'autres, les élus du peuple, le soin de constituer un tissu de lois pour le bien commun. Quel mal y a-t-il à cela ?

– C'est la suite logique du progrès !

– Et pour permettre cela il faut des impôts prélevés sur les revenus de tous !

– Les bénéfices du capital doivent être taxés pour le progrès de la société. C'est logique, camarades !

Y compris pour les nantis. Par exemple : sur des routes mieux construites les camions qui transportent les matières premières roulent plus vite, et avec plus de sécurité. Tout le monde y trouve son profit. C'est ça, la logique politique !

Il y a tant de logique, de dialectique et de fièvre chez les bretteurs qui exposent leurs vues qu'Antonio s'amuse quand leurs adversaires les nomment les « mouscoutaires ». Pour un lecteur de Dumas, c'est un honneur.

– Et tu crois que les Vilà, les Romanones, les Sala, tu vas les convaincre de raquer ? Tu rêves, Vives ! grogne Picot, venu humer ce nouvel air syndical.

L'enthousiasme retombe soudain. Des mouscoutaires, il va en falloir des milliers dans ce pays encore si archaïque.

– Moi je te dis qu'il faudra forcer les riches à payer ! Avec le pistolet sous la gorge, crie l'anar.

– Non, camarade, il faudra les convaincre. La démocratie c'est la discussion.

– La dialectique ! On n'y arriva que comme ça.

– Et surtout pas par la violence…

*

– Celui-là n'a pas l'air d'un anarchiste, songe le banquier en accueillant Antonio Vives d'une poignée de main fraternelle bien dans l'air du temps.

La Caixa d'Estalvis de la Generalitat de Catalunya est un édifice monolithique gardé par des lions assyriens. L'image même que l'on doit avoir d'un coffre-fort géant où molettes et verrous seraient les blasons des provinces, villes et territoires de la ruche catalane qui fait la prospérité de la banque.

En 1932, tout en elle inspire la confiance. Son

président d'honneur est Francesc Macià, l'ancien colonel de l'armée espagnole, le défenseur de la cause catalane devenu député des paysans et des ouvriers, un homme de combat, le cœur d'airain de la jeune République autonome qui l'a choisi comme leader politique. La Caixa d'Estalvis de la Generalitat de Catalunya est aux antipodes de l'autre Caixa, avec ses pignons faussement médiévaux dressés à l'orée du Passeig de Gràcia. Celle-là est aux mains d'actionnaires de la haute bourgeoisie conservatrice parmi lesquels les Güell, les Vilà et d'autres industriels aigris par les conquêtes et les revendications de la République.

Antonio s'adresse tout naturellement à la Caixa de la Generalitat qu'il a vue grandir depuis 1926. Pour les classes modestes, elle est garantie par un authentique social-démocrate qui a beaucoup donné de sa personne. Elle est en quelque sorte une banque commune d'où le crédit continue à couler généreusement, loin des marasmes économiques qui gangrènent la finance internationale.

Les références de l'employé de l'Oriente, son couple où chacun travaille, une passion partagée avec le conseiller financier pour Lazaro et les belles voix du Liceu : le prêt lui est accordé sans difficulté, sa solvabilité étant assurée par un bien facilement hypothécable dans un quartier qui a de l'avenir.

– Mais tout en Catalogne n'a-t-il pas de l'avenir, cher camarade ? sourit le banquier en lui donnant l'accolade.

– Nous voilà propriétaires, se réjouit Antonio. Ce soir on sort dîner ! Soudain il a un doute, de ceux qui saisissent juste après les grandes décisions. Ai-je politiquement bien agi ? Oui. Il s'agit de la propriété individuelle, fruit de notre travail et de l'épargne de notre couple. Nous sommes pour le progrès social.

Au boulot, Picot se fiche de lui :

– Alors Vives, petit employé et déjà petit-bourgeois ?

Monte-Carlo – Automne 1933

L'*Empress of Britain*, le fleuron de la Canadian Pacific Steamship Company, flotte dans la baie de Monaco. Ses trois cheminées couleur vert pomme fument paisiblement. Inauguré par le prince de Galles, il est l'un des paquebots les plus rapides au monde. Tous les deux ans, à l'approche de l'hiver, l'*Empress of Britain* qui n'a comme rival que l'*Empress of Japan*, de la même compagnie, interrompt son service Southampton-New York, délaisse l'Atlantique nord, ses grains et ses icebergs pour se toiletter en luxueux navire de croisière. Le paquebot peut alors abriter sept cents premières classes pour une croisière de onze mois autour du globe. En ce novembre 1933, Léonie s'apprête à accomplir son premier tour du monde à l'invitation de son frère Fernand Motte.

Léonie avait un peu hésité. À seize mille dollars la suite, certes de cent cinquante mètres carrés, était-ce bien raisonnable ? Et surtout, à cinquante ans passés, le divertissement était-il encore de son âge ? Le souvenir d'Edmond, ce passionné de bateaux, lui pinçait le cœur.

– Justement, ma chère sœur. Quel bel hommage à rendre à sa mémoire, lui qui a parcouru toutes les mers du globe pour la grandeur des Gillet ! Il est temps de colorer vos souvenirs d'un peu de romanesque. Réfléchissez… et jetez un œil à la liste des passagers. Leur compagnie pourrait ne pas vous être déplaisante.

Elle comprend notamment lady Nancy Astor, l'une des premières femmes élues au Parlement anglais. Son ami, le célèbre dramaturge George Bernard Shaw, est prévu d'embarquement à Bombay, au cours d'une croisière qui a pour étapes les Indes, Ceylan, l'Indochine, Shanghai et le Japon. Puis elle franchira le canal de Panama, longera l'Afrique occidentale pour faire escale à Lisbonne avant de revenir par Le Havre. Mais d'abord, ce seront les Baléares, Alexandrie, et l'échappée orientale par le fameux canal de Suez.

Le *commodore* du paquebot retint particulièrement son attention. Le commandant Ronald Niel Stuart fut l'un des plus célèbres héros de la Royal Navy durant la Grande Guerre. Il avait mis au point une tactique téméraire pour couler les U-Boot. Décoré de la Victoria Cross, il se vit décerner la Croix de guerre avec palmes par la République française en 1919. Il l'avait reçue à l'Élysée le jour même où Léonie se voyait promue à la Légion d'honneur des mains de Raymond Poincaré.

Elle revit l'image de ce Canadien à la belle prestance, aimé de ses troupes, et qu'on disait se plaisant à irriter ses supérieurs afin d'imposer des stratégies plus fructueuses que leur morgue administrative. Un caractère entier, mais juste. Était-ce un signe de la vie que ce fantôme surgi des temps héroïques, lorsque Edmond et Fernand se trouaient le poumon au Pont-de-Claix ?

Il était aussi nécessaire de mettre des milles d'eau avec une Europe contusionnée par l'accession d'Hitler au pouvoir dix mois auparavant.

– Il flotte un méchant air sur notre vieux continent, avait insisté Fernand. Il faut partir respirer un peu.

Le temps de passer chez Jeanne Lanvin, car Léonie tint à renouveler sa garde-robe après deux ans de veuvage, et son frère l'arracha à la rue Barbet-de-Jouy. L'*Empress of Britain* embarquerait ses hôtes français à Monaco.

Pour les tenues de soirée, Mathilde aurait voulu la voir porter du Schiaparelli, mais Léonie avait rechigné devant ces mannequins affublés de chapeaux escarpins et de robes imprimées homard. Elle n'avait nullement le goût de s'habiller surréaliste. Cela tombait bien : sa fille n'avait aucunement envie d'être du voyage.

– Je déteste la mer et rester presque un an, et autant de soirées, dans un cénacle pour gens fortunés, c'est déjà toute la banalité de mon existence.

– Mathilde, vous êtes devenue d'un snob ! Vos fréquentations ne vous réussissent guère.

Elle avait saisi la remarque au vol et décidé de fuir la saison parisienne pour passer l'hiver à l'Isola Serena, la villa familiale sur les hauteurs de Cannes, où ne manqueraient pas d'amis frileux, ou à fort tropisme méditerranéen, pour venir la visiter. Quant à Édouard, on ne lui demanda pas son avis. Le gendre faisait ce que l'on attendait de lui : des affaires entre Rhône et Rhin.

À l'Hôtel de Paris, Léonie et Fernand retrouvèrent leur beau-frère Paul Gillet. Ils passèrent une soirée au casino où Fernand Motte, en veine, gagna au baccarat l'équivalent de deux billets de première.

– Voilà notre argent de poche assuré sans même avoir besoin de s'en préoccuper !

– Edmond n'aurait pas aimé me voir jouer, soupira Léonie en descendant les escaliers de la Société des bains de mer.

– Mais il n'est plus là et ce n'est pas péché, ma sœur ! La fortune est une faute qu'il faut savoir se faire pardonner.

Ils avaient ri de bon cœur. Soudain Léonie et Fernand retrouvaient cette complicité qui avait été la leur, à

Roubaix, lorsqu'ils jouaient sous la table à manger de la maison familiale boulevard Gambetta, aujourd'hui siège de la Banque de France.

Le visage gris de M. Paul indique la nécessité du repos. Depuis des mois, il enchaîne réunion sur réunion au Comité International de la Rayonne, au Comité des Houillères, au Comité des Forges, multipliant les dîners et les pourparlers avec l'internationale de l'industrie ramifiée sur toute l'Europe, sauf sur son flanc est meurtri par l'empire bolchevique.

– La traversée Monaco-Barcelone vous fera le plus grand bien. Respirer sur le sun-deck, cela vous changera des bureaux, mon pauvre ami !

Paul a prévu quelques semaines dans la capitale catalane, à l'invitation des Vilà. Officiellement pour voir les dernières améliorations techniques des usines de la SAFA. Officieusement pour apprécier une situation délicate, les Vilà paraissant de plus en plus nerveux quant aux évolutions de la République espagnole. Paul ne peut plus se contenter de coups de téléphone, de télégrammes ou d'émissaires, il tient à juger par lui-même. Présent dans le textile catalan, le trust Gillet s'est en outre immiscé, via ses filiales Pechiney et Vieille Montagne, dans la chimie. La famille a aussi des actions dans l'Internationale électrique Chade et ses barrages hydro-électriques sur l'Èbre ; dans l'anglais Rio Tinto, le roi de l'acier, et dans l'Asturienne des mines, basée à Bruxelles. Si les avoirs en Espagne ne semblent pas menacés, il convient de parer à toute éventualité.

Faire escale à Barcelone n'était pas à l'origine dans les plans de l'*Empress of Britain*, mais monsieur Gillet, en passant un fructueux arrangement avec la Canadian Pacific, a obtenu sans difficulté que le paquebot l'y dépose. La croisière devant relâcher à Tunis, Paul a proposé à l'armateur quelques hectolitres d'un syrah rouge produit au Kanet, l'immense domaine viticole que les Gillet possèdent à Grombalia.

– Ce sera là un vin peu cher, mais de bonne qualité. Il fera le bonheur des classes touristes durant vos traversées régulières. Et tout cela sans droits de douane, puisque ma belle-sœur Léonie les embarquera en son nom, à Tunis.

L'offre, sitôt câblée à Londres, fut acceptée de bon cœur par la compagnie. C'était moins onéreux que d'acheter des vins français par la filière officielle. Quant à la provenance du picrate, les sommeliers s'arrangeraient. Pour le pékin moyen, un vignoble n'est guère plus qu'une étiquette sur une bouteille. Et puis la Tunisie, n'est-ce pas déjà un peu de la France ?

Paul débarquera donc à Barcelone le 15 novembre, à la veille des élections devant renouveler l'assemblée des Cortès.

Chaque soir, à sa table, le *commodore* invite par roulement les personnages les plus en vue de la croisière. Ainsi un équipage, sorte de gouvernance flottante, effectue-t-il, autour de grands crus et de plats fins, son propre tour du monde avec ceux qui comptent sur la terre. Le condensé d'artistes, d'aventuriers, de nababs, de touristes de la vie, d'escrocs de haut vol, de financiers et de mondains internationaux s'y jure des amitiés durables qui se déferont au bas de la passerelle. Cette faune transatlantique aura pourtant tissé, d'une rive à l'autre, un solide maillage de connaissances dont les étiquettes, sur les malles, font office de cartes de visite.

Les côtes de l'Europe ne sont pas encore assez lointaines pour que les rumeurs de sa politique s'éteignent totalement. Auprès du commandant, a pris place une tablée de messieurs du textile français. Paul et Fernand débattent de la situation en Espagne avec une vieille connaissance du Nord : Jean Prouvost, l'héritier de la Lainière de Roubaix, des sucreries Béguin, mais aussi propriétaire de *Paris-Soir*. La famille de sa belle-sœur est alliée aux Motte.

Fernand ne décolère pas contre les socialo-communistes, une vieille histoire de famille dans la plaine roubaisienne. Au printemps 1898 Eugène, le père de Fernand et de Léonie, avait été au centre d'une tourmente politique. Élu député dans la VIIe circonscription de Roubaix, avec trois mille trois cent quarante-huit voix, il avait battu son adversaire Jules Guesde, le célèbre protagoniste de la lutte des classes, l'inspirateur du programme du Parti ouvrier socialiste de 1880.

Le bloc des patrons du Nord avait opposé, face à la propagande collectiviste des syndicats ouvriers, son Union sociale et patriotique qui brandissait auprès des travailleurs la menace de chômage qu'allait créer, dans les courées, la multiplication des conflits liés à cette « sottise » de lutte des classes.

L'Assemblée nationale s'émut de son élection suspecte de fortes pressions patronales. À Paris, Eugène Motte multiplia les dîners particuliers chez Larue avant de se présenter, bouffi par quinze jours de tractations gourmandes, devant la Chambre. Par trois cent trente et une voix contre cent soixante-quinze, les députés n'ouvrirent pas d'enquête sur son élection. Eugène en fut quitte pour une cure hépatique à Dax.

– Mon cher Jean, je connais vos idées plutôt libérales, déclare Fernand le nez dans son vin. Passe encore que les communistes veuillent cultiver les terres comme ils le font en Espagne. Cela ne me dérange pas car les aristocrates n'ont guère le sens potager. Vous-même d'ailleurs, avec vos betteraves à sucre, avez obtenu des résultats bien meilleurs que les hobereaux flamands. Mais diriger les usines, voire les nationaliser !

– C'est l'URSS qui nous menace, mon cher, argumente Paul. Là-bas les ouvriers sont devenus les fonctionnaires de leurs propres usines.

– Quelle sottise ! Moi, Fernand Motte, fils d'Eugène, je continue dans nos filatures à pratiquer la politique de mon père. Salaires modiques, mais intéressement aux bénéfices. À nos employés de créer le profit, que diable ! Je les paye pour leur rendement, pas pour qu'ils viennent s'occuper à travailler. Ce n'est pas du tout la même chose !

– On dit que les agents de Moscou sont très actifs à Barcelone, glisse Jean Prouvost que la presse intéresse plus que les affaires.

Il se pique des habitudes de la profession, aimant à tendre la perche à ses interlocuteurs pour « pêcher l'info » et leur « prendre la température ».

– Il est hors de question de perdre une peseta ou un franc dans cette affaire ! continue Fernand. Mon cher Paul, nous devons soutenir nos amis espagnols. Ce que vont dire les élections à venir m'inquiète au plus haut point, je ne vous le cache pas. Et si les gauches gagnaient encore des sièges aux Cortès ?

– Hitler, lui, ne vous inquiète donc pas plus ? demande d'une voix forte le commandant Ronald Niel Stuart… Monsieur Motte, vous n'avez pas repris de ce lièvre. Nous avons eu un superbe arrivage des montagnes varoises. Quel terroir que ce sud-est de la France !

– C'est vrai, sourit Prouvost en sauçant dans son Limoges. Il est fameux… Dire que cet Hitler a été estafette durant la guerre. Savez-vous que sa Croix de fer lui a été attribuée sur la recommandation d'un officier juif ? C'est d'un cocasse quand on sait ce qu'il en dit à présent.

– Moi je n'aime pas cet homme, je le trouve fourbe avec un je-ne-sais-quoi de pathologique dans le regard, poursuit le commandant.

– Oh, vous savez, les apparences… elles sont souvent trompeuses, interrompt Léonie.

Le commandant l'a-t-il seulement reconnue ? Il n'a pu manquer de voir son nom sur la liste des invités, le protocole voulant qu'il l'établisse lui-même. Non qu'elle désirât dans son cœur enterrer Edmond, loin de là. Il eût fallu pour cela un désir physique, et ce n'est plus pour elle le temps des orphelins jardiniers. À cette femme intransigeante, un pasteur prussien conviendrait mieux. Mais la situation l'amuse. Après tout, on est là pour se divertir.

Un parfum pirate flotte sur ces hautes castes en goguette. De très belles plantes accompagnées d'hommes excessivement séduisants, dont un ratio non négligeable de gigolos avec des femmes très mûres et quelques hommes trop soignés pour être honnêtes. Le prix du billet autorise des frasques qu'aucun journaliste, à l'exception d'un patron de presse, n'aurait les moyens de relayer. L'équipage a d'ailleurs bien pris soin, aidé par les listes de Prouvost, d'écarter tout passager indésirable. Quant aux photos, si nécessaires aux tirages des magazines, elles ne sont prises qu'aux escales. À la terre ses servitudes, à la mer la liberté.

– Commandant, n'est-ce pas à votre bravoure que vous devez la Victoria Cross ? continue Léonie. La destruction du U-68 en 1916, des U-83 et U-29 en 1917, si ma mémoire est bonne…

– Elle est excellente madame ! Je… je suis surpris… d'où tenez-vous donc ces précisions ? Voilà de l'histoire ancienne… Oh mais… *My god!* Mon erreur est impardonnable. Bien évidemment, Poincaré, l'Élysée, l'année 1919… Comment ai-je été assez sot ? Madame Gillet ! *Of course !* Toutes mes excuses.

– Je vous en prie, ce n'est rien. C'est si loin, désormais.

Le Canadien fait ouvrir une troisième bouteille de Saint-Joseph 1928. L'officier à droite du capitaine glisse à l'oreille de Léonie la nouvelle du grand deuil qui vient de frapper Stuart… la perte d'une épouse chérie. Le *commodore* boit sec. Léonie, à la tête de nombreuses ligues de tempérance, trempe le bout de ses lèvres et compatit.

– Hitler, disiez-vous… ?

Barcelone – Automne 1933

Devant chaque bureau de vote, les queues impressionnent les observateurs par leur amplitude, leur diversité, leur singularité. C'est la première fois que l'on voit autant de jupes ensemble, les unes derrière les autres, si sagement.

Il y a les soutanes des hommes d'Église et les robes des religieuses. Il y a, épars, les hommes de toujours. Mais surtout, par grappes volubiles, on voit les nouvelles venues : les femmes. Par dizaines, par centaines, par milliers.

Ce 19 novembre 1933 est un jour de baptême, celui de leur liberté et de leur indépendance. Le premier vote des femmes espagnoles depuis la constitution de 1931 va multiplier par deux le nombre des voix dans l'urne. Il faudra dépouiller non plus six millions deux cent mille bulletins, mais treize millions deux cent mille.

Dans les rues et sur les places flotte un air de fête. Les femmes se mettent volontairement à l'écart des hommes. Avec les filles de l'atelier, Isabel a formé un groupe autonomne. Elles ont revêtu leurs plus beaux atours pour s'en aller voter. Derrière viennent Antonio, la brigade, les gars du syndicat. C'est une vision bien plus extraordinaire qu'un mariage ou qu'une fête patronale. On dirait les deux sexes en parade avant de choisir son partenaire pour la danse à venir.

Dans les rangs, on suppute la couleur du vote des uns et des autres. Quel va être celui de cette nonne timide ? Et celui de ce jeune séminariste, vraiment trop mignon pour rester célibataire ? Comment votera ce curé qui a un frère moine à Montserrat, l'abbaye la moins conservatrice du pays ? Pour cet autre, qui a conspué en chaire la suppression du crucifix dans les mairies, c'est joué d'avance. Mais qui peut vraiment savoir ? Le secret de l'isoloir est aussi obscur que celui du confessionnal.

On a mis le mousseux au frais, engagé les orchestres, on a cuit les gâteaux. Les images de l'Espagne traditionnelle volent en éclats. Oubliées, le temps d'un vote, ces femmes en noir, en châles, en mantilles et en chignons, agenouillées devant l'autel, au lavoir, aux champs, au marché, à côté du berceau. Fini la sainte femme, l'épouse des larmes, de la renonciation, de la contrition ; gommée la mère silencieuse et résignée, la reine d'abnégation. Enterrée la femme clouée sur la croix de la tradition. Assumées les sorcières honnies, les gitanes roublardes, les pensionnaires des bordels, car elles votent aussi.

Ce sont d'autres images qui avancent en lente procession sous la courte lumière de novembre. Les poupées sont sorties de leurs chambres. Elles ont ouvert leurs placards, elles vont à l'isoloir pour s'exprimer hors de l'emprise des pères, des frères, des maris, du curé, du colonel, de tous leurs seigneurs et maîtres. Ce que choisissent Teresa sortie de sa réclusion domestique, Soledad la fille mère, Beatriu la patronne, Ines la rêveuse, Ariana et Nicoleta, Assumpció, Leia, Nuria, Mireia, et bien sûr Isabel la mère laïque acompagnée de sa propre mère, de ses tantes, sœurs et aïeules, construit une force qui métamorphose la jeune République en un être adulte. Des baroqueries de Séville aux voûtes obscures de Montserrat, des nefs de Guadalupe aux coupoles de Salamanque, les madones noircies par des siècles de mains implorantes, les saintes blanchies sous le harnais des dentelles sourient dans la pénombre où les hommes les ont si longtemps reléguées.

– Vous n'imaginez pas, cher ami, tout ce que l'on a dû subir depuis les élections de 1931 ! Des brimades, des ricanements, des affronts en pleine rue !

– Et encore tout cela n'est-il que vétille comparé à la situation dans nos usines.

– Au prétexte que toute cette chimie est un travail mortel, ils veulent être pris en considération. Que l'on abaisse la durée de leur travail, se lamente Francesc Vilà.

– Pire encore, que l'on double les salaires, comme cela, d'un coup ! s'énerve le comte de Romanones.

Ce soir du 19 novembre, Paul rencontre enfin le directeur des fabriques de la SAFA au siège de la Caixa. Non pas celle de la Generalitat, mais celle du patronat où sont présents Francesc Moragas i Barret, le fondateur de la banque et directeur du syndicat des capitaines d'industrie ; le puissant Romanones, actionnaire majoritaire des mines de la Peñarroya. Il y a là des régents de banque, des stratèges d'entreprise. Tous sont en grand émoi : on attend d'un instant à l'autre les résultats électoraux. On fume beaucoup de ces petits cigares noirs qui cuivrent les moustaches.

– Ont-ils jamais entendu parler de la crise, ces gens-là ?

– Et où trouverait-on de quoi les augmenter ?

– Moi je suis d'accord pour le faire, mais alors, comme j'ai dit à leur syndicat…

– Devoir parlementer avec des syndicats, monsieur Paul, mais vous n'imaginez pas ! Quel affront ! Avec tout ce qu'on fait pour eux depuis des décennies. Nous avons toujours en tête le grand œuvre de mon père Eusebi Güell.

– Pour ce que ça vous a rapporté, à vous, les Güell ! Vous vous êtes ruinés pour vos ouvriers. Ah, je t'en ficherai, moi, du catholicisme social ! On ne nourrit pas une meute de chiens de ses propres mains. On se contente de leur jeter la barbaque par-dessus le grillage de l'enclos. Cela suffit ou alors, c'est sûr, on se fait bouffer !

Le comte Joan Antoni Claudi Güell baisse le col. La fortune avec laquelle son père racheta socialement l'exploitation sans vergogne de ses ouvriers a vécu.

– Toujours est-il, reprend Vilà, que j'ai dit à leur syndicat… Eh bien soit ! Vous voulez que je double les salaires ? C'est d'accord, mais alors je vais me voir contraint de diviser par deux le nombre des ouvriers… Ça a été une levée de boucliers, je ne vous dis que ça… Sans compter que faire tourner une usine avec deux fois moins de main-d'œuvre, c'est doubler le travail et les risques. Pour eux, pour moi, c'était tout bonnement impossible.

– Et quel a été le résultat de vos négociations ? demande Paul.

– Le statu quo. Rien n'a changé, peu ou prou. Juste quelques pesetas de plus sur le salaire. Du symbolique. Le travail a repris en maugréant, mais il a repris. C'est tout ce qui compte !

Paul Gillet découvre ces Catalans dont Edmond lui avait parlé jadis. Jusqu'alors ils n'étaient que des hommes de papier inscrits au Comité International de la Rayonne. Des émissaires, des avocats, des contrats signés depuis 1926… Les affaires roulaient… On touchait les dividendes sur les brevets, mais là ! C'est grave, bien plus grave que ce qu'il subodorait. Tout un gouvernement coalisé contre la tradition bourgeoise des affaires ! Cette nouvelle constitution, un paysage radicalement modifié. Et si en plus les entrepreneurs doivent payer des impôts, comme ce gouvernement de socialistes l'a instauré !

La crise de 1929, la révolution de 1917 l'ont montré : désormais sur cette planète les soubresauts locaux concernent tout le monde… Il va falloir être attentif, très attentif… On pourrait connaître les mêmes soucis en France. Il faudra louvoyer. Par exemple : distribuer la paye en dehors des heures de travail, histoire de les garder sous tutelle… Et tenir de nouvelles fiches. Ne jamais leur faire oublier tout ce que l'on accomplit pour eux, autour et en dehors. Les œuvres sociales, les logements. Donner un peu, exiger beaucoup… Une autre logorrhée anxieuse tire Paul de ses ruminations.

– Ah oui, nous avons bien peur qu'ils fassent comme avec les terres ! Vous n'avez pas idée de ce qui s'est passé en Andalousie et en Castille. Terrible ! Terrible ! Imaginez les ducs d'Albe, de Medina-Sidonia, d'un coup, comme cela dépossédés. L'agent du gouvernement républicain qui débarque avec une cohorte d'anciens serfs pour dire : de ce jour, citoyen, votre terre ne vous appartient plus. Nous l'attribuons à ceux qui la travaillent ! Et vous vous retrouvez comme un couillon devant vos œufs brouillés, votre manchego et votre moka sans rien pouvoir dire. Encore heureux qu'ils ne vous aient pas pris le fauteuil sur lequel vous êtes assis et la demeure de vos ancêtres avec ! Ah, pour nos amis de Ciudad Real et de Séville cela a été terrible, terrible ! se lamente Romanones, lui-même premier propriétaire foncier de la province de Guadalajara.

– Et pour vous, ici, en Catalogne ? s'enquiert Paul.

– Pire !

Descendu des hautes vallées du Llobregat, un communisme libertaire radical a pris le pouvoir dans des dizaines de villages. Terres en commun, abolition du papier-monnaie, vendettas sur les propriétaires, émeutes. L'utopie a suivi le cours du fleuve pour s'étendre aux innombrables filatures qui le bordent. La colonie Güell et les autres usines ont été contaminées. Les ouvriers ont exigé le doublement immédiat des salaires, l'application des règles du travail des enfants, la fin des cadences inhumaines.

– Ah, Vilà ! Moi je n'ai pas fait comme toi, s'exclame Jaume Boserga i Veltru, le patron des entreprises chimiques Flix. J'ai envoyé mes pistoleros. On a tiré en l'air et parfois un peu plus bas. Trois blessés et ça s'est calmé.

– Pour l'instant…

Barcelone est cernée par ces troubles issus des campagnes miséreuses. Cela bouillonne dans les usines où les grèves se multiplient. Le gouvernement, hésitant entre autorité et compassion, menace de faire donner l'armée, celle de la République, contre ses propres enfants. Un incident sanglant a déjà eu lieu en Andalousie.

– On a craint un moment que le mouvement ne corrompe la ville et les commerces. Mais il n'en a rien été. Pas encore. Nous avons des amis puissants, très puissants. Et une collectivisation, comme chez les bolcheviques, c'est impensable, cela ne peut pas marcher en Espagne, affirme tranquillement Jaume Oromí, du consortium Oromí i Salas, propriétaire de toutes les stations-service de Catalogne.

– En Russie, le système était pourri jusqu'à la racine. Qu'ils soient blancs ou rouges, ces Slaves n'en restent pas moins des moujiks mal dégrossis. On les a beaucoup vus par ici, les gens de la maison impériale. C'était en 1915 et on en parle encore ! Malgré les fourrures, les bijoux et tout le vernis de la bonne éducation des nounous françaises et des universités anglaises, il n'y avait qu'à gratter un peu pour trouver le sauvage… Tandis que nous, les Catalans, tout de même, c'est autre chose, nous savons nous tenir ! La classe bourgeoise de Barcelone, pour parler comme ces syndicats de merde, eh bien elle a du chic. On connaît nos intérêts. Rien qui ne s'arrange en discutant, quitte à y mettre le prix. N'est-ce pas, Juan ? s'enflamme un actionnaire en s'adressant à un petit homme qui est assis au bord de la table de noyer, une jambe nonchalamment en mouvement, l'air d'être à moitié là.

Quelle curieuse bourgeoisie, remâche Paul. Si éloignée de Lyon… Bavarde, nerveuse… Et avec cela un luxe ! Rien de tapageur, certes, mais des choses alambiquées, prétentieuses. Du goût ; oui, mais d'une autre époque. Cela sent par trop son avant-guerre. De la bienveillance, un peu cauteleuse… Il y a là quelque chose d'assez moyen-oriental, voire, osons le mot, personne ne m'entend… de sémite. Sans la faconde suintante de ces gens-là. Mais comme les juifs, quelle langue ils ont !

Paul comprend pourquoi Léonie et Edmond restaient circonspects. « Les Catalans ? Sympathiques, mais rien de mieux que des juifs catholicisés », raillait Edmond. Ils parlent et ils parlent, au risque de se dévoiler plus qu'il ne le faut… Très dangereux en affaires, mais c'est ici le langage commun… Sauf chez celui-là, qui ne dit rien et balance sa chaussure coûteuse… bottier de Savile Row, cela saute aux yeux. Juan March ! C'est donc lui ce fameux banquier de l'ombre. L'homme fort du pays. Le milliardaire-pirate, une fortune construite depuis vingt ans sur les trafics de vivres et de tabac.

Il a réussi le tour de force, durant la Grande Guerre, de travailler autant pour les Anglais que pour les Allemands en revendant aux uns les nécessités rachetées aux autres, via des barques à double fond et des bateaux à pavillons multiples. Un vrai roman… Poursuivi par le fisc, s'exilant en France déguisé en moine, revenu avec des valises pleines de billets, corruptible et corrompant à tour de bras. Avec cela des entrées partout, à la City, à Amsterdam... Les Bourses d'Europe sont à ses pieds... Les banquiers espagnols, assis sur leurs privilèges et la nostalgie de colonies qu'ils ont été infoutus de garder, n'ont pas cette vivacité...

Il n'est qu'à regarder ses yeux matois derrière ses lunettes rondes. Il les méprise tous autant qu'ils le détestent. Chaque gouvernement, de droite, de gauche, chaque dictature éphémère a voulu sa peau. Ils sont passés, et il est toujours là. Au-dessus des querelles. Ignorant ses ennemis d'hier et d'avant-hier, dont certains sont dans cette pièce, avec nous, en ce moment.

Mais Juan March n'en a cure. Président du Bureau central de l'industrie espagnole, il connaît leurs avoirs, leurs dettes, leurs hypothèques, leurs engagements, leurs mensonges. Le milliardaire catalan se penche pour essuyer une tache sur sa bottine en crocodile. Paul apprécie ce genre de taiseux dont le regard n'est que feinte innocence. Ainsi c'est lui qui aurait, à ce qu'a laissé entendre Jean Prouvost sur l'*Empress of Britain*...

Le son métallique du téléphone suspend les conversations. Francesc se précipite sur l'écouteur. Le sourire lui revient.

– Combien ? Trois cent quatre-vingt-six sièges pour nous ? Et quatre-vingt-dix-huit pour la gauche ! Vous entendez cela, messieurs. Ils ont perdu, perdu !

– Alors qu'ils avaient deux cent trente-trois sièges il y a deux ans !

– Oh la gifle !

– La raclée, vous voulez dire ! Quel soulagement, mon Dieu. Merci Sainte Mère ! exultent les actionnaires.

– On peut aussi remercier monsieur March. Qui a

donné cinquante millions de pesetas pour la campagne électorale de la CEDA[1].

Une vraie fortune en affiches et en meetings où les billets n'ont jamais manqué d'être glissés en fin de réunion. Sans oublier la presse, puisque Juan March est aussi un homme de journaux.

– Alors que nos amis anglais n'ont donné, eux, qu'un million.

Mais la présence dans la pièce de Sir Auckland Geddes, de la Rio Tinto, retient, dans les bouches, les railleries anglophobes.

Jean Prouvost avait raison, rumine Paul, en rentrant tranquillement à l'Oriente par les Ramblas désertes… Cet homme est un faiseur d'opinion. Il a des amis partout, au *Figaro*, à *Gringoire*. Il en aurait même aux *Échos* des Servan-Schreiber. Le Catalan est certes un peu juif, mais le cocktail n'est pas si mauvais.

*

– Picot, ne m'adresse plus la parole, sauf pour le service ! Sinon je ne veux plus t'entendre. Passe encore qu'on doive travailler ensemble. Je ne suis pas un mauvais gars et je ne te ferai rien. Mais toi, par contre ! Ou plutôt vous, putains d'anars ! explose Antonio. Mais qu'est-ce qui vous a pris ? Vous nous avez foutus dans la merde ! Qui va la balayer à présent, hein ! Mais qui ?

Antonio se retient d'envoyer valdinguer les centaines d'assiettes sales qui s'empilent sous les oliviers du Parc Güell. Le tas de vaisselle déborde de salade fatiguée, de sauce renversée, de riz devenu gluant. Les mouches

1. Confederación Española de Derechas Autónomas (Confédération espagnole des droites autonomes).

bourdonnent sur les os, les guêpes vrombissent en disputant les restes aux fourmis.

Les chefs en toque blanche s'affairent aux desserts : omelettes norvégiennes, babas au rhum, saint-honorés. Cela se sent mais ne se voit pas. Les vélums beiges, les tentures aux bandes rouge et or, couleurs de la Catalogne, occultent l'office improvisé en pleine colline. Monsieur Esteve Sala, le prince de l'hôtellerie barcelonaise, a décroché le contrat du banquet politique que s'offre la haute société. Il joue là sa réputation. Son rival, Miquel Regàs, l'autre magnat de la bouffe et du drap de lit, placé à la table d'honneur, guette le faux pas. C'est une compétition permanente entre l'hôtel Oriente et l'hôtel Colón, entre les galas du Liceu et les soupers du Palaú de la Musica.

Cinq cents convives, tous partis confondus, mais tous de la même caste, professorale, doctorale, ont la ville à leurs pieds. Les gens de bien n'ont pas eu à descendre vers les Ramblas, ils n'ont eu qu'à faire sortir la voiture par le chauffeur et franchir les grilles de leurs villas de Sarrià et de Pedralbes, ces quartiers où l'on n'entend que perruches, cris de paon et bonnes d'enfants. Chose exceptionnelle pour une mi-janvier, les premières cigales stridulent dans les pins. En fond de tableau, la mer scintille, indifférente.

Il y a là les avocats, les notaires, les maires, les juges, les militaires, les députés, les médecins, les banquiers, les industriels, mais sans leurs épouses, restées au foyer. Ni leurs maîtresses, qu'ils rejoindront pour la sieste, au carrer Aribau où les entretenues « de qualité » ont toutes leurs appartements, un fait de notoriété publique. Il n'y a guère ici que deux ou trois originales, des baronnes tenant salon, des entremetteuses d'idées et d'artistes, des amies de Churchill, de Maurras ou de D'Annunzio.

La capitale catalane vient de voter pour les municipales. La victoire des indépendantistes est totale. Elle coïncide avec une marée autonomiste qui se lève au Pays basque et revendique le même statut que la Catalogne. Ce que le gouvernement de Madrid, entre les mains des droites, n'accepte pas.

« On ne laissera pas la patrie être démembrée », titre *El Debate*, le puissant quotidien des souverainistes, dirigé par les jésuites. L'intermède socialiste de 1931 est bien fini.

Barcelone banquette et célèbre sa propre union nationale, sa petite et sa grande bourgeoisie, sa gauche et sa droite confondues. Les cinquante tables dominent l'intestin de la vieille ville depuis la colline boisée. Les gens de bien sont les têtes élégantes, en canotier et borsalino, de l'hydre plébéienne. Ils président à sa destinée. Ils la méprisent, mais ils ne sauraient exister sans elle. Entre les clochers pointus du Barri Gòtic tournoient les pigeons domestiques, une passion prolétaire que les fusils de certains *señoritos* aimeraient tirer. Mais on n'ose : qu'est-ce que cela déclencherait comme émotion !

Les seuls à être montés vers la ville d'en haut, ce sont les gens de maison, les brodeuses, les cuisinières, les jardiniers, les mécaniciens, les majordomes. Et les loufiats, plutôt heureux de faire des extras. Car Esteve Sala paye bien. Improviser un tel banquet loin des fourneaux d'un restaurant est un exploit.

Il a particulièrement à l'œil Antonio Vives, le protégé d'un Armand Beltran devenu bien remuant avec la FOSIG. N'est-il pas arrivé, au lendemain des élections, en hurlant que bientôt il n'y aurait plus argent ni propriété ? Quelle mouche l'avait donc piqué pour se laisser déborder ainsi ? Armand se fait vieux. Mais Vives a plus d'une fois démontré son sens de l'initiative dans la gestion des brigades hôtelières.

Pour elles, et pour la ville populaire, la gueule de bois post-électorale de 1933 a été énorme. Vingt-six députés de droite, dix-huit députés de gauche à Barcelone. Pourtant il y avait eu quatre cent trente-trois mille voix pour la gauche contre quatre cent quinze mille seulement pour les partis de droite. Un bien curieux décompte…

Aujourd'hui ils sont tous là, y compris les extrémistes, comme ceux d'*Estat Català*[1] qui aiment défiler, bras levé, en chemises vertes et en short noir, selon un modèle militaire que l'Europe connaît dorénavant un peu partout.

– À la table de Cambó tu les verras, les tempes blanchies par le rasoir et le toupet de cheveux bien courts, grogne Armand. C'est la coupe Adolf ! Pourtant ils ne sont pas fascistes, juste extrémistes. Qu'est-ce qui leur prend d'arborer un genre pareil ? C'est à n'y rien comprendre !

– Le nationaliste est le fils caché du militaire, s'amuse Antonio.

Francesc Cambó, le vieux leader de la droite dure et catalaniste, exilé en 1931, est lui aussi de retour, avec un visage plus sec, la galoche du menton plus accentuée.

– C'est bien la preuve que les temps lui conviennent, maugrée Armand. Eh ! se met-il soudain à hurler. Pourquoi y a-t-il tant de vaisselle sous cet arbre ? C'est très mal rangé ! Oh les gars ! Faites gaffe ! Ici qui casse paye. Rangez-moi ça correctement ! Je prends note de tout.

La virevoltante armée de la gargante tient deux discours. Celui du service, à très haute voix ; celui des commentaires, susurrés en passant.

– Regarde-les bâfrer, tous ces politiques à col en celluloïd !

1. État catalan.

– C'en est bien fini de notre République.

– Ça ne leur fait ni chaud ni froid.

– Plutôt chaud au cœur, oui. C'est nous qui avons froid, maintenant.

– Ils ont toujours le bon côté du manche. Ils bouffent et nous on sert. Quoi de changé, au final ?

Si novembre 1933 avait été noir, décembre fut endeuillé, le jour de Noël, par la mort de Francesc Macià, le président de la République catalane.

– Parti d'une appendicite mal opérée. Moi je continue à trouver ça louche ! dit Donatiu.

– Tu déraisonnes mon petit, le reprend Antonio. Regarde : son chirurgien est à la table de Companys. S'il y avait le moindre doute, il ne l'aurait pas laissé s'asseoir là. C'était une péritonite, et puis c'est tout.

Après des funérailles grandioses comme on n'en avait pas vu depuis la mort de Gaudí, la Barcelone d'en bas était entrée dans la nouvelle année comme on retourne en prison. Le sifflet des usines, le piétinement des hommes en bleu de travail pesaient terriblement. Tout retrouvait son rang ancien, la hâte menaçante du contremaître, l'amertume et la frustration. Ceux de 1931 avaient eu l'espoir du grand soir. Leur printemps est froid et ressemble à la nuit.

Picot ricane.

– Tu demandais ce qui a merdé, Vives ? Qu'est-ce qui a fait ça ? Qui a fait quoi ? Qui a fait couac… couac ? Je croirais entendre une grenouille. Mais c'est votre bien-aimée démocratie, les gars, qui est fautive, avec ses élections. C'est comme une cuisine ratée, on fout plein d'ingrédients et ce qui en sort a un putain de sale goût. Vous l'avez mauvaise, hein ?

– Mais toutes ces femmes qui ont voté… Quand même. Je ne comprends toujours pas, dit Antonio en rangeant correctement les piles d'assiettes, du gras tiédasse plein les doigts.

– T'as pas réfléchi, Vives. Faut sortir de ta ville, faut t'en retourner au pays ! Tu croyais qu'elles voteraient comment, les campagnes, avec tous ces cathos et ces culs-bénis ?

Il dit vrai. La République, brouillonne, s'est empêtrée dans sa réforme agraire. Généreuse, elle a redistribué la terre des latifundiaires à ceux qui la travaillent. À la fois trop vite et pas assez. Les milices des riches possédants se sont armées contre les va-nu-pieds qui ont réclamé tout et tout de suite sans savoir comment mettre leurs forces en commun. Les petits propriétaires, heurtés par l'athéisme féroce des plus pauvres, apeurés par ces menaces sur leurs biens, ont choisi massivement la droite et le centre droit.

– Ils reveulent leurs crucifix et leurs étables, c'est tout. Et leurs femmes ont été les premières !

– Tu n'as pas tort. Depuis des siècles, on n'a enseigné aux ignorants qu'obéissance, superstition et servilité. Ils n'en sont pas encore guéris.

– Ah les lâches, les salauds, s'excite le petit Donatiu. Ça pue du centre, ça schlingue du bide. Le centre, c'est le ventre mou des assemblées. Ça vote toujours dans le sens du vent !

– Mais non ! Tu n'y comprends toujours rien, toi, le sermonne Picot. C'est pire qu'une question d'alliance, et en même temps c'est plus simple. Un pur calcul mathématique offert par le vote proportionnel qui permet toutes les manigances. C'est pour ça que je dis que votre démocratie parlementaire c'est de la merde ! Tiens : tu l'as sous les yeux. Tu es en train de la servir. Regarde-les, ils sont ennemis aux Cortès, mais ils bouffent tous à la même table. Au moment du café, ils vont bien un peu s'exciter, se lâcher cinq ou six grandes idées, jouer les intelligents. Et ils se réconcilieront pour le cognac.

– On sait tout ça, Picot. On sait comment ça marche, maugrée Antonio. Il n'empêche : elles sont passées où vos voix ? Celles des anarchistes étaient nécessaires. Vous le saviez !

– Eh bien oui, on s'est abstenu. Et massivement. Hors de question d'envoyer nos gars pourrir dans ce panier de fruits blets. Parce que nous on est leurs guêpes. Et on le restera !

– Au nom de votre pureté, qui n'est que de la lâcheté, maintenant c'est foutu, et les droites reviennent, triomphantes, méprisantes, égales à elles-mêmes. Il faut les déglinguer.

– Comme tu y vas, Antonio, tempère Armand. Il faut bien que chaque parti soit représenté. C'est aussi cela, la démocratie. La droite est là. Il faut faire avec. Jusqu'aux prochaines élections. La roue tourne.

– Eh bien, croise les doigts pour qu'il y en ait encore, des élections ! En attendant, on nous l'a mis comme ça les gars, et bien profond ! ronchonne Antonio avec un geste obscène.

Il a en bouche un goût rance. Ça doit être toute cette graisse froide.

– Antonio ! En salle !

Son omelette norvégienne, glace dedans, meringue chaude au-dehors, est destinée à la table 24. Il y reconnaît le banquier de la Caixa de la Generalitat, celui du prêt. Mais l'homme, hier fraternel, regarde maintenant le serveur comme s'il était transparent.

Océan Indien – 1934

Les passagers se souviennent à peine du sillage que trace l'*Empress of Britain* après le bouillonnement des hélices. Les inquiétudes du monde se dissipent comme les eaux fendues. Refermées, elles retournent à l'infini toujours recommencé des vagues. On en réciterait presque du Rimbaud, si cet auteur n'était si difficile.

– Difficile ? Vous plaisantez ! Dites plutôt d'une lecture trop inconvenante pour vous, *my ladies* !

– George, vous n'êtes qu'un impertinent, rétorque lady Astor. Et puis cessez de marcher de long en large, vous donnez le tourneboulis à lady Gillet.

– Je fais de l'exercice, ma chère. Cela m'oxygène les méninges.

– Monsieur Shaw, Dieu merci, vous ne courez pas le cent mètres, sinon votre intelligence, tel Jupiter paraissant à Sémélé, me foudroierait dans l'instant, lance Léonie.

– Pas mal ! rétorque George Bernard Shaw… Quoique assez classique dans la référence. Et qu'ai-je donc de si jupitérien, je vous le demande ?

– Votre barbe ! s'exclament en même temps les deux femmes.

– Ah ! Excellent, excellent, *ladies* ! Cela vaut bien un gin tonic !

– Pour vous, très cher, uniquement pour vous. Nous

ne buvons pas, je vous le rappelle. Du moins pas d'alcool. Un jus de tomate pour moi, et une limonade pour lady Gillet, lance Nancy Astor qui s'étire paresseusement sur sa chaise longue, recroquevillant ses orteils vernis sous le plaid que soulève la brise marine.

– Oui, une limonade, acquiesce Léonie.

Madame veuve Gillet ne déteste pas être appelée *lady*. La première fois, elle s'était renfrognée, n'ayant ni titre de noblesse ni quoi que ce fût qui l'autorisât. Mais ces Anglais, tellement pince-sans-rire, si poliment excentriques, on ne peut vraiment rien leur refuser. De toute façon, ils seraient passés outre. *Lady* Rhône-Poulenc, comme l'avait glissé en aparté George à sa chère vicomtesse Astor, méritait bien un titre.

– Avec autant d'usines qu'un baronnet anglais possède d'hectares. George V en a titré de moins redevables ! Le temps d'une croisière, qu'elle soit donc notre *French lady*...

– Mais pour son Rhône-Poulenc, *private joke*...

– Cela va sans dire.

Effectuer une croisière avec un prix Nobel de littérature est un plaisir peu commun, mais que les habitudes marines rendraient presque habituel.

– Mais pourquoi diantre faut-il que les auteurs soient si souvent des gens de gauche ? s'étonna Léonie le premier soir, lorsque le célèbre auteur vint s'installer à la table du *commodore*. Elle songeait à André Gide et à Mathilde. Ce bougre s'était-il fait inviter à Cannes pour le nouvel an ? C'était possible, les auteurs aiment parasiter les fortunes qu'ils épinglent. Curieux d'ailleurs que Mathilde ne donnât pas signe de vie.

– Un paquebot est une adresse comme une autre. Le câble existe, et la radio... Je me demande qui paye le billet de Shaw ? Ses pièces sont des succès internationaux, mais perçoit-il suffisamment de droits d'auteur

pour se permettre de figurer ici ? À moins que cette lady…

À vrai dire peu lui importait. Elle chassa vite ces considérations boutiquières. La compagnie de lady Astor et de Shaw était si délicieuse, un perpétuel bouquet de mots d'esprit et de joutes stimulantes. Et pourtant rien de plus dissemblable que leurs opinions. Hier, à propos des castes indiennes, Shaw l'Irlandais railla lady Astor sur la fortune négrière de son père ruiné par la guerre de Sécession. Quand il lui demanda devant tout le monde, par provocation, si elle était venue en Angleterre pour voler les plus beaux partis de la *high society*, l'Américaine rétorqua qu'elle avait eu bien trop de mal à se débarrasser de son premier mari pour s'épuiser à en trouver un second qui, d'ailleurs, était accouru de lui-même…

C'était sans fards, et sans fautes, cette vérité-là. Lady Nancy Astor parut à Léonie une femme comme elle les affectionne. Indépendante, racée, obstinée, haïssant l'alcool et fort intéressée aux droits des femmes dont elle est l'avocate à la Chambre des communes. Son étiquette conservatrice ne l'empêche pas d'être une proche amie d'Helen Wilkinson « la Rouge », figure d'un Parti communiste dont Nancy, en tant qu'épouse du vicomte Astor, second du nom, pourfend publiquement les idées. Tout cela, on se l'était dit, on se l'était appris très officiellement en Méditerranée.

De son côté, la curiosité de lady Astor fut piquée par les tonnes de syrah montées à bord, lors de l'escale à Tunis, sous l'œil vigilant de Léonie. Elle y montrait une autorité de corsaire et son tailleur Lanvin était exquis. Qui était véritablement cette femme aussi à l'aise qu'un homme aux affaires ?

Le passage du canal de Suez, où les intérêts franco-britanniques se rejoignent, eut pour effet de laisser s'évaporer, loin derrière, les apparences de caste. Elles disparurent définitivement dans le golfe d'Aden où Léonie se ruina en perles. Une manière de parler, bien sûr, puisque les autochtones les vendent pour presque rien comparé aux tarifs « proprement scandaleux » pratiqués place Vendôme. Pour Léonie, il y avait là de quoi faire plaisir à ses dizaines de nièces du Nord et du Lyonnais. Les trousseaux, cela se construit sur la durée, avec quelques brins de perspicacité, et en matière de perles grises et noires, lady Astor avait un œil transcendantal. À peine avaient-elles remarqué les nombreux officiers italiens présents sur les côtes de la Somalie, et les navires de cette nation affluant en mer Rouge.

Quinze jours plus tard, une excursion à dos d'éléphant, à laquelle se joignit Shaw, les rapprocha encore.

On parlait colonies avec les accents d'Aristote.

– Des soubresauts d'empire, ma chère ! dissertait lady Astor perchée sur le mastodonte. Des soubresauts comme ceux de cet animal ! Voyez comme il nous balance et en même temps remarquez son admirable assise. Cette bête est inébranlable. Elle a porté les souverains moghols, elle a défait les armées d'Alexandre, jeté à bas de Bucéphale le plus prodigieux chef militaire qui fût jamais !

Aujourd'hui cet éléphant porte la fine fleur de l'empire britannique. Nous sommes inébranlables !

– Vous vous trompez, ma chère, répliqua Shaw. Un rat sous ses pattes et, à ce que l'on dit, vous serez cul par-dessus tête, si vous me permettez l'expression. Croyez-moi, je connais Gandhi. Son air de rongeur poli pourrait un jour tous nous surprendre.

– Mon cher George, n'oubliez pas que dans le bestiaire hindi c'est le rat qui porte Ganesh, le dieu-éléphant, minauda Nancy. Nous n'avons rien à craindre.

Soudain Léonie s'était trouvée mal. Trop de références à l'antique ? Ou trop de chaleur malgré les boys à éventail et les saris légers qui seyaient à ces deux sveltes Occidentales ? Lady Rhône-Poulenc digérait simplement mal le curry. Lady Astor qui, durant la Grande Guerre, avait transformé sa résidence de Cliveden en hôpital de campagne, lui prodigua des soins fermes. La Croix-Rouge lyonnaise apprécia. On se confia plus avant, entre femmes exposées aux bouffées de la cinquantaine. Dès lors, ce fut entre elles l'entente cordiale.

– Ah, voici monsieur *de* Roubaix… glisse Shaw à lady Gillet, son gin tonic en main. C'est dit sans vouloir vous offusquer. Votre frère a une telle prestance. Il ne lui manque qu'un pur-sang pour une arrivée digne d'un capitaine d'industrie !

Mais Fernand, la moustache hérissée, n'a guère le cœur à faire de l'esprit. Il chiffonne dans sa main deux télégrammes. Prouvost l'accompagne, visiblement dans un profond désarroi, vu son ton trop haut.

– Je partirai dès demain ! Avion, dirigeable, qu'importe ! Je ne puis être absent plus longtemps des événements. On doit me réclamer rue du Louvre. C'est grave, très grave ! Je savais bien que cet imbécile de François Coty mijotait quelque chose avec sa ligue. Je t'en ficherai de sa Solidarité française. Quel inconséquent !

– Quels événements ? Qu'y a-t-il ? s'émeut Léonie.

– La révolution, ma chère ! Tout simplement la révolution.

– Comment ça ? Mais où ?

– Le 6 février, place de la Concorde, des émeutes… extrêmement graves. Il y aurait déjà des dizaines de morts.

– Les rouges ou les noirs ? lance par jeu Nancy Astor.

– Les rouges et les ligues, rectifie Prouvost. Les

communistes contre les Croix-de-Feu. Ceux du colonel de La Rocque contre ceux de Staline.

– Mais Léonie, crie Fernand, il y a bien plus grave ! Notre Mathilde !

– Ah mon Dieu non ! Blessée ? Évidemment ! Qu'allait faire mon écervelée de fille dans ces émeutes ? Je la croyais à Cannes. Aux dernières nouvelles, qui datent…

– Non Léonie, vous n'y êtes pas du tout. Il n'y a rien de si extrême, quoique… quel scandale ! Quand on saura ! Elle n'est plus à Cannes et elle n'est pas à Paris. Mais lisez par vous-même. C'est expédié depuis l'aérodrome du Bourget.

– Le Bourget ? Comment ça ?

Un télégramme et quatre phrases brèves. « Pars pour URSS – Joignable à hôtel Lux – Moscou – Rentrerai suivant mon humeur – Mathilde Ferlié. »

Léonie a soudain très chaud. Lady Astor avale tranquillement une dernière goutte de jus de tomate. Elle observe sa nouvelle amie au travers le cul de son verre, comme s'il se fût agi d'une longue vue.

– *My dear*, je crois que votre fille me plairait vraiment beaucoup. Elle est plutôt bridge ou plutôt poker ?

– La politique ? Mais je ne sais rien de plus amusant, de plus nécessaire à nos jours ! Si l'on veut être moderne, il faut s'adonner à la politique. Pas de meilleure drogue, ni de plus exaltante. D'ailleurs ce n'est pas une drogue, mais un devoir, s'enthousiasme lady Astor.

Pauvre madame Gillet, les chiens sont lâchés ! se dit Shaw. Nancy tient là son alcool. Que Dieu sauve la France…

Avant le souper lady Astor s'est brièvement enquise de lady Rhône-Poulenc retirée, abasourdie, en sa suite.

Comme il n'y a visiblement pas plus de casse que cela, on peut parler de choses sérieuses sans prendre des mines funèbres. Les émeutes de la Concorde qui viennent de précipiter les Français du bord dans la panique suscitent chez « sa muse », comme Shaw aime la qualifier avec emphase, une excitation qui tétanise la tablée. Shaw se tient à distance, prenant mentalement note.

Quelle magnifique opportunité ! Trois nababs sur un bateau… sans oublier la révolution, mais c'est presque un clin d'œil à la meilleure littérature anglaise !

Il connaît sa Nancy. En bonne députée prête au débat, elle va réclamer un briefing.

– Jean, vous êtes à cette table l'homme de presse. Que savez-vous précisément des événements ? Vous évoquiez Coty. Le parfumeur ? Développez, je vous prie.

Remis de sa stupéfaction, Jean Prouvost a remisé son idée de louer le premier dirigeable venu pour retourner à la rédaction de *Paris-Soir*. On est au milieu de l'océan Indien et puis, que diable, si l'on s'est entretué à la Concorde, on n'a pris ni l'Élysée ni le Palais-Bourbon, malgré la pétoche qu'a dû avoir Daladier.

– Je connais bien François Coty. Depuis quelques mois, il s'agite beaucoup. À cause de l'affaire Stavisky, évidemment.

– La Gueuse est sale vous savez, renchérit Fernand. La République mérite bien ce surnom. Nous vivons dans une France d'affairistes, de corrompus. On a laissé les rênes aux escrocs.

– On ne sait plus diriger d'une main ferme, voilà ce que clame Coty. Mais je ne sais pour quelle raison il s'est mis dans ce populisme, toujours dangereux pour ceux qui financent les agitateurs.

– La coupe est pleine, les gens se vengent, voilà tout. Ils expriment leur ras-le-bol. Tout est si noir depuis la guerre et la crise, souligne Fernand.

– Je suis plus circonspecte que vous, mon cher frère, dit Léonie. Il ne faut pas jouer avec le feu. Surtout à l'époque où nous vivons.

– Mais qui était exactement place de la Concorde, messieurs ? Pourriez-vous éclairer la lanterne d'une humble Anglaise peu au fait de vos arcanes politiques. Coty par exemple ?

– Je ne sais s'il était physiquement sur place. Mais il y avait beaucoup, beaucoup d'anciens combattants. Écœurés.

– Écœurés et ruinés, bien sûr, interrompt Niel Stuart, l'unique ancien combattant de la tablée. Vous savez, quand on a eu sa jeunesse esquintée par la guerre, même si physiquement on en est sorti indemne, il ne vous reste plus grand-chose, au civil. Je ne parle pas en mon nom, bien entendu, j'ai eu beaucoup de chance, mais je me fais la voix de milliers d'autres. Les femmes parties, les illusions perdues, un monde que l'on ne reconnaît plus quand on revient, et qui n'a guère envie de vous, même s'il vous a fêté en héros, puisque vous êtes devenu sa mauvaise conscience.

– Comme je les comprends, ces hommes, soupire Fernand, l'homme des gaz de combat, resté à l'arrière pour la grandeur de l'effort national. Il est normal de s'inscrire aux mouvements d'anciens combattants. J'ai connu ça. On croit que tout ce qu'il y a de pourri, de mal fait, on va s'en débarrasser en s'unissant avec les autres. Ceux avec qui, dans la débine, on était bien. Les copains des tranchées, pour la grandeur de la France…

– La solidarité de l'horreur contre le déshonneur de la vie ? lance Shaw à haute voix. Le culot du patron français, très actif en usine mais très absent au front, le fait sortir de sa réserve. Mais l'ironie reste étrangère à Motte, qui renchérit.

– Bien trouvé, monsieur ! Et je serai encore plus terre à terre. Vous savez, c'est encore pire quand on coupe les pensions, quand la ruine, le chômage et la faim vous menacent et que les escrocs s'engraissent…

Pour avoir des escrocs de casino comme ce Stavisky, il faut surtout des gros à plumer, songe Shaw. Leur France à eux, elle n'est rien d'autre qu'un groupement d'intérêts particuliers. Ah la patrie, c'est vraiment fait pour les gogos…

– La guerre, mon cher, on ne l'a jamais soldée, clame le commandant de l'*Empress of Britain*. Elle perdure dans les esprits. Vous savez, on peut même tenir un pays avec ça. Hitler, par exemple, est un ancien combattant comme nombre de ceux qui le suivent. Moi je comprends la désespérance germanique. Nous avons été abominables avec le Reich. Personne n'aurait dû tirer sur une ambulance !

– Mais ces incidents n'ont rien à voir avec Hitler ! Vous disiez, monsieur Prouvost, qu'il s'agissait des rouges contre les ligues. J'y vois, moi, un coup de Staline, s'exclame lady Astor ! C'est un ogre !

Léonie blêmit. Et Mathilde, cette sotte, qui est allée se promener à Moscou !

Nous y voilà ! songe Shaw.

– George vous le dira mieux que moi. Nous y fûmes ensemble il y a deux ans.

– Ma chère, vous savez bien que nous ne sommes pas du tout du même avis sur le sujet. Je considère quant à moi qu'il se fait en URSS des choses immenses. Une autre société est en train de voir le jour, égalitaire, heureuse. Sans casinos et sans escrocs.

– Pure propagande. Staline est capable de tout. D'ailleurs je le lui ai dit.

On s'étouffe quelque peu.

– Vous avez parlé à Staline ?

– Bien sûr. Au cours d'un dîner, je lui ai demandé pourquoi il tuait autant de ses compatriotes.

– … Et ?

– Oh rien ! Il m'a répondu en levant son verre de vodka à ma santé.

– Ce que Nancy ne raconte pas, mes amis, c'est qu'aucun traducteur n'a pris le risque de rapporter sa question telle quelle. Mais je saisis assez le russe pour avoir compris la traduction qui devint : « Pourquoi les Russes vous aiment tant ? » Ce qui est vrai, j'en atteste, même si je trouve Staline peu sympathique. Car l'œuvre socialiste est au-dessus de tout éloge. Et puis, Nancy, avouez donc : c'est surtout l'hôtel que vous n'aimiez pas. Vous disiez que cela sentait trop le chou.

– Et il y avait beaucoup trop de parades militaires ! Leur opéra, voyez-vous, c'est la Place Rouge. Moi je n'ai plus de goût pour ces choses-là… Vous aurez compris que mon George est, quant à lui, un fervent admirateur de l'URSS. Il est presque marxiste !

– Ma pauvre Nancy, vous ne verrez jamais dans l'URSS autre chose qu'une sorte d'exotisme moderne. Il est évident que l'humanité se porterait mieux si chacun était équitablement payé pour son travail.

– Avec un salaire égal pour tous ? Vous voulez rire, George ? Vous me voyez toucher le salaire de ma femme de chambre ?

– Mais personne ne vous payerait. Avez-vous jamais travaillé, *my dear* ?

La tablée éclate de rire.

– Un point pour vous, George.

– Rassurez-vous, mes amis, je n'ai pas réécrit le *Manifeste du Parti communiste*. Pourtant, tendre vers un but égalitaire éliminerait la pauvreté qui ronge le monde. Vos événements français, sans doute d'une complexité dépassant de loin ce que nous en glosons, en sont une conséquence. Pour autant, je ne suis pas adepte de la révolution brutale. Les réformes doivent être graduelles et pacifiques.

– Mais alors que devient la propriété ? Doit-elle être collective, demande Léonie dont la pensée revient vers Mathilde, comme ce que vous avez vu là-bas ?

Shaw ne répond pas.

– Ne vous inquiétez pas, ma chère, dit Nancy en lui prenant la main. Votre Mathilde vous reviendra. Les Soviets ne retiennent personne, encore moins quelqu'un comme votre fille. Ils sont très bien informés et vous n'êtes pas n'importe qui… Tout au plus doit-elle être en ce moment plus surveillée que d'autres. Mais j'y pense, ne représente-t-elle pas pour vous un magnifique alibi de gauche ? Imaginez qu'un jour la révolution des Soviets arrive en France…

Le nez de lady Rhône-Poulenc ressemble soudain au bec d'une buse prête à fondre sur sa proie. Il y a un flottement dans l'air.

– Ce que j'aime le plus chez les riches, se dit Shaw en observant les visages qui se sont soudain figés autour de lui, c'est leur argent. Il leur donne un esprit dont ils ne se doutent même pas.

Escorial – Avril 1934

Entend-il, Philippe II, monter la clameur dans la cour de l'Escorial ? Les rois Habsbourg et les princes Bourbon écoutent-ils, depuis leurs sarcophages de marbre noir entassés dans la crypte, ce glacial vent de rage descendre en hurlant la sierra de Guadarrama, empoigner les drapeaux et les oriflammes, mêler sa poussière à la devise *Plus Oultre* de Charles Quint ?

Devant les façades grises du palais, une Espagne d'hommes en furie est rassemblée à l'appel de José María Gil Robles y Quiñones, le leader de la CEDA. Les couleurs de la République sont le violet, le rouge et le jaune. Elles flottent sur Madrid et Barcelone. Ici on foule ce drapeau du pied, on crache dessus, certains le compissent.

– À mort la pute républicaine !

C'est un jour d'autodafé que ce 22 avril 1934 devant le monastère royal. L'Espagne éternelle ressuscite, une et indivise, vomissant le parlementarisme, méprisant les autonomies revendiquées par ses provinces. Les milliers d'hommes réunis ne portent plus la fraise des anciens temps, mais leurs nuques sont raides et leurs mentons levés comme s'ils avaient encore le col enserré dans la *golilla* de lin, et sur leurs épaules la cape noire frappée de la croix rouge de l'ordre de Calatrava.

Les fantômes des courtisans obséquieux, les mânes des grands de droit divin semblent les saluer depuis les fenêtres à croisillons. Tous ces morts espèrent que le royaume d'Espagne ne souffrira plus longtemps le calvaire dont les rouges le menacent. Jadis, eux, ils ont jeté les Maures à la mer, expulsé les juifs, brûlé les hérétiques. La marée haineuse battant les parois du terrible Escorial qui prit pour plan le gril du martyre de saint Laurent, c'est l'Espagne ancienne, une fontaine d'orgueil dans un désert de vertus.

Il n'y a guère de femmes ici, plutôt des hommes attendant un guide. Des gradés railleurs excitent l'assemblée.

– Ouvrons les camps de concentration pour les bolcheviques et les francs-maçons !

– En Italie, on met de l'ordre dans leurs esprits dégénérés avec une trique et de l'huile de ricin ! Voilà ce qu'il leur faut !

On loue la poigne du chancelier autrichien Dollfuss, l'apôtre de l'austrofascisme qui vient d'écraser dans le sang les socialistes de Vienne.

– Qu'ils cessent de se cacher ! On ne veut plus voir gouverner ceux qui hier portaient des espadrilles et marchent aujourd'hui en chaussures de cuir.

– On les reconnaît : ils ont les pieds en dedans ! Ce sont les pattes du diable. Sortons l'eau bénite, ajoutons quelques chevrotines et tirons-les !

Millán-Astray, le général borgne et manchot, galvanise les troupes pour l'arrivée de Gil Robles, un homme à la caboche ovale, aux joues de hamster, à la bouche en accent circonflexe. Avant de prendre la parole, l'orateur observe les milliers de têtes brunes rangées militairement comme d'autres le sont à Munich. Ses yeux faussement doux restent encore étourdis par les défilés auxquels le Führer l'a convié.

À l'Escorial non plus, le meeting ne manque pas de symétrie.

D'abord le cadre. Le bleu, dur comme l'acier, d'un

ciel azur ; le vert froid d'avril qui fouette les bourgeons d'un grésil tardif ; le brun stérile de la terre de Castille, le granit funèbre du palais monacal : tout semble assorti aux factions venues faire barrage aux rouges. Les ligues sont rangées avec la précision d'une cantine militaire, chacune sous l'affichette de sa ville : Cádiz, Burgos, Valladolid, Ciudad Real et des dizaines d'autres.

Voici les chemises vertes des membres d'Accíon Popular. Voici les chemises bleues, le baudrier, le ceinturon et les bottes de la Phalange de José Antonio Primo de Rivera. S'il n'y avait un faisceau de flèches sur la bannière noire et rouge, on pourrait confondre son insigne avec le drapeau des anarchistes.

Des anars ont d'ailleurs rejoint le fils du dictateur déchu et lui font allégeance. Son programme politique est si séduisant : nationalisation des banques et des chemins de fer, réforme agraire, harmonie des classes et des professions pour une destinée unique, celle de la Patrie.

– À mort les intellectuels ! lance l'un.

– Tout plutôt que la bauge parlementaire ! lui répond un second.

Purifier par le fer et par le sang : aux extrêmes le culte de la mort est identique. Et il est si enivrant !

– De quoi a-t-on peur ? De la bagarre ? De la guerre ? Mais la guerre, voilà ce qu'il nous faut. Un acte de purification ! Cette voix rauque, les quelques *señoritos* de Barcelone ici présents la reconnaissent : c'est celle d'Enrique, l'Aragonais de l'hôtel Oriente, qui vient aussi de s'inscrire à la Phalange.

– *Viva la muerte !* lance Millán-Astray. Rugissements, goût de fer dans les bouches. Tressautements d'entrecuisses. La foule mugit. Elle est pareille au taureau qu'on excite à coups de banderilles avant le grand acte de la mise à mort, ces noces sanglantes où l'homme et la bête forment deux faces d'une même énergie primitive, érotique. Dans les bordels de Madrid, les filles seront ce soir à l'abattage.

Les *requetés*[1] aux bérets rouges, la poitrine couverte de scapulaires et de crucifix, sont venus de Navarre, avec des armes payées par Mussolini. Quand Gil Robles s'avance enfin, on aperçoit derrière lui le sein livide d'une coupole. Dix mille bras se lèvent, les doigts tendus. La façade du monastère renvoie un seul cri : *Jefe ! Jefe ! Jefe !*[2] Puis les hommes posent la main droite sur l'épaule de leur voisin. Dix mille gorges clament : *Ante todo, España ; y sobre España, Dios !*[3]

Alors le flot du rhéteur s'élance.

– Compagnons, les grandes convulsions du monde contemporain ont épuisé son pouvoir créatif. Partout des voix se soulèvent qui réclament le retour au Moyen Âge, à son ascétisme vertueux dans lequel notre Espagne a modelé la culture suprême qui resplendit ici, en ce temple de l'âme castillane. Ô noble Escorial ! Symbole de nos gloires passées et futures ! La République…

La foule conspue ce mot.

– … la République n'a pas seulement changé un régime social séculaire, elle a tué l'âme de notre nation. Il faut la délivrer par nos mains. Douleurs et sacrifices nous attendent ! Sentier tortueux qui doit être avant tout une victoire sur nous-mêmes ! Chemin rugueux, mais à chaque pierre retournée le peuple espagnol trouvera son énergie décuplée. Nous allons lui montrer la voix salvatrice. Convoquons nos forces ! Sans perdre une minute, entamons la lutte infatigable, portons la vraie parole, trouvons le mot juste, l'orientation précise, la phrase

1. Ligue de la droite catholique extrême de Navarre.
2. Chef ! chef ! chef !
3. Avant tout l'Espagne, et au-dessus, Dieu !

puissante. Mes compagnons, mes amis, j'ai, nous avons, l'optimisme des croisés…

Il y a dans tous les yeux fixés sur Gil Robles des lueurs de flammes. À cet instant, qui collerait son oreille à terre percevrait les rois morts gratter leurs phalanges au marbre des tombeaux.

– … car nous prendrons le pouvoir quand nous le voudrons !

Barcelone – Septembre 1934

Cela n'a pas de nom. Juste un cri et une fonction. Cela est noir et infirme. Cela n'a ni âge ni sexe. Nain, cul-de-jatte, ou bien goitreuse déformée par des malédictions biologiques surgies des nuits de l'espèce : c'est odorant, toujours. Pas la senteur rance et asphyxiante du clochard, mais le parfum du suif car cela dort, dans la cité, au milieu des chiens errants, des chèvres et des porcs. Cet être est vêtu de haillons, parcouru de filets de crasse ravinant sa peau froissée par le soleil. Il a jadis été humain. Il est né du ventre d'une femme. Il a tété, souri, grandi, couru, aimé et peut-être a-t-il été aimé en retour. Et puis…

Sur les Ramblas, cette créature ressemble à un pain cuit qu'on dirait roulé dans la suie de la ville. Il n'en reste que la croûte : la mie nourrissante, la chose ne la mâche jamais. Et pourtant ce tas de fripes pave le chemin de la fortune. Sa voix de crécelle vend les billets du *Gordo*[1], le loto de Noël, une fonction traditionnellement dévolue aux indigents.

La foule qui parcourt l'artère s'arrête souvent pour lui acheter un viatique : qui pourrait être assez riche pour dédaigner la chance ? On lui donne la pièce avec crainte. Le miséreux est respecté. Il est ce que l'on a été,

1. Le Gras.

il est ce que l'on deviendra. Le plus souvent, sa condition n'est guère plus basse que celle que l'on connaît.

À la sortie de l'atelier, Isabel met en commun avec deux amies pour acheter un bulletin. Qui sait, les lendemains qui chantent pourraient aussi avoir la couleur d'un bon ticket ?

La créature a un regard malicieux :

– Mes belles, lequel choisissez-vous ? Quel numéro ? Votre date de naissance, celle du fiancé ? du père ?

Les femmes rient, un peu gênées.

– Je comprends. On peut maudire qui vous a enfanté. Regardez-moi. J'aurais préféré ne pas naître !

L'accent rauque a jailli des profondeurs de l'Andalousie. Isabel revoit soudain Garrucha, son frère mort, la pièce aveugle du carrer del Corretger. Elle a un mouvement de recul.

– Toi, choisis donc le *Gordo* pour nous !

La chose découpe un billet au hasard. Son sourire de misère affiche une seule dent. Isabel prend avec appréhension le bout de papier, comme s'il lui collait aux doigts. Il porte le numéro 02686.

– Comment ça, chez lui ? Qu'est-ce qu'il te veut, monsieur Sala ?

– Je n'en sais rien. Il m'a demandé de venir à Pedralbes… des choses à me dire, dont il ne pouvait me parler à l'hôtel.

– Cela ne me dit rien qui vaille. Pourquoi ne pas voir le directeur dans son bureau, à l'Oriente ?

Isabel a pris son visage des mauvais jours, trois rides sur le front, le regard sombre, le geste cassant.

– Être reçu dans son bureau ? Alors là, Isabel, tu aurais vraiment de quoi t'inquiéter. Quand monsieur Sala t'y demande, en général c'est pour te virer. Mais là, vraiment, je n'ai aucune idée de ce qu'il me veut.

– C'est sans doute la politique ! Qu'est-ce qui s'est encore dit dans votre brigade ?

Teresa sent l'inquiétude de sa mère. La petite se met à pleurer. Elle a une bronchite qu'Isabel, avec sa manière douce, soigne aux sinapismes de moutarde. Ça pique, ça lui cuit.

– Tu vois, elle aussi s'inquiète… Ah, toi et tes histoires de syndicat !

– Mais non, ce sont tes emplâtres. Ils doivent être trop chauds.

– Trop chauds, mes cataplasmes ? Tu ne t'en plains jamais, quand je te les prépare.

Isabel passe nerveusement d'une pièce à l'autre. L'appartement de la Barceloneta, plus grand, mieux aéré, offre une chambre à la fillette, qui devrait avoir, dans quelques mois, un petit frère ou une petite sœur.

– Et toi tu me prends pour un gosse, ou quoi ? Tu sais très bien que c'est important pour nous tous. Il faut veiller à ce que les acquis sociaux ne soient pas détricotés.

– Je ne te considère pas comme un enfant. Sauf que maintenant c'est à nouveau dangereux. On se croirait revenu sous Primo de Rivera. Les patrons font ce qu'ils veulent. Tiens, hier encore, Josep, le fiancé de Nuria, a été mis à la porte de son entreprise de chaudronnerie. On le savait membre de la FAI[1]. Il ne s'en cachait pas, mais il parlait trop… Je suis sûre qu'il va t'arriver quelque chose de grave. Quand est-ce que tu dois voir Sala ?

– En fin d'après-midi. Pour un café.

Isabel rit :

– Alors toi ! Tu vas boire le café avec monsieur Sala ? Là, tu m'impressionnes.

– Et qu'y a-t-il de si particulier ? Les Basi ne sont pas

1. Fédération Anarchiste Ibérique.

non plus bégueules. Vous avez sablé le champagne plus d'une fois. Tous les patrons ne sont pas des salauds. De retour du service militaire, j'avais toujours ma place à l'Oriente, non ? Allons, viens un peu par là, que je te donne un bécot. Je n'aime pas quand tu te mets en pelote. Ne crains rien. Un patron ne propose pas à son employé de venir prendre un café chez lui pour le mettre dehors.

– Qui sait ? On en a connu de plus vicieux. Si tu as retrouvé ta place, c'est parce que tu es très compétent, très apprécié, et parce que Armand est ton ami. Les autres, à l'hôtel, ils sont au courant de ton rendez-vous ?

Un peu honteusement, Antonio doit avouer que non.

– Pourquoi me demandes-tu ça ? À quoi penses-tu ?

– Je ne sais pas, il pourrait te demander des choses… Espionner, se servir de toi, te faire jouer le jaune…

– Ça, mon Isabel, quand bien même il me proposerait cent mille pesetas, il n'y parviendrait pas. Il ne connaît pas Antonio Vives.

– Et si je te les donnais, ces cent mille pesetas, pour ne pas y aller ?

– Qu'est-ce que tu me racontes ?

– Tiens, regarde ça.

Elle lui tend le bulletin du loto.

– On a joué avec Nuria et Mercé. Pour le tirage de *Los Reyes*[1], celui du 6 janvier.

– Toi ? Jouer au *Gordo* ? Tu me surprends. Toi qui ne crois ni en Dieu ni au Diable, te fier au hasard…

– Je ne me fie à rien. On a juste fait ça pour s'amuser. Cela n'a rien coûté tu sais, enfin presque rien. Mais sait-on jamais ? Tu imagines tout ce qu'on pourrait faire avec cet argent ? Avoir un quelque chose à nous, une petite affaire…

1. L'Épiphanie.

– Bon, d'ici là, je m'en vais voir ce que me veut ce grand homme.

Pour un ancien vendeur de croissants et de saucisses, la villa serait presque trop opulente, mais Esteve Sala est devenu un homme de goût. Autodidacte du tableau et de la sculpture, il a appris auprès des meilleurs artisans comment orner et embellir ses établissements destinés à une clientèle huppée. En matière d'arts décoratifs, les Catalans, peuple à l'élégance moderne, possèdent un don tout particulier.

Esteve Sala est né avec l'âge d'or du modernisme, les architectes Puig i Cadafalch, Domènech i Montaner, Madorell. Il commença sa fortune en lançant les viennoiseries et le salon de thé, choses inconnues en Catalogne en 1900. Une mode furieusement chic, sortie des fours où l'on trouvait à toute heure du jour croissants, pains au chocolat et brioches. Barcelone y découvrit le plaisir de la crème dans tous ses états et Sala une fortune. L'adroit homme récupérait les déchets nobles du lait pour enrichir sa farine et inventer de nouvelles recettes de petits pains. On se les arrachait avec tant d'avidité que les forces de l'ordre, au moment des fêtes, devaient parfois réguler l'hystérie de la clientèle. Puis Esteve délaissa le thé pour ouvrir le premier pub irlandais, un genre d'établissement qui ne s'était jamais vu non plus, puis un second. Sentant la vague Art nouveau installée durablement sur la ville, il édifia des restaurants aux boiseries extravagantes et au mobilier précieux.

– Un entrepreneur, s'il veut durer, doit savoir les modes avant les autres. Et surtout les délaisser avant ses concurrents. La longueur d'avance, c'est un atout dans notre métier, Vives.

Le soleil de septembre s'éternise sur les bougainvillées de la villa, un champignon Renaissance signé de l'architecte Jujol et racheté pour rien à un héritier de bonne famille qu'avait ruiné l'abus d'opiacés. Sala discourt posément avec Antonio, quand même un peu éberlué d'être reçu comme un monsieur par son patron qui, ici, le traite d'égal à égal.

– J'ai ouvert l'Oriente avant la mode des grands hôtels comme le Ritz. Je n'ai pas eu besoin d'entendre Francesc Cambó déplorer qu'il y ait si peu d'établissements haut de gamme dans notre belle cité. Nous avions des Expositions universelles et des pensions pleines de puces pour recevoir les visiteurs. Moi, Esteve Sala, j'ai à la fois devancé et perpétué l'aura de Barcelone.

En 1923, Sala avait offert à la ville un établissement de prestige, le Moka, avec ses percolateurs cuivrés, le spectacle de la torréfaction et le parfum des cafés qui envahissait les Ramblas.

– Si je t'ai fait venir, Vives, c'est pour te parler affaires. Vois-tu, il y a un petit moment déjà que je te surveille.

À ce mot, le pas d'Antonio crissant sur le gravier en éclats de marbre hésite un peu. Sala sourit.

– Je ne te parle pas de politique, bien que je sache tout ce que vous dites et faites à la FOSIG. D'ailleurs je vais te surprendre : je ne suis pas contre. J'ai moi-même été jadis un petit serveur payé au pourboire. Même si je suis devenu le magnat que l'on dit, je n'ai pas oublié la difficulté de notre travail. Je suis d'accord : il faut savoir discuter salaires. D'ailleurs, avez-vous à vous plaindre ?

Pas vraiment. Sala, sous la pression des syndicats, a fini par instituer un salaire minimum en sus des pourboires et mis de l'ordre dans la répartition de ces derniers, encore trop inique chez son concurrent Miquel Regàs.

– Il n'y a qu'ainsi que je peux garder les meilleurs et offrir à nos consommateurs un très haut niveau de service. Le client d'abord ! D'ailleurs, si je vous maltraitais, vous passeriez à la concurrence. Et ça m'obsède. Écoute, Vives, je vais te parler d'homme à homme, c'est pour cette raison que je t'ai fait venir ici. D'abord pour que tu voies ce que l'on peut obtenir dans l'existence quand on mène bien sa barque. Regarde autour de toi, ce n'est pas moche, qu'en dis-tu ?

La ville est à leurs pieds. Des arbres à perte de vue, le berceau des collines, un air puissant et vif. Barcelone vue d'en haut est un décor de théâtre. Un lieu à jouir, et plus du tout un lieu où turbiner.

– Je sais que tu as pris un crédit pour acheter un appartement. Je sens bien que tu as envie d'aller loin. Tu ne vas pas rester toute ta vie un serveur ou un garçon d'étage. Tu peux évoluer maître d'hôtel, ou concierge, tu seras toujours un subordonné. L'Oriente appartient à ma famille, mais…

Sala fait une pause. Ses fils devraient reprendre l'affaire. Ils n'y sont guère intéressés. Juste bons à jouir de l'aisance construite par leur paternel. Quant à travailler, c'est devenu pour eux un mot obscène. Ce sont là de petits soucis en famille, qui ne regardent pas Antonio Vives.

– Sache que ce que j'ai à te proposer va heurter ta fibre syndicale. Et faire des jaloux. Ici nous sommes loin des oreilles de la ville, dans un autre monde. Tu vois la différence, tu sens la distance ? dit-il, parvenu à un promontoire de pierres meulières et de céramiques brisées.

Ah, cette obsession de la bourgeoisie d'être au-dessus, de dominer la cité, songe Antonio. Comme pour le banquet post-électoral dans le Parc Güell.

– Écoute, je t'ai observé et je pense que tu peux aller loin dans notre profession. Tu sais diriger une équipe. Tu as tout vu du boulot. Les cuisines, la buanderie, les étages, les caprices de la clientèle. Tu as une certaine élégance, tu ne manques pas de culture, assez pour parler sans rougir à un écrivain ou un musicien. Tu as l'esprit d'initiative. De mon côté, je n'ai pas le temps de m'occuper de toutes mes affaires… mes fils non plus. Or j'ai le projet d'ouvrir une nouvelle chaîne de bars spécialisés dans les cafés rares : moka, péruvien, éthiopien, brésilien. Ce sera le Café do Brasil. L'emplacement du premier est déjà trouvé, sur les Ramblas, non loin du siège du *Correo Catálan*. On risque de parler beaucoup de mes Café do Brasil. Tu connais José Maria Sert ?

– Sert, le peintre des Rockefeller, de la cathédrale de Vich ?

– Oui, celui que du temps de Primo de Rivera on appelait le Tiepolo de la dictature. Eh bien, il a accepté de signer des fresques pour mon café. Une fantaisie monumentale à la gloire des colonies.

Antonio laisse échapper un sifflement d'admiration. La puissance d'imagination du peintre, sa gamme d'ocres, de sépias et de noirs sont remarquables.

– Ah, je sens chez toi l'amateur. Décidément ! Mes collaborateurs ont toujours été des gens de goût. Alors, Vives : serais-tu mon homme pour ce projet ? Je veux concurrencer le Café de l'Opéra. Sache que je voudrais te confier la gérance du premier établissement de la future chaîne. Et même profiter de tes amitiés pour promouvoir ce nouveau local, puisque tu aimes l'art lyrique et que tu es à tu et à toi avec le ténor Lazaro. Tu vois, je ne te cache rien…

– Je… je ne sais quoi répondre… il faudrait que…

– Les travaux d'aménagement sont en cours. Je veux ouvrir dans quelques mois, en janvier 1935, pour février tout au plus. Tu vois, c'est pour très bientôt. Surtout ne parle pas de cette histoire à tes camarades. Armand le prendrait très mal.

– C'est à lui que je pensais.

– N'en dis rien ! Et réfléchis, mais pas trop longtemps… Je compte sur toi. J'ai besoin de gars de ton acabit.

*

Au rez-de-chaussée, on vend des soutiens-gorge, des porte-jarretelles et ces culottes de femme qui sont amples comme des caleçons. Trois portes plus loin, on trouve des nougats, des pipes en écume et des cigares. L'angle des carrer de Santa Anna et de la Canuda connaît nuit et jour un va-et-vient incessant d'hommes et de femmes. Mais ils ne portent guère d'intérêt aux dessous, ils n'ont pas les moyens d'acheter des pipes de prix et ne s'offrent du nougat qu'une fois l'an, pour *Los Reyes*. Eux, ils se rendent dans les étages où un calicot accroché au balcon qui ceinture le bloc d'immeubles indique Aliança Obrera : c'est là que bat le cœur de la gauche ouvrière.

Depuis 1933, la politique syndicale s'est déplacée des bars et des arrière-salles pour s'installer pignon sur rue. Au siège d'Aliança Obrera, les différents courants de la gauche s'unissent pour faire cesser les divisions, leur talon d'Achille. Il y a là le Bloc Obrer i Camperol[1], la Unión Socialista de Catalunya, le PSOE, la UGT, les nombreux déviants de la FAI, la FOSIG et une multitude d'autres syndicats. Il y a urgence à s'entendre : à droite le mot « conservateur » est passé de mode : c'est « autoritaire » qui a pris le dessus depuis le triomphe électoral.

– Camarades, un seul mot d'ordre : la grève générale ! Qui est pour ? Qui est contre ? À présent il faut

1. Bloc Ouvrier et Paysan.

décider. Vous savez ce qui s'est passé depuis novembre et la défaite des législatives… Gil Robles est devenu ministre de la Guerre. Les riches mènent grand train. Dans les usines, les patrons agitent le spectre de la crise pour serrer la vis. Il y a maintenant six cent cinquante mille chômeurs !

– Grève générale ! Grève générale ! Comme en 1909 ! Une semaine de blocage !

– Mais ça s'est terminé dans le sang, cinq mille morts ! Vous êtes fous ! Négocier, il faut négocier ! Il n'y a que ça !

Antonio, de retour des hauts quartiers, a le vertige en pénétrant dans la salle de réunion enfumée, remplie de colère et de nervosité. L'entretien avec Sala le préoccupe. Il est descendu à pied, d'un pas pressé, vers ce chaudron de la basse ville où battent les tambours politiques. Un retour tout en symboles : après les parcs, les grands espaces, les avenues où l'œil se perd vers un horizon que rien ne vient boucher, c'est la Plaça de Catalunya et immédiatement au-dessous, les boyaux obscurs de la Barcelone intestinale. La sienne, la leur, celle qui héberge tous ceux ici présents pour défendre l'émergence d'un monde nouveau.

Le chantier du Café do Brasil était sur son chemin, à quelques centaines de mètres du siège d'Aliança Obrera. Ce haut des Ramblas est un splendide emplacement. Le local est facile à structurer et à travailler. Peintres, maçons, charpentiers, électriciens finissaient leur journée. Antonio est entré « pour le coup d'œil ». Personne ne lui a interdit l'accès. Des piliers de fonte rythment une vaste structure interne où, entre les tables, il sera facile de circuler. Quelques coins plus resserrés feront petits salons, on a prévu de nombreux emplacements pour les miroirs, indispensables au jeu social.

La rotonde du plafond n'attend plus que le trompe-l'œil du peintre Sert. Un de ses apprentis était là, prenant les mesures avec les esquisses dans ses cartons. Il y aura l'Orénoque et l'Amazone figurés par des atlantes, le café croulant comme de l'or par des cornes d'abondance. Et puis une foule de personnages montrant tout ce que cette boisson a offert à leur créativité. Ils avaient discuté de Balzac et de son *Traité des excitants modernes*. L'apprenti de Sert avait à peu près son âge. Le cadre et le projet étaient ambitieux, la proposition aussi ! Trente ans : c'est le moment de sauter le pas. De voir plus haut et plus grand. Mais Antonio doute.

– En ai-je les capacités ? D'un côté l'offre est splendide. De l'autre cela n'est pas assez… Je suis culotté de penser ainsi… Devenir l'associé de quelqu'un comme Sala est une aubaine. Oui, l'homme est un requin en affaires. C'est sa réputation, mais ça se construit souvent sans connaître les gens… Pourtant, aussi belle soit sa proposition, je préférerais être mon propre patron. Ne pas avoir de comptes à rendre…

– Holà Vives ! Tu étais passé où ? lui demande Armand, très échauffé. Deux heures que je suis là à mijoter dans ces discutailleries sans fin. Et c'est chaud, tu peux me croire. Je suis bien content de te voir.

– Je vois… j'entends, dit Antonio, d'une voix absente. On dirait que ça barde.

Quel chaos ! Les hommes fument cigarette sur cigarette. L'immense continent ouvrier qui dépasse les frontières gronde comme une chaudière poussée à fond.

– Qu'est-ce que tu as, tu n'as pas l'air dans ton assiette. Tout va bien ? Isabel ? La petite ? De mauvaises nouvelles ?

– Non, non, ça va, glisse-t-il à Armand.

Il regarde du coin de l'œil son camarade. Il a vieilli. Il y a des rides autour de son sourire et du gris dans sa moustache. Mais le feu de ses yeux est plus intense que jamais.

– À qui parler ? songe Antonio. Je veux dire dans la profession, quelqu'un qui connaisse les tenants et les aboutissants. Sala a raison, je ne peux m'ouvrir du projet à personne. Même pas à Armand. Ne serait-ce pas le trahir ?

– Petites ambitions, piètre égoïsme, gens étriqués ! Ce n'est plus ce qu'il nous faut ! dit l'homme en espadrilles qui est sur l'estrade. Il est fier de montrer ses chaussures de toile et de corde. Le cuir, comme le borsalino, est un signe de classe. Dans les rues, et c'est nouveau, on regarde maintenant les pieds et la tête des gens avant de leur adresser la parole.

L'homme a posé sa veste sur une chaise, retroussé les manches de sa chemise. Il prend appui des deux mains sur la table en parlant avec véhémence.

– Qui est-ce ?

– Vicente Uribe. Un camarade du Parti venu des Asturies. Là-bas la grève générale est déjà décidée. On sortirait même les armes.

– Les armes ?

– Avec la jonction de Gil Robles et de la Phalange, il faut s'attendre au pire.

L'indépendance de la Catalogne, l'honneur bafoué des petits-bourgeois catalans pour qui Francesc Macià, le président défunt, s'était battu toute sa vie – à chaque Catalan une petite maison et un petit jardin, disait-il –, tout cela glisse au second plan.

– L'heure est trop grave, camarades. On ne peut plus penser à ces petites choses. Qui peut se payer le luxe d'une maison et d'un potager quand les salaires sont tous à la baisse et que le patronat hausse à nouveau le col ? clame la voix de baryton de Vicente Uribe. Son regard franc et noir parcourt l'audience. Des réprobations s'élèvent dans la salle où il n'y a plus une seule place de libre pour s'asseoir.

– Toi, camarade, tu n'es pas de la campagne, ça se voit ! Ça peut être essentiel, pour un paysan, d'avoir un champ. Maintenant c'est fini, on n'aura plus rien. Ils reprennent tout !

Celui qui parle est un *rabassaire*[1] ruiné par le phylloxéra et à qui une nouvelle loi, votée à Madrid sous l'impulsion des petits propriétaires, interdit désormais de racheter sa parcelle. La réforme agraire, tant réclamée, est morte.

– Va encore falloir trimer comme des bœufs. Déjà, en Vieille Castille, on a déclaré la récolte obligatoire. Ce sont les Cortès qui l'ont votée. Chaque ouvrier agricole doit y participer de force. Les milices des fascistes surveillent les champs. Ils font venir les journaliers sous la menace des fusils !

Et quand les milices ne sévissent pas, c'est l'armée de la République qui intervient. C'est ce qui vient de se passer fin août en Andalousie. Bilan : des dizaines de morts et un gouvernement désavoué un peu plus encore dans les banlieues ouvrières et les campagnes crève-misère.

– Notre armée ! Tu te rends compte, camarade ! On se fait tirer dessus par les nôtres ! gueule un ouvrier de l'usine Flix. Maintenant ils n'utilisent plus les baïonnettes, ils amènent les mitrailleuses ! Il faut en finir !

Aliança Obrera vrombit comme une ruche avec l'arrivée d'un nouveau surplus d'ouvriers. Des secrétaires bénévoles tapent les stencils, les rotatives tournent. Les artistes en herbe inventent les affiches et les slogans.

Le bâtiment est à la confluence de la ville intellectuelle, à deux pas de l'Ateneu Catalán où débattent les

1. Métayer.

écrivains, et du fameux Quatre Gats où la bohème artistique du début du siècle, Santiago Rusiñol, Ramon Casas, tint ses festins. Dans ces cercles joliment rebelles, on faisait *tertulias*[1] autour du *cul de café*, le meneur des débats, durant des nuits entières. Mais ces bonnes manières démocratiques ne sont plus d'actualité. En bas, à la porte ouvrant sur la rue, il y a soudain du grabuge. On aurait repéré un jaune. Course poursuite, éclats de voix et, au loin, quelque chose qui ressemble à un coup de feu.

– Tu n'as pas oublié ta cotisation ? demande Armand à brûle-pourpoint.

– Non ça va, c'est réglé, répond Antonio d'un air vague.

– Mais enfin qu'est-ce que tu as ? Tu as vraiment la tête ailleurs, ce soir.

Antonio se lève pour s'adosser un instant contre le mur. Les pieds lui font mal d'avoir marché tous ces kilomètres. Mais il n'a pas non plus envie de rester assis. Armand l'observe.

– Je me vois mal devenir leur patron, aux gars, songe Antonio. Ah bien sûr, ça ne serait pas pareil si c'était moi qui choisissais avec qui travailler.

Insensiblement, sans s'en rendre vraiment compte, il passe de l'autre côté. Mais cela signifie quoi, l'autre côté ? La barrière des classes est-elle infranchissable ? Serait-ce pécher contre son camp que de changer de position ? Y songer, n'est-ce pas déjà changer un peu… Soudain il se rend compte qu'il n'est ni pour ni contre rien.

Ah ce Sala, il m'a bien déstabilisé…

– À bas la République ! Vivent les Soviets ! crie une voix.

Il est alerte, conscient, critique. Mais aucunement

1. Assemblée d'échange et de libre expression.

dogmatique. Tout le contraire de ce qui se dit en ce moment.

– C'est bien beau ces délires moscovites, lance Joan Comarera, le leader du PSUC de Catalogne. Mais quel rapport avec nous, ici en Espagne ? Vous êtes, comme les anars, contre la République et pour un gouvernement ouvrier et paysan. Vous allez contre le sens de l'histoire, vous êtes des illuminés. D'ailleurs personne ne vote pour vous. En bon dialecticien, je vous dirais : regardez quelles sont les données espagnoles. Nous ne sommes pas en Russie ! Arrêtez de penser uniquement prolétariat. Ne dédaignez pas les classes paysannes. Ce sont elles qui mènent le combat le plus dur, le plus ancien. Ce sont elles qui sont en première ligne contre l'Espagne du Moyen Âge que ceux de la CEDA veulent voir revenir. Vous n'avez pas le sens des réalités. Vous ne sauverez rien.

– Sauver quoi ? Mais elle nous a trahis la République. On a vu ce qu'ont donné les élections de l'an dernier ! À quoi bon voter ? À quoi ça sert de discuter encore et toujours ? Faut sortir les flingues, lance un gars de la FAI.

– Le colonel Macià est mort. Avec lui c'est toute une génération qui a disparu. Il nous avait appris l'union. Les disputes et les guerres de clan, c'est fini. Il n'est plus temps de tergiverser. Maintenant il faut s'unir si on veut sauver notre République, tonne le rabassaire.

– Alors qu'est-ce qui doit être fait ? demandent plusieurs voix, agacées.

– La Révolution, renchérit le socialiste. Je suis d'accord avec le compagnon de la FAI. Il faut se faire entendre les armes à la main. On ne peut plus louvoyer. Il faut agir. En face non plus, ils n'y croient pas, à la République. Vous savez ce qui s'est passé à l'Escorial, vous avez lu leurs discours. Vous croyez qu'ils vont se satisfaire de nouvelles élections qui pourraient les mettre en péril ? Le pouvoir, ils l'ont repris. Ils ne le lâcheront jamais. On ne nous laisse plus le choix d'agir autrement. Je suis pour la grève générale. À nous le pouvoir, à nous d'agir.

– Avant tout il faut élaborer un front commun contre le fascisme. L'Allemagne des nazis est un avertissement solennel pour tous. Que nous soyons socialistes, communistes ou anars. Si une dictature fasciste s'instaurait en Espagne en raison du manque de vigilance et d'union des travailleurs, la répression ne ferait aucune distinction entre nous. Il faut un front antifasciste, met en garde Vicente Uribe.

Mais qui sont donc les fascistes ? se demande Antonio. Qui est dans quel camp ?

La partie politique avait commencé avec une équipe noire et une équipe blanche, face à face, front contre front. Et puis les pions se sont mélangés selon la stratégie en cours. On discerne moins nettement les lignes de fractures. Les opinions politiques ressemblent à des chimères idéologiques. Une tête marxiste, un corps traditionaliste, des excroissances autoritaires ou anarchistes. Hitler et ses sbires sont-ils nationaux ou socialistes ? Mussolini n'a-t-il pas été d'abord un député socialiste ?

– Uribe, ta tirade est une lubie de communistes. Aucun danger fasciste ne menace l'Espagne, déclare un autre. Ce que nous devons faire, c'est la révolution par les armes. Contre les patrons !

– Non, il faut réenchanter la vie communauté par communauté, lance un artiste au souffle coupé par la phtisie, et qui s'est levé au fond de la salle. Sa sortie fait ricaner.

– Remets les pieds sur terre, gamin ! Ce n'est pas réinventer la vie qu'il nous faut, mais pouvoir survivre. Dessine et tais-toi !

– Camarades, compagnons, arrêtons de rêver ! Il faut

s'unir pour faire face à la dégradation des institutions de la République, pour écouter les justes revendications des classes ouvrière et paysanne, là où les fascistes, aidés par les curés, travaillent l'esprit des paysans contre leurs propres intérêts. Je vous le dis : le choix n'est pas entre révolution et fascisme, il est entre démocratie et fascisme. Le reste, ça se réglera plus tard. Alors, je le redemande, qui est pour la grève générale ? questionne Uribe.

Une large majorité de poings se lève dans la salle enfumée.

– Et que vont faire les anars de la CNT ? Ils sont bien plus nombreux que nous tous, en terme de masse syndicale.

– Ils seront absents, lance un membre de la FAI. Nous on vous suivra, mais la majorité de la CNT, je ne pense pas. Je rappelle que la Generalitat de Barcelone, bien que se réclamant de la démocratie, a fait incarcérer Durutti. C'est une infamie ! On ne touche pas à Buenaventura Durutti ! Lui il pourrait vous montrer, à vous les bolcheviques, comment on fait la révolution et comment on la mène à son terme !

Antonio se rapproche d'Armand et lui demande :

– Dis, si tu avais un bar à toi, rien qu'à toi, qu'est-ce que tu lui donnerais comme nom ?

– Moi ? *El Ajedrez*[1]. Pour rester dans l'air du temps.

– Un nom castillan ?

– Bien sûr ! Les échecs, c'est comme la politique : universel.

1. Le jeu d'échecs.

Barcelone – 8 octobre 1934

L'*Uruguay*, un triste navire de guerre, se morfond dans le port de Barcelone. Ses flancs ne fréquentent plus les vagues, le large et l'aventure. Les mouettes y ont élu domicile et les sternes le conchient. C'est bien le seul bombardement que connaisse ce bateau gris menacé d'en haut par les volatiles et d'en bas par une rouille inexorable. Nul doute que si l'*Uruguay* avait une âme il se saborderait de honte puisque les hommes en ont fait un navire-prison.

Depuis les quais de Barcelone veillés par l'armée, on scrute de loin les silhouettes qui déambulent sur le pont. Qui possède une paire de jumelles la passe à son voisin. Les lunettes télescopiques n'observent plus les hauts de Montjuich, ni les couleurs des navires entrants et sortants. Le port vit au ralenti.

– Papa, je reconnais le président Azaña ! On dirait un crapaud, avec ses lunettes et ses gros yeux, dit un enfant, qui se reçoit une gifle de son père.

– Andouille ! On ne parle pas comme ça d'un héros. Si tu continues, ce soir, toi, ta prison ce sera le pigeonnier !

L'échange arrache quelques sourires tristes.

– Ah là-bas, c'est le président Companys, crie une femme. Et Joan Comarera ! Pauvre Companys, lui qui est toujours tiré à quatre épingles, comme un grand avocat qu'il est. Porter ainsi un calot de bagnard !

– C'est fou, comment peuvent-ils faire ça ? Il n'a même pas été jugé !

Isabel et Antonio se sont mêlés à la foule pour avoir des nouvelles fraîches. Dans la nuit du 4 au 5 octobre 1934, la grève générale a bien été proclamée sur tout le territoire pour faire barrage au détricotage de la République entamé par les droites. Mais l'armée avait pris les devants en consignant la troupe sur ordre du ministre de la Guerre, Gil Robles.

Ce matin du 8 octobre, tout est fini. La ville sent encore les incendies, elle porte les stigmates des actes de sabotage. Les transports ne fonctionnent pas. Les quartiers les plus bouillants ont été mis en quarantaine par les militaires. Pour ce faire, Madrid a envoyé l'armée du Maroc, qui défile en ce moment sur les Ramblas mortes. L'Oriente n'a pas rouvert, ni les bars, ni les restaurants.

Aliança Obrera, coupée des anars, a perdu la bataille avant même de l'avoir engagée. Pour protéger le local, on construisit en hâte une barricade. Les enfants formèrent la chaîne pour apporter tout ce qu'on pouvait dénicher dans les boutiques et les maisons voisines. Un coup de canon ne fit qu'une bouchée du tas de pavés ôtés à la chaussée, renforcé par des portes d'armoires avec au-dessus, pour donner de la consistance à ce dérisoire barrage de colère, des cageots, des brouettes, des tonneaux, et même le char à bras de Manuel Canuto, le marchand des quatre-saisons. Les parlementaires de Catalogne, siégeant jour et nuit dans le palais de la Generalitat, en furent extraits, les mains sur la tête après trois autres canonnades qui endommagèrent la façade. Les leaders bourgeois et ouvriers se trouvent à présent tous emprisonnés sur l'*Uruguay*.

À la Barceloneta, au Born, on vit courbé par le coup qu'on vient de recevoir. Des rumeurs de déportations massives au Sahara espagnol courent les rues. Mais partout, sur les murs, les rideaux de fer, les troncs d'arbre et même les vespasiennes, trois lettres fleurissent: UHP, Unión de Hermanos Proletarios[1]. Déclenchée en Catalogne la révolution a avorté, sauf au cœur du bassin industriel des Asturies, au nord de l'Espagne. Là, dans un triangle de cent kilomètres de côté, ceux de l'UHP ont inventé une Commune insurrectionnelle sur le modèle de celle de Paris, devenue un mythe immortel.

– Toutes les forces de gauche là-bas font bloc ! Eux au moins, ils ne se divisent pas !

Devant les kiosques à journaux, sur les bancs et les places, les palabres sont innombrables. On tente de puiser quelques informations dans les journaux. Elles sont terrifiantes.

– Gravissimes !

Mais est-on bien sûr de ce que l'on lit ? La presse, déchaînée à gauche par la propagande, gonflée à droite par les millions de Juan March, rapporte-t-elle seulement la vérité ? Ce qui est avéré : une population hautement politisée de trente mille personnes s'est soulevée, s'emparant de l'armurerie de la Trubia. Contre les gueules noires : mille cinq cents soldats et mille policiers. Mais surtout des avions et des canons, commandés par Gil Robles à Mussolini. Le Duce a donné un million et demi de lires, vingt mille fusils, deux cents mitrailleuses et vingt mille grenades à main. Le dictateur italien apprécie le slogan de la CEDA : *España, una, grande y libre ! Por la patria, el pan y la justicia !* Ce pourrait être un credo italien. Et c'est ce que crient tout autour des Asturies les villes de vieille tradition catholique : Burgos, Oviedo et jusqu'à Santiago de Compostela, point de départ d'une nouvelle croisade pour libérer l'Espagne des hérétiques moscovites.

1. Union des Frères Prolétaires.

Les monarchistes, les richissimes latifundiaires, les grands d'Espagne ont ouvert leurs bourses pour organiser des milices et des syndicats d'ouvriers antimarxistes. Les clients de March au Bureau central de l'industrie espagnole, avec leurs amis français et anglais, font activement transiter leurs aides par l'intermédiaire de l'ambassade d'Italie à Paris. On trafique les informations pour ruiner toute empathie possible avec les mineurs asturiens. On les accuse de pendre les curés avec leurs tripes en les peignant de sang de porc. Les nonnes seraient violées et toutes les églises brûlées. Le couvent des Adoratrices, à Oviedo, serait un lupanar de lesbiennes rouges.

– C'est une guerre civile !

La vérité, c'est qu'on a fait venir des Maures du Maroc pour achever les femmes et les enfants. Ils forment les *regulares* menés par le général Francisco Franco. Ces bataillons d'anciens ennemis des Rois catholiques, hier des adversaires et aujourd'hui des mercenaires à la solde d'Espagnols, tuent d'autres citoyens espagnols. Faute de cimetières, on brûlerait les cadavres dans les crématoires des usines.

– Regardez ces photos !

– Mais est-ce l'épaule d'un mouton ou celle d'un homme ? On ne voit pas bien…

Les rouges ont détruit le musée de l'Inquisition. Les instruments de torture récupérés par le commandant Doval, de la Garde civile, sont réemployés. Marteaux, triangles à rougir, chaises de supplices, pinces à écorcher retrouvent du service pour la torsion des testicules, l'écrasement des vertèbres et le broyage des doigts. On expérimente aussi de nouvelles méthodes comme la gégène électrique, la chaussette à clous ou la planche à immersion pour arracher aux grévistes insurgés l'emplacement de leurs caches d'armes.

Après la défaite de la Commune asturienne laminée en deux semaines, la vérité éclate. Le couvent des Adoratrices d'Oviedo, le soi-disant lupanar, n'était qu'un hôpital de campagne. Sept prêtres ont été tués, trois églises brûlées. Dans celle de Bembibre, province de León, un Christ en tunique rouge a même été sorti sur la place. Sur le socle, un communiste a tracé : *Christ Rouge, nous ne te toucherons pas car tu es des nôtres.* La Commune des Asturies se solde par trois mille exécutions, sept mille morts et trente mille prisonniers dont l'intégralité des leaders de l'opposition. Les forces de l'ordre n'ont enregistré que deux cent vingt morts.

Sur l'*Empress of Britain*, les croisiéristes prennent connaissance du décompte le 23 novembre 1934, au terme d'un an de périple autour du monde. La veille, ils avaient déjà eu vent de graves accrochages entre les Italiens du Duce et les Éthiopiens d'Hailé Sélassié dans la Corne de l'Afrique.

Qui voulait fuir la guerre la découvre à ses trousses.

Delaware, 1935 – Berlin, 1935

À Seaford, la « salle de la pureté », comme l'appellent les huit laborantins de Dupont de Nemours travaillant sous la direction de Wallace Carothers, est le centre névralgique du trust américain. Plus jalousement gardés qu'une base militaire, les ingénieurs créent, à partir du charbon et du pétrole, les matériaux du futur, purs de toute action de la nature.

Ils sont huit hommes et une tête. Le nombre plaît à Carothers, c'est autant que les pattes de l'araignée. Tout gosse, il observait les arthropodes tisser leurs toiles dans le jardin familial. La plus intrigante construisait un entonnoir de soie sous le couvert des arbres. Tapie au fond de son antre, elle attendait sa proie. Wallace prenait un brin d'herbe et effleurait les bords du vortex pour la voir hasarder quelques-unes de ses pattes. La vorace se jetait sur cet appât, dardant deux mandibules empoisonnées. Il l'extrayait hors du trou pour glisser un index curieux dans l'entonnoir. La matière souple s'enfilait comme le doigt d'un gant aux propriétés étonnantes : imperméable, extensible. Quel pouvoir avait donc la bête pour produire ce fil si étrange ?

Son père, un enseignant, nourrit sa curiosité. Il lui offrit *Les Métamorphoses* d'Ovide pour qu'il lise l'histoire d'Arachné, la fileuse jalousée par Athéna. Ourse devenue constellation et nymphe faite flûte : Wallace avait dévoré l'immense poème où l'alchimie des dieux techniciens est sans cesse à l'œuvre. Mais qui était l'araignée-entonnoir ? Une *Microhexura montivaga*, de la famille des *Dipluridæ*, lui répondit le livre d'entomologie qui avait suivi la bible mythologique.

Au gré de ses déménagements, le terrarium de Wallace resta son objet le plus précieux. « Aimer les araignées, non mais quel tordu ! » Les amitiés de collège et les baisers de fin d'année n'y survécurent pas. Les filles hurlaient en voyant les veuves noires et autres consœurs, alors que Wallace voulait seulement comprendre comment, à partir de proies prédigérées par le venin corrosif, l'araignée parvenait à tisser un fil avec de telles qualités. C'était moins romanesque que le ver à soie, l'araignée remangeant sa toile. Passant de la collectionnite à la chimie appliquée, Wallace, esprit brillant, obtint un poste d'enseignant à Harvard.

Ne pas agir, ne pas être en quête, le plonge dans de méchants trous d'air. Cette force obscure et prodigieusement agissante ne cesse de le harceler de migraines et d'angoisses. Le docteur Hull, à la recherche d'esprits novateurs dans toutes les universités du pays, avait décelé les capacités du jeune professeur. Le chimiste entomologue, si solitaire, si avide de travail, était une jolie proie pour la firme avide de nouveaux talents. En 1928, Carothers gagnait deux cent cinquante dollars à l'université. Dupont de Nemours doubla son salaire tandis que les araignées, besogneuses inlassables, continuaient à veiller sur ses nuits d'insomnie.

À des milliers de kilomètres de Seaford, le professeur Fritz Haber, dans son laboratoire du Kaiser Wilhelm Institut de Berlin, gaze des araignées et des charançons, chronomètre en main.

– Notez ceci, Herbert, demande-t-il à son assistant. Une longue exposition à une faible concentration de gaz a le même effet qu'une courte exposition à une dose concentrée de ce même gaz. D'où il découle que le temps d'exposition est proportionnel à la concentration. C'est une loi extrêmement simple que n'importe quel paysan ayant appris ses tables d'arithmétique pourra appliquer… Je suis vraiment satisfait de ce nouveau gaz au cyanure.

Dans le terrarium, les mygales asphyxiées recroquevillent leurs pattes velues en un ultime spasme avant de relâcher leurs fluides. Elles résistent un peu plus longtemps que les charançons, liquidés en deux secondes.

– Fascinant ! Nous tenons là un insecticide d'avenir, *Herr Doktor* !

– Tout à fait ! Et les dividendes du brevet nous permettront de travailler sur l'or universel.

Extraire l'or des océans, où cet oligo-élément se trouve dilué en quantités infinitésimalement colossales, telle est la marotte du docteur Haber, déjà récompensé en 1918 par un prix Nobel de chimie pour ses travaux sur l'ammoniac et les gaz de combat.

De l'infiniment petit à l'infiniment grand : les chercheurs du XXe siècle, rejetons surpuissants de Descartes, ont maîtrisé la nature. Mais, à l'image de Prométhée, ils sont aussi punis pour cet orgueil. En 1915, l'épouse d'Haber s'était suicidée d'un coup de pistolet dans le cœur parce que les travaux de son mari, juif et fervent patriote, avaient conduit à l'usage des gaz militaires. Tant pis si les mêmes travaux avaient permis à l'Allemagne de se passer des phosphates chiliens comme engrais. Sous forme de granules, le composé de nitrogène donnait la vie à la terre ; sous forme de gaz, il ventilait une mort atroce. Haber, l'éminent ami d'Einstein, est aujourd'hui un homme béni par les agriculteurs et les consommateurs. Son acide cyanhydrique éradique les nuisibles des silos à grains.

La vie, la mort ; un Haber, un Carothers sont bien au-delà. La science est aveugle. L'engrais de l'Allemand fait du pain avec de l'air ; Carothers fabrique des tissus avec du charbon et du pétrole. Le chercheur, américain ou allemand, juif ou baptiste, est un grand inspiré qui demain s'envolera pour la Lune et apprivoisera le feu du soleil. D'autres hommes, plus prosaïques, ramassent les pépites de son génie. On nomme ces débris glorieux des brevets. Celui de Haber, acquis par IG Farben, a pour nom le Zyklon B. Ceux de Carothers et de ses huit assistants s'annoncent juteux.

– Alors Wallace, qu'avez-vous tissé aujourd'hui ? s'esclaffe le géant roux, bâti comme un Hercule du Far West. Cela fait un trimestre que votre équipe n'a rien mis au point. Nous finirons par être déçus !

L'équipe de Carothers rigole à la boutade du docteur Hull. Depuis l'invention du néoprène, ils ont fait breveter une cinquantaine de nouveautés industrielles dont les retombées dépassent toute espérance. Lors des bilans annuels Pierre Dupont, après s'être frotté les yeux, voit scintiller des phosphènes siglés dollars sur ses rétines. Et son épouse dédie à ces adorables chercheurs du Delaware des hybrides de roses, sa passion.

– Mon cher Wallace, j'ai une surprise pour vous.

Hull cultive l'arachnophilie du chercheur. Il extrait de son veston une boîte transparente contenant une fine araignée vêtue de turquoise et d'or.

– *Nephila inaurata !* Capable de tisser des toiles de quinze mètres avec une soie jaune et terriblement souple ! Hull, vous me gâtez !

– Remerciez plutôt Pierre. Il l'a ramenée pour vous du Costa Rica où l'on expérimente un nouveau conditionnement des bananes. Elle se conservent plus longtemps et mûrissent sans pourrir dans le papier cellophane que vous avez amélioré. L'une de ces bestioles était dans un lot. Elle a fait fuir quelques personnes, mais Pierre, qui était présent… vous le connaissez, il n'a peur de rien… eh bien, Pierre a tout de suite pensé à vous et fait capturer ce spécimen, qu'il vous dédie. J'ai aussi le mâle avec moi.

– Cette tisseuse exceptionnelle est un signe du ciel ! Car j'ai justement quelque chose à vous montrer, qui nous a surpris et étonnés. Comme vous allez l'être, je pense.

– Est-ce prometteur ?

– Je le crois ! Julian, l'échantillon est-il prêt ?

– Oui professeur.

– Hull, si vous voulez bien vous mettre à l'autre bout de la paillasse, je vous prie.

Julian tire une bobine de fil très fin.

– Vous vous souvenez du brevet apporté par le Lyonnais ?

– Par monsieur Edmond Gillet en 1929 ? Si je m'en souviens ! J'étais présent lors de la signature du contrat.

– Les Français ont accompli un travail extraordinaire sur la méthode de filature du fil à l'acétate, en soi une invention des plus remarquables. Cependant leur produit a quelques défauts.

– Il casse et vieillit plutôt mal. Les tissus ont tendance à jaunir. Remarquez, cela n'est pas grave. Que ferions-nous d'un produit que personne n'aurait besoin de racheter ? Vous n'allez pas nous proposer la fibre éternelle, j'espère !

– Non… mais le fil incassable, qu'en dites-vous ?

– Incassable ? Impossible ! Comment cela… montrez voir ?

La bobine est soigneusement dévidée. Julian tient un bout, Carothers l'autre. Le fil est d'une finesse incroyable. Selon l'éclairage, cela luit avec éclat ou bien semble invisible.

– Nous l'appelons le polymère 66… Mais regardez plutôt.

Carothers tire violemment sur le fil. Il ne rompt pas, malgré les assauts répétés.

– Mieux encore ! Donnez-moi le poids de cinq cents grammes qui est à côté de vous.

Carothers attache le fil et suspend la masse. Il s'étire un peu puis reprend sa dimension initiale. Toujours sans rompre.

– Nous continuons à tester sa résistance. Mais, filé plus gros, il vient à bout de matières solides. Un vrai fil d'acier. Et il est étanche. L'eau glisse dessus. Cela ferait d'extraordinaires brosses à dents.

– Celles en poils naturels que nous utilisons sèchent mal et sentent rapidement mauvais. Mais ce 66, comme vous l'appelez, est-ce qu'il pourrait se tisser aussi facilement que le fil de monsieur Gillet ? demande Hull.

– Absolument. Et il est bien plus résistant. Ses applications dans le domaine de la mode devraient être prometteuses.

La nouvelle met très peu de temps à parvenir au bureau de Pierre Dupont de Nemours.

– Et vous dites que cela ne bouge pas ? Que cela s'effiloche moins que d'autres produits ? Que c'est solide comme l'acier ? Fin comme la soie ? Et avec quels ingrédients notre araignée l'a-t-elle fabriqué ? demande-t-il.

– La formule du nouveau polymère est excessivement complexe. Mais on peut la résumer en une formule : du charbon, de l'air, de l'eau.

– *Yeah !* s'exclame Charles Stine le vice-président de la firme qui joue, étonné, avec une bobine du fil révolutionnaire. Mais cette phrase est excellente ! Notre Carothers est aussi un génie de la communication. Du fil constitué de charbon, d'air et d'eau. Alchimique et moderne à la fois. Prodigieusement facile à vendre... tellement accrocheur !

– Encore faut-il lui trouver un nom, Charles. On ne peut l'appeler 66, ce n'est ni un carburant, ni une route !

– Delawear ? Inventé dans le Delaware et porté par tout le monde !

– Un peu trop *private joke*. Il faut que cela devienne un nom générique. Je pressens de l'avenir à cette fibre. Nous en avons le brevet, ne nous approprions pas trop son nom.

– Que pensez-vous de Wacara ?

– Pardon ?

– Eh bien, une compression de Wallace Carothers, l'inventeur.

– C'est lui faire bien de l'honneur, et puis on dirait le nom d'une tribu d'Amazonie ! Passe encore pour ses araignées...

– Je pense à *norun* puisque cette fibre ne file pas.

– Et si un lot défectueux se mettait justement à filer ? On pourrait nous accuser de publicité mensongère. J'imagine déjà les procès ! Trop coûteux ! Laissons l'idée flotter... Voyons... Restons plus évasifs. Déclinons cela : *norun*... *nurun*... non, cela fait trop norvégien...

– Troquez le *r* pour un *l*...

– *Nulon ?* Impossible, c'est une marque anglaise.

– Alors ce sera *nylon*.

– Ah, pourquoi pas. C'est simple, et il y a là quelque chose... *nil*... d'égyptien, de magique. Parfait. Le 66 sera donc le *nylon*. Excellent ! Excellent ! Il faut mettre cela en scène... une naissance en grande pompe !

– D'abord testons-le. Je propose de ne rien divulguer

et de commencer par des brosses à dents. Voyons la résistance du produit et son impact sur le consommateur.

On se tourne vers Hull, l'annonciateur de la bonne nouvelle :

– Ce sera la brosse à dents du docteur Hull !

– Je vous en prie, Pierre ! Mon nom fait un peu trop « homme de l'âge de pierre » ! Que diriez-vous plutôt de West ? La brosse à dents du docteur West ! La brosse du Far West ! La brosse des conquérants !

Le 1er mars 1935, la Rhodiaceta est informée de la découverte du nouveau fil, dont le brevet a été déposé le 28 février. Selon les termes du contrat passé jadis avec Edmond, les établissements Gillet peuvent l'obtenir en priorité. De part et d'autre de l'Atlantique, les avocats sont mis au travail.

Des échantillons de fil nylon, accompagnés d'une caisse de brosses à dents, arrivent en France quatre mois après le premier télégramme que Pierre Dupont a envoyé. Aux États-Unis, la brosse à dents du docteur West triomphe. C'est la nouvelle star des salles de bains. Frottée avec la pâte de Samuel Colgate, la dentition est plus saine pour mâcher un pain qu'ont grandement amélioré les engrais et les insecticides du docteur Fritz Haber. Mais le prix Nobel 1918 ne connaîtra jamais la brosse en nylon. Déchu par les nazis de sa nationalité allemande après tant de biens apportés à la mère patrie, ce juif illustre meurt d'une crise cardiaque en Suisse alors qu'il s'apprêtait à rejoindre la Palestine à l'appel de son ami Chaim Weizmann.

Barcelone – 1935

Antonio porte au sommet du crâne un minuscule chapeau multicolore. On dirait un fez turc qui aurait retréci sous la pluie. Isabel arbore le couvre-chef noir de l'hidalgo et, à son cou, un collier fantaisie d'ambre et de métal argenté. Un air de carnaval et les regards qui brillent : le vin apporte le rire et l'insouciance. De temps en temps, on se le permet. Ce n'est pas tous les jours qu'on inaugure sa propre affaire. Le bar El Ajedrez ouvre en mai 1935.

Décidément l'année est faste. La naissance d'un deuxième enfant : Isabel, le 15 février, a fait se succéder la joie dans leur foyer. En janvier ils n'avaient pas cru leurs oreilles en écoutant à la radio les enfançons du collège madrilène de San Idelfonso, les voix les plus aimées d'Espagne. Non pour une question de fierté nationale, comme c'est le cas des jeunes chanteurs de l'Escolania de Montserrat, mais parce que leur chant, le 6 janvier, pour l'arrivée des Rois Mages, est écouté par des millions de foyers tétanisés, le billet du *Gordo* placé devant eux, telle une relique. Ce sont les enfants de San Idelfonso qui égrènent rituellement le numéro du bulletin gagnant le *Gordo*.

Isabel l'avait gardé dans un tiroir, sans trop y croire. Dès le matin, Nuria et Mercé étaient venues toquer à la porte. Amusées, impatientes aussi. Auprès de la future maman, toute replète de son huitième mois, elles avaient attendu devant le poste à galène. Elles avaient couvé Isabel, préparé du café, discuté beaucoup, leur babil cachant un chouia d'anxiété. Sait-on jamais ? Les voix blanches, échos célestes à la noiraude créature qui leur avait vendu le billet sur les Ramblas, énoncèrent le 0-2-6-8-6. Les cris de joie passés, elles restèrent toutes trois abasourdies. Cent mille pesetas à se partager ! Inconcevable !

Ni les voisins, ni l'immeuble, ni le quartier n'avaient été conviés pour une fête monstre. Cela semblait incongru, voire grossier, vulgaire. Il y avait mieux à faire qu'à tirer des bouchons de champagne par le balcon et inonder la rue de cotillons. Cet argent ne devait pas être dépensé inutilement, claqué ou flambé. Il fut décidé le soir même que la somme serait utilisée à bon escient.

– On ouvre notre affaire !

Antonio et Isabel n'avaient pas tergiversé, ils en rêvaient.

Isabel avait accueilli avec intérêt la proposition d'Esteve Sala. C'était un sacré coup de pouce dans l'existence. Pourtant elle voyait bien que cela ne satisfaisait pas Antonio qui traînait à dire oui ou non à Sala. Il lui était fort difficile de se prononcer. Il ne se voyait pas être patron à son tour ; pas, en tout cas, comme le cadre supérieur d'un empire hôtelier.

– C'est comme être entre le marteau et l'enclume. Tu dois prendre des décisions qui ne te plaisent pas. Je serais amené à licencier, un jour. Comment est-ce que je pourrais seulement faire ça ? Employé contre patron, forcé d'agir contre mon gré, je ne me vois pas dans ce rôle. Or, forcément, à un moment ou à un autre, il me faudra obéir et donc aller contre ma conscience. Jamais je ne saurais regarder les gars, *mes* gars, en face ! Les décisions concernant l'arrangement des tables, la couleur des murs, les annonces ou la qualité du café, bien sûr, cela se discute. C'est professionnel. Mais ce qui touche aux ouvriers, non. Je sais bien comment agissent ceux qui ont les commandes. Il y a déjà eu l'histoire des prix affichés sur la carte…

Lorsqu'il avait débuté dans la profession, une affaire fit grand bruit. La municipalité de Barcelone, soucieuse de sa bonne réputation, avait été émue par les nombreuses plaintes d'étrangers plumés dans divers restaurants de la ville au moment de régler la note. Les prix des plats n'étaient pas toujours inscrits sur la carte, aucune législation n'y obligeant les propriétaires d'établissement. C'était donc à la tête du client. Le touriste payait souvent le double de l'habitué, initié à ces pratiques comme au parler catalan. Le propriétaire laissait à la discrétion du maître d'hôtel le soin d'établir la « douloureuse » qui n'avait jamais si bien porté son nom. La responsabilité du scandale tomba sur les loufiats. C'étaient eux les malhonnêtes, pas leurs patrons. Il fallut une longue grève, et la détérioration de l'image internationale de Barcelone, pour que l'Association des hôteliers, sous la pression de la municipalité, décrète enfin obligatoire l'affichage du prix des plats.

Les plus pugnaces des grévistes n'avaient pas tous retrouvé du travail. Armand était sorti particulièrement meurtri par l'affaire. Son patron d'alors lui avait mis toute la faute sur le dos, le faisant même emprisonner sous l'accusation de vol.

Le *Gordo* est venu à point nommé. Ils n'avaient pas de doute sur la nature du commerce. Ni mercerie, ni confiserie, ni bonneterie. Et pas de Café do Brasil.

– Mais un petit bar à nous. L'indépendance, enfin !

Sans égoïsme pour autant.

Les locaux ne manquaient pas. Carrer de la Princesa, cette rue qui court si droite vers les Ramblas, ils eurent tôt fait d'acquérir une ancienne boutique tout en longueur, bien située sur un carrefour passant. El Ajedrez ne serait ni un restaurant, ni un débit de boissons, mais un lieu de paroles, de réunions, autour du jeu d'échecs.

– L'idée, je te la dois, dit-il à Armand en lui annonçant la nouvelle. Je t'avais posé la question la veille de la grève générale, à Aliança Obrera, tu te souviens ?

– Ah je comprends. C'est donc cela que tu avais en tête !

– Oui…

Antonio s'était enfin lâché. Il lui avait raconté ses doutes, ses envies et surtout l'entretien qu'il avait eu l'après-midi avec Sala. À présent, il n'avait plus à avoir peur, ni honte, de se lancer dans le commerce.

– Eh camarade, tu ne vas pas t'excuser d'avoir de l'ambition ! Il ne manquerait plus que ça ! Je pense que j'aurais agi de la même façon. Et je te soutiens entièrement. D'ailleurs si tu veux un coup de main pour les premières semaines…

– Tu sais, Armand, ce n'est pas le commerce qui m'intéresse mais plutôt l'idée d'avoir un endroit à nous, pour nous. Finalement un lieu syndical, c'est dangereux, et peut-être pas si efficace que cela. Il faut être plus subtils. Joindre l'utile et l'agréable. Si la politique est un jeu très sérieux, on la pimentera en y mêlant la petite restauration. Nous aurons aussi notre *tertulia*, de même que les anars avaient leur Tranquilidad sur le Parallel, tu te souviens ?

– Dominos et supions, saucissons et discussions ? dit-il en riant. Les conseils de Sala ne sont pas mauvais. Pour lancer une affaire il faut une idée nouvelle, une idée accrocheuse. La tienne est excellente !

– La nôtre, Armand, la nôtre…

Les deux tribus, les Vives et les Canuto, avaient naturellement eu vent du gros lot. Pour éviter toute jalousie,

Isabel proposa à ses frères artisans d'aménager le nouveau bar. Manolo est en charge de l'électricité. Serafin agrémente les miroirs et les vitres biseautées avec de fines gravures sur verre. Il décline une décoration de losanges et de damiers agréables au regard.

À l'intérieur, El Ajedrez propose peu d'alcools mais beaucoup de tables de jeu. Avec les indispensables tapas, les *bocadillos*, un grand percolateur et le fumoir.

– Pas question de devenir un rendez-vous de *borrachos*[1], avait insisté Teresa mère.

Précaution inutile, ce n'était pas dans les habitudes familiales.

Les travaux ont duré huit semaines. Isabel a donné son congé à l'atelier et Antonio à l'Oriente.

Ce soir, on trinque à cette vie neuve. À la porte du local, on se presse pour recueillir un peu de cette allégresse dont on est tant privé depuis le tragique octobre 1934. Les Basi sont de l'inauguration, fiers de cette réussite.

– Par les temps qui courent, Isabel, tu ne peux pas savoir ce que cela fait chaud au cœur de voir la vie continuer malgré tout, dit madame.

– J'ai l'impression qu'avec vous, ici, c'est un peu de liberté qui revient. Monsieur a presque des sanglots dans la voix. Le gouvernement catalan est en prison, notre autonomie foulée par les droites ! Ce soir d'inauguration est le premier de vraiment libre depuis l'état de guerre imposé par Madrid.

– À la liberté ! Un *brindis* à la liberté ! Lazaro est de la fête et grimpe sur une table pour chanter les couplets de *La Traviata* que tout le monde reprend en chœur.

On peut voir monsieur Sala trinquer avec Armand. Le patron a été dépité par la désertion d'Antonio, mais pas

1. Ivrognes.

mécontent de le voir se lancer dans l'aventure entrepreneuriale. Le couple Vives hésitait un peu : avec l'argent du *Gordo* fallait-il rembourser le crédit de l'appartement, ou le laisser courir et voir plus avant ? Sala avait convaincu Antonio de laisser courir le prêt.

– Jouez avec ! Votre emprunt est trop jeune. Si tu remboursais maintenant, tu serais perdant. Mieux vaut avoir deux biens qu'un seul. Vous n'en posséderez que plus de poids pour de futures négociations avec la banque !

Antonio était resté perplexe. La fibre comptable n'est pas son fort et amasser du bien pas vraiment dans ses désirs.

Vers le comptoir, Isabel s'amuse avec ses amies de l'atelier. Nuria, grâce à ses dizaines de milliers de pesetas, va se mettre à son compte et ouvrir sa boutique de modiste. Elle veut éviter à son fiancé, l'anarchiste, de nouveaux ennuis. Il est là, avec son groupe de pourfendeurs à l'intitulé rebelle : *Los de la dinamita cerebral*[1]. Le plus excité de tous s'appelle Jaume, un maigre couleur d'ictère.

– Malaliet, Jaume Malaliet.

Isabel a un instant de crispation lorsqu'il lui est présenté.

– Jaume… seriez-vous le fils de… ?

– Des pharmaciens. Oui, lui-même. Le sale gosse de sa salope de mère.

– Oh, comment peut-on dire cela ?

– Parce qu'elle le mérite. Elle a empoisonné mon père, et puis elle a disparu, un matin, en nous laissant sans rien. De toute façon, c'était foutu. La police aurait fermé la boutique. Tout le Barri Xinès savait qu'elle revendait de la cocaïne derrière son comptoir… Mais tu

1. Ceux de la dynamite cérébrale.

peux me tutoyer, Isabel, tu le dois, nous sommes égaux. Les hommes, les femmes, les classes, tout cela est aboli. Et puis tu m'as torché le cul. Sur le trône de la nature, on est tous identiques !

Jaume part d'un rire sardonique, vite étouffé par une quinte de toux. Il a du feu dans les yeux, mais c'est une lueur mauvaise, verdâtre et sépulcrale.

– Et ton frère, qu'est-ce qu'il devient ?

– Il a rejoint la Phalange, dit-il en crachant par terre.

– Il y a des crachoirs, le réprimande Isabel. C'est sale.

– Je fais ce que je veux. Il n'y a personne pour me donner d'ordre !

Isabel jette un peu de sciure au sol, évitant soigneusement les souliers de Jaume.

Toujours aussi mal élevé ! songe-t-elle.

Son propre frère, Manolo, a l'air de beaucoup apprécier les agités *de la dinamita cerebral* qui se signalent par un bonnet phrygien en laine et des rouflaquettes excessives.

– Chez nous, les Canuto, on a la fibre anar profondément enracinée.

Antonia, sa nouvelle fiancée, ne cache pas non plus ses affinités pyromanes.

– Y a que des rouges et des révolutionnaires par ici, mon Antonio ! lance Picot, venu avec la troupe.

Adversaires de débat ou camarades de travail, l'inauguration d'El Ajedrez brasse large. Ceux de la FOSIG se lancent dans de grandes conversations avec Sala, qui ne s'en formalise guère. Il y a surtout les nouveaux venus, que le Parti amalgame. Le grand homme aux cheveux argent, avec sa cape d'artiste et ses accroche-cœurs, s'appelle Ramón Campanar. Le ténébreux au regard de charbon, habillé comme un dandy qu'il est, a pour nom Josep Borràs. Ce sont deux amis apparus après le 6 octobre et la révolution avortée.

Ramón et Josep n'ont pas grand-chose en commun avec le milieu ouvrier ou paysan. Ramón est un peintre réputé, adoré des femmes quand lui n'a qu'une passion : la politique. Fin gourmet, il dîne souvent à l'Oriente et s'est pris, tard le soir, au jeu des discussions avec les serveurs, offrant café et cognac à qui veut bien s'entretenir avec lui. Josep Borràs est styliste pour une maison de couture très courue du Passeig de Gràcia. C'est Isabel qui l'a invité, un soir, à souper chez eux. L'un et l'autre sont des bourgeois, diraient *los de la dinamita cerebral.*

– Tout devient politique, même les clubs de foot. La bourgeoisie soutient le Barça et les ouvriers l'Espanyol, relève Borràs.

– Alors à l'Espanyol, crie Picot.

Toute discussion, toute intention désigne à l'amitié ou au rejet. Comme si le pays, saisi par une fièvre tectonique, se rassemblait sur ses fractures et se réunissait par ses extrêmes.

– Quelle importance ! Nous ne sommes plus des bourgeois, nous sommes des communistes !

Curieuse attraction qu'exerce le Parti. Avec quelques centaines de membres seulement au début des années trente, il regroupe à présent les irrités de l'anarchie, les déçus du socialisme parlementaire et ceux qu'effraye la révolution à tout prix. Car, pour ce qui est de la révolution, le Parti dispose d'un argument imparable : l'Internationale communiste émane de la seule nation où la révolution ne se soit pas soldée par un échec, l'URSS. La révolution n'est plus à faire, elle est actée en ce monde, ici et maintenant. Ses réalisations, là-bas, à l'est, profitent à tous. Ses apôtres sont les camarades et le Parti le lieu des purs. Ses membres doivent être d'une moralité exemplaire et d'une droiture morale sans équivoque. Le communisme ne porte-t-il pas l'humanité nouvelle en construction ?

– Social-fasciste !
– National-soviet !
– Crypto-léniniste !
– Anarcho-syndicaliste !

Ce soir, ces épithètes enflammées et divergentes, on se les adresse par jeu. À El Ajedrez, la convergence des forces politiques transcende les rivalités avec des buts identiques.

– D'autres tactiques sont nécessaires, camarades. Ce qu'il nous faut, à présent, c'est un Front commun.

Depuis les Asturies, la réaction montre un mépris de plus en plus violent.

– Les désillusions et les atrocités ont décanté nos volontés, dit Antonio.

– J'aime cette image, rétorque Armand. Elle est bien de notre profession. C'est comme mettre du vin en carafe. Nous accomplissons la quintessence idéologique. Après avoir tâté de la gauche molle, de la gauche radicale, puis de la lutte de rue, les buts s'éclaircissent, les esprits s'affermissent.

– Vives, j'aime bien ton bar, s'exclame Campanar. Et ne mets pas ce cri d'amitié sur le compte du vin. Il est bon, mais il n'est pas assez titré pour me faire perdre la tête !

Campanar et Borràs ont d'abord été dans l'Esquerra plutôt sage du colonel Macià. Aujourd'hui, ils ne veulent plus tergiverser. S'ils sont catalans, ce n'est pas un nationalisme vieillot et patrimonial qui suffoque dans l'histoire archaïque et les mythes moyenâgeux. Ils rêvent de démocratie, d'énergie, de partage, d'avant-garde.

Sur le comptoir est sagement assise Teresa qui ne perd pas une miette des conversations des adultes même si, à quatre ans, elle n'entend pas la même chose. Ses yeux sont vifs et elle sait déjà écrire son nom, l'effet de l'école Montessori où Isabel l'a inscrite. Il n'y a dans cet établissement nulle mise en forme de l'esprit, nulle oppression, aucune coercition éducative. Isabel, flouée de ses études par la nécessité, agit comme nombre de Barcelonaises qui ne veulent pas que leurs enfants subissent le même sort. Elle voit les bienfaits de cette pédagogie tout entière vouée au développement sensoriel et personnel de la petite. Cela a un nom : progrès.

– Contre les forces rétrogrades !

– À bas la sardane et le pain frotté d'ail ! s'enthousiasme Borràs.

– Pour un pays fier de ses forces scientifiques, littéraires, artistiques ! clame Ramón.

– C'est quitte ou double !

– Camarades et amis, compagnons et compagnes, c'est maintenant ou jamais ! La victoire est à notre portée. La réaction ne repassera pas ! crie Borràs.

Un membre de la dynamite cérébrale se jette dans les bras du créateur de robes du soir.

Tandis que les petits trinquent à une inespérée bonne fortune, les grands jouent l'outrance. 1935 reste comme l'année où l'Espagne fait sauter la banque. Aux Cortès, terrain de jeu à l'échelle nationale, on vit la tragédie asturienne comme une purge bienfaitrice. Les droites s'y donnent l'absolution agraire. Libérée de toute contrainte sociale, méprisante et pas peu fière des atrocités commises sur les rouges, la CEDA vote une indemnité de deux cent quarante millions de pesetas à ses membres : les latifundiaires expropriés et les industriels victimes de la Commune des gueules noires. Chez les petites gens, le chômage augmente et la déflation s'impose. Les saisies immobilières, les expulsions de fermes s'intensifient. La majorité des Cortès jubile et les crises ministérielles s'enchaînent.

La noblesse n'a pas fui comme l'indigne Alphonse XIII. Elle ne souhaite guère le retour de ce roi incapable, elle veut juste une monarchie implacable. Pour ce faire, elle a ses pions, les hauts gradés issus de ses rangs. Dans les antichambres du pouvoir, ils tissent leurs toiles. Les généraux ont été malmenés par la République de 1931 qui a rogné leurs prérogatives. En 1932 le général Sanjurjo avait tenté un coup d'État. Ses amis, dont le général Francisco Franco, furent mis sur la sellette. On avait fermé l'académie militaire de Saragosse, foyer d'agitation antirépublicain.

– Comment la République a-t-elle osé nous toucher ? s'étaient-ils indignés.

Parce qu'il le fallait. Les régions militaires furent réduites de seize à huit. L'égalité républicaine enterra la *rédemption* du service que seuls pouvaient s'acheter les nantis. Les officiers inutiles furent renvoyés dans leurs foyers et les généraux qui s'engraissaient au Maroc remplacés par un gouvernement civil. Mais les bonnes intentions ne font pas les bonnes réformes. Les militaires pro-républicains, las de la corruption endémique, laissaient toute latitude aux durs en retournant au civil, alors que les généraux hostiles restaient dans le rang.

– Le moment venu, nous y serons fort utiles, leur écrivit Franco.

On ne se débarrasse correctement des militaires que sur un champ de bataille. En temps de paix, ils gardent intact leur pouvoir de nuisibles. Autour de l'araignée Gil Robles s'amalgament maintenant Franco, promu chef d'état-major général en récompense de sa victoire sur les communards, Fanjul, sous-secrétaire d'État à la guerre, Goded, inspecteur général de l'armée et de l'aéronautique, Yagüe, Queipo de Llano et Emilio Mola, commandant en chef des forces marocaines, en poste à Pampelune. L'ancien chef d'Antonio est le moins monarchique de tous. Autoritaire, mais républicain. Au cœur de la Navarre, terre de vieille tradition catholique et monarchique, il garde les *requetés* qui rêvent de bouffer du rouge. Et ces exaltés surveillent Mola, trop tiède à leur goût.

Dans l'état-major, Gil Robles remplace les derniers républicains par des officiers monarchistes qui ne présentent pas leur respect au chef de l'État. Cette marque de mépris politique équivaut à un *pronunciamiento*. Le coup d'État est virtuel. Mais la menace plane, sans s'incarner en coup de force. La violence suppure dans le pays où gonflent des bubons de méfiance qui crèvent en abcès mortifères. Quinze syndicalistes tués ici, dix militantes de l'Action catholique violées là. En six mois, deux cent soixante-dix mille permis d'armes sont délivrés sur le territoire. Dans les sierras arides, des odeurs de veillées d'armes planent autour des feux de camp.

– Surveille-les bien les militaires, Vives ! Qu'est-ce que je te disais jadis de Mola quand tu es revenu du Maroc ! Tu as bien vu comment Franco s'est servi des *regulares* du Maroc contre les Asturiens… le pire est à venir.

– Je le crains, Armand. Tu as lu les nouvelles ?

À l'automne 1935, un scandale de roulette truquée au casino de San Sebastian, l'œuvre d'escrocs amis des politiques de Madrid, fait exploser le pouvoir. La rue sait revenu le temps de Primo de Rivera. Durant cette affaire Stavisky à l'espagnole, les membres les moins recommandables du Parlement de centre droit, tel le maire fantoche de Barcelone, Pich i Pon, sautent. L'armée, ravie, clame son envie d'abattre le régime républicain. De nouvelles élections sont convoquées. Beaucoup s'étouffent en avalant les traditionnels grains de raisin, un pour chaque coup d'horloge de la *Nochevieja*[1]. Mauvais présage.

1. La nuit de la Saint-Sylvestre.

Espagne – Février 1936

À El Ajedrez, le samedi 15 est à la fois jour d'anniversaire et d'attente. La petite Isabel a un an et demain ce sont les élections. Espoir et anxiété : les droites vont-elles perdurer ? March et ses millions accaparent l'information. Des portraits géants de Gil Robles se dressent sur les places principales. Une lèpre de tracts et d'affiches ronge les monuments. Mais les murs sont vite repeints de graffitis, toujours à la gloire de l'UHP martyre. En Europe, la propagande phénoménale lancée par le Bloque Nacional antirévolutionnaire de la CEDA et ses alliés ne donne pas une seule chance au Frente Popular qui regroupe les partis de gauche, enfin unis.

Que de frémissements ! Dans les quartiers ouvriers, les colonies industrielles, les petits magasins, les kiosques, les gares, les estaminets, une onde court, massive mais peu audible car on ne lui donne guère voix au chapitre. Les journaux d'opposition sont muselés, les dirigeants de gauche toujours en prison. Mais les arènes, les cinémas et les salles de spectacle voient se multiplier, sous le slogan de Frente Popular, meeting sur meeting, réclamant justice pour les centaines d'enfants des Asturies rendus orphelins par le massacre.

Le dimanche, le scrutin, commencé dans l'hésitation d'une froide matinée, s'intensifie vers midi. Le peuple des deux sexes s'est mis en marche. Cette fois, ils et elles sont vraiment tous présents.

– Vous avez vu ce qu'a proclamé Durruti ce matin ?

– « Mieux vaut prévenir courageusement les événements, même si, ce faisant, on se trompe, que d'avoir à se lamenter après coup de sa propre négligence. » Ah, quand même !

Enfin ces têtus, sans cohésion et s'en méfiant, appelant ici à l'insurrection et là contre, ont accepté de voter.

– Cette fois, ça y est ! Ils ne passeront pas.

Onze heures du soir, les résultats tombent. La somme des voix socialistes, communistes et surtout anarchistes, fait déferler le raz de marée du Front Populaire espagnol sur Madrid, Bilbao, Barcelone, Séville, le Pays basque, la Castille, la Catalogne, l'Andalousie. Seuls le plateau central de la Vieille Castille et la Navarre restent aux droites qui, lors du second tour de scrutin, n'auront plus que cent trente-deux sièges contre deux cent quatre-vingt-trois pour l'union des gauches.

À cette même heure, Francisco Franco appelle le général Sebastián Pozas, un ancien d'Afrique devenu inspecteur général de la Garde civile. Ce barbu bonhomme, au sourire lippu, court sur pattes et aux grands pieds, a encore des miettes d'omelette au boudin dans sa barbe lorsqu'il décroche l'écouteur en bakélite noire.

– Je suppose que tu es au courant de ce qui se passe, l'interroge Franco d'une voix calme.

– Francisco, je n'ai pas le sentiment qu'il se passe quoi que ce soit.

– Si je t'appelle, mon cher Sebastián, c'est pour t'annoncer que les masses sont dans la rue et qu'elles veulent tirer des élections, sur le plan révolutionnaire, des conséquences que les résultats électoraux n'impliquent pas. Je crains que, tant à Madrid qu'en province, les désordres ne commencent, si ce n'est déjà fait. Sebastián, il faut agir !

– Francisco, je crois que tes craintes sont exagérées.

Le général Pozas couvre le combiné de la paume de la main. Il a eu une furieuse envie de rire tant le zézaiement du petit homme au bout du fil est comique quand il énonce *Zzebazztian*.

– Plaise à Dieu qu'il en soit ainsi, mon ami !

– Cher Franco, je te rappelle que nous nous trouvons dans un système légal que j'accepte et qui nous oblige à tenir pour valable le résultat des élections.

– Certes, mais ce qui est inadmissible, en vertu même de ce système libéral et démocratique que tu sembles soutenir, c'est qu'on tolère, serait-ce d'un millimètre, que ce résultat soit outrepassé.

– Il ne le sera pas, je t'en donne l'assurance. Pourquoi tant d'inquiétude ?

– Sebastián, je crois que tu promets ce que tu ne pourras pas tenir. Ce qui me semble important, c'est que ceux qui exercent des responsabilités et qui, comme nous, occupent des fonctions au service de l'État, établissent entre eux des contacts étroits pour ne pas se laisser déborder par les masses.

– Je te répète que les choses n'ont pas le caractère que tu leur attribues ! À mon avis, ce qui se passe n'est que l'expression légitime de la joie des républicains. Il n'y a pas de raison de craindre d'événements graves. Va dormir en paix, Francisco, la situation est sous contrôle.

Franco, un mètre cinquante-sept, trépigne. Ainsi les trente-cinq mille hommes de la *Benemérita,* la Garde civile, ne bougeront pas ! Le général Pozas défendra la République, fidèle à la loi… Franco, viscéralement anticommuniste, décroche son téléphone et appelle cette fois le Premier ministre Portela Valladares pour obtenir une déclaration d'état de guerre.

– Vous n'y pensez pas, mon général ! Et sous quel prétexte ? Il est tard, je suis vieux, laissez-moi consulter mon oreiller. Faites donc de même, je vous le conseille.

Le lendemain, le président du Conseil des ministres, Santiago Casares Quiroga, exile mollement ces militaires trop nerveux. Franco est envoyé aux Canaries soigner ses ardeurs. Il y est reçu sous les huées. Goded est mis au frais aux Baléares. Mola continue de veiller sur Pampelune.

Tout en caressant les cheveux de sa fille Maria, Santiago Casares écarte de son autre main le décret autorisant la distribution d'armes aux milices ouvrières qui craignent une imminente conjuration militaire. Ce geste lui est impossible. Il ne saurait donner un couteau à sa cuisinière sans être sûr qu'elle ne s'en servira que sur la volaille.

Barcelone – 18 juillet 1936

On ne sait qui a commencé le massacre. Un anar grimpé dans le clocher ? Ou un phalangiste ? Mais le coup de feu, un seul, redoutable, a bien été tiré par un tueur planqué derrière l'abat-son. L'enfant tombe raide mort sur la place. La foule n'hésite pas :

– C'est un coup des curés !

La riposte est immédiate : Santa María del Mar, forteresse de style gothique international, est prise d'assaut par une meute déchaînée. En première ligne, Soledad, la fille mère, la sœur d'Isabel.

Combien de fois était-elle venue prier ici, clandestinement enceinte après la mort de son fiancé ? L'expression dit : ne plus savoir à quel saint se vouer. Le curé l'avait refoulée. Une petite vieille qui vendait des cierges de mauvaise qualité lui avait indiqué l'adresse d'une faiseuse d'anges. Soledad en avait vomi sur le parvis. Alors elle s'était serré le ventre jusqu'à son terme, pour que personne ne sache rien. Peur du qu'en-dira-t-on, silence des larmes, péché en toutes circonstances.

– Assez, assez ! crie-t-elle.

Des églises sur chaque place, des autels à chaque coin de rue devant lesquels s'incliner, prier, pleurer, supplier. Crucifix sanglants, saintes larmes : de la douleur, rien que de la douleur ; du repentir, des fautes, des punitions et encore des larmes, seule réalité. Comment aider quiconque, donner la félicité, accorder l'espérance si ces images sont incapables de le montrer ?

– Qu'ils crèvent tous !

Cet ultime meurtre, l'enfant qui vient de tomber, la tête explosée par la balle, est celui de trop. Les femmes portent le cadavre en criant. La frêle dépouille semble lourde comme un roc. Soledad ressent d'un coup tout le poids du désespoir de jadis. Il lui pèse comme l'innocent assassiné. Il est aussi dense que cette pierre à ses pieds.

Un second coup de feu claque et brise une vitre quelque part. Il y a des cris de rage.

– Là-haut ! Il est là-haut le salaud !

La pierre n'est pas très grosse. Elle semble sortie à l'instant de la terre tachée par la cervelle sanglante. Soledad s'accroupit et s'en saisit. La forme est presque faite pour la main. Elle sent l'inertie du roc se fondre avec ses doigts, sa paume, son poignet, son bras, ses nerfs, son cerveau. Mais le style gothique en impose. La verticalité des lignes, l'austérité des murs de Santa María, ce bastion où des générations sont venues s'agenouiller, tient en respect. Soledad défie l'immense vitrail du regard. D'autres églises, Saint-Joseph, Santa María del Pí, ou celle de Betlem, sur les Ramblas, brûlent aussi. Elle lance sans hésiter. La chute multicolore la ravit. Ni peur, ni émotion, juste un immense jouir. Des cris fusent à côté d'elle. Une bouteille d'essence, une langue de feu fichée dans le goulot, franchit l'ogive béante. Puis une autre…

Les gens ont été tirés de leurs lits par un cri né avec les premières lueurs de l'aube.

– Ils attaquent Barcelone !

Depuis des jours, une chape d'angoisse pesait sur la ville. Au kiosque à journaux de Pebre, on s'arrachait les éditions spéciales, on commentait à haute voix, avec véhémence. Toute la population était sur le qui-vive. Partisans et adversaires de la République s'épiaient et s'organisaient. Le coup d'État des généraux était un secret de polichinelle. Le général Sanjurjo, adoubé par la presse de March comme le chef d'un probable *pronunciamiento*, était à Berlin pour les Jeux olympiques, accueilli avec tous les honneurs d'un futur homme d'État. Flanqué du colonel Beigbeder, l'attaché militaire espagnol auprès du Reich, il y passait des commandes d'armes. Les Allemands, pragmatiques, s'étaient aussi adressés aux républicains pour savoir si par hasard ils ne désiraient pas quelques armes, tant qu'on y était. La Ruhr produit à plein régime et la famille Krupp n'a aucun état d'âme quant à la couleur politique des clients. Dommage que la République n'ait pas autant d'argent que les factieux. La bourgeoisie et la noblesse font bloc derrière les généraux, d'autant plus inquiètes que la France vient à son tour de voter Front Populaire. Cette montée aux armes était sue de tous. Restait à connaître la date du coup d'État. L'assassinat à Madrid, cinq jours plus tôt, du monarchiste José Calvo Sotelo a allumé la mèche.

El Ajedrez, comme bien d'autres établissements, n'a pas levé son rideau de fer. Les inquiétudes des uns, ou le ressentiment d'un seul, peuvent vite tourner à la vengeance collective tant les émeutes sont de terrifiantes catharsis. Une première rafale de mitrailleuse est entendue Vía Layetana, à quelques mètres du bar des Vives. Au milieu de l'avenue, des officiers encadrant des fantassins flanqués de patrouilles de protection tirent pour faire le vide dans la profondeur des rues. Des toits répondent des salves de balles qui font s'envoler pigeons et choucas. Soudain une, puis deux, puis cent sirènes mugissent. Le tocsin de la République ouvrière appelle à la lutte.

Les Barcelonais sont pauvrement armés : quelques milliers de fusils face à une armée débarquée dans le port et tenant les principales casernes. Mais toute la ville se lève contre les mutinés. Le Frente Popular a rallié les anarcho-syndicalistes aux côtés de l'UGT et du PSUC. Les petits-bourgeois qui pleurent depuis 1934 la fin du statut d'autonomie de la Catalogne reconnaissent les militaires comme leurs ennemis. Puisque le grand bourgeois est devenu fasciste, la seule survie possible pour le petit propriétaire est de se tourner vers l'ouvrier. Dans l'armée aussi, les défections de troufions sont massives.

On a enfoncé le portail, énorme. Les hommes se précipitent vers le chœur.

– C'est par là qu'il faut attaquer ! Par l'autel et par le tabernacle. Là est son pouvoir, là se cache le mensonge !

– Qui brûle le chœur tue le cœur de la bête immonde !

Les lambris et les stalles sont arrachés, la chaire baroque s'effondre sous les coups de hache. Les voisins accourent. Un tas de chaises s'enflamme.

– Arrêtez, arrêtez ! s'interpose Antonio, accouru depuis le bar clos.

– Tu soutiens la curetaille toi ? Tu veux y passer ?

– Je m'en fous des curés mais regardez ! Il y a des maisons partout, à commencer par celles à même les murs de l'église. Vous voulez cramer tout le quartier ? Allons les gars, un peu de bon sens. Avec ces barricades dressées partout, les pompiers ne pourront jamais passer.

– Ouais, tu as raison… Alors on va faire un feu de joie. Dehors, sur la place, comme pour la Saint-Jean. Mais aujourd'hui, c'est la Saint-Rien ! C'est la fête du grand merdier !

Deux kilomètres plus haut, vers les beaux quartiers, des combattants de tous âges, ouvriers en bleus de travail, employés en bras de chemise et brassards de différentes factions, se groupent autour des nids de mitrailleuses barrant l'avenue Diagonal. Ils ont dévalisé les armureries, forcé la porte des commissariats. Des camions tanguent sous le poids des miliciens enfin pourvus d'armes. Les véhicules portent les initiales UHP peintes en blanc sur leur capot. Des voitures-suicides zigzaguent sous le feu rasant des mitrailleuses. Les factieux sulfatent les milices ouvrières. Les servants de batteries sautent en l'air quand les kamikazes s'écrasent contre elles. Les chevaux s'écroulent sous le fouet des balles. Les canons halètent, les polyphonies révolutionnaires s'entremêlent aux claquements secs des revolvers embusqués derrière les volets clos.

Devant l'église, la férocité est devenue extrême. Des nonnes aux habits arrachés courent les seins à l'air. Antonio s'interpose une nouvelle fois.

– Laissez-les. C'est inutile ! Du respect ! Sinon, demain, vous croyez qu'ils vous respecteront, vous qui causez tant de douleurs ?

Un homme couvert de sang baisse sa hache, il le reconnaît. C'est le vendeur du marché de Santa Caterina qui avait aidé Manuel Canuto à monter son affaire.

– Ils n'en ont pas assez causé, eux, de douleurs, durant tous ces siècles ?

– Qui ça eux ? Ce curé, ces nonnes, cet édifice t'ont fait du mal ?

– C'est pour l'exemple, compagnon ! Qui il est, ce qu'il a fait, ce curé, je m'en fous ! La révolution doit montrer sa force.

– La vengeance n'arrange rien, elle n'aboutit à rien.

Sauf à susciter d'autres vengeances. Demain, comment pourrons-nous vivre à nouveau ensemble ?

– Mais demain il n'y en aura pas besoin, Vives ! Ils n'existeront plus. Il n'y aura que le peuple libéré !

– C'est cela que tu veux ? Ta liberté au mépris de celle des autres ?

D'autres nonnes agenouillées espèrent le martyre en débitant le rosaire. L'homme à la hache les regarde sans les toucher.

– On va laisser chialer ces connes ! Hors de question de contribuer à leur sanctification !

En se retournant, il assène quand même un coup au curé, derrière la nuque. Le massacre reprend avec ivresse. On crève des yeux. Les femmes surtout, folles comme les ménades antiques, excitées par le sang et par le feu gagnant jusqu'au ciel d'été. Jaume Malaliet, le fusil à la main, fuit, tel un rat, l'église incendiée. Personne ne prête attention à l'anarchiste qui a encore dans l'esprit cet enfant tué net d'une balle entre les deux yeux.

À quatorze heures, les gardes civils dirigés par le colonel pro-républicain Escobar investissent le central téléphonique. Des milliers de combattants sans armes occupent les casernes. Contre toute attente, les régiments ne se sont pas soulevés. Le général factieux Goded, arrivé de Majorque en hydravion, pense avoir la ville à ses pieds. Son alter ego, le général Fernández Burriel, l'auteur du *pronunciamiento* de Barcelone, d'autres s'étant produits de manière concertée à Madrid et Séville, se voit lui aussi coincé. Les putschistes n'ont pu se rendre maîtres des lignes téléphoniques. Impossible de se coordonner ou d'appeler à l'aide à travers une Catalogne majoritairement républicaine.

La Garde civile désarme les militaires insurgés. À dix-huit heures, Goded appelle le général Aranguren, commandant de la Garde civile, et demande à faire une déclaration au micro de Radio Barcelone :

– Le destin m'a été contraire et j'ai été fait prisonnier. Ceux qui désirent éviter toute nouvelle effusion de sang peuvent se considérer comme déliés de leurs obligations envers moi.

À Barcelone, le putsch avorte. Les milices ouvrières et la Garde civile défilent le poing tendu. Dans le Born, Santa María del Mar dresse ses deux tours au milieu d'une mer de flammes. On précipite les cloches sur la place. Elles produisent, en se fendant, un son sinistre. La rue règle ses comptes. Retables, tentures, archives, reliques crépitent dans la purge incendiaire. Les retables de Bernat Martorell, de Luis Dalmau, de Jaume Huguet, les christs romans longs comme des bûches, les antiphonaires, les miniatures, les actes de naissance et de décès, les registres de mariage : toute la mémoire est consumée dans un baptême de feu. Au sommet du bûcher les tuyaux de l'orgue fondent, cierges grisâtres. Des ruisseaux de plomb et d'étain sifflent dans les caniveaux charriant sang et entrailles.

Les fusils luisent derrière le grillage des pigeonniers, à l'angle des balcons. On bute sur les cadavres. Les nuées de mouches vertes bourdonnent sur les corps gonflés par la chaleur de juillet. La nuit est étourdie par les coups de feu et la chute des murs lorsque la pierre portée à blanc s'écroule avec des cris de verre broyé. Barcelone arrache les pages des siècles pour apprêter les langes d'un monde sans visage, au futur incertain et aux gestes impardonnables, qui a pour nom Révolution. À minuit, il n'y a plus aucune lumière dans la ville pour en montrer la gésine, sauf les torchères des dizaines de bâtiments incendiés qui éclairent d'un jour fuligineux les terrasses où courent les assassins solitaires.

Ménilmontant, Paris – 1937

L'ami Louis Loucheur, suivant de peu Edmond Gillet dans la tombe, ne fut pas qu'un de ces ministres confondant avec ferveur le profit personnel et l'intérêt de la nation. Ce notable des plus notables, peint par Édouard Vuillard et sanctifié par quinze places et lycées à sa gloire sur ses terres électorales du Nord, fut aussi un grand bâtisseur. Par la grâce d'une loi de 1928 portant son nom, les classes laborieuses lui doivent les HBM, ces habitations à bon marché construites sur les fortifications de Paris. Leurs casernes de briques rouges soulignent le tracé des boulevards des maréchaux.

Le prolétariat lui est aussi redevable de quelques cités du Paris populaire. C'est au rez-de-chaussée de l'une d'elles, au 140 rue de Ménilmontant, que madame veuve Léonie Gillet, fidèle amie de madame veuve Simone Loucheur, donne à l'automne une conférence sur le service social en Allemagne.

Le Front Populaire a instillé en Léonie une colère vaste comme sa fortune. Depuis la disparition d'Edmond, elle a dépensé et s'est dépensée sans compter pour l'aide sociale. Fidèle aux recommandations du cardinal Verdier, Léonie s'est immergée dans les œuvres de l'Action catholique. Elle a généreusement donné pour la construction de nouvelles églises dans le cadre des Chantiers. Celles de la porte d'Italie, de Montrouge et de Malakoff l'ont été grâce aux deniers de la rayonne.

– Édifier la maison de Dieu est pour moi le moyen d'offrir du travail aux hommes en pleine crise, aime-t-elle déclarer en coupant les rubans inauguraux d'un solide coup de ciseaux.

Léonie arbore désormais une tenue militante : un tailleur bleu ardoise assorti du béret de la Croix-Rouge et, à la boutonnière, l'insigne de la Légion d'honneur. C'est ainsi qu'elle effectue son entrée dans la salle, peinte d'un vert blafard, de la rue de Ménilmontant.

Femme de la rive gauche, elle a eu le cœur serré tandis que la voiture gravissait cette colline de la rive droite avec ses maisons lépreuses, les façades mornes de ses négoces estropiés et ces places biscornues sans monument, Notre-Dame-de-la-Croix exceptée. Les femmes dévisageaient cette bourgeoise qui montait en Rolls les rues de « Ménilmuche ». Leurs apostrophes avaient la gouaille rocailleuse de Mistinguett. Mais Léonie n'aime ni Mistinguett ni Joséphine Baker.

En juin 1936, elle avait frémi en entendant le cardinal Verdier, au sortir d'une messe au Sacré-Cœur, adresser aux Parisiens une Pentecôte socialiste appelant à la paix, à la fraternité, à la justice universelle. C'était là un discours que le chevrotant Léon Blum aurait pu écrire.

– Encore heureux que Son Éminence n'ait pas demandé pardon pour les répressions de la Commune ! grommela-t-elle en jetant ses gants sur la crédence de l'entrée.

Elle bouda quelque temps les gestes de sympathie que le bonhomme lui adressait depuis le jardin. Sa fâcherie fut cependant de courte durée. Elle cessa même complètement dès que le prélat fit savoir qu'il allait accueillir rue Barbet-de-Jouy le cardinal Pacelli, le légat du pape venu en France ouvrir le congrès eucharistique de Lisieux. Léonie se mit aussitôt à sa disposition. Elle n'ignorait pas le cardinal être plutôt à l'étroit pour recevoir l'entière délégation vaticane. Quant à Verdier, il ne fut que trop heureux d'envoyer le légat dormir chez sa voisine. Pacelli, un *papabile* en puissance, agaçait le Parisien lui aussi fort attentif à la santé déclinante de Sa Sainteté. Madame Gillet fut ravie : il se disait tant de bien de ce cardinal italien !

La benoîte présence apaisa sa fureur provoquée par un Front Populaire qui a le toupet de vouloir mettre sous tutelle de l'État ses œuvres et son action. Léonie méprise les congés payés, la semaine de quarante heures et le minimum salarial des accords de Matignon. Depuis mai 1936, il y a trop d'occupations d'usines, de fêtes improvisées, trop de chicanes techniques, administratives et fiscales. Léonie n'a foi que dans ses vertus propres, son inspiration, son ingéniosité. Ne vient-elle pas de fonder l'Union des institutions privées, après de récidivantes visites auprès d'Henri Sellier, le monsieur HBM du Front Populaire ? Cela fut établi après de longues concertations avec Charles et Paul qui virent d'un fort bon œil cette probable absolution sociale de leurs péchés capitalistes. Devant Sellier, Léonie argua de l'utilité de son budget privé offert sur un plateau à un gouvernement dont la fibre si sociale allait immanquablement manquer de moyens.

– Mon cher ami, nous savons tous qu'il y a tant à faire !

Économie et générosité : imparables arguments. Sellier acquiesça.

Léonie acheta un hôtel particulier rue de Berry aussitôt pourvu d'une plaque de cuivre au nom de la Maison des œuvres. C'est de là que ce « nouvel apôtre laïc », ainsi que madame Gillet avait été présentée au légat pontifical, veille sur son état-major de fondations caritatives. On y trouve, entre autres, celle des élèves infirmières de l'hôpital de la Croix Saint-Simon, reconnaissables à leur bavolet blanc et leur uniforme beige. Vingt d'entre elles sont sagement rangées devant l'estrade où madame débute sa conférence.

Elle a le verbe haut et une voix qui porte jusqu'au fond de la salle. Les femmes de la cité sont venues, curieuses d'une conférence sur cette Allemagne dont on parle tant. Cela leur fait une diversion entre les couches et les lessives, bien que nombre d'époux aient provoqué du chambard en apprenant sa venue.

– C'te bourgeoise ?

– C'te catho ?

– Et de retour de chez les fridolins ? La vache de bonne femme…

Mais Léonie en a vu d'autres.

– Mesdames, mes chères filles ! Après ce voyage dont j'ai hâte de vous dévoiler l'édifiant contenu, je tiens d'abord à souligner que vous ne devez pas croire à mon absence d'esprit critique concernant le gouvernement allemand. Je ne suis la dupe de rien ni de personne. Voici donc ce que j'ai vu et retenu…

Son voyage dans le Troisième Reich est la conséquence, rue Barbet-de-Jouy, de discussions tantôt inquiètes, tantôt furieuses. Le cardinal Verdier leur avait lu, dès qu'il en avait eu le texte, l'encyclique du vieux Pie XI, *Mit brennender Sorge*[1], qui condamne le nazisme et son culte impie de la race. Il avait fait de même avec *Divini Redemptoris*[2] stigmatisant l'hérésie communiste. L'un et l'autre textes divisèrent Édouard et Mathilde dont les divergences d'idées

1. *Avec une vive inquiétude*, publiée le 10 mars 1937.
2. *Le Divin rédempteur*, publiée le 19 mars 1937.

laissent de plus en plus paraître une inquiétante césure intime.

Édouard s'enthousiasme de la « formidable » expérience sociale menée dans le Reich. Il porte aux nues la disparition du chômage, la mise au pas des syndicats, la force de caractère du chancelier et son pragmatisme salué par ses amis industriels ravis de l'essor des exportations.

– Quelle croissance spectaculaire !

Ses fréquentes conversations avec Fritz Thyssen, le banquier du Führer, ont achevé sa conversion.

– L'argent ! Toujours l'argent ! Vous n'avez que ce mot à la bouche. Mais savez-vous à quel prix cela se fait, mon cher ?

Mathilde s'était alarmée de la « Nuit des longs couteaux » durant laquelle on avait assassiné à tour de bras les syndicalistes, les membres gênants du parti nazi, mais aussi des juifs et des catholiques. Le cardinal Verdier s'en était lui aussi ému, tout comme Henry Ferlié, le frère d'Édouard, le « rouge » de la famille, inspecteur des finances, reporter à ses heures et ami de Gide. Henry soutenait souvent l'épouse progressiste contre son époux.

Dans cette famille attachée à une tradition de bon goût calqué sur les valeurs établies, l'attitude de Mathilde ne va pas sans provoquer de fréquents heurts. Ses choix esthétiques font grimacer. Ses velléités de décorer au goût du jour le néo XVIIIe peu folichon de l'hôtel parisien ont causé souci. Il y avait d'abord eu cette tenture de Fernand Léger qui remplaça un matin le Gobelins acquis par Edmond, suivie de *cosy-corners* signés Ruhlmann, de commodes laquées Paul Iribe et de lampes Herpé. Les tapissiers avaient investi les escaliers et les salons, repeignant en taupe les pâtisseries des moulures, posant ici de la moquette mauve et là du velours vert avril en place du vieux Jouy rosâtre. La coupe acheva de déborder avec l'entrée d'un Braque et de deux Juan Gris. Mathilde n'avait pas osé un deuxième Picasso, au prix décidément trop exagéré. Sans parler de sa collectionnite de masques africains.

– Cela suffit comme ça dans votre cabinet de grimaces, rageait sa mère. Proprement absurde ! N'avez-vous pas assez d'un nez cubique avec votre Andalou communiste ?

– Cubiste, maman, pas cubique…

Et que dire de ses opinions politiques ! Depuis son retour d'URSS, elle ne cessait de provoquer les siens. Comme en arborant, pour les élections triomphales du Front Populaire, une robe du soir de Madeleine Vionnet, faite de long crêpe noir.

– Je porte, dit-elle, le deuil de la bourgeoisie.

Léonie l'avait traitée de « communiste de luxe ». Le débat avait été vif.

– Comme si c'était une insulte ! Mais je ne suis pas encartée, rassurez-vous ! Maman, vous me l'avez toujours dit : on ne sait rien tant qu'on n'a pas vu de soi-même. Eh bien j'avais besoin de savoir. Il y a trop de disputes avec Édouard. Vous n'imaginez pas cette violence, cette haine qu'il a développée. On ne peut plus discuter comme il se doit… J'avais besoin d'arguments, de me faire une idée par moi-même. Il se dit trop de bêtises, d'approximations. Ça me démangeait.

Gide l'avait informée de ses propres pérégrinations à Moscou d'où il était revenu moins enthousiaste qu'Édouard ne l'était de Berlin. Elle avait suivi le conseil de son ami écrivain, semblable sur ce point à sa mère : aller voir. Certes, les totalitarismes tombaient la façade, mais Mathilde avait été dans la rue, au milieu des masses, pour acclamer le Front Populaire. Et elle avait applaudi Verdier devant sa mère outrée.

– Maman, nous sommes riches, immensément riches. On ne peut pas être perpétuellement contre les ouvriers. Ils sont trop nombreux. Ils nous soutiennent économiquement. Pour me faire l'avocate du diable, notre avocate, à la famille, je vous dirais qu'il faut connaître son ennemi. Alors oui, je suis allée aux Amis de l'URSS. Et par l'Intourist, j'ai pris mon billet, sans rien dire à personne, tandis que vous faisiez le tour du monde en dépensant cent ans de salaire d'un travailleur de Vaulx-en-Velin. Je suis allée voir et bien m'en a pris. Ce n'est pas ce que vous pensez, ni ce que je pensais. Maintenant je sais. La protection de l'enfance, la réhabilitation des jeunes criminels, les sovkhozes, les kolkhozes. Oui, ils ont fait de grandes choses et par eux-mêmes. Mère, je comprends ce que vous faites : du patronage. C'est là votre façon de voir. C'est ainsi que nous considérons la classe ouvière depuis grand-papa. Une manière de les garder tous sous notre coupe. Mais est-ce là ce qu'il faut faire ? Ce ne sont pas des enfants, vous savez…

– J'en doute, Mathilde. Ils sont immatures, alcooliques !

– Et nous, nous sommes des égoïstes, si loin de leurs réalités.

– Je les connais leurs réalités. Depuis mon enfance. J'ai vu bien des choses que tu n'as pas connues, choyée et dorlotée comme tu l'as été.

– Hélas maman ! Vous confondez tout ! Vous en êtes restée à l'époque des corporations, vous vivez dans un Moyen Âge moderne. Vous voulez substituer vos bonnes œuvres aux syndicats. Mais autre chose est né, mère. Un sentiment qui est presque de l'amour entre les gens. Une collaboration de tous dans une exaltante aventure. Une amitié des hommes, une équipée. La haine des classes agonise.

Ce n'était plus chez elle un malin plaisir à contredire ses parents. Mère de quatre filles, Mathilde n'en avait plus le caprice. Jadis, elle s'était rangée à tous les ordres familiaux, ravalant les heures les plus noires… À présent elle voulait vivre selon ses aspirations. Sans rien déroger à ses devoirs de classe, mais, jugeait-elle, avancer à l'unisson d'un siècle aussi novateur ne pourrait que faire progresser les siens, et en premier lieu ses enfants.

– Je considère le communisme non comme un ennemi héréditaire, mais comme le juste accomplissement de temps apaisés où le progrès partagé réunira les êtres.

– Ton épouse n'est ni amorale, ni révoltée, Édouard. Elle est juste à l'écoute, naturellement dans le vent. C'est une femme de son époque. Écoute-la donc, conseillait Henry à son frère qui, lui ayant fait des enfants, pensait s'être créé une femelle bien docile.

– Mathilde est une bonne mère mais pour ce qui est des avis, excuse-moi mon vieux, je lui préfère de loin ses oncles.

Édouard avait évidemment détesté sa robe Madeleine Vionnet « grand soir ».

– Tu t'es laissé abuser, Mathilde ! Aujourd'hui encore plus qu'hier, il n'y a pas de complicité entre les hommes. Ou plutôt si : celle de la violence. De tout temps les belles entreprises humaines ont été des attentats commis en groupe : les aventures coloniales, les croisades. Il faut se trouver des ennemis en commun pour qu'une nation avance. Voilà mon communisme, Mathilde. L'homme restera toujours un loup pour l'homme. La compétition des espèces. Je suis pour le darwinisme politique !

– Eh bien mon ami, épousez donc Hitler !

Si on évitait d'évoquer Léon Blum à table, l'Allemagne mettait bien trop souvent le feu aux poudres.

– Il suffit de vos querelles ! Vous m'agacez, s'emportait Léonie. Moi je veux savoir ce qu'il en est. D'ailleurs je ne vous surprendrai pas en vous disant : j'y vais !

Elle avait pris rendez-vous avec les autorités sanitaires du Reich par le biais du Comité France-Allemagne. Et elle avait interdit à Mathide de l'accompagner afin de ne pas être influencée, si tant est qu'une femme de sa trempe puisse jamais l'être.

Elle avait été invitée à Berlin pour Pâques. Elle y avait découvert le résultat de quatre ans de pouvoir concentré, le développement « prodigieux » du service du travail et toutes ces institutions « fascinantes » qui célèbrent la beauté du travail, la bienfaisance de l'éducation professionnelle, la vertu des distractions, du sport et des vacances.

– Ne répliquez pas : tout cela serait impossible ici. Ils l'ont fait, pourquoi pas nous ? lance-t-elle depuis la tribune improvisée du 140, au cœur même d'un Paris ouvrier relogé dans les bâtisses Loucheur toutes pétulantes de briques Sienne et de balconnets aux mosaïques fleuries.

Elle dit :

– Les leçons des autres nous permettent de faire des progrès. C'est en 1930 qu'a commencé l'ascension d'un homme qui s'est dressé pour réveiller les volontés et s'en est fait un tremplin. Il serait absurde de nier son action, ses adversaires eux-mêmes la reconnaissent. Les mots qui dominent aujourd'hui en Allemagne sont : retour au travail, collaboration générale et marche vers un pays plus éduqué. Tout ceci a sa grandeur et son esprit !

On l'avait d'abord conduite à l'œuvre du Secours d'hiver qui lutte contre le chômage puis à la Ligue des femmes allemandes, et pour finir au quartier de la Force par la Joie, le *Kraft durch Freude*.

– Mesdames, messieurs, rentrons dans les détails. Ils sont édifiants. Le Secours d'hiver fonctionne du 1er novembre au 1er avril. Il est là pour soutenir ceux qui, par un réel effort personnel, désirent d'eux-mêmes se redresser. La première tâche du nouveau parti a été de supprimer les bureaux d'assistance et de réduire l'inutilité des fonctionnaires. Quand je demandais ce qu'étaient devenus ces anciens bureaucrates, on me répondit que c'était à leur tour de chercher le bon endroit pour se tirer d'affaire. La base de cette nouvelle assistance est d'encourager les courageux. En conséquence de cette certitude du concours apporté à leur effort personnel, les pauvres gens découragés fournissent cet effort avec joie.

– Et qui paye ? Les salaires des fonctionnaires virés par monsieur Hitler ? lance une voix du fond de la salle.

– Effectivement, l'œuvre du Secours d'hiver a comme ressources les retenues sur les traitements des fonctionnaires, mais aussi les dons privés, les troncs déposés partout, les quêtes et les insignes vendus, les représentations, les fêtes, la loterie. C'est véritablement une nouvelle Assistance publique. Mais rassurez-vous, je n'étais point dupe. Car j'avais connaissance de ces services que nous pratiquons déjà en France. J'attire votre attention sur la louable efficacité que là-bas on nomme rééducation par le travail. Le nouveau gouvernement s'est d'abord occupé des bénéficiaires de l'assurance chômage. Certains travailleurs manuels n'ont plus ni muscles ni forces après des années d'inactivité. Ils sont remusclés progressivement. Les muscles d'un menuisier sont rééduqués en quatre semaines, par massages, soins, patience et force morale. En 1934, un million trois cent mille chômeurs ont ainsi été remusclés.

Léonie fait circuler des photos de camps de gymnastique prises aux alentours de Berlin. Il y a de minutieux comparatifs de corps d'ouvriers avant et après leur rééducation. Biceps regonflés, jambes engraissées, sourires éclatants…

Elle poursuit, sûre de ce qu'elle a vu.

À l'extérieur de la cité de Ménilmontant, la nuit de novembre est tombée. L'animation attire les hommes qui rentrent des ateliers des Buttes-Chaumont et du Pré-Saint-Gervais. Léonie savoure d'avance l'impact que ses paroles ne pourront manquer d'avoir sur ceux qui envahissent peu à peu la salle. Ils marchent voûtés, le dos cassé, plus souvent des philosophes aux pieds que de bons godillots. Certains avancent avec une béquille sous l'aisselle. Ils ont le corps fort, des mains aux doigts épais, des rictus de dents pourries. Ils se rangent contre les murs, ôtent leurs casquettes, découvrent leurs tignasses graissées par le labeur.

– Tous les secours sont remis en nature par les particuliers : on évite ainsi les gaspillages et l'emploi de ressources dont la nation allemande a besoin. J'ai admiré des murailles de charbon plus impressionnantes que la muraille de Chine. J'ai visité un immense magasin où l'assisté, muni d'un bon, désigne le vêtement, les chaussures, le chapeau, la robe, l'objet de ménage dont il a besoin. Ce système inauguré en 1936 est un succès. L'ouvrier, l'employé, le mécanicien, le musicien choisit son vêtement en se regardant dans la glace. Ainsi vêtu à son goût, il reprend vie. On l'incite à sortir en lui donnant des places de cinéma et de concert. Celui qui arrive découragé repart heureux. Habillé par les dons de tous, il peut ressembler à tout le monde. Cet effort de remise en selle du cavalier défaillant m'a fort émue. Messieurs, mesdemoiselles, pensez-y, c'est très bien !

– C'est là une charité bien émouvante, madame, s'émeut une infirmière, photos en main. Les Allemands, bien que luthériens, restent de bons chrétiens.

– Et merveilleusement organisés ! Ainsi, le contrôle des secours n'est pas décidé par une direction étatique, mais il est le fait d'un groupement local correspondant à un secteur d'environ trente mille âmes. C'est cette pyramide sociale qui guérit les détresses. Méditez ceci : le Reich est divisé en trente-deux régions, celle de Berlin compte vingt districts, soit deux cent dix-sept groupements locaux comptant quarante quartiers formés de huit blocs d'habitation correspondant à cinquante familles. J'ai visité le groupement local Arkina. J'ai vu le service des fiches qui est la vie même de ce secteur, c'est merveilleusement simple et bien.

Murmures dans la salle. Quelques femmes sortent. Léonie boit un peu d'eau et reprend.

– Les femmes allemandes ont désormais un ministère conduit par la *Führerin* Scholz-Klink. C'est une femme simple aux cheveux blonds tressés en couronne, au regard clair, intelligent et bon. Le service en faveur des mères est organisé de même que pour les régions. Tout bébé doit être déclaré en mairie et suivi par un médecin. J'en ai retenu qu'il faut aider les mères et les enfants qui ont une hérédité saine et ne réclament aucun secours. Il faut surveiller les mères et les enfants dont la santé n'est que passagèrement affaiblie. Le but de l'éducation d'une mère saine de corps et d'âme est de lui enseigner l'importance de ses devoirs dans la maison et dans l'éducation nationale. Et cela marche. En 1934, soixante-deux mille mères élèves suivaient les cours du Reich. Rien que pour le premier trimestre 1937, elles étaient déjà sept cent mille. Ce qui m'a frappée dans ce programme, c'est la simplicité du plan et son organisation généralisée avec des moyens peu onéreux.

La sueur mâle remplit la salle. Léonie, voyant l'affluence, se sent une âme de missionnaire sur une terre ouvrière qu'elle juge cernée par trop de bistrots.

– J'ai découvert le KDF, la Force par la Joie, grâce à un avenant jeune directeur, actif, très enthousiaste, et qui m'a pilotée dans la ville. J'ai noté pour vous ses phrases qui perdraient de leur force si j'en changeais un seul mot. « Il n'y a pas de donneurs et de preneurs de travail. Les syndicats ouvriers et les fédérations patronales sont considérés comme le symbole de la lutte des classes. Ils ont été supprimés. Mais un pays ne peut pas être construit sans l'ouvrier. Il ne doit pas non plus être édifié pour le seul ouvrier aux dépens des autres groupes de la société. L'amour du travail, la joie au travail, voilà l'esprit sain que nous créons. » Toutes ces formules ne sont pas indignes d'intérêt. Partout le répertoire populaire des riantes campagnes allemandes renaît. Le KDF organise les spectacles et les soirées. Des trains-bibliothèques et des trains-théâtre sillonnent tout le pays. Le public du KDF est plus compréhensif que le public ancien. Les salles étant toujours pleines, les artistes retrouvent un salaire normal. On privilégie les poètes nationaux et les auteurs contemporains. En 1936, six millions de personnes s'étaient déjà inscrites aux distractions du KDF !

Certains qui, par politesse, avaient ôté leur casquette, la remettent, adoptant un air goguenard.

– Je n'aborderai pas devant vous l'éducation professionnelle liée aux activités des camps de travail pour les garçons, aux casernes pour les soldats, ni l'amélioration des conditions de travail, ni les innovations du confort dans les ateliers, ni l'assainissement des villages. Cette conférence n'y suffirait pas. J'aurais encore mille choses à vous raconter sur les lotissements, sur la colonisation des mauvais terrains, les autoroutes, les plantations de forêts, l'alimentation des cochons nourris par la récolte ordonnée des pommes de terre. Le sport, messieurs, tel que je l'ai vu pratiqué, est lié à l'hygiène nationale. J'ai même vu des piscines chauffées par la vapeur des ateliers. N'en rêveriez-vous pas ? Je n'entreprendrai pas de vous parler des rapports entre les patrons et les ouvriers sur la base de la collaboration, ni de l'organisation des tribunaux d'honneur social, chargés de trouver les formules d'accord et de dissiper les occasions de désaccord. Je retiendrais trop longtemps votre attention…

– Et les syndicalistes pourchassés, vous en avez croisé, madame ? Et les prisons, on vous les a fait visiter ?

Un homme s'est avancé devant l'estrade, béquille sous l'épaule. Il ne doit pas avoir plus de trente ans, mais en paraît le double.

– Je n'ai pu tout voir ni tout appréhender, rétorque-t-elle, indifférente à son ton agressif.

– Avez-vous évoqué Guernica que les nazis bombardaient alors même que vous étiez là-bas ?

Les jeunes infirmières lui jettent des regards outrés.

– Camarades, n'écoutez pas cette femme, dit-il en se tournant vers la salle. Nous savons ce que trafiquent les nationaux-socialistes ! Des camps sont ouverts où croupissent nos frères syndiqués. Vous êtes folle, madame ? Ou bien aveugle ?

– Messieurs… et monsieur… de retour de ce voyage, je vous le répète, ne croyez pas à mon absence d'esprit critique. En passant par mon Nord natal, j'ai entrevu dans le printemps gris les hautes cheminées reconstruites il y a vingt ans avec tant de peine. Leurs foyers vont s'éteindre. La lecture des journaux économiques français m'a indiqué ceci : nos importations excèdent mensuellement nos exportations d'un milliard trois cent cinquante-cinq millions. En 1937, le déficit commercial sur dix mois atteint quatorze milliards de francs. Plus loin j'ai trouvé la consommation des apéritifs et absinthes en excédent de plus d'un tiers sur l'année 1936…

– On n'est pas des arsouilles, ma belle !

– Je ne pense pas que tout ce que j'ai vu soit impossible chez nous. Ces idées, nous les avons déjà eues. Les méthodes, certains industriels clairvoyants les ont anticipées ! Les cités de nos usines sont souvent les plus beaux villages du monde. N'êtes-vous pas bien mieux ici, rue de Ménilmontant, que vos parents ne l'étaient dans leurs taudis des fortifs ? Tous les essais que de vaillants industriels français ont mis en place sont limités, divisés, méconnus, souvent bafoués ! Ils sont, hélas, bien plus l'œuvre de quelques-uns que le fruit de la volonté de tous. Un char embourbé ne sort de l'ornière que si l'attelage des forces groupées obéit à un ordre unique.

– Pour la plus grande joie des patrons !

– Ce thème, messieurs, l'actuel Front Populaire le traite suffisamment, je pense.

– Non mais ! Elle a du culot, la bourgeoise, de venir faire l'article des boches ici, s'énerve un autre homme.

– Monsieur, les notions de force du travail, de joie du travail, d'efforts éducatifs ne sont-elles pas les mêmes à Berlin et dans les usines de Moscou, car je pense que c'est là que votre cœur bat, ou me tromperais-je ?

– Le communisme c'est le bien en commun, pas le bien usurpé entre les mains d'un va-t-en-guerre ! Vous n'avez pas honte ? Vous n'avez donc parlé qu'aux nazis ?

– Je ne me laisse atteindre par aucune propagande ! J'ai ramené le témoignage de ce que j'ai vu. Et ce n'est pas mauvais ! Jugez-en par vous-mêmes.

Les infirmières se sont levées et viennent faire corps autour de Léonie. Elle descend dignement de l'estrade sous les lazzis goguenards.

– Madame, il n'était guère prudent de tenir une telle conférence en terre rouge, lui glisse son chauffeur. Nous devrions partir, cela peut mal tourner.

– En êtes-vous si sûr, mon petit Jacques ? Regardez donc.

Sur une table d'école, deux bavolets blancs que personne ne houspille par respect pour leurs insignes d'infirmières vendent pour quinze francs le texte de la conférence au profit de l'Union des institutions privées. Et, contre toute attente, cela part. La concierge du 140 s'avance pour remercier Léonie avec des mots dignes de l'Académie :

– Pauvre et douce France en laquelle il fait si bon vivre, nous sommes comme vous des millions à croire en son génie et à vouloir la bien servir. Madame, merci ! Vos paroles nous ont éclairées. J'aurais moi aussi aimé voir cela.

– Je nous le souhaite, ma chère, les nationaux-socialistes portent si bien l'uniforme… et Dieu sait si je m'y connais en tissus ! Croyez-m'en, de tels hommes ne sauraient être foncièrement mauvais.

Cerbère – Janvier 1939

Ils sont de part et d'autre de la barrière. Les uns lèvent le bras, la main tendue. Les autres leur répondent le bras levé, le poing tendu. N'était ce geste distinctif, main ouverte ou fermée, on pourrait les prendre pour des frères, dépenaillés, hirsutes, boueux, fatigués. Mêmes pupilles sombres, mêmes cheveux noirs, même âge, mêmes visages amaigris. Un peuple de têtes brunes en chasse un autre. Entre eux, gardant la frontière, les gendarmes français, débordés, offrent des cigarettes aux uns et aux autres.

De loin, Antonio observe cette mer humaine. Son regard blessé distingue des rictus carnassiers. À ceux qui ne voulaient pas laisser passer le fascisme, les soldats de Franco répliquent par des « Ne revenez plus ! » accompagnés de salves tirées en l'air. Tout sourires, ils jettent dehors leurs frères, leurs cousins, leurs parents de l'autre bord.

Les soldats de l'armée républicaine, coincés au sud-est des Pyrénées depuis la chute de Barcelone et l'effondrement de toutes leurs lignes, fuient par milliers vers la France. Pas d'autre issue. Les forces franquistes se conduisent comme un monstrueux anticorps excoriant les tissus dont leur Espagne ne veut plus. Ceux qui n'ont pas été anéantis doivent être chassés. Épurer, comme les fanatiques du sang pur procédèrent des siècles auparavant avec les arabes, les mozarabes, les juifs, les mudéjars, les morisques. *Fuera !* Dehors ! C'est au tour des républicains : tous ces socialistes, ces communistes, ces syndicalistes, ces anarchistes.

Le préfet de Perpignan s'inquiète des hordes de réfugiés qui vont sûrement apporter plein de maladies et surtout la pire : la subversion politique. L'Allemagne et l'Italie sont avec Franco, l'URSS est du côté des rouges ; le reste de l'Europe laisse faire, elle a peur.

Au bord des chemins venant des postes-frontières, les armes s'entassent. Les Français ont ordre de démilitariser les républicains, qui préfèrent le faire eux-mêmes. Il ne faudrait pas que leurs revolvers et leurs mitraillettes aillent servir l'ennemi par le biais d'on ne sait quelle contrebande. Antonio brise son fusil de fabrication soviétique contre un rocher. Canon d'un côté, crosse de l'autre sont abandonnés. Il ôte toutes les balles, sauf une, et les éparpille comme des graines stériles dans le champ où cavale un bétail apeuré. Il soupèse un instant le chargeur vide avant de le lancer très loin.

Les ont-ils demandées, quémandées, ces armes qu'il faut aujourd'hui détruire ! Antonio se rappelle le télégramme envoyé à Léon Blum, le 19 juillet 1936. « Sommes surpris par dangereux coup de main militaire – Vous demandons de vous entendre immédiatement avec nous pour fourniture d'armes et d'avions – Fraternellement vôtre – Signé José Giral. » La teneur en avait été divulguée par la presse républicaine lorsqu'on se rendit compte que le destinataire, Léon Blum, ne donnerait pas suite. À cet appel au secours d'un président du Front Populaire lancé à un confrère du même bord politique, Blum avait répondu en fermant la frontière des Pyrénées, le 8 août 1936.

– Lâchés en moins de trois semaines. Et plus que nos yeux pour pleurer…

Antonio est las de trois ans de guerre, amer non de la défaite, mais d'un conflit qui n'avait pas lieu d'être. À Barcelone, les jours qui suivirent le coup d'État manqué sentirent longtemps le bois et le torchon brûlés. En un élan formidable, le peuple avait brisé le soulèvement de ceux qui avaient trahi la République sortie des urnes. À Madrid aussi, le peuple avait écrasé la bête infecte. La longue nuit s'achevait. Les paysans avaient enfin leurs terres. Chaque grève, chaque séquestration de patron, depuis l'élection du *Frente Popular*, était un succès. Mais les travailleurs n'avaient plus le sens du compromis. On les avait trop roulés, ils avaient trop souffert de l'oppression pour être complaisants et roublards ainsi qu'y oblige la politique parlementaire. Plus de tractations, que de la rancœur et de la violence. La zizanie avait détruit les liens jusque dans les rangs du Frente Popular. Les partis de l'extrême avaient gagné. Ils avaient revêtu la République, bonne fille et souriante, de soutanes ensanglantées, de syndicalistes assassinés, de poètes morts. Comme García Lorca, liquidé en août 1936.

– On ne fait pas une révolution sans répandre le sang, soupire Antonio. Sauf que celui des curés n'était pas nécessaire. Il y avait un seul ennemi contre lequel se coaliser : Franco et ses sbires. On a eu tout faux. Les réformes étaient en cours. La révolution, ou plutôt leur grand bordel, était inutile…

Il revoit les flammes léchant Santa María del Mar. Les orgues, les tableaux, les statues, les chaises qui brûlent. Les femmes hilares se partageant, telles des chiennes, un bout de viande, les chasubles et les fines batistes des enfants de chœur. Le curé, éviscéré, pendu avec ses tripes. Des nonnes violées, accrochées aux cordes des cloches qui sonnent, éperdues, cacophoniques, sur la ville ; la fumée noire jaillissant des couvents autour des Ramblas. Oui, cela avait été un coup monté, une manipulation. C'était bien un anarchiste, planqué dans le clocher, qui avait tiré sur la foule pour déclencher la curée contre la clique militaro-cléricale. Ce jour de juillet 1936, la République avait vécu. La terreur s'était installée. Alors la blessure fratricide avait commencé à s'ouvrir. D'un côté, l'Espagne libre qui défendait son droit, en face l'autre Espagne où un peuple contraint par les baïonnettes italo-allemandes luttait contre sa volonté. Lui s'était battu contre la menace fasciste et pour ces deux pays disloqués. Pour un avenir commun. Si l'Espagne fléchissait, la France d'abord, puis tous les autres peuples seraient sacrifiés.

Alors il avait repris les armes. Rien à voir avec le service militaire au Maroc. Pour la première fois de sa vie, Antonio avait fait couler le sang des hommes, ses frères. Il s'était engagé dans l'armée républicaine, née au forceps, pour en finir avec les milices, l'anarchie, les combats sans queue ni tête menés par une jeunesse ardente et indisciplinée. Antonio avait retrouvé la caserne, honnie, et très vite intégré l'école d'officiers de Manresa pour apprendre l'art de la guerre moderne professé par des conseillers militaires diligentés par Staline. Le temps de la guerre romantique, de la stratégie des coups de main, fit place à une structure de chefs aguerris, capable de tenir en échec la machine franquiste, gonflée par toutes ces technologies guerrières, nazies et mussoliniennes, qui s'aiguisaient pour un futur qu'on pressentait horrible. Son premier mort tomba comme une marionnette. Il n'en dormit pas. Le deuxième eut la tête explosée par sa balle et il pensa à une grenade fendue. Le troisième s'écroula sans qu'il s'en émeuve. Cela devait être fait. Eux, les républicains, ils devaient se débrouiller seuls. Ils avaient une non-intervention sur le dos.

José Giral, et son successeur Juan Negrín, étaient chefs d'un gouvernement légalement sorti des urnes. La France devait à l'Espagne, selon un accord passé du temps de Gil Robles, ministre de la Guerre, vingt millions de francs d'armement. Pour contrer définitivement le coup d'État militaire, la République demandait vingt-quatre bombardiers Bréguet et Dewoitine, huit mitrailleuses, huit canons, vingt mille bombes, deux cent cinquante mille balles de mitrailleuses, quatre millions de cartouches de fusil. Cela aurait suffi pour que la conspiration, morte à Barcelone, étouffée à Madrid dès le 20 juillet, et mal entamée ailleurs, avortât définitivement.

Le général Sanjurjo, que le complot s'était choisi comme futur chef de l'État, attendu en grande liesse à Burgos, était mort au Portugal. Ce fat avait insisté pour prendre à bord de son biplace deux grosses malles contenant ses uniformes d'apparat. Sa vanité lui coûta la vie. L'avion trop lourd s'était écrasé, à moins que ce ne soit une bombe… Car l'accident laissait en première ligne Franco et Mola, ce dernier ayant été choisi comme le *Director* du soulèvement militaire.

À Pampelune, Mola avait tergiversé trente-six heures avant de proclamer l'insurrection contre le gouvernement légal. Celui-ci lui faisait des offres de services dans un éventuel gouvernement de droite. Sans doute voulait-il se préparer une place contre les « couillons » de jadis, ses faux amis du Maroc. Mola rêvait d'une dictature républicaine : ses hésitations furent fatales à l'effet de surprise.

– Avec lui, les choses ne se seraient pas passées ainsi, songe Antonio.

En avait-il discuté, de son ancien chef, avec les gars

de sa brigade ! Ils le vouaient aux gémonies et c'était bien naturel puisqu'il était un pilier du coup d'État. Mais on finissait par écouter Antonio qui lui avait jadis ciré les bottes au Maroc.

– On pouvait parler avec le gars. Il n'allait que pour son propre compte. Il tenait pour la dureté, mais pas pour mettre fin à la République. Mola n'a jamais été un cul-béni ni un anti-rouge viscéral, contrairement à ce nain de Franco. On aurait presque pu s'entendre…

Mais Mola était mort en juin 1937 dans l'explosion de son avion.

– Qui peut croire que c'était un accident ? Franco est prêt à tout. Il l'a tellement démontré…

Antonio serre entre les doigts la dernière balle de sa guerre. Elle est lourde au fond de sa poche.

Après leur coup d'État, les fascistes étaient nus. Les républicains contrôlaient la Garde civile, la police, des centaines de milliers de miliciens. Et les deux tiers du territoire. La République était supérieure en nombre, mais pas en cohésion politique ni en armement. Cela lui avait été fatal. Franco, rusé et cauteleux, n'hésitait pas, lui. Par le colonel Beigbeder, il appela à nouveau à la solidarité totalitaire de Mussolini et Hitler afin d'acheter des armes et des avions, puisque l'aviation et la marine espagnoles étaient elles aussi restées fidèles à la République.

Il n'y avait pourtant pas de doute qu'une France de gauche répondît avec empressement à un *Frente Popular* en péril. C'était sans compter avec les deux cents familles françaises, les actionnaires anglais, leurs manigances et les mensonges de tout bord. Le gouvernement Blum avait d'abord accepté de vendre les armes dues. Mais le chèque transita par les mains de l'attaché militaire espagnol à Paris, Barosso. Hostile à la République, favorable aux putschistes, il avait refusé de s'exécuter. Il déchira le chèque et démissionna non sans oublier de livrer le télégramme de Giral à la presse française. *L'Écho de Paris,* le *Paris-Soir* de Jean Prouvost, les éditoriaux de Charles Maurras s'émurent fortement de voir la France s'aventurer dans un dangereux conflit international.

Une semaine après le coup d'État militaire, Blum était à Londres pour y rencontrer le Premier ministre Stanley Baldwin. Le diplomate Alexis Léger, dit aussi Saint-John Perse, poète, lui conseilla de s'abstenir de faire honneur au traité de commerce franco-espagnol. Baldwin mettait en garde : s'il devait y avoir des complications avec l'Espagne, l'Angleterre n'interviendrait pas aux côtés de la France qui nécessiterait son aide pour affronter l'éventualité d'un péril allemand et italien. Blum céda au Premier ministre conservateur.

Ces hommes d'État avaient les oreilles bien ourlées. Si Saint-John Perse conseillait Blum, lady Nancy Astor s'entretenait très souvent avec Baldwin.

Revenue préoccupée de sa croisière, l'ancienne suffragette tenait, depuis lors, *tertulia* à sa façon dans sa propriété de Cliveden.

– Si l'Espagne doit être sacrifiée sur l'autel de la paix mondiale, il ne faut pas hésiter. Que sont quelques rouges face à la sécurité de tous !

Certes, les morts des Asturies l'avaient émue, mais bien plus grave était le danger de voir cette sorte de Commune se reproduire partout en Europe. Elle s'était d'ailleurs brouillée avec Shaw qui avait débarqué à Shanghai pour y suivre les menées japonaises sur la Chine. Elle avait aussi fermé sa porte à Helen Wilkinson.

Lady Astor partageait avec lady Rhône-Poulenc la même analyse politique.

« Ma chère, lui écrivit-elle, la lutte des classes est devenue une guerre. Il faut y mettre fin et choisir son camp. Celui d'Hitler, garant d'un véritable ordre social, est le seul qui vaille. »

En réponse, Léonie lui envoya *Retour d'Allemagne*, l'opuscule de ses conférences édité à compte d'auteur. Un titre évidemment choisi pour asticoter Mathilde revenue du pays des Soviets.

Les samedis de Cliveden, partagés entre chasses au renard, parties de golf et soupers fins, réunissaient sir Neville Chamberlain, lord Halifax et Baldwin. Ils préparaient l'*appeasement* avec Hitler, selon eux l'unique voie politique possible dans le trouble européen. Ce qui ravissait le duc d'Albe, le représentant officiel de Franco à Londres et le plus riche des propriétaires fonciers d'Espagne, lui aussi fort assidu chez Nancy. Dès le dimanche, le *Sunday Times* relayait avec ferveur les opinions du club de Cliveden auprès des décideurs de l'Empire, tous d'importants actionnaires dans les mines espagnoles, la chimie et le textile catalans. C'est leur poids, considérable, qui avait eu raison de Léon Blum.

À Paris, Édouard Herriot, le président de la Chambre des députés, demanda à Blum de ne pas se fourrer dans l'imbroglio espagnol. Les Gillet, amis d'Herriot, militaient évidemment pour la non-immixtion. Au même moment les avions Savoia S-19 italiens arrivaient chez les putschistes. Les armes allemandes étaient livrées, emballées dans des caisses de vin rhénan, via le Portugal du dictateur Salazar. Quant au personnel militaire nazi, déguisé en touristes allant prendre le soleil en Andalousie, il était déjà en ligne alors même que les Brigades internationales n'avaient pas encore vu le jour.

Le gouvernement Blum se divisa. Vincent Auriol, Marx Dormoy, Pierre Cot, Jean Zay étaient pour l'intervention ; Daladier contre. Soudain Léon Blum, pris d'un remords post-londonien, refusa de ne pas être solidaire des Espagnols et menaça de démissionner. Mais la vertu est fatale à la politique : craignant qu'un gouvernement français remodelé ne lui devienne définitivement hostile, José Giral implora Léon Blum de n'en rien faire. Il renonça aux droits découlant du traité d'armement de 1935 si cela devait aider l'ami Blum à rester en poste. S'étant délesté sur la vertueuse République de sa propre responsabilité, Blum fit fermer les frontières et les ports à tout trafic de matériel militaire. Le Front Populaire français achevait de poignarder son frère espagnol.

Le 3 septembre 1936, l'Albanie, l'Autriche, la Belgique, la Bulgarie, la Tchécoslovaquie, le Danemark, l'Estonie, la Finlande, la Grèce, l'Irlande, la Hongrie, la Lettonie, la Lituanie, le Luxembourg, la Norvège, la Hollande, la Pologne, la Roumanie, la Suède, la Turquie, la Yougoslavie, de concert avec la France, la Grande-Bretagne, l'Italie, l'Allemagne, le Portugal et même Staline, désireux de ne froisser personne, adhérèrent au « pacte de non-intervention. »

La route côtière, de Cerbère à Collioure, est noire de monde. La Catalogne se vide. Un demi-million de personnes fuient, laissant leurs vies derrière. C'est l'exode de tout un peuple avec cabas, couvertures, oreillers, courtepointes, chaussures fatiguées, les enfants accrochés à leurs basques, ou en sautoir sur le dos. À ceux qui passent la frontière en voiture, la police française confisque les véhicules qui forment des parkings incongrus sur le moindre plat. Alors les réfugiés continuent à pied leur exil disparate. Ou sur un bourricot, et souvent la valise sur la tête, telle une jarre vide d'espoir.

Antonio a pris les crêtes au-dessus de la mer, par les chemins de contrebandiers. C'est plus prudent. Le lieutenant Vives, 123e brigade mixte, 4e bataillon,

27e division, porte toujours l'uniforme marron et les insignes républicains sur le modèle de l'armée Rouge. Mais il a jeté sa casquette avec l'étoile : une trop belle cible. Un communiste qui vient de servir deux ans sous les ordres du redoutable Enrique Líster est prioritairement à exterminer. De son œil droit, Antonio guette les moindres mouvements suspects dans la garrigue. Son œil gauche, il ne l'a plus. Il l'a laissé durant la bataille de l'Èbre, celle de la dernière chance. Une grenade explosée à quelques mètres, des éclats fichés dans tout le corps et l'œil atteint. Le doc' l'avait assuré qu'on pourrait le lui sauver si on opérait rapidement et correctement. Mais où ? Et quand ?

– Pas le temps, avait dit Antoine.

Et il était reparti au front, avec un bandeau autour de la tête, kaki pour ne pas se faire repérer.

Des nuages très noirs suintent des montagnes qui plongent vers la mer. Sur les Pyrénées la tramontane s'est levée, elle lui griffe le visage de ses ongles de glace. Elle décolle le pansement qu'il porte sur l'œil. La douleur le fait vaciller. Antonio, épuisé, se blottit entre les racines tortueuses d'un pin, relève le col de sa vareuse, ploie l'échine et attend la fin de la bourrasque. Il a appris à faire le dos rond. Laisser passer le grain ou bien les bombes, c'est tout pareil.

Au cœur de la sierra de Caballs, il avait tenu quatre-vingt-dix jours avec ses hommes et résisté à six assauts aériens consécutifs. La légion Condor avait largué quinze mille tonnes de bombes sur cette forteresse de roc gardant une boucle de l'Èbre. Résister, c'était fixer l'armée franquiste. Sur cette enclume d'héroïsme se forgèrent les hommes d'acier qui avaient rejoint la République. Les gouvernements l'avaient lâchée mais leurs citoyens accouraient par brigades entières : Français et Polonais, Yougoslaves et Tchécoslovaques, Bulgares et

Roumains, Italiens et Allemands, Anglais, Américains du Nord et du Sud. Les armes étaient toujours absentes. Les hommes affluaient en masse, malgré la vigilance des serviteurs d'Hitler qui leur interdisaient le passage en Espagne.

Ensemble ils avaient résisté, attendant que les armes soviétiques arrivent. Les réserves de la banque d'Espagne, un milliard six cents millions de pesetas-or, avaient été envoyées à la Gosbank de Moscou, via Odessa, pour payer munitions et vivres. Trop peu réussissaient à franchir en contrebande la frontière française. Quant au lourd, l'artillerie, les avions, il faisait défaut. Les bateaux ne circulaient plus, tenus à distance des côtes par des sous-marins inconnus et très agressifs.

Il leur fallait tenir l'Èbre, le Rhône espagnol. C'était la dernière chance de la République. Les armées de Franco suivaient son cours depuis la Cantabrique, Burgos, Saragosse et l'Aragon. Sa croisade, bénie avant chaque combat par le bras momifié de sainte Thérèse d'Avila que Franco s'était approprié, s'enfonçait comme un coutelas entre les territoires tenus par la République, Valence et l'Andalousie au sud ; la Catalogne, au nord. Et au milieu coulait le vieux fleuve, frontière géographique où s'étaient déjà affrontés les Romains et les Ibères, les Chrétiens et les Maures.

L'Èbre, Antonio le connaissait bien. Il était né sur ses rives. La nuit du 25 au 26 juillet, la division Lister l'avait même franchi à Miravet, dans des barques. Après Teruel, après l'Aragon, toutes batailles menées presque à mains nues, il avait donc fallu qu'il revînt chez lui se battre dans le château templier où il avait joué enfant. Et contre son cousin, ce Vives de Tarragone qui devait jadis épouser la promise que sa mère lui destinait ! Le cousin était dans la Phalange et portait la chemise bleue. Antonio était un rouge et arborait sur sa casquette l'étoile de Moscou. Sa 123e brigade avait fait une saucissonnade des phalangistes.

Le cousin prit la fuite, il avait d'autres ordres. Accompagné d'un dénommé Enriquito, technicien hydroélectrique aux usines chimiques de Flix, il s'était rendu au barrage de Tremp pour ouvrir les vannes, noyant sous deux mètres d'eau les ponts flottants des républicains ; ce qui provoqua, plus au sud, la déroute des Brigades internationales.

Mais Líster et ses Brigades avaient continué à progresser au cœur des lignes ennemies, mettant en péril leurs liaisons, laminant les soldats marocains terrifiés par la hargne vengeresse des rouges. N'avaient-ils pas terminé au poignard les martyrs des Asturies, sur ordre de Franco ? Cent mille républicains contre deux cent trente mille franquistes faillirent bien remporter la victoire. Hitler et Mussolini enrageaient contre ce Franco qui ne savait pas mener correctement une bataille malgré leur aide qui commençait à coûter bien cher. Cependant les armes n'arrivaient toujours pas dans le camp de la République.

Le lieutenant Vives et des milliers d'autres s'étaient blottis dans la sierra, terrés dans des grottes et des bunkers de fortune, tenant bon malgré les sirènes des stukas en piqué et les vagues de Messerschmitt. Mais que pouvaient les Polikarpov soviétiques, en bois, qui décollaient du lointain aérodrome de La Senía, contre les avions les plus modernes au monde ?

Une date leur fut fatale. Le 30 septembre 1938, Daladier et Chamberlain signaient l'accord de Munich. Les démocraties capitulaient devant le chantage hitlérien. Au courage extrême succéda le découragement absolu. Tel un éventail, les territoires conquis en été sur la rive droite de l'Èbre se refermèrent à l'automne sur les républicains aculés. Ils repassèrent sur la rive gauche et dynamitèrent le dernier pont, à Flix, le 16 novembre à quatre heures quarante-cinq du matin. Le Vives de la Phalange réintégra Miravet et fit condamner à mort, par contumace, le lieutenant Vives après avoir fait main basse sur le peu de bien qu'y possédaient encore ses parents Juan Bautista et Teresa. C'était aussi cela la guerre civile : une incivilité extrême fracturant les familles et mettant au jour bien des vilenies.

Dans la colonne sanitaire les évacuant du front de l'Èbre, le lieutenant éborgné sut la partie perdue. Trop de forces et de matériel chez les fascistes. De leur côté, plus d'armes et plus guère d'appuis. Tarragone était tombée : Franco pouvait foncer vers Barcelone, offerte. La guerre fratricide devenait un chacun pour soi. Les villages déserts, aux populations terrées, se donnaient aux moins cruels. Dans les ruelles vides, les affiches politiques flottaient, déchirées. Tout ce en quoi l'on avait cru gisait, épars. Il n'en était arrivé que monstruosités et crimes, réveils d'antiques haines réglées les armes à la main. Le pays se déchirait les membres avec des dents d'acier. Fermes brûlées, églises incendiées, cadavres putrescents au bord des chemins, chiens errants, corbeaux fous. Çà et là, un amandier fleuri rappelait le monde d'hier et l'espoir. Mais les branches étaient coupées, le bétail dispersé, les étables vides. Les civils s'égayaient à la vue du moindre soldat. Par-dessus tout, ils craignaient les *moros*, les mercenaires marocains que les franquistes lâchaient sur le pays rouge pour exterminer la vermine, comme ils disaient. Ceux-là qui avaient fui sur l'Èbre, peureux comme des chacals, vengeaient leur déshonneur d'hier par de nouvelles atrocités, cœurs arrachés et femmes éventrées après des viols de masse.

Où étaient Isabel et les petites maintenant ? Barcelone était écrasée chaque nuit par les avions du Duce que Pie XII bénira à leur sortie d'usine. Le port était bloqué. Des bombardements erratiques frappaient la vieille ville. Antonio avait su que leur appartement avait été détruit. Negrín appelait vainement à l'aide la terre entière. Il proposa un plan en treize points à Franco, demandant la fin des combats, le pardon, l'amnistie. Des proches de Franco, lassés de tant d'horreur, intercédèrent en sa faveur. Mais le Caudillo, saisi d'une fureur sanguinaire, voulait la reddition sans compromis et la victoire absolue. Il n'y aurait ni pardon, ni amnistie. La défaite, totale ; ou la victoire, écrasante. Sinon : la mort.

Dans la colonne sanitaire, les compagnies se délitaient les unes après les autres. Protégées par la Croix-Rouge, elles tentaient tant bien que mal de rejoindre le nord et la frontière. La région de l'Empordà était encore épargnée. Figueres représentait l'ultime rempart avant la frontière française. La ville disposait d'infrastructures viables et d'hôpitaux.

Ces combattants étaient perdus. À chaque alerte, dès qu'un stuka hurlait, les hommes se terraient. Après chaque attaque, le nombre de ceux qui réapparaissaient hors des bosquets s'amenuisait. Certains s'évanouissaient dans les villages morts, d'autres voulaient retrouver leurs familles. Antonio en attrapa un par la manche. Il le connaissait de loin. C'était un menuisier du Born.

L'homme lui dit qu'il avait hâte de retrouver sa femme et ses trois fils. On racontait de telles horreurs sur le sort que Franco réservait à Barcelone. Il voulait se battre là-bas, pour eux. Vives, qu'il appelait *El Capitán,* avait une belle réputation. Il s'était toujours montré droit et juste. Antonio écrivit un mot à Isabel, au 13 carrer dels Flassaders, chez sa mère où elle avait trouvé refuge.

Prends les filles et pars. Fiche le camp d'Espagne, passe en France. Si tu restes, femme et filles de républicain, ils vous feront la peau. Ce sont des chiens. Nous on est fini. On a perdu. Je me dirige vers Figueres où je vais être opéré de l'œil. Je tiens le coup.

Antonio, 15 janvier 1939.

Il demanda au menuisier de porter son message. Antonio lui serra très fort la main. Peut-être le donnerait-il, peut-être pas. L'homme partit en le lui promettant.

La tramontane s'est calmée. Aux nuages noirs a succédé une trouée bleue. Le flot humain continue de s'écouler vers Collioure. En silence. Plus au sud, Antonio sait qu'il y a le Port de la Selva. Un souvenir de vacances, brèves, au bord de la mer, leurs secondes après une semaine à Sitges, où ça s'était mal passé. Ils avaient laissé Teresa toute petite à sa grand-mère pour prendre un peu de bon air. Isabel avait senti naître chez Toni la possibilité d'une aventure avec une Américaine de passage. Deux claques retentissantes avaient remis son homme sur le droit chemin. Penaud, il s'était excusé de s'être encore cru, un instant, le gamin des rues, l'homme des bordels, le *macho*.

Au Port de la Selva, leur idylle fut bien différente. Pas de villégiature ensoleillée, ni de chic urbain en goguette. Mais un simple village de pêcheurs d'anchois, une tache blanche dans l'ocre et le sable gris du Piémont pyrénéen. Fermés dans leur conque outremer, les pêcheurs s'y étaient inventé une République libertaire : la Coopérative des pêcheurs. Ils partageaient tout : les bateaux, les filets, le poisson, les frigos, les saloirs et le sel, l'huile d'olive et les oliveraies, les camions pour transporter les anchois jusqu'à Barcelone. Et aussi le café, l'hôtel, le restaurant, le théâtre, la salle communale. Les pêcheurs s'étaient mutualisés contre les accidents du travail, la vieillesse et la mort. Il n'y avait plus de marché libre ni de criée, mais une industrie qui, si elle ne rapportait pas des mille et des cent, voire rien selon les caprices du marché, assurait du moins aux pêcheurs un minimum honnête et constant. Leur couple avait été ébahi par cet exemple édénique. S'asseoir au café, dîner, dormir, c'était expérimenter un nouvel art de vivre ensemble, chacun ayant peu, mais bien assez pour ne plus connaître l'envie.

Port de la Selva avait enfanté une société sans classes, où celui qui possède le bateau et celui qui travaille dessus ne se jalousent pas, l'un pouvant, par décision commune, échanger son poste avec l'autre. Ce n'était pas un village de rouges, c'était un village sans maîtres, soulagé de siècles de féodalité alors qu'au même moment, au cœur de la Castille, un petit marquis qui ne connaissait sa terre que par son titre était encore l'unique propriétaire de tout : les maisons, les champs, les arbres, les troupeaux, les ruisseaux, l'herbe, les tombes et jusqu'à la poussière du cimetière que foulaient, éperdues, les filles qu'il lui prenait envie de forcer, pour son plaisir, une fois l'an, lors de sa visite de propriétaire, sans que rien ni personne ne puisse redire aux caprices du bon marquis catholique. Celui-là envoyait ses *pistoleros* brûler les récoltes des rares paysans qui lui avaient fait l'affront de cultiver leurs propres terres après les prémices de la réforme agraire. Le grain, la paille, et parfois l'homme, avec une balle dans la tête, cramaient ensemble.

– *No pasarán ?* Ils sont bien passés les salauds, crie Antonio au vent qui s'est à nouveau levé.

Car Port de la Selva vient d'être bombardé et fume au loin. Sous la tramontane les roches de Cerbère sont noires de toute éternité. Les barques et les oliveraies ne sont plus que cendres de ce qui aurait pu advenir si la non-intervention générale n'en avait précipité l'agonie.

Désormais l'Espagne est majoritairement derrière Franco. Exténuée par la guerre, prête à se réfugier dans le giron de qui voudra, un instant, panser ses plaies, apaiser les haines. Mais à quel prix ! Les républicains connaissent la tactique. Dans un premier temps, le Caudillo se fait tout miel :

– Ceux qui croient que nous sommes ici pour soutenir les privilèges du capitalisme se trompent. Nous sommes ici pour défendre les humbles et les classes moyennes !

Des tracts signés de sa main l'ont précédé. Puis vient le moignon noirâtre de sainte Thérèse et la remise au pas. L'évêque de Lérida n'a-t-il pas rêvé que Franco était le Doigt de Dieu ? Tout recommence par une messe d'exorcisme et l'autodafé des attributs de la République sous l'œil en porcelaine de la Vierge du Pilar de Saragosse, proclamée lieutenant-général de l'armée franquiste. Et très vite, voici l'avènement du nouvel ordre « national-syndicaliste ». L'appellation est une magistrale duperie. On liquide, par camions entiers, dans des fosses communes, les opposants et les républicains. Quitte à rouvrir des charniers que certains, dans les rangs de l'armée légale, ont auparavant remplis de nonnes, de religieux et de fascistes. Les écoles mixtes sont fermées, les salaires bloqués au plus bas, les terres rendues aux nobles. Un plat unique est décrété tandis que les nantis retrouvent la bombance. Le divorce est bien sûr aboli, interdiction est faite aux femmes de fumer, de porter des manches courtes et des jupes au-dessus du genou. Et de voter. On change le nom des places. Les montagnes russes des fêtes foraines sont rebaptisées suisses, les bibliothèques publiques et privées épurées de tout ouvrage français, maçonnique, socialiste ou moderne. Et surtout obligation est faite de renouveler sa carte d'identité. L'occasion de ficher les survivants en trois catégories : *A* comme Acquis au régime, *I* comme Indifférents, *D* comme *Desafectos*[1].

Au Port de la Selva, à Barcelone, dans des milliers de villages, des gens simples avaient rêvé égalité, partage, solidarité. Ils y étaient presque arrivés, mais ils n'avaient pas fait bloc. Aujourd'hui, ils en crèvent. En bas, où la mer rugit et mêle sa voix au vent fou accouru faire la guerre aux eaux, Antonio entend des cris. Les Italiens et les Allemands viennent de bombarder des convois de réfugiés en aval de Figueres. La frontière française cède sous la poussée des fuyards. Isabel et les petites étaient dans l'un de ces convois. Antonio se relève et accélère le pas, indifférent à cet œil qui brûle et suinte de pus.

*

À Cerbère, Isabel et les deux fillettes ont intégré les longues files de réfugiés qui attendent de monter dans le train. Les pleurs, les cris, le piétinement de la foule se mélangent aux cris des policiers français, casques ronds et pantalons serrés aux chevilles, l'arme en bandoulière. Dans cette multitude Isabel est seule, les petites serrées contre elle, enveloppées dans une unique couverture qu'elles se partagent tant bien que mal, recroquevillées sous le froid. Le même vent furieux s'engouffre à travers les vitres cassées du wagon. Ce n'est pas un mal : dans les trains pleins à craquer, sans eau et sans nourriture, la peur fait se vider les ventres n'importe où. Les

1. Hostiles.

troupeaux de nuages qu'exsude le Canigou enneigé dominent la retraite de ce peuple qu'un autre chasse. Isabel pleure, fixant la côte déchirée du pays catalan. Elle ne sait où cette machine va l'emporter.

À Barcelone, elles ont connu mille nuits bleues. La municipalité avait fait peindre toutes les ampoules de lampadaires, espérant que cette lumière d'aquarium empêcherait la ville d'être repérée par les avions. Qui laissait filtrer une lueur par la fenêtre voyait aussitôt sa vitre brisée au lance-pierre. Des gamins embusqués traquaient les traîtres qui signalaient ainsi la ville aux fascistes volants. La vie se terrait dans les maisons comme une braise tremblotant sous la cendre. Les seules lumières fortes tombaient du ciel avec la mort venue d'en haut.

Elles avaient par bonheur survécu au bombardement de la Barceloneta. Ce matin-là, Isabel était allée chercher Teresa à l'école, la petite Isabel accrochée à sa main. En revenant, elles découvrirent un trou fumant. Teresa mère et Juan Bautista les avaient recueillies.

Il n'y avait plus de feu ni de chaleur depuis des mois. Le charbon des Asturies était bloqué par l'avancée de Franco et le bois plus précieux que tout. On avait brûlé tout ce qu'on pouvait tirer des parties communes. Les maisons de maître avaient sacrifié boiseries, chaises, buffets, rambardes et marches d'escalier. Les pauvres avaient brisé les armoires, les portes sans nécessité et jusqu'aux pigeonniers des terrasses.

Ce qui avait commencé comme un rêve s'achevait en cauchemar. Le 20 juillet 1936, Barcelone s'était réveillée collectivisée. Les chauffeurs des voitures bourgeoises s'étaient emparés des véhicules et parcouraient la ville en klaxonnant, le nom de leur syndicat inscrit à la peinture blanche. Les beaux quartiers s'étaient vidés de leurs familles, les hôtels et les restaurants de leurs clients. L'Oriente, le Colón, le Ritz furent mutualisés par la FOSIG et arborèrent un calicot indiquant : réfectoires populaires. Plus de boîtes de nuit ni de bordels : tout était à tout le monde, les coiffeurs, les cordonniers, les pharmacies, les fabricants de matelas et même le Liceu. Fini les vendeurs du *Gordo* : les mendiants avaient disparu, pris en charge par les organismes syndicaux d'assistance. Toutes les entreprises étaient entre les mains des travailleurs. Mais, au lieu d'abolir le patronat, on multiplia les maîtres dans les entreprises, chaque ouvrier étant devenu propriétaire de sa boîte. Les patrons furent soit fusillés pour avoir été factieux, soit réemployés dans leurs propres usines. Le salaire moyen passa de trois pesetas par jour à dix. La semaine de travail fut définitivement ramenée à quarante-huit heures. Mais on maintint l'inégalité salariale homme-femme, contre l'avis des socialistes et des communistes.

Et la pagaille commença. Au Liceu, ce fut comique. Lazaro, à qui on voulait faire passer la serpillière, répondit crânement qu'il accepterait le jour où l'homme de ménage pourrait chanter *Rigoletto*. On rit, mais jaune car l'utopie se dégradait en esprit de clocher. Ce qui était possible dans une communauté de pêcheurs s'avérait impossible dans une ville d'un million d'habitants. Il n'y avait plus d'impôts, donc plus de recettes fiscales pour alimenter la ville. Moins de nourriture fit galoper l'inflation et généra un marché noir pire que le capitalisme le plus débridé.

L'ambiance s'alourdit. La nuit, les Ramblas plongées dans l'obscurité tombaient aux mains des milices grossies par les brigands, les prisons ayant été ouvertes et les prisonniers tous amnistiés. L'anarchie devint jungle et le slogan « organiser le désordre » une pantalonnade.

Les Vives se serraient autour de la table où l'on avait jeté le tapis sous lequel un maigre brasero tentait de réchauffer les jambes par où monte la mort qui tousse. Teresa mère, son châle sur la tête, le visage bleui par un feu évanescent, se promenait à travers la pièce, levant et abaissant la casserole pleine d'alcool à brûler. En la regardant, Isabel remontait le temps : la Juana faisait de même, il y a vingt ans, dans le premier taudis des Canuto. Teresa mère, telle une sorcière domestique, fascinait les fillettes qui gloussaient. Les deux femmes s'en amusèrent, heureuses de ces rires innocents.

Elles se figèrent lorsqu'on toqua à la porte.

El Ajedrez n'était pas resté longtemps ouvert. Dès qu'Antonio fut parti à l'école d'officiers, le fils Malaliet, celui *de la dinamita cerebral*, vint tourner autour d'Isabel dont il avait une envie sauvage. Elle ne s'était pas laissé faire. Dès le lendemain, ses sbires l'obligèrent à fermer ce lieu « contre-révolutionnaire ». Ils avaient tout pouvoir dans la ville, leurs patrouilles de contrôle ayant remplacé la police.

De toute façon, il n'y avait plus rien à consommer et l'argent se raréfiait. Collectivisées sans préparation, les usines périclitaient d'elles-mêmes. Les ouvriers se payaient au prix fort sans se soucier d'alimenter les provisions sans lesquelles leur entreprise ne pouvait honorer ses échéances. On ne travaillait plus que deux jours par semaine. Le chômage explosa.

Quelle patrouille venait donc frapper ? *La dinamita, los peripatéticos, los hijos de puta ?* Mais ce n'était que le menuisier de la 123e brigade venant remettre le message d'Antonio, comme il le lui avait promis.

Malgré les cris de Teresa et des femmes Canuto aussitôt averties, Isabel jeta dans une sacoche de cuir sa photo de mariage, les portraits des petites à leur naissance, une carte de El Ajedrez, leurs papiers, un peu d'argent et une laine pour chacune. Sur ses talons hauts, elle quitta Barcelone avec des dizaines de milliers d'autres.

Elles avaient retrouvé Antonio à l'hôpital militaire de Figueres. Isabel l'aurait reconnu entre cent au milieu de cette cohue d'hommes blessés, de bandages sales, de béquilles, de membres estropiés, de geignements, d'infirmières débordées. Elle courut de lit en lit, cherchant son visage parmi les draps ensanglantés. Mais il n'était pas dans un lit. Du fond de la salle, son œil blessé l'avait pressentie. Et Antonio était debout. Malgré sa blessure il avait pris les choses en main et s'occupait des plus atteints. Il fallait établir des papiers en urgence pour une multitude de soldats qui ne pouvaient rester à Figueres. Bientôt la ville tomberait et les fascistes ne feraient pas de quartier. Les blessés les plus graves devaient être évacués en priorité.

Ils avaient passé la nuit ensemble, dans le buffet de la gare, avec les fillettes. Elles sur un billard, eux en dessous. Teresa s'endormit d'un bloc, comme si rien ne se passait, indifférente au passage des avions qui partaient mitrailler les chemins du haut Aragon et décimer les colonnes républicaines éparses. Parfois un stuka se mettait en piqué, avec ce hurlement épouvantable qui vrillait les oreilles des dizaines de kilomètres à la ronde. Le cri technologique des oiseaux d'acier terrifiait la petite Isabel. Tout son être ressentait l'impact des bombes, pourtant lointain, et qui lui semblait monter par les pieds du billard. La terre, tambour gigantesque et mou où les germes se recroquevillaient dans leurs graines, ne pouvait plus les absorber ni se taire. Meurtrie, déchiquetée, elle renvoyait à l'innocente la guerre amplifiée.

En fin de nuit, des sirènes proches retentirent. Immédiatement ce furent des cris, des pleurs, la panique. Il n'y avait pas assez d'abris à Figueres pour tous ces naufragés. Dans l'aube blafarde, camions et voitures allumèrent leurs moteurs, mais pas leurs lumières, excepté un étroit rayon surgissant en faisceau horizontal des phares barbouillés de noir et qui éclairait les adultes au milieu du ventre. Cela éblouissait terriblement Isabel.

Antonio les embrassa toutes trois. Lui, il restait pour continuer la lutte. La République était en déroute, mais pas défaite. Elles montèrent dans un petit fourgon, vite perdu dans la multitude bringuebalante des chariots, camions, voitures à moteur, à bras, à cheval. Leur lambeau de Catalogne républicaine, grossi d'Andalous, de Valenciens, d'Aragonais, de Castillans s'ébranla vers la France. Quatre heures plus tard, à la hauteur de Garriguella, quatre stukas furent sur le convoi. Les mugissements atteignirent les oreilles avant les premières bombes.

Leur chauffeur était un vieil Ampurdanais qui connaissait bien le pays. Il appuya sur l'accélérateur et quitta la route principale pour des petits chemins qui filaient vers les montagnes. Les collines s'élèvent vite vers les contreforts des Pyrénées. Elles sont coupées de gorges où les chemins se perdent sous le couvert des pins maritimes et des ressauts rocheux. Impossibles à bombarder avec précision. Les stukas préféraient la longue file humaine à découvert sur la route toute droite.

Le soir, couvert de poussière ocre, le fourgon réussit à atteindre Port-Bou, l'ultime cité espagnole avant la France, là où l'espacement des rails empêche toute relation directe avec le réseau ferré français. Elles s'étaient engouffrées dans le tunnel de Balires pour rejoindre Cerbère, la première ville française. Sur le quai, elles avaient attendu deux jours.

Février terrible. La lumière du printemps qui approche rend métalliques les roches noires de Cerbère. Dans la sacoche de cuir, Isabel serre les souvenirs d'une vie mangée par la guerre. Le reste est derrière, là-bas, sur l'autre versant des Pyrénées. La mer grise et glauque porte le deuil. La terre est d'un jaune paille. La tramontane lève des tourbillons de feuilles rousses arrachées aux chênes. Les vignes de Banyuls ont des doigts crochus. Teresa et Isabel ont faim et sucent leurs pouces.

Leur mère garde dans son corsage les papiers qu'Antonio lui a donnés à l'hôpital militaire. Pour elle et ses deux fillettes, obtenu auprès du gouvernement Negrín replié en catastrophe sur Figueres : un passeport de réfugié politique. Le document est rare et vaut de l'or. Il lui a aussi conseillé de rentrer en contact avec le camarade Joaquin, susceptible de les aider.

Elle n'a pas eu à le chercher longtemps. Un petit homme à l'allure de fonctionnaire, aux yeux baissés, l'a tirée par la manche au milieu de la cohue. Il lui a demandé son passeport et l'a amenée auprès d'un gendarme. Elle a eu peur, mais elle a cédé, trop lasse. L'effet fut immédiat sur ce représentant de la France : il les fit monter prioritairement dans le wagon où l'on se battait aux portes, la saluant à voix basse d'un chaleureux « camarade ».

– Merci Joaquin ! dit-elle en se retournant. Mais le gendarme s'était déjà esquivé et le petit fonctionnaire dissous dans la foule.

Une forte secousse, des cris effrayés, le train s'ébranle. Il ne s'arrête ni à Argelès, ni à Agde, ni à Saint-Cyprien. Ce qu'on voit par la fenêtre est lugubre : une foule hagarde s'entasse sur les plages boueuses. Des averses intermittentes se tordent dans le vent. Le ciel est d'un gris couleur d'armes. Certains ont des couvertures, la plupart sont trempés, sans rien. On dirait un dépotoir avec des humains en guise de déchets. La locomotive continue son chemin en sifflant. La frontière tragique s'éloigne, une paix de plomb tombe sur le train. Les réfugiés, calfeutrés les uns contre les autres, s'endorment dans le peu de chaleur que leur amas génère.

Aux arrêts, on accueille le convoi avec des fleurs, de la nourriture, des boissons, des chants, des pancartes à la gloire de la République espagnole. Deux jours plus tard, six cents kilomètres plus à l'est, le train de réfugiés s'arrête à Gap, Hautes-Alpes. La date, Isabel ne saurait l'oublier : ce 3 février 1939 est son jour anniversaire.

Elles restent encore une journée dans un garage, rue Carnot, avant d'être transférées au camp de concentration de Pont-la-Dame, dans la vallée du Buëch. Ici la tramontane a changé de nom, elle s'appelle la bise et elle est tout aussi cruelle. La première nuit les fillettes aperçoivent, devant la porte sans porte, quelque chose de blanc, qu'elles ne connaissent pas, s'amonceler en congères. Il fait moins cinq degrés. Il n'y a pas de feu.

Lyon – 20 juin 1940

– Que faites-vous à la fenêtre, Bonne Maman ?

Ghislaine Ferlié, dix ans, pénètre en catimini dans le grand bureau des Gillet, à l'étage noble de la villa qui donne sur les monts. Léonie a remplacé Paul dans l'observation des lointains. La livraison ne devrait plus tarder à présent. Les cheminées de l'usine mère, froides depuis des années, n'émettent plus rien, mais elle distingue, çà et là, des fumées.

– Je scrute, ma petite-fille, je scrute et je guette…

– Quoi donc, Bonne Maman ? Les Allemands ? Cela me fait peur, vous savez.

L'enfant capte l'anxiété des adultes plus facilement que le textile artificiel l'électricité. Des granges et des villages brûlent du côté du Mont-d'Or, leurs fumées cravatent le ciel. Les troupes nazies, descendues par Dijon, foncent sur Lyon. Le sacrifice des tirailleurs sénégalais, écrasés à Chasselay par les blindés S.S. de la *Totenkopf,* n'a rien pu y faire. Lyon s'est déclarée ville ouverte. Nos nègres se sont bien battus, songe Léonie, et surtout dans les temps opportuns. Que le ciel en soit remercié, cela nous donne un peu de marge. Nous ferons dire une messe à la bravoure de nos colonies.

– Ma petite-fille, dit-elle en revenant à Ghislaine, il ne faut pas avoir peur des Allemands. Ils ne nous feront rien.

– Que regardez-vous alors ?

– J'attends autre chose…

– Quoi donc, Bonne Maman ?

– Une surprise. Très importante pour nous, et pour toi plus tard.

– Je veux la voir ! Je veux voir la surprise.

– Quand elle sera arrivée… bientôt, je l'espère. Si tu es sage, avec oncle Paul, nous te la montrerons. Mais pour l'instant va rejoindre ta mère, il est l'heure du goûter.

– Non, je ne veux pas !

Léonie n'a jamais aimé que les enfants lui résistent. La matriarche adopte le ton de voix et la formulation adéquats.

– Ghislaine, cela suffit voulez-vous ! Obéissez ! Il peut être dangereux de rester près des fenêtres en ce moment. Allez goûter ! Il y a de la brioche aux raisins. Vous aimez cela, la brioche aux raisins, n'est-ce pas ?

– Oui, Bonne Maman, murmure l'enfant.

– Alors faites-moi la grâce de rejoindre vos sœurs immédiatement.

– Bien, Bonne Maman…

Ghislaine bat en retraite. On ne résiste pas à l'autorité de grand-maman, parfois douce, le plus souvent sèche et martiale.

Sa grand-mère ignore que tout à l'heure, après le goûter, la petite-fille jouera *à Léonie* avec ses poupées et ses sœurs cadettes. Elle prendra une grosse voix, leur tirera les cheveux et les enfermera dans un placard au prétexte de jouer à cache-cache. Et il n'y aura aucun cri. On ne les tolère pas dans la grande villa, ils dérangent monsieur Paul. À peine quelques sanglots entre les bras de maman Mathilde qui passera rapidement, au dernier étage, connaître la raison du léger chahut que la nounou anglaise n'aura pas manqué de lui rapporter.

Après l'entrée des Allemands dans Paris atone, Léonie, Mathilde, les enfants, Charles et Édouard se sont repliés sur Lyon jugée plus sûre. Juste le temps de se retourner, de voir comment évoluera la situation. Le président du Conseil, Paul Reynaud, a démissionné. Les ministères de la rue de Grenelle et de la rue Saint-Dominique se sont égayés à Bordeaux. Les Gillet ont connu la débâcle et l'exode sur les routes, mais Jacques, le chauffeur, connaissait les chemins de traverse. Il a évité les axes bondés, facilement bombardés. Ils avaient laissé à Paris la nouvelle Rolls et opté pour une Citroën plus discrète qui mena tout le monde, sans encombre, vers le sanctuaire lyonnais, au sommet de la Croix-Rousse.

Dès l'automne 1939, Léonie s'était intensément investie dans l'effort de guerre, mettant ses œuvres caritatives de la rue de Berry au service de la préfecture de Paris, offrant couvertures, pansements, locaux et infirmières.

Ces diverses structures, d'une efficacité proprement militaire, viennent de passer en l'état au service de l'occupant. Léonie Gillet craint cette guerre qui avait éclaté comme un coup de tonnerre dans la quiétude du 1er septembre. Mais le moyen de faire autrement…

– Résister peut-être ? avait hasardé Mathilde.

– À quoi bon ma fille ! Vous ne savez pas la force et l'efficacité du national-socialisme. Il est redoutable, et d'une admirable organisation.

– Je sais, mère, en quelle estime vous portez ses capacités.

– Ne me raillez pas ! Je ne suis tout de même pas allée jusqu'à leur ouvrir les bras ! La preuve, nous avons quitté Paris. C'est un signe fort. Il importe désormais de faire le dos rond. Et d'attendre. Il faudra sans doute s'entendre avec l'occupant. Notre survie est à ce prix. D'ailleurs, avec tes oncles, nous avons nos plans.

Des plans si secrets que même Édouard n'en a pas été averti. Ce qui ne déplut point à Mathilde, désormais séparée de corps et d'esprit d'avec son époux, bien qu'on n'ait pas envisagé un scandaleux divorce.

À Lyon l'espace des enfants, situé sous les toits de tuile rouge, est un lieu magique, à leur taille, constitué de petites portes, de couloirs, de chambrettes. On y trouve aussi une terrasse avec une tourelle à l'italienne où, en temps normal, ils prennent le bon air et admirent le paysage. Monsieur Paul et monsieur Charles l'ont investie depuis le début de la matinée, pourvus de jumelles et de longues-vues.

– Ils jouent aux capitaines ! s'amusent les enfants qui pointent de temps à autre leurs frimousses, émoustillés par l'agitation des grands-oncles, d'habitude si pondérés, si sérieux.

Mais les grands ne jouent pas. Ils attendent ce précieux bien que Léonie guette depuis le bureau. En espérant qu'il arrivera plus vite que les Allemands. Il ne serait pas opportun qu'il croise leurs troupes. Fidèle à sa tactique, la « famille cachée » cultive la discrétion en affaires.

On a même éloigné Édouard, envoyé chez Robert Poidebard, l'éditorialiste acerbe du *Nouvelliste de Lyon,* un homme qui leur est fort utile depuis la catastrophe du Front Populaire. Pour cette journée particulière, les Gillet préfèrent le comité très restreint. Ce n'est pas que l'on se défie du gendre, mais l'heure est délicate. Depuis deux générations, la soie leur a appris la souplesse. La guerre oblige à des mutations industrielles accélérées. Les usines, les avoirs ne se déménagent pas. Qui sait de quoi demain sera fait ? Il faudra collaborer avec l'occupant. Édouard, si ouvertement du parti de l'ordre et de l'Allemagne, est un homme utile, vu les circonstances. Mais il n'est pas bon de mettre tous ses œufs dans le même panier. Car le gendre est sans vergogne, un fervent de Jacques Doriot, l'homme fort du fascisme français. Presque trop visible.

Les Gillet n'ignorent pas quelles rancœurs habitent les vaincus de la guerre précédente. Leur allié, le baron Thyssen, en a fait les frais pour s'être opposé à l'antisémitisme des nazis, devenu hystérique depuis la « Nuit de cristal ». Le banquier d'Hitler, en disgrâce, a dû fuir en Belgique. Goering en a profité pour se réapproprier ses usines.

Thyssen mit monsieur Paul en garde, lors d'une réunion à Bruxelles, contre l'avidité délirante des dignitaires du Reich, qui ont perdu toute raison.

– Ils vous mangeront tout crus si vous n'y prenez garde. L'affront de la vieille guerre est toujours présent. Le prix des souffrances que le traité de Versailles a infligées à l'Allemagne sera réclamé au centuple. Vous êtes en première ligne. Méfiez-vous !

Édouard, si enthousiaste pour le fascisme, comment va-t-il évoluer ? Certes, Léonie et ses beaux-frères apprécient la politique sociale et industrielle menée par le Reich depuis 1933, mais est-il prudent de se jeter à corps perdu dans le giron nazi comme le préconise le gendre Ferlié ? Puisqu'il ne fait nul doute qu'il sera leur homme, on préfère que certaines évolutions du trust familial ne lui soient pas dévoilées. Du moins pas dans l'immédiat.

– Ça y est, je les vois ! Ils arrivent ! Ils arrivent !

Monsieur Paul, en descendant précipitamment l'escalier pour rejoindre son bureau, manque de bousculer la petite Ghislaine.

– Est-ce la surprise, mon oncle ? crie Ghislaine.

– Oui ma petite ! Mais va vite rejoindre tes sœurs. Je dois absolument parler avec Bonne Maman.

Ghislaine monte, résignée, vers la brioche et le chocolat en jetant un regard de reproche vers cette grande personne qui a l'air de tant s'amuser.

– Léonie ! Ils sont passés ! lance Paul tout essoufflé. Je viens d'apercevoir le toit des camions grimper la côte.

– Dieu soit loué ! Je craignais qu'ils ne se fassent intercepter. Les camoufler en camions de la Wehrmacht, c'est risqué…

– Aucunement. Pierre, avec la bénédiction de Thyssen, ne voulait prendre aucun risque. C'est moi qui ai eu l'idée de mettre nos Allemands de Fribourg au volant. Vous savez, ce sont ces ingénieurs venus à Vaulx-en-Velin former les ouvriers.

À l'entrée de la villa, monsieur Charles ouvre lui-même le lourd portail. Trois camions pénètrent rapidement dans le parc. Pas assez vite, cependant, pour éviter que des passants nerveux n'enregistrent leur entrée en trombe.

– Les boches chez les Gillet ! Déjà ?

– Qu'est-ce qu'ils trament, ceux-là ?

– Leur villa est peut-être réquisitionnée pour abriter des huiles nazies.

– Les Gillet, réquisitionnés ? Allons donc, tu veux rire ! Eux ils sont du genre à inviter, mais pas à se laisser occuper.

– Ce n'était pas des voitures, mais des camions de transport.

– Ah ben alors ça…

Dans les troquets, la rumeur des mystérieux véhicules se met à circuler.

Aussitôt le portail fermé, ils sont dirigés vers l'entrée de service. Les communs de la villa, dans ses soubassements, comprennent les cuisines, les réserves, un tennis d'intérieur et même une salle de théâtre. Derrière le fond de scène se trouve l'entrée du souterrain qui menait jadis à l'usine mère, en bas, quai Joseph-Gillet. Monsieur Paul ne l'a jamais fait obstruer.

À l'exception de la nounou anglaise, tout le personnel a eu sa journée.

– Cela va de soi, leur a dit Léonie avec une mine de circonstance. En ces moments amers où notre défaite est consommée, il est préférable de rester auprès des siens.

Aucune personne extérieure au clan n'est donc présente pour assister au transfert du contenu des camions que les chauffeurs et leurs aides déposent dans le souterrain. Un Américain de forte stature, au poil roux, supervise le rangement des pièces détachées. Il s'agit des nouveaux métiers à tisser le nylon qu'un bateau discret vient d'acheminer du Delaware jusqu'à Saint-Nazaire. Chargées sur des camions anonymes, les machines ultramodernes ont remonté le cours de la Loire, pris les petites routes de montagne. Les véhicules ont reçu leur camouflage et leurs chauffeurs germaniques un peu avant Lyon, jouant la montre contre l'armée nazie. Il eût été fâcheux que ces bijoux technologiques destinés à filer les bas de nylon tombent entre leurs mains. Les fileuses resteront dormir dans les soutes du navire amiral Gillet, en attendant… Le docteur Hull, venu en personne assurer le service après-vente de Dupont de Nemours, a bien mérité un double scotch, servi par une Léonie prévenante.

Rien n'a changé dans le bureau de la lignée. Les lambris de châtaignier, les armoires grillagées, le tapis vert de la table du conseil, et un tableau du très pieux Louis Janmot offert à Joseph Gillet. Tout ceci marque la continuité de l'activité familiale et entretient la légende soyeuse, même si la fratrie est passée bien au-delà depuis ce jour de 1924 où l'on trinquait, dans le sabot de l'aïeul, à la fortune procurée par les prises de 14-18.

Edmond mort, Léonie l'a peu à peu remplacé auprès de ses frères. Ses relations, son autorité, ses conseils avisés contribuent à la prospérité des innombrables filiales qui ont bourgeonné avec chaque nouvelle affaire. Les prospections et les acquisitions ont mêlé les bénéfices et croisé les intérêts. Le portefeuille d'actions constitue à lui seul le dictionnaire géographique du textile artificiel et de la chimie européenne, Troisième Reich excepté. Il y a sans cesse des décisions à prendre concernant Bruxelles, Roubaix, Pavie ou Lisbonne. Et si Barcelone a été perdue pendant la guerre civile, leurs alliés Vilà ayant fui à Porto, c'est vers New York que l'on se tourne désormais.

La Rhodiaceta produit déjà des brosses à dents et du fil de pêche. Mais ces bas nylon, quel marché ! Dupont de Nemours, connaissant la puissance des usines Gillet et l'excellent maillage de leur distribution, a tout naturellement renouvelé ses accords avec ses alliés lyonnais en leur expédiant le dernier cri en matière de fileuses.

– Si vous voyiez les rues de New York en ce moment, madame ! Les femmes ne portent plus que cela.

Le docteur Hull tire de sa poche un exemplaire de l'objet révolutionnaire.

– Les bas ne filent plus, n'accrochent plus, se lavent sans peine. Grâce à l'ultime innovation de Carothers.

– Pourquoi dites-vous « ultime » ? demande Charles.

– Parce que le pauvre homme vient de mettre fin à ses jours.

– Mon Dieu, quel malheur ! s'exclame Léonie.

– Une capsule de cyanure dans un hôtel glauque de Philadelphie. Il ne s'est jamais ménagé au travail. Cela lui a été fatal.

– Hélas, il y a tant de raisons d'être inquiets et malheureux, soupire la matriarche.

– Madame, me serviriez-vous un second scotch ? Par ailleurs je dois vous informer que la firme Dupont a vendu quelques-uns de ses brevets concernant le nylon à IG Farben.

– Oui, nous savons cela par le baron Thyssen.

– Mais vous resterez cependant les seuls bénéficiaires, et propriétaires, de la fabrication et de la commercialisation des bas nylon de ce côté-ci de l'Atlantique.

– Nous ne les produirons pas dans l'immédiat, vu la situation de la France. La mobilisation a vidé les usines. Les matières premières sont de plus en plus difficiles à trouver. Demain, qu'en sera-t-il du charbon, du bois, de l'eau ? Quant au marché… On ne va pas songer à se vêtir dans les mois qui viennent, soupire Paul. Il n'y aura donc guère de dividendes à attendre.

– Évidemment, et je salue votre sagacité consistant à garder « au chaud » les machines, si je puis m'exprimer ainsi.

Léonie tend un verre généreux à l'Américain. Il l'avale d'un trait.

– Nous avons appris le mariage de mademoiselle Ethel Dupont avec le fils du président Roosevelt. Vous transmettrez à la famille tous nos vœux, ainsi qu'aux jeunes époux.

– Je n'y manquerai pas. Mais je dois vous quitter à présent. J'ai encore à faire dans Lyon.

– Où descendez-vous ?

– Au Carlton.

– Nous vous aurions offert l'hospitalité avec joie, cependant…

– Mais je comprends tout à fait, la discrétion est plus que jamais de rigueur.

Dans la cour, on change à nouveau l'aspect des trois camions, à présent bâchés Rhodiaceta.

L'hôtel Carlton n'est pas très éloigné des Terreaux, mais assez pour que Hull ne croise pas Édouard Ferlié. Sur cette place, en face de la mairie, Robert Poidebard tient officine. Tous les patrons lyonnais connaissent le numéro 8, à côté du cinéma Pathé. On accède aux étages par un escalier gris. Au milieu, la cage 1900 d'un ascenseur bruyant, mais les visiteurs préfèrent fouler le tapis d'escalier à ramages ocre qui amortit leurs pas. Au troisième, ils s'arrêtent devant une lourde porte de chêne bardée de serrures et appuient sur la sonnette portant les initiales EB, Établissement Bruchet. On ne l'entend pas du couloir, la sonnette. Seul monsieur Bruchet, pseudonyme de Robert Poidebard, voit une lumière s'allumer sur son bureau. C'est un petit homme, assez vieux et très digne, que l'on aperçoit souvent, vers midi, en train de nourrir les pigeons de la place.

Il est l'époux de Magdeleine Jullien de Pommerol, possédant château à La Louvesc, dans le Vivarais. C'est un grand ami de Xavier Vallat, le bientôt commissaire aux Affaires juives, et de monseigneur de Lupé, l'aumônier de la légion antibolchevique française engagé dans la Wehrmacht. Comme Édouard, Poidebard a sa carte au PPF[1]. Il a le numéro 69969, Édouard le 70001. Ce sont des inscrits de fraîche date au parti de Jacques Doriot, l'ancien communiste passé à la cause fasciste au moment du Front Populaire. La gloriole dont Édouard fit montre en entrant au PPF avait signé la dislocation définitive de son couple.

Il fréquente assidûment le bureau EB de la place des Terreaux, comme les cent cinquante plus gros patrons

1. Parti Populaire Français.

lyonnais. Dans l'escalier où l'on se salue d'un doigt porté à son chapeau, Édouard croise des messieurs de chez Berliet, Visseaux, Gendron, Brondel, Calor, Saint-Gobain, des membres éminents de la Chambre syndicale patronale des industries métallurgiques ou de la Société d'électrochimie de Pierre-Bénite.

Tous y possèdent un abonnement. Édouard en a trois : un pour Rhône-Poulenc, un pour la Rhodiaceta, un pour la SASE. Moyennant trente francs mensuels, il donne accès au saint des saints de Robert Poidebard : sa bibliothèque. Elle n'est pas ordinaire : ce meuble à l'italienne livre, si l'on actionne son ingénieux mécanisme importé par les banquiers milanais venus à Lyon du temps de François Ier, un étonnant fichier, riche de cent cinquante mille entrées, répertoriant chacune un ouvrier.

L'inscription des Gillet date de 1928, à l'instigation du vieil Edmond qu'échaudait le nombre croissant d'adhérents à la CGT dans ses usines. Mais cette manie du fichage est plus vieille encore. Bruchet en avait pris l'initiative avant la Grande Guerre, sur le conseil des patrons soyeux luttant contre les « piqueurs d'once », des canuts qui volaient la soie en prélevant de petites parties sur les pièces confiées par le fabricant, ou bien arrangeaient son poids en humectant la fibre.

L'espionnage patronal a évolué. On procède de la façon suivante : les entreprises livrent à Bruchet leurs cahiers de comptes. Chacune possède au moins un clerc fidèle dévoué à cette tâche. Monsieur Bridemann, l'employé consciencieux des Gillet à Vaulx-en-Velin, est un visiteur très scrupuleux du numéro 8 place des Terreaux. Il s'y présente le 20 de chaque mois, avant la paye.

Dans cette armoire aux poisons, les fiches se répartissent par couleurs : grise pour les métallos, rose pour la teinturerie, jaune pour le bâtiment. Elles dressent le curriculum de chaque ouvrier, elles portent des annotations sur leur couleur politique : communiste, socialiste, colleur de papillons ou de tracts, appartenance à l'Association républicaine des anciens combattants… Chaque patron sait lequel d'entre eux est athée, franc-mac, lequel boit trop, lequel aurait des mœurs contre nature.

Bruchet, aidé de mademoiselle Edel, sa secrétaire modèle, a en outre élaboré un système de chiffrement des informations. Il remet une grille de décodage à chaque abonné. Ces informations représentent une activité lucrative. En sus de l'abonnement il y a un droit de lecture, plutôt modique, de deux francs l'heure. Le chiffrement Bruchet a pour but d'assurer à chaque client une totale confidentialité, des fois que les doigts d'un concurrent s'égareraient dans le répertoire d'une entreprise rivale.

Paul et Charles trouvent pratique cet encadrement de leurs usines, mais ils rechignent à venir le consulter en personne. Édouard s'est, sans sourciller, chargé de la besogne. La charge lui est agréable : Poidebard est un collègue de parti avec qui il peut échanger haut et fort des idées qui le feraient rouer de coups dans les estaminets de la Grand'Côte si jamais fantaisie lui prenait d'aller se jeter un verre de beaujo avec le vieillard. Ils n'en ont évidemment pas le goût et l'habitude.

Édouard aime discuter avec Bruchet. Ils ont en commun la haine du Front Populaire, cette hydre de syndicats, de socialos, de cocos.

– On a beau les décapiter, ils se reforment instantanément.

Ferlié le polytechnicien est un gueulard de salon, mais une piètre plume. Tout le contraire de Bruchet, crémeux comme un évêque et plume redoutable.

– 1936 l'année abominable ! 1940 nous venge, exulte Édouard. Enfin l'ordre ! Enfin la puissance retrouvée.

– Si nous ne frappons pas, ils nous grignoteront et un jour, d'un coup d'épaule, paf ! comme en Russie !

– Des fainéants, des assistés ! râle Édouard.

– Eh oui mon cher. Désormais la classe ouvrière, avec son salaire minimum, vit au crochet de vos impôts.

– Des miens et des vôtres, Poidebard ! Est-ce que j'en prends, moi, des congés payés ? Si vous saviez quel est mon salaire par rapport à mes activités. Une misère !

Le boutiquier finaud évite d'aborder l'existence du coquet portefeuille d'actions d'Édouard.

– C'est la mort de la valeur travail ! La sangsue judéo-bolchevique est à l'œuvre.

Ils se sont réjouis du pacte germano-soviétique qui a mis, par ricochets, tous les communistes de France hors-la-loi. L'arrivée imminente des Allemands suscite en eux un enthousiasme débordant. La doctrine de l'action, le mépris du parlementarisme, le recours à la violence les fascinent. Et depuis trois ans, elle n'a fait que croître. Les succès allemand et italien, le triomphe de Franco instillent les termes du nouvel éditorial de Poidebard. Il le soumet à Édouard.

– Splendide ! Je m'en vais de ce pas en faire lecture à la villa, rien que pour emmerder ma femme. Ah Bruchet, dites, tant que j'y pense : puisque les Allemands arrivent, mettons-nous à leur diapason. Il faut rajouter une nouvelle catégorie à vos fiches et y mentionner les juifs.

– J'ai déjà commencé cette fière besogne, mon cher. Au fait votre Bridemann, avec un nom pareil il ne serait pas un peu youpin ?

De retour à la villa, Édouard jette sur la table du souper la nouvelle édition du *Nouvelliste*.

– Lisez plutôt ! Ah, l'ami Poidebard a une belle plume. Attendez, je préfère vous lire cela. Il faut y mettre l'emphase des grands orateurs. *La voilà donc cette journée historique plus importante et plus heureuse pour la France que la première séance des États généraux de 1789 ! Un monde qui nous a conduits à l'abîme meurt aujourd'hui, s'écroule et disparaît à jamais. La grande coupable, la République, est morte et enterrée. Nous avons assisté aujourd'hui au triomphe de la sagesse. Amis Allemands, soyez les bienvenus.*

– Mon gendre, Cicéron n'aurait pas mieux discouru, commente Léonie d'une voix sans expression.

Mathilde a un haut-le-cœur en buvant son potage.

– Mon pauvre ami ! Décidément, quel bon petit soldat vous faites !

Charles et Paul sont, pour cette fois, de son avis.

Aspres-sur-Buëch – Mars 1941

Il y a camp et camp. Ces années-là en inventent de plusieurs sortes. Le camp de rétention, le camp de concentration, le camp de déportation, le camp d'extermination. En 1941, cette dernière catégorie est inconnue du public. Les autres existent à foison et au grand jour, sur des territoires pas nécessairement dominés par le Troisième Reich.

À la frontière franco-espagnole, retenir et concentrer se confondent. Plus de deux cent mille réfugiés républicains, sur les quatre cent mille qui ont passé la frontière lors de la *Retirada*[1], n'écoutent pas Franco qui les enjoint de rentrer au pays en leur promettant l'amnistie. Ceux qui cèdent disparaîtront avec les milliers de familles restées en arrière, victimes de la faim et de la misère où sombre l'Espagne franquiste, ruinée.

L'immense majorité reste sur le territoire français, croupissant dans des mouroirs créés à la hâte. Trop peu survivront aux plages mortelles d'Argeles, de Saint-Cyprien, à leurs sables humides avec pour unique protection le manteau dans lequel ils ont fui l'Espagne lors du sinistre mois de février. Le reste des maigres biens gît, guère longtemps, au bord des routes ou en tas à l'entrée des camps. Les femmes, les enfants, les hommes

1. La retraite.

succombent sous la tramontane, la dysenterie et les brutalités des tirailleurs sénégalais appelés à garder ces camps de la honte. L'Africain se venge sur plus misérable que lui du mépris dans lequel le tient l'arrogante armée française. L'afflux des réfugiés, en 1939, a été tel que le gouvernement les a disséminés sur tout le territoire : Île-de-France, Bretagne, Alpes. Le camp de Pont-la-Dame est de ceux-là.

Le passeport qu'Antonio a obtenu à Figueres pour les siens, l'activité des réseaux du Parti communiste espagnol leur ont évité le pire. Elles sont arrivées au bout d'un chemin d'épouvante. Elles se sont effondrées dans un sommeil sans rêve tandis que la bise amoncelait des congères devant les façades ouvertes où une bâche, trouvée sur place, fait office de porte. Et puis le matin est venu, calme et bleu. Le soleil, se réverbérant sur la neige, les a éblouies, avec la cinquantaine d'autres républicains concentrés là. Peu à peu, leurs yeux se sont dessillés sur un pays de collines rousses et de montagnes couvant l'horizon, sortes de bêtes rescapées du déluge. Des monstres paisibles, crénelés de crème, comme le lait qu'on est venu leur apporter. Avec du pain et des topinambours.

À l'entrée du camp, il y a les gendarmes et leurs képis rigolos. Teresa dit que ce sont des casseroles qu'on leur a posées sur la tête. Un gendarme lui tend le sien, parce qu'elle est curieuse et possède de grands yeux un peu apeurés, mais guère sauvages. Les hommes sont là pour garder les clôtures et les barbelés tendus à la hâte. Ce troupeau d'exilés, on leur a ordonné de le surveiller. Sans plus.

Ils s'appuient sur leurs armes comme le berger sur sa houlette. Et ils s'ennuient.

Les Espagnols de Pont-la-Dame se comptent et se retrouvent. Il y a là des familles de socialistes, quelques anarchistes, des communistes. Josep Borràs, le styliste du Passeig de Gràcia, arrive quelques jours plus tard, avec un nouveau fourgon. Il a le chapeau fatigué et le costume déchiré, mais il reste d'une élégance rare. On se réjouit d'être encore en vie. Sonnés, mais alertes.

Au village d'Aspres, les républicains suscitent une curiosité bon enfant, voire de l'empathie. Cette France-là a voté pour le Front Populaire, elle s'est émue du sort fait à la République durant les mille jours de sa guerre incivile. Cette France-là est loin de Paris, des intrigues de la Chambre et du Quai d'Orsay, des atermoiements de Daladier, des trahisons de l'industrie, des manigances des états-majors.

Aspres-sur-Buëch n'est qu'un pauvre village somnolant dans sa ruralité encore médiévale. On y vit, mal, de l'élevage des agneaux et de ce qui veut bien pousser sur les parcelles d'un calcaire ingrat. La charrue s'abîme sur les galets disséminés dans les champs par les crues du Buëch. L'incurie a déboisé les monts. De grandes écorchures de marne grise entaillent leurs flancs, l'érosion dévore les bois rachitiques et les prés suspendus.

Il y a quelques notables : le notaire, le docteur, le maquignon ; deux ou trois maigres industries : un abattoir, une glacière, une cimenterie abandonnée, une petite centrale électrique qui éclaire deux maisons de maîtres, propriétés de bourgeois de Grenoble et de Marseille qui viennent guérir là leur bronchite urbaine.

Comme partout en France, la mobilisation a emporté les hommes très loin, au nord, à l'est ; alors le travail ne manque pas. Pour l'administration, les champs, les demeures, ces Espagnols concentrés sont une aubaine. Très vite, le camp s'ouvre pour qui trouve à s'embaucher, ce qui ne tarde pas. On vient à Pont-la-Dame faire marché de main-d'œuvre, quoique les Alpins ne sachent trop que penser de ces étrangers. Isabel, comme Borràs, comme d'autres, ont grandi et vécu dans des villes modernes et populeuses. Ils savent lire, écrire, coudre, peindre. Cela surprend et intimide.

Un jour, une femme de València est embauchée à la préfecture de Gap pour faire le ménage et quelques écritures. Elle s'occupait d'une vieille dame dans la propriété de la famille Gignoux. Elle recommande Isabel pour la remplacer. Veiller la grand-mère, astiquer, repasser, cuisiner, bref tenir une maison, ce n'est pas difficile et ne se refuse évidemment pas. Isabel ne parle pas un mot de français. Mais, du catalan à la langue d'ici, la distance n'est pas incommensurable. Elle apprend sur le tas, et ses fillettes avec elle, en jouant, en échangeant avec la patronne, attendrie.

Peu à peu le camp du Pont-la-Dame s'éclaircit. On n'y vient plus que le soir, pour y dormir, veillés par les gendarmes qui doivent plutôt empêcher les hommes des Alpes de trop rôder auprès des Espagnoles, si brunes, si racées, avec leurs belles dents, leurs jolies jambes et leurs cheveux de jais. Ont-ils jamais vu femmes si étonnantes quand le goitre, par manque d'iode, et l'alcoolisme, par tradition, ratatinent leurs épouses et leurs enfants depuis un temps qui continue ici à se décompter en moissons, transhumances et hivernages ?

Et puis le 15 mars 1941, au portail du camp, apparaît un homme maigre, avec des lunettes rondes et le cheveu coupé en brosse. Les fillettes le regardent avec timidité. Est-ce bien celui qu'elles voient sur ces deux photos qu'Isabel garde précieusement depuis un an, lorsqu'elle les reçut du Stalag XVII A, un camp de prisonniers en Autriche, à Kaisersteinbruch ?

Sur la première, vingt-quatre hommes qui n'ont pas l'air malheureux fixent l'objectif. Aucun ne détourne le regard, la plupart sourient. Au premier plan, dans la rangée des dix soldats accroupis afin que tous rentrent bien dans le cadre comme pour une photo de classe, Isabel, ses petites contre son sein, leur montrait leur père. Un homme au visage plutôt rond. L'œil droit contraste avec le gauche, petit, éteint. Ils se tiennent par l'épaule. La lumière franche porte l'ombre de leurs mains, de leurs bras. Une drôle de camaraderie, qui fleure les vacances, se dégage du groupe aux habits disparates : caban, vareuse, pull, blouson d'aviateur, veste de cuir, chemise paysanne, bleu d'ouvrier.

Une seconde photo, mais avec un nombre plus restreint de prisonniers, témoigne un désœuvrement triste. Les espadrilles, les socques, les croquenots sont poussiéreux et fatigués. Mais nulle trace de malnutrition ou de sévices. Ces deux photos auraient pu être prises à la sortie d'une usine ou de n'importe quel autre travail qui maintient les hommes en groupe. Ce second cliché a saisi une fin d'après-midi. Sur le sol, l'ombre du photographe mange leurs pieds. Celle d'un soldat allemand, un obscur troufion qui a fait développer les photos à Vienne et, incroyablement, les a offertes. Certains prisonniers ont une écharpe, d'autres sont restés en chemise, manches retroussées. Tous arborent le béret rond avec une petite queue au sommet, porté crânement, de travers, sur le front. Le béret, le signe distinctif des républicains. Ils fument du tabac brun roulé dans du papier journal. Les cigarettes se consument. On imagine le groupe se disperser après la pose, en traînant parmi les baraquements sales.

Ces deux photos sont l'unique signe de vie d'Antonio depuis 1939. Le Parti les a fait parvenir à Isabel. Son organisation fédère et trace les égarés de l'exil. C'est lui qui leur a permis de se retrouver. Il les avait crues mortes, victimes des bombardements. Il apprit, emprisonné au camp de Septfonds, qu'elles étaient vivantes, quelque part dans cette lointaine vallée des Hautes-Alpes.

Antonio veut les embrasser, les prendre dans ses bras, mais ses filles ont peur. Il faut, le soir, toutes les larmes et le bonheur d'Isabel revenue du travail pour qu'elles admettent qu'il est bien ce père qui les avait serrées contre lui, par une nuit de terreur, dans la gare de Figueres, avant de disparaître à nouveau. À Barcelone, durant leur guerre, elles ne l'avaient pas beaucoup vu, lui si souvent au front et si peu en permission. Et sur les deux photos, c'était moins un homme qu'un soldat, obscurément craint comme tous ces hommes en uniformes qui portent la mort dans leurs bâtons de fer et ne parlent que de choses terribles.

Antonio regarde les deux photos. Il raconte, jusque tard dans la nuit, autour du brasero où l'on s'est regroupé, tout ce qu'il a vécu depuis février 1939.

Il n'a connu que le camp, l'armée, les trains, d'autres camps.

À la frontière, il avait finalement rejoint sa colonne. Pas d'autre choix. Seul, que lui serait-il arrivé dans ces montagnes âpres et enneigées ? Tant d'autres y étaient morts de froid et d'épuisement, ou frappés d'une balle vengeresse. Des milliers de combattants, isolés, sans grade, avaient été concentrés à Argelès. Les cadres de l'armée républicaine avaient connu un sort différent. Politisés, prêts à reprendre la lutte, ils étaient des prisonniers dangereux avec ces trois ans de guerre derrière eux et la rage de la défaite au cœur. Cela endurcit, cela donne de l'aplomb et des idées. Ils avaient toujours en tête l'espoir de revenir de l'autre côté des Pyrénées pour renverser Franco. Ex-commissaires politiques, officiers du 11e corps d'armée ou rescapés de la division Lister, membres du PSUC, de la CNT, du Parti ou des syndicats, ils étaient plus unis dans la défaite qu'ils ne l'avaient été hier. Les républicains ? Des durs à cuire, têtus, solidaires et sans la faille d'un soupçon dans leur haine du fascisme.

La France de Pétain les craignait. Elle avait tremblé sous le Front Populaire et ourdi ses lâchetés contre eux. Elle les concentrait, pour les livrer, paquet par paquet, à Franco.

En 1939, Antonio avait donc été déporté à Septfonds, près de Toulouse, sous bonne garde. Il y avait retrouvé Serafin, le graveur sur verre, le frère d'Isabel. Et le fidèle Faustino avec le docteur Freixa qui se démenait pour soigner les plus atteints par ces années de combat. Et encore Azaustre, le coiffeur du Barri Xinès. Et même Pebre, le kiosquier des Ramblas, vieux, et crachant ses poumons. Donatiu était mort sur le front de l'Èbre. De la FOSIG, il ne restait qu'Armand, salement blessé au ventre.

– Il faut reprendre la lutte contre Franco ! disait Serafin. Une nuit, il s'était évadé. On disait qu'il avait repassé la frontière.

Pour les membres du Parti, pour Antonio, c'était un combat douteux. La dictature était solidement installée. Pendant que dans le camp beaucoup complotaient avec l'espoir de renverser Franco, Hitler et Mussolini avaient déclaré la guerre au reste du monde. Le combat des républicains n'avait été que les prémices d'un autre, mondial. La lutte contre le fascisme devait être menée ailleurs. Alors Antonio s'était enrôlé dans la Légion étrangère, seule issue possible pour sortir du camp de Septfonds et continuer à se battre.

– *Roten Spanien,* c'est comme ça que les Autrichiens du Stalag XVII A nous appellent, rapporte Antonio avec fierté.

Borràs a les yeux qui brillent. Le vent de El Ajedrez, le souffle du Front Populaire, ce beau printemps de l'année 1936, légitime et dévasté, redresse leurs nuques. Le camp se met à entonner *Ay Carmela*, le refrain de l'Èbre. Les gendarmes, qui ne comprennent pas les paroles en sifflent l'air, si entraînant.

L'armée française avait envers ces républicains engagés à ses côtés contre les nazis une attitude curieuse. Ceux que les privations par indifférence n'avaient pas liquidés à ses frontières sud, elle les utilisait dans les Compagnies de travail. Antonio et ses camarades s'étaient retrouvés à Baccarat, en Lorraine, à construire des fortins et des fossés contre la ligne Siegfried. On les traitait comme des esclaves. Les républicains espagnols n'étaient-ils pas communistes, ceux-là mêmes qui avaient trahi la nation française en signant le pacte germano-soviétique en août 1939 ? Eux, ils n'y étaient pour rien, mais ils en partageaient l'opprobre. Au sein de l'armée, ils eurent droit au froid, à la faim, à la promiscuité, à la crasse, aux poux, à la gale, à la boue. Et surtout au mépris. Ils s'étaient battus pour la liberté, ils avaient rejoint l'armée nationale pour adjoindre leurs forces. Et voilà comment on les remerciait.

Antonio avait voulu s'évader et il y avait réussi, seul, par un tunnel découvert dans la célèbre cristallerie où on les ostracisait. Mais, devant le paysage vide de ce plat pays tassé par tant de guerres, il avait pris peur. Son français, appris dans les grands hôtels, était trahi par son accent. Il n'avait aucune chance. Alors il avait rebroussé chemin et il était revenu vers ses camarades. Personne ne lui en avait tenu rigueur. Si les prisonniers survivent en groupe, ils doivent aussi penser en solitaire pour tenir le coup au plus profond d'eux-mêmes. L'espoir est une lueur feutrée.

– C'est un difficile exercice mental. On en a honte parce qu'on pense que c'est de l'égoïsme. Mais chacun fait de même.

– Y a pas de mal, Vives… Y a pas de mal… Borràs lui tapote l'épaule.

Puis les Allemands les avaient faits prisonniers avec les Français lors de la débâcle, une seconde débandade pour les Espagnols. Un train avait emporté les « rats rouges » vers l'Autriche et cet autre camp, si déplacé au milieu des tilleuls et des champs méticuleux qu'avaient foulés Haydn et Schubert. Mais guère longtemps : pour le Reich, les milliers de prisonniers des stalags étaient autant de bouches à nourrir. Alors il les dégraissait par wagons entiers.

– Je ne sais ce que sont devenus Freixa, Azautre, Armand, dit Antonio, en identifiant, avec peine, leurs visages sur les photos.

– Et notre pauvre Faustino ? s'enquiert Isabel en lui serrant les doigts.

– Mort du typhus…

Faustino qui l'avait aimée sur un air de *Carmen* ! Faustino à qui Antonio avait ravi Isabel en jouant les García Lorca de boulevard. Qu'il est amer ce temps d'hier.

Antonio avait tiré parti de son œil malade. Il s'était fait passer pour aveugle devant le conseil sanitaire. On l'avait mis dans un train pour Montpellier afin d'y être démobilisé. Sur les deux cents Espagnols entrés au Stalag XVII A avec lui, quarante-huit étaient morts, les autres montèrent dans un train vers d'autres camps sur les bords du Danube. Au service d'ophtalmologie de Montpellier, on avait déclaré son œil gauche définitivement perdu, tandis que le droit, conséquence de ces longs mois d'internement, s'éteignait doucement.

– Plus que cinq dixièmes ! Je me suis fait passer pour aveugle… je suis réellement en train de le devenir.

– Je te ferai la lecture, mon papa, souffle Isabel en se blottissant contre lui.

– Holà ma fille, du calme ! On n'en est pas encore là ! Borràs, que se passe-t-il dans le camp ? Vilellà Niqui est lui aussi dans les Alpes. Avec d'autres du Parti. Tu es déjà entré en contact avec eux ?

Lyon, Paris – Novembre 1942

Monsieur Paul est resté à Lyon. Monsieur Charles et Édouard sont à Paris, au plus près des affaires avec le Troisième Reich. Paul lit avec attention les dernières nouvelles. Pas dans *Le Nouvelliste de Lyon* ou dans un autre journal de propagande, mais directement, auprès des agences de presse. Un patron de sa taille s'abreuve à la source. Villa Gillet, le télétexte n'est jamais coupé. Collaborer a ses avantages, dont celui d'avoir certaines coudées franches. L'occupant, vu le statut et la bienveillance qu'il accorde à ces Français-là, n'interfère pas dans le fil informatif si indispensable aux affaires.

Depuis le début novembre, la guerre connaît un tournant décisif. Hitler est sévèrement mis en difficulté devant Stalingrad qui ne tombe pas, au contraire. Les opérations Mars et Uranus lancées par le général Joukov tiennent en tenaille les forces du général Paulus. L'hiver russe arrive. Même Napoléon n'y a pas résisté. En Afrique du Nord, l'opération Torch bouscule l'Afrika Korps. Les larges fesses de monsieur Paul bien calé dans son fauteuil couvent les fileuses Dupont de Nemours en réserve dans le souterrain de la villa. Les métiers à tisser la rayonne, et ceux, plus grossiers, de nylon pour les brosses à dents et les filets, sont très actifs dans toutes les usines lyonnaises que Paul supervise.

Il y a donc un Gillet à Lyon et un Gillet et demi à Paris. Le Lyonnais regarde sa montre. En ce moment, Charles et Édouard doivent être en conférence à l'hôtel Majestic avec la section économique de la MBF[1]. Selon les plans établis dès juin 1940, le trust familial joue la collaboration continentale en prévoyant une éventuelle collaboration atlantique.

Certes, on eut bien un peu chaud au derrière lorsque la commission allemande de contrôle économique, qui suivit de deux mois l'entrée des troupes dans Lyon, visita avec minutie les entreprises de la vallée rhodanienne, leur soumettant un questionnaire destiné à l'évaluation précise de leurs moyens de production.

Le baron Thyssen avait raison : le Reich prenait sa revanche. Les nazis lavaient, au nom de tous les Allemands, l'affront du traité de Versailles, le traumatisme de l'occupation de la Ruhr et le rapt français sur les brevets. Le 30 décembre 1940, à Lerverkusen, un diktat intima aux industriels français de livrer les produits et les bénéfices issus des anciennes licences volées au titre des dommages de guerre. Nicolas Grillet, pour Rhône-Poulenc, était présent, avec Édouard et Charles, en tant qu'administrateurs de leurs multiples sociétés chimiques et textiles.

Les Français s'imaginaient pouvoir traiter avec l'occupant, espérant même obtenir des compensations pour leurs usines polonaises et tchèques envahies. Mais l'Allemagne leur dicta la loi d'un capitalisme si sauvage que même Édouard en fut surpris. Les nazis entraient à cinquante et un pour cent dans chaque entreprise. Heureusement, ils laissaient les commandes aux Français sur le territoire administré par Vichy. À

1. *Militärbefehlshaber in Frankreich :* administration militaire en France.

condition de virer tous les actionnaires et ingénieurs juifs.

– Cela va de soi, s'exclama Édouard.

À Lyon, quelques mois auparavant, le zélé avait pris les devants. Ferlié avait insisté pour que, à la fin de leur tournée économique, les hauts dignitaires qui s'étaient déplacés en personne pour juger la puissance de la Ruhr française soient invités à la villa. Il y eut là des hommes de premier plan comme Fritz Todt, le ministre de l'Armement, avec son assistant Paul Bosse ; le docteur Elsner, le *Regierungsbaurater*[1], les lieutenants-colonels Hofferdt et Hoffmann, respectivement chef des commandes et président des organisations économiques allemandes en France.

Les caves de Bourgogne avaient été dévalisées. Gevrey-Chambertain, Clos de Vougeot et Hautes-Côtes de Beaune coulèrent à flots. La gastronomie lyonnaise honora les fins gourmets du Reich de ses meilleures quenelles et poulardes. Ils furent fort reconnaissants au patronat local de la haute estime en laquelle on les tenait. D'illustres amis de Paris, comme Marcel Boussac, se déplacèrent. Les effusions étaient sincères. Sous l'uniforme noir des S.S., ou vert-de-gris de la Wehrmacht, on revoyait des connaissances qui étaient déjà aux affaires en temps de paix. Nicolas Grillet, de Rhône-Poulenc, retrouva ainsi son vieil ami le *Doktor* Otto Ambros, homme d'importance au sein d'IG Farben.

Germaine Lubin chanta Wagner et Schumann dans le petit théâtre de la villa. Elle vint dans une voiture de Louis Renault réquisitionnée par Todt. Édouard n'eut guère de peine à convaincre la soprano qui avait interprété le rôle en août 1939 à Bayreuth, devant le Führer,

1. Conseiller gouvernemental pour le bâtiment.

tandis que des émissaires informaient Adolf de la situation des troupes massées à la frontière polonaise.

Au cours de la soirée, Édouard et Charles signèrent la constitution d'un trust franco-germanique sur la production des textiles artificiels, France-Rayonne, qui donnait à l'occupant toute latitude pour exploiter les brevets français.

– Nous sommes aussi intéressés que vous à gagner de l'argent, avait déclaré Todt. Probablement notre collaboration n'ira pas jusqu'à vous livrer nos dernières découvertes ; mais si la consommation française les utilise, nos produits nouveaux seront importés et fabriqués en France dès les brevets d'invention échus. *Prosit !*

L'occupant se montrait exigeant, voire féroce dans la constitution des nouveaux trusts. Mais les Gillet n'étaient pas n'importe qui. La guerre est dédaigneuse pour les petits, souvent respectueuse des forts. Devant le grand capital sans lequel Mussolini, Franco ou Hitler ne seraient pas advenus, leurs sbires, aussi voyous soient-ils, n'approchaient qu'avec circonspection et prudence.

Durant le *Liebestod* d'Isolde, Paul avait eu quelques suées. Germaine Lubin, en lamé vieil or, se tenait devant la croix gammée et les armes de Lyon. Ces deux tentures cachaient le crépi, heureusement sec, disposé sur le mur du souterrain. Si l'Allemand avait su que là-derrière reposait le *nec plus ultra* de la technologie américaine…

Charles était au courant mais Édouard continuait à l'ignorer. Charles, évidemment, ne disait pas tout à son parent du PPF, Le gendre l'y avait en effet embrigadé, lui conseillant de prendre une carte « utile » selon ses dires.

– Tu as eu tort, lui dit Paul quand il le sut. Ne te mets donc pas ainsi en avant ! Le petit soldat c'est lui, toi tu es le général. Reste donc en arrière, veux-tu ?

Mais les options sociales de Vichy, le corporatisme de la Charte du travail, la négation de la lutte des classes, travail, famille, patrie et *tutti quanti* ne déplaisaient pas à Charles. On s'était d'ailleurs empressé de fournir à la Kommandantur les fichiers de Robert Poidebard, réactualisés de la mention « juif ».

Si Édouard mise sur la victoire indubitable du Reich, Paul commence à en douter. Stalingrad et l'Afrique font prendre un autre tournant à la guerre. Il remue des fesses. L'intuition de la famille restreinte est la bonne.

– Jouer sur plusieurs tableaux en cloisonnant l'information est la meilleure tactique ! Charles ne trahira pas, il n'y a aucun intérêt. Et je ne parle même pas de Léonie.

Quant à Mathilde, tout ce qui pourra un jour nuire à son mari est bienvenu.

Ah, voyons la Bourse à présent ! Rhône-Poulenc 5300 francs. L'action, en septembre 1939, cotait 530 francs. Malgré les dévaluations, le Prussien qui en aurait acheté à l'époque doit être heureux. J'en toucherai deux mots à Todt, il aime à plaisanter, cet homme-là.

À l'hôtel Majestic les affaires vont bon train. Deux fois la semaine, l'industrie et la finance, avec ou sans uniformes, s'y retrouvent. La population allemande est tenue au courant des rendez-vous de ce ministère économique franco-allemand grâce au *Nationalzeitung* d'Essen dont le rédacteur en chef, Albert Koerber, prend plaisir à publier la liste des intervenants. De nouveaux accords, fructueux pour les guerres du Reich qui réclament énormément de caoutchouc, de métaux, de textiles, de médicaments, de teintures, sont signés avec Pechiney, Ugine, Kuhlmann, Saint-Gobain, Renault, la Compagnie générale transatlantique, les Chargeurs réunis, les assurances Abeille.

La Société générale et le Crédit lyonnais assurent les transactions avec les banques allemandes. Cela fonctionne même beaucoup mieux que du temps de la tatillonne administration républicaine. L'occupant est efficace, ses décideurs faciles à contacter, et avec ça aimables et bien élevés. Puisque le Reich doit durer mille ans, on rêve de grands projets communs. Henri Ardant, le président de la Société générale, très assidu au Majestic, projette avec le docteur Gestner, de l'ambassade d'Allemagne à Paris, la naissance d'une monnaie unique pour l'Europe dès l'inéluctable victoire du Reich. Sans omettre la suppression, enfin, des frontières européennes, encore plus nocives au libre-échange que les taux de change.

À l'instant précis où Paul prend notice du cours de l'action Rhône-Poulenc, une nouvelle société anonyme, la Francolor, est actée entre les actionnaires de Kuhlmann, Ugine, Rhône-Poulenc, Théraplix d'une part, et IG Farben de l'autre. L'Allemagne possède évidemment cinquante et un pour cent des actions, les Français le restant. On trinque en l'honneur des chevilles ouvrières du projet : Édouard et Charles. Monsieur Gillet fête aussi son rapt sur les actions de Charles Manheimer, le gros actionnaire juif de Rhône-Poulenc. Il le remplace au conseil d'administration et devient ainsi prépondérant au sein de l'entreprise chimique.

Le foncier Gillet intéresse les conseillers de Frizt Todt et l'émissaire du *Doktor* Ambros. Il est colossal. Le trust possède des terrains partout : des entrepôts à Bruges, des habitations bon marché à Belleville, où Léonie a fait construire d'abondance entre le métro Jourdain et la rue de Romainville, des unités chimiques proches de Beauvais. Tout cela pour n'ouvrir le dictionnaire Gillet qu'à la seule lettre *B*. S'ils sont dans tout, il aurait fallu les torturer pour démêler ne serait-ce que le début de leur écheveau. Même Nicolas Grillet, l'homme de paille, est loin d'envisager les prête-noms dont eux seuls connaissent le prodigieux enchevêtrement.

Les usines d'IG Farben à Ludwigshafen, pourtant abondamment pourvues en ouvriers expédiés *manu militari* par Nicolas Grillet quatre jours avant la promulgation de l'ordonnance officielle du STO[1], souffrent de la menace constante des bombardiers alliés. Pour les Allemands, délocaliser une partie de la production est urgent.

– Monsieur Gillet, n'auriez-vous pas produit avec nos licences, ici ou là, quelques gaz de combat en 1917 ?

1. Service du Travail Obligatoire, décrété le 4 septembre 1942.

Murinais, Isère – 15 décembre 1943

– Sauvez-vous ! Le château est cerné ! Les Allemands et les miliciens arrivent !

Lucette Massaloux s'époumone dans les escaliers de la vaste demeure, base arrière des maquis du Vercors. Gilbert Gadoffre prend à la hâte son revolver et les précieux documents du réseau ISOLE. Antonio, depuis la cuisine, grimpe quatre à quatre les marches pour rejoindre les étages de service. Il faut faire sortir au plus vite Isabel et les fillettes. La pleine lune a aidé la Gestapo et les S.S. à investir le parc. Les gens du château ont l'habitude des chevreuils et des sangliers qui font craquer la glace sur les flaques gelées. Dans le froid étincelant, les semelles discrètes se sont confondues avec les bruits de l'hiver.

Des voitures, tous feux éteints, accélèrent dans l'allée centrale. Les moteurs vrombissent. Les Allemands ne se cachent plus. Le piège se referme. Les cris rauques des chiens d'Hitler explosent dans la cour avec les portières qui claquent :

– Ouvrez la porte ! Vite, vite ! Tout le monde dehors !

Une première détonation, une seconde : les grenades ont été lancées dans les fenêtres. L'entrée est enfoncée. Des cascades de pas ferrés envahissent le château. Isabel saisit ses filles aux yeux écarquillés par la peur.

– Prenez par-derrière ! lance Antonio. La petite porte

sous la poivrière ! Ils ne sont encore que dans la cour. Je vous rejoins.

L'Allemand envahit les étages nobles, Isabel dégringole par les communs. La voie est libre. Un bois de pins sylvestres jouxte les murs. Sous le couvert, elles courent avec cette vitesse démultipliée que donne l'adrénaline. Aucune ne crie. Très vite, derrière la Gestapo et les S.S. arrive un camion de miliciens aux uniformes noirs. Les résistants sont jetés dehors à coups de crosse, réunis dans la cour, enfournés dans les voitures. Antonio est parmi eux. Une fusée blanche monte dans le ciel : pour les nazis, c'est le signe du départ. Les miliciens restent sur place avec armes et lance-flammes. Ils ont un compte tout particulier à régler avec les maquisards d'Uriage, des hommes qui ont commencé à être fidèles à Pétain avant de trahir le général et de passer à l'ennemi. Leur ancien fief, le château d'Uriage, est devenu le leur.

Alors les résistants se sont repliés à Murinais, nom de code Thébaïde, qui sert d'imprimerie aux publications clandestines. Des rouleaux de papier sont jetés par les fenêtres, avec les meubles, les caractères de plomb, les livres. Une première langue écarlate jaillit. Quatre autres traversent aussitôt les grandes fenêtres éventrées par les grenades. Le feu, gorgé d'essence, bondit sur les boiseries. Des grenades incendiaires atteignent les toits.

Isabel continue à fuir à travers la forêt. Les petites sont hors d'haleine. À bonne distance du château, elles s'arrêtent sur le chemin du bosquet de châtaigniers où elles ramassaient à l'automne les bogues savoureuses. Entre la lune et l'incendie, on y voit comme en plein jour. Le château luit d'une fête affreuse. Les poivrières flambent comme des cierges de cathédrale. Par les fenêtres, des bourrasques d'étincelles montent en panaches dans la nuit indifférente. Le fracas de l'incendie, les explosions des munitions de la Résistance, avalées par le feu, réveillent les chiens des fermes environnantes. À moins que ce ne soient les chiens policiers. L'angoisse l'étreint. Personne derrière elles. Antonio n'a pas suivi ! Saint-Marcellin et sa gare sont encore à huit kilomètres. Elles reprennent leur course, éperdues.

Se cacher, fuir, trembler : tout recommence comme là-bas en Espagne, quatre ans auparavant. Et Isabel est à nouveau seule, encore, avec les petites. À Aspres, à peine Antonio était-il revenu, à peine une vie pauvre, mais quiète, avait-elle recommencé pour eux, faite de petits travaux et de l'école pour les petites, que la politique, cette malédiction volontaire de leurs vies, les avait rattrapés.

Antonio avait trouvé à s'employer dans un hôtel où venaient respirer Lyonnais et Grenoblois. Là comme ailleurs, on s'organisait contre l'occupant, bien sûr à mots couverts. Les républicains, petits pions de rien du tout, brassés par la haine et jetés au hasard sur le territoire français, s'étaient reconstitués tant bien que mal. Les sympathies politiques, l'évidente nécessité de la lutte regroupaient les esprits. Lucette Massaloux était de ces citadins parfois au repos dans l'air pur du Buëch. Elle était la secrétaire et la bibliothécaire du château d'Uriage avant que la milice n'en prenne le contrôle. Ce groupement d'intellectuels, de journalistes, d'artistes, menés par Pierre Dunoyer de Segonzac secondé par Hubert Beuve-Méry, travaillait à la refondation de la République française dès que l'ennemi, de l'intérieur et de l'extérieur, serait vaincu.

Antonio avait retrouvé les Catalans rouges. Dans un premier temps, ils avaient proposés leurs services aux réseaux locaux.

– Vous êtes les alliés de qui ? Et pour quelle cause ?

Ils n'avaient pas été franchement bien accueillis.

Des communistes ? On s'en méfiait. Ils avaient trahi en 1939.

Ces dissensions qui avaient si longtemps habité les combattants de la République, elles reprenaient dans les maquis aux couleurs politiques disparates. Mais le débarquement allié au Maroc et en Algérie, fin 1942, avait changé la donne. La zone libre ne l'était plus guère. Le Reich aux abois lâchait sur le sud les chiens qu'il avait jusqu'alors tenus en laisse. La Gestapo traquait la Résistance, les juifs, les communistes. Antonio prit un nom de combat, Justin Faustino. Résister c'est continuer à vivre, y compris pour les morts. En février 1943, Hitler échouait devant Stalingrad, déclenchant à des milliers de kilomètres de l'épicentre soviétique une multiplication des rafles. Dans les Alpes, ainsi que les hommes l'avaient toujours fait face à l'occupant, la Résistance gagna les toits du monde : l'Oisans, les Glières, le Vercors. Lucette Massaloux avait proposé à Antonio et Isabel un abri plus sûr que la vallée du Buëch où cela commençait à sentir le roussi. Le château de Murinais, discrètement blotti au pied du Vercors, était de ceux-là. Jusqu'à ce qu'il soit donné par un métayer jaloux du fils du propriétaire pour une banale histoire de fesses.

La gare de Saint-Marcellin, à huit heures du matin, est déserte. Isabel parle le moins possible pour ne pas être trahie par son accent. Au guichet, le chef de gare n'est pas un inconnu. Il est venu plus d'une fois au château. Nom de code Lapasse. Il la reconnaît et lui tend trois billets.

– Grenoble-Gap ?

– Grenoble-Aspres.

Que faire d'autre ? Où aller ? Là-bas, au moins, elle sait où se terrer, même si l'Allemand rôde.

– Elles sont bien jolies vos petites. Bonne chance, madame Faustino !

MURINAIS, ISÈRE – 15 DÉCEMBRE 1943

Le train rampe lentement autour du Vercors. À Grenoble, l'attente est infiniment longue et la gare infestée d'Allemands qui jappent. Tremblantes, la faim au ventre, dans un silence absolu, elles se tassent dans un second train qui mettra des heures à grimper le col de Lus-la-Croix-Haute, non sans s'être déchargé, au Pont-de-Claix, des ouvriers se rendant au complexe chimique Gillet. Des fumées à l'odeur de souffre planent sur la vallée encaissée. On y travaille maintenant jour et nuit.

Villers-Saint-Sépulcre, Oise – 30 décembre 1943

– Ben dis donc mon colon ! Doit y en avoir des cafards sur le front de l'Est pour que les Boches demandent autant de gaz !

Les ouvriers goguenards chargent les palettes de boîtes métalliques dans les convois en partance pour l'Allemagne. Malgré bombardements et sabotages, on n'a jamais entendu autant de trains siffler dans l'Europe du *Nacht und Nebel*, la nuit et le brouillard chantés par le nain Alberich dans *L'Or du Rhin* de Wagner. Des trains pleins, des wagons vides, des blindés de luxe, des mouroirs sur rails, des convois de marchandises.

Chacune de ces grosses boîtes bien étanches pourrait contenir au moins deux kilos de pois chiches si une étiquette, noire sur fond rouge, ne précisait qu'elle contient un poison létal constitué d'hydrogène, de carbone et d'azote, les composés de l'acide cyanhydrique. Pour qu'on ne confonde pas, au cours d'une erreur d'aiguillage, cette boîte avec des haricots verts ou des abricots au sirop, le nom usuel du produit est imprimé en gros corps de caractère : Zyklon B. C'est solidement collé sur la paroi, on ne peut pas se tromper. Il s'agit d'une marque déposée, de fabrication française, comme l'indique encore l'étiquette au sigle d'Électro-chimie, une filiale d'Ugine, siège social sis au 10 rue du Général-Foy, Paris VIIIe arrondissement.

Le Reich a conclu avec les dirigeants de Francolor la fondation d'une société mixte franco-allemande baptisée Durfferit-Sofumi, chapeautée par Ugine, mère d'Électro-chimie englobée dans la Degesch, elle-même filiale d'IG Farben. Charles et Édouard, rompus à la valse des conseils d'administration, pratiquent à merveille l'art des sociétés en poupées russes. Cette tentaculaire chimie européenne, bénie par Vichy, a pour but « la fabrication et la réalisation de moyens de gazage, particulièrement d'acide cyanhydrique pour gazage », selon les termes contractuels préservés dans les archives de l'hôtel Majestic.

C'est un prêté pour un rendu. Le Zyklon B est bien cette invention du défunt Fritz Haber qui avait reçu en 1918 le prix Nobel de chimie pour ses travaux sur les dérivés de l'ammoniac, dont l'ypérite. Le gaz de la Première Guerre mondiale était produit au Pont-de-Claix par Edmond Gillet et Fernand Motte avec la bénédiction de Louis Loucheur. L'antiparasitaire Zyklon B, que l'on vaporise sur les fringues, mais aussi sur les dattes, les noix, le millet, l'avoine, les arachides, le tournesol ou le blé, est une nouvelle production familiale, sous licence allemande et masquée par de multiples filiales.

Ses applications sont possibles sur d'autres nuisibles. Les boîtes de conserve, qui ne délivrent leur potentiel qu'à vingt-cinq degrés centigrades, vont croiser des millions d'êtres humains serrés à en crever dans d'autres trains, car les rails sont particulièrement encombrés le long de l'Elbe et du Danube en cette année 1943.

Depuis un an, le suspicieux François Copie, ingénieur chimiste, se demande pourquoi on intensifie à ce point la production du gaz dans cette bourgade proche de Beauvais, dont les élytres de la cathédrale s'aperçoivent depuis les cheminées de l'usine. Vingt-deux tonnes en 1942, trente-sept tonnes en 1943. Les boîtes partent toutes en direction de l'est. Elles renferment le gaz stabilisé sur des supports de carton et qui peut ainsi être transporté sans difficulté sur des milliers de kilomètres. Les bons de commande et les numéros des chargements sont serrés dans un registre à part, gardé dans le coffre du directeur et non au service comptable. L'ingénieur photographie les chaînes de montage, l'impressionnant stock de boîtes, les ouvriers munis de masques à gaz. Copie découpe plusieurs étiquettes et effectue un ultime cliché avant que les ouvriers ne scellent la porte des wagons.

Dans la nuit, les alliés pilonnent les usines d'IG Farben à Ludwigshafen. Le lendemain François Copie prend le maquis. Ses photos existent toujours.

Mauthausen – 1944

Le 3 avril, Antonio quitte le camp de Compiègne, direction l'Autriche. La presque totalité des prisonniers pensent être déportés comme travailleurs libres. Il y a là des optimistes qui se sont déjà formé une idée de la façon dont ils vont mener leur vie là-bas. Antonio qui a connu les camps comme prisonnier de guerre explique à ses camarades ce qu'est la vie dans ce pays maudit. Mais personne ne veut le croire. Ils devraient pourtant bien regarder cet homme amoché, qui tient à leur rappeler la vérité des bonnes manières nazies.

– J'ai été amené à Grenoble où se trouvait le commandement de la Gestapo. On m'a accusé d'être juif et j'ai dû montrer mon sexe. Puis les tortures ont commencé. Ils m'ont immergé dans une baignoire jusqu'à l'asphyxie. Ils m'ont enfermé dans une cellule avec les poignets attachés derrière le corps. On devait m'aider à manger et caguer car je n'avais pas le droit d'avoir les mains libres. Ça a duré un mois. Ensuite j'ai été transféré au Fort Montluc, à Lyon, et torturé à nouveau. Puis à la Santé à Paris, où ça a recommencé. Mais je n'avais rien à dire.

Antonio a eu de la chance que l'administration nazie oublie parfois de recouper ses informations. Si elle avait su qu'il avait déjà été en Allemagne en 1940, on l'aurait abattu sur-le-champ.

Le 1er avril a eu lieu un appel général pour nommer ceux qui doivent partir. Trois mille hommes, chacun assorti d'un certain nombre de petits points derrière leurs noms. Un point signifie travailler libre ; deux points travailler surveillé ; trois points réclusion en forteresse où l'on ne travaille pas, mais où sera appliqué le régime sévère des forçats.

Qui possède un point est content, qui en a deux panique, mais se console en pensant à ceux qui en ont trois. Ceux-là ne sourient pas. Leur avenir est obscur comme ces deux lettres accompagnant leur fiche : NN, *Nacht und Nebel.* Antonio figure dans la troisième catégorie.

Le 2 avril, les trois points sont changés de baraquement et transférés au camp C. On les fouille afin qu'aucun ne puisse avoir un outil permettant de scier les planches du wagon et s'échapper. Quelques-uns réussissent tout de même à cacher des pointes. Encadrés par des miliciens français armés de mitraillettes, on les mène à la gare. À coups de crosse, on les fourre dans des wagons à marchandises portant l'inscription : *8 chevaux en longueur, ou 40 hommes.* Au lieu de quarante, ils sont cent vingt par wagon. Les portes sont cadenassées. Le train s'ébranle.

Dans le wagon il fait noir. Les fenêtres sont cloutées, l'atmosphère irrespirable. La lutte pour l'air commence. Il faut prendre des mesures énergiques afin d'imposer la discipline. À coups de poing. Un seul ordre : parler le moins possible afin de conserver l'air.

La première initiative est d'arracher les planches d'une fenêtre pour avoir de la lumière et de l'oxygène. Après d'innombrables efforts, des doigts et des ongles ensanglantés, deux bouts de bois sont enlevés. Le train arrive en gare de Metz. Les wagons sont ouverts. À coups de fouet, les S.S. font irruption et recomptent les déportés. On les fait se déshabiller sur le quai, à la stupéfaction des voyageurs qui regardent ces trois mille hommes en costume d'Adam. Un wagon est vidé de ses passagers pour y mettre le linge, ces derniers sont répartis dans les autres wagons.

Dans celui d'Antonio, il y a maintenant dix hommes en plus, soit cent trente, là où régulièrement n'en tiennent que quarante. Trois jours sans boire ni manger. Les hommes font leurs besoins dans un coin du wagon. La soif est insupportable. La langue colle au palais. On suce les barreaux en fer où la condensation crée une rosée qui donne l'illusion de quelque chose de frais.

Les wagons remplis de juifs connaissent un sort pire. Au lieu de cent vingt par wagon, ils sont deux cents. Pas seulement des hommes, mais les enfants, les femmes, les vieillards, pressés comme des anchois. Auparavant, une épaisse couche de chaux vive a été répandue sur le sol. Durant trois jours, les deux cents êtres entassés font leurs besoins là-dedans. La fermentation produit un gaz asphyxiant. Les enfants appuyés contre le ventre des adultes meurent debout, la place manquant pour qu'ils tombent à terre.

Arrivés à destination, Mauthausen, les S.S. distribuent le linge retenu depuis Metz. Dans le tas chacun cherche le sien. Des S.S. ricanent.

– Pas la peine de fouiller, ça ne vous servira à rien ! En entrant au camp vous passerez tous au gaz désinfectant.

Encadrés de chiens-loups, les prisonniers traversent le village. Les fenêtres sont closes. Une pomme est posée sur le rebord de l'une d'entre elles. Un rideau paraît remuer. Pas le droit de tourner la tête sous peine de recevoir un coup de fouet.

Mauthausen est imposant par sa sévérité. Un portail massif, un mur d'enceinte de trois mètres de hauteur surmonté de barbelés électrifiés. Partout du granit, extrait, depuis les débuts de la contruction, d'une sinistre carrière où l'on achève les faibles à coups de pic. Passé la porte, une grande allée assez large. À gauche sont les baraquements des forçats, à droite un long édifice où se trouvent la douche pour la désinfection et une annexe grisâtre : la chambre à gaz. Un autre bâtiment est la cuisine. À côté, une maison cubique avec une machine d'où sort une épaisse fumée noire. Certains demandent ce dont il s'agit. On leur répond :

– Ça c'est l'endroit par où vous allez sortir du camp. En fumée.

Dans la cour les S.S. retiennent leurs bêtes. Les déportés ont parcouru la rue habillés, ils doivent à nouveau se dévêtir. Des prisonniers en pyjama rayé blanc et bleu rangent les vêtements par tas distincts. Celui qui prend la chemise d'Antonio le regarde dans les yeux sans dire un mot et s'éloigne. Sous ce visage émacié, il ne reconnaît pas tout de suite le docteur Freixa. Les cris et les coups des S.S. l'en empêchent. Le voilà devant une table où deux hommes écrivent des numéros, l'œil sur un gros registre. Freixa est à nouveau là. Il dit en catalan : « Celui-là, mets-lui un huit. » On peint ce chiffre sur le torse d'Antonio. C'est le numéro du coiffeur qui rase les déportés. On l'amène rudement à la tonte. Il reconnaît Azaustre, qui lui empoigne fortement la tête et, à voix basse, lui glisse :

– Te voilà donc, Vives ?

Antonio murmure, en baissant la nuque sous la tondeuse brutale.

– Vous me manquiez, les gars. Alors je suis venu vous tenir compagnie.

– À partir de maintenant ne parle à personne. Tu n'as pas tes lunettes ?

– Non, elles sont restées dans le train. Je ne les ai pas retrouvées.

– N'en mets jamais. Tu es NN. Demain, un camarade prendra contact avec toi.

Du moment où les portes du camp se referment sur les déportés, moi, le petit-fils d'Antoine Vives, ayant mis les pieds ici, avec lui, durant ses pèlerinages de mémoire, je lui cède la parole. L'horreur qu'Antonio va connaître à Mauthausen, Melk puis Ebensee, dans les grottes où se construisirent les Messerschmitt qui ont été essayés sur le front de l'Èbre, il n'appartient qu'à ceux qui l'ont vécue de l'évoquer. S'y substituer ne serait, au mieux, qu'une machine littéraire.

Antonio Vives a laissé un témoignage écrit, suffisamment frais dans sa mémoire pour qu'aucun révisionniste, ou tout autre bel esprit médiatique, ne puisse mettre en doute sa véracité et son bien-fondé.

Je le livre tel quel. C'est un opuscule, avec une couverture verte arborant une croix gammée. Il a été écrit et imprimé à compte d'auteur en 1946, un an après la libération du camp. À cette époque, toute l'étendue de l'Holocauste n'avait pas été révélée.

Antonio n'avait qu'un désir : témoigner. La vue très basse, il dicta à une jeune fille de quatorze ans, ma tante Thérèse, sept textes. Les poches remplies d'exemplaires de ce petit livre vert, il parcourait les Hautes-Alpes, prenant la parole au cours de réunions données au profit du Parti communiste espagnol.

Voici la transcription de ce document familial.

TORTURES NAZIES
LA VIE
DANS LES CAMPS D'EXTERMINATION
D'ALLEMAGNE
Prix 10 francs
Édité au profit de la
lutte clandestine en Espagne

PRÉFACE

Sur les tombes poussera l'herbe
Mais les cœurs resteront déchirés.
Ilya Ehrenbourg.

Sans aucune prétention littéraire, nous lançons ce feuillet au public. Notre objectif est de faire connaître les horribles crimes commis par ces êtres appelés S.S.

Ce corps d'élite du nazisme allemand était le ramassis de tous les assassins d'Europe. En lui était réuni le pire de toute chose.

Rien ne le démontre autant que son « travail » dans les camps d'extermination. Nous n'exposerons qu'un exemple, ce sera l'image la plus fidèle que l'on puisse montrer. Dans le camp de Mauthausen, deux cents cigarettes étaient distribuées aux S.S. pour chaque homme exterminé. Ces informations authentiques proviennent des camps de Mauthausen, Melk et Ebensee.

MAUTHAUSEN – 1944

Noms fatidiques que jamais ceux qui y sont allés ne pourront oublier.

Tragique réalité qui sera pour nous un éternel cauchemar.

Antoine Vives

L'ŒUVRE DU NATIONAL-SOCIALISME
MAUTHAUSEN – GUSEN
CAMPS DE TORTURES

Œuvre gigantesque que jamais l'histoire n'a enregistrée et dont la réalisation a été imaginée d'une façon toute spéciale.

Les fondations, ce sont des milliers et des milliers d'êtres humains qui voulaient lutter pour la liberté et le progrès des peuples.

Le sable employé dans cette construction représente les morceaux de chair qui jour après jour étaient laissés par les forçats.

L'eau employée provenait du sang qui coulait des blessures occasionnées par les nombreux coups administrés par les S.S. sadiques qui se réjouissaient de leurs actes répugnants.

Le ciment c'était la méthode employée pour faire souffrir les condamnés à mort, la plus vile et la plus barbare méthode des régimes pénitentiaires.

Jamais intelligence humaine, pour plus clairvoyante qu'elle soit, ne sera capable d'exprimer exactement ce qui s'est passé dans ces camps, œuvre du national-socialisme. Ce sadisme a été élevé au maximum du raffinement. La chambre à gaz d'Auschwitz, l'ex Commando de Buchenwald et la visite « médicale » de Dachau ne sont rien en comparaison de la crainte qu'éprouvaient les hommes en pensant aux douches de Gusen où les patients mouraient par noyade ou déchirés en lambeaux par des chiens dressés spécialement à cet effet.

Des milliers de camarades ont connu cette mort horrible, horrible pour deux motifs : 1° parce que quarante-huit heures à l'avance ils savaient quelle serait leur fin, et 2° l'appréhension de se sentir mourir dans les crocs des chiens féroces. Ce n'est encore rien en comparaison du camp de Mauthausen avec sa carrière, du camp Russe, du Bau-Commando et du redoutable Wasmayer, chef de camp avec son chien à forçats n° 40. Jamais les « forçats » d'Auschwitz, de Dachau et de Buchenwald n'ont connu cette torture morale, prélude de la torture physique. Imaginez ce que c'est que d'apprendre, après l'appel du soir, que votre tour d'aller aux douches est prévu pour le lendemain. À partir de ce moment-là, dans le camp, on ne parle pas d'autre chose, demain c'est le block X qui passe à la douche, après-demain ce sera le block Z.

– Comment sais-tu, disait un homme confiant, que notre tour d'aller aux douches viendra ? Peut-être qu'ils ont commencé par le block H et que nous autres, nous n'irons pas.

– Enfin, si le tour arrive à mon block d'aller aux douches, je n'irai pas, disait un autre. Je me jetterai contre les fils barbelés électrifiés, ou bien je me ferai tuer par le gardien. Mort pour mort, je préfère la fin la plus courte et la moins pire.

Ils savaient tous que s'ils se faisaient tuer par la sentinelle, c'était une balle au cœur ; s'ils se jetaient contre les barbelés, c'était la mort rapide, mais s'ils allaient aux douches, c'était la mort lente et horrible.

Les hommes devaient rester un temps indéterminé dehors en attendant leur tour de passer aux douches où dix ou douze blockführer, chacun avec un chien, leur schlague à la main, les obligeaient à sauter dans l'eau, où quelques-uns étaient mis dans l'obligation par les S.S. de noyer leurs camarades.

Ceux qui accomplissaient ce travail obtenaient comme récompense huit jours de plus à vivre, mais ils savaient bien que la prochaine fois, ce serait peut-être leurs camarades qui les noieraient.

Par malheur, si l'un d'eux refusait de faire ce travail horrible, les chiens étaient lâchés. Ils se jetaient sur lui et le déchiraient.

Une autre façon de tuer les hommes était de les faire lever à minuit, de les rassembler nus dehors, devant la baraque, les pieds dans la neige gelée, par une température de moins 30°. On les gardait pendant deux heures dans la position « au garde-à-vous » puis, en revenant dans le baraquement, on les aspergeait d'eau froide. Cela avait pour effet d'occasionner pleurésies ou pneumonies. À chaque sortie semblable, il restait toujours sur la neige plusieurs camarades morts.

La plupart des Espagnols ont sauvé leur peau grâce à leur esprit de solidarité. Ceux d'entre eux qui travaillaient à la cuisine, bien que mettant leur vie en jeu, volaient la soupe qu'ils se répartissaient entre eux. Ceux qui étaient employés dans la boulangerie faisaient de même et, de cette façon, ils réussissaient à sauver de la mort un maximum de compatriotes, car la nourriture qui était distribuée au camp pouvait suffire pour maintenir en vie une personne durant trois mois.

Trois mois, c'était le laps de temps que les Allemands accordaient aux forçats avant de les faire mourir.

Quand les déportés français sont arrivés au camp, cette entraide s'est également portée vers eux car les Espagnols n'oublieront jamais que les Français sont leurs frères de race et ont le même idéal.

LE CAMP RUSSE

Ce camp est appelé ainsi parce qu'il a été entièrement construit par des prisonniers russes. Commencé en 1941, il fut terminé en 1944. Il se trouve à l'emplacement d'une montagne. L'excavation en a été exécutée à la pelle. Comme moyen de transport, on a employé un matériel primitif, la brouette.

Là étaient logés de la façon la plus bestiale et la plus féroce, les prisonniers de guerre.

De ce camp montaient tous les jours, à la fin du travail, cinq charrettes du modèle ancien de l'armée française. Elles étaient chargées des restes de ceux qui, maculés de sang et de boue, n'avaient plus pu lever la pioche ou la pelle ni pousser la brouette. Ceux que la fatigue, la faim, les coups et l'effort surhumain dans le travail n'avaient pas encore anéantis étaient assassinés avec un véritable sadisme.

Ces hommes étaient des morts-vivants. Ils avaient seulement la peau et les os ; de ce qu'ils avaient été auparavant, il ne restait rien. De cette glorieuse armée russe, de ces soldats bien-portants, vaillants jusqu'au suicide, seule subsistait l'ombre de ce qu'ils avaient été.

Ceux qui physiquement épuisés par les travaux forcés ne pouvaient plus travailler, les S.S. les obligeaient à le faire aux pires endroits, là où la terre formait des bourbiers inaccessibles à une personne normale. On voyait alors trois ou quatre hommes attelés à une même brouette, et encore le faisaient-ils à grand-peine. Les kapos assassins et les S.S. les frappaient sauvagement. Les malheureux restaient étendus par terre : alors les S.S. leur mettaient les pieds sur la tête et la leur enfonçaient dans la boue. Leurs camarades les relevaient et les chargeaient sur le chariot. Ceux qui vivaient encore étaient obligatoirement placés au fond et les morts jetés sur eux. Ces charrettes macabres étaient ensuite traînées jusqu'à la porte du crématorium par trente hommes presque aussi moribonds que ceux qu'ils conduisaient au four. De cette manière, on anéantissait de cinq cents à six cents hommes par jour, mais cela dépendait de l'envie de « travailler » des S.S. Si, arrivés au nombre de trois cents morts, ils estimaient avoir gagné leur journée, ils disaient alors aux kapos « pour aujourd'hui assez, gardons les autres pour demain. » Les S.S. avaient une prime de deux cents cigarettes par homme ramené mort. C'était afin d'en retirer ce profit, mais aussi en fonction de leur envie de fumer que ces barbares tuaient. C'était pour cet affreux marché passé entre eux, et par haine de la Russie socialiste, qu'ils tuaient ces martyrs luttant pour la défense de leur pays et de l'Europe entière.

LES PETITS « ROUGES » ESPAGNOLS

En 1940 après l'invasion allemande, dans le département de la Charente, se trouvait un centre d'hébergement pour les réfugiés espagnols qui préféraient l'exil au régime de Franco.

Un jour, la Gestapo et des éléments de l'armée allemande se présentèrent au centre. Ils l'encerclèrent afin d'éviter que personne ne s'échappe. Ils firent irruption dans les chambres et, avec violence, obligèrent tous ceux qui étaient présents à faire leur valise. Ils emmenèrent tout le monde, depuis le plus jeune bébé jusqu'au vieillard. Ils les conduisirent en camion jusqu'à la gare où ils les firent monter dans un train gardé par ces misérables S.S.

La panique et la confusion s'emparèrent des malheureux qui se demandaient avec angoisse : « que vont-ils faire de nous ? » Les uns disaient : « on nous ramène en Espagne », les autres : « on nous envoie travailler dans l'agriculture. » Personne ne savait ce qui allait se passer.

Après trois jours de voyage, à moitié morts de faim, ils arrivèrent à la gare de Mauthausen, en Autriche.

Une section de S.S. donna l'assaut au train et, à coups de crosse et à coups de pied, ils commencèrent à faire la classification de tout ce monde. Les femmes et les bébés d'un côté, les hommes et les enfants de plus de douze ans de l'autre.

Une lutte féroce commença. Les mamans ne voulaient pas se séparer de leurs fils, elles les serraient contre elles. Les S.S. cognaient sur le visage des mamans qui défendaient leur bien et qui, pour la plupart, s'effondraient évanouies. Les petits étaient arrachés des bras de leur mère à coups de pied par ces bandits. Les pleurs, les cris et le désespoir de ces femmes qui se voyaient séparées des leurs étaient horribles, à voir et à entendre.

La classification finie, ceux qui devaient rester pour le travail, c'est-à-dire pour la mort, étaient dirigés sur le camp. Les autres, restés dans le train, en voyant partir les hommes criaient, pleuraient et les appelaient en disant : « mon fils, mon père si vieux. » Les mères voulaient se jeter par les fenêtres des wagons pour les rejoindre. Ce train a été dirigé sur l'Espagne et toutes les femmes rendues à Franco.

Ceux qui allaient vers le camp étaient pleins de crainte devant l'inconnu. Une fois arrivé, l'interprète espagnol – le célèbre Enriquito, agent d'Hitler en Espagne – leur fit connaître les bases de la discipline du camp. Cet individu avait travaillé comme technicien aux usines de produits chimiques Flix où il faisait de l'espionnage au service du national-socialisme. Durant la guerre d'Espagne cette espèce d'Allemand avait été incorporé dans la division Condor où il avait commis quelques escroqueries (d'ailleurs tous pareils : maîtres chanteurs, assassins et voleurs). Jugé par ses maîtres, il servait d'espion parmi les prisonniers de Mauthausen.

Il leur tint le discours suivant : – Espagnols, vous êtes dans le camp de Mauthausen. On vous a amenés ici pour vous exterminer. Vous n'êtes plus des hommes, vous êtes seulement désignés par un numéro et comme ici un numéro n'a aucune valeur, les S.S. peuvent vous supprimer quand il leur plaira. Si l'un d'entre vous n'est pas satisfait, il n'a qu'à se jeter contre les fils électrifiés, de cette façon il aura fini de souffrir. Ici celui qui ne veut pas travailler est supprimé, celui qui vole est pendu, celui qui fait quelque chose de contraire à la discipline du camp est jeté aux chiens. Les malades seront dirigés sur le baraquement n° 20 où une injection d'essence leur sera faite.

Les enfants à partir de douze ans et les hommes ont été astreints à travailler à la carrière. Ils portaient de grosses pierres d'un poids supérieur à leurs forces. Ils étaient obligés de monter cent quatre-vingt-dix marches et de faire quatorze voyages par jour, sept le matin et sept le soir. Ceux qui tombaient, épuisés par cet effort surhumain, étaient tués sur place à coups de manche de pioche, ou avaient le cou tranché avec une pelle.

Ces petits Espagnols allaient connaître toute l'horreur de la captivité, les interminables rassemblements sur la place où le chef de camp désignait ceux qui devaient rejoindre le baraquement n° 20. Ceux qui étaient malades, affaiblis, faisaient des efforts surhumains pour paraître en bonne santé devant le chef de camp. Ils voulaient vivre et disaient continuellement : – je peux travailler, je suis bien-portant.

Beaucoup d'entre eux moururent dans les douches de Gusen ; d'autres, manquant de courage et de volonté, se jetèrent contre les fils électrifiés. Ceux qui eurent la force de lutter ont été sauvés avec l'aide de leurs compatriotes aînés.

ACTES DE BARBARIE NAZIE

En cette nuit du mois de janvier 1945, la neige, moins froide que le cœur de nos bourreaux, tombait en tourbillons furieux.

Inclinés, la tête baissée, appuyés les uns contre les autres à la recherche d'une chaleur imaginaire, nous allions d'un pas lourd. Le vent pénétrait à travers nos hardes en toile de sac, nos pieds chaussés de grossières galoches sans chaussettes s'enfonçaient dans la neige qui, comme un linceul, nous enveloppait. Nous étions morts de froid et nous marchions inconsciemment.

Les forçats revenaient en colonne du travail après dix heures de torture et après avoir fourni un effort supérieur à leurs maigres forces.

Par rangées de dix, en se donnant le bras, nous traînions les squelettes qui, dans le dur travail, avaient laissé leur dernier souffle.

Encadrés d'assassins bien chaussés et vêtus de leur épaisse capote ornée d'insignes à tête de mort, nous cheminions vers le camp où de nouvelles souffrances nous attendaient, car dans les camps d'élimination tout était méticuleusement organisé pour la suppression des individus.

Nous rentrions du travail à dix heures du soir. On nous donnait la soupe déjà froide. Puis il fallait passer la revue des poux et se faire tondre tout en laissant une raie de cheveux épaisse de trois doigts au sommet du crâne. Cela avait pour but d'empêcher les hommes de s'évader : ainsi rasés, ils étaient facilement reconnaissables.

Entre une chose et l'autre, on nous gardait éveillés jusqu'à minuit. À quatre heures du matin, tout le monde était déjà debout. La mauvaise nourriture et le manque de repos, les tortures physiques, l'excès de travail tuaient les hommes par milliers.

Le commando de Melk était un camp d'une jauge de quatre mille hommes. En dix mois, il y eut onze mille morts. Tous les deux mois, de nouveaux contingents de victimes arrivaient du camp de Mauthausen afin de compenser les absences causées par les assassinats.

En 1944, à Mauthausen, on inventa une méthode nouvelle pour exterminer les prisonniers. Les S.S. sadiques et raffinés avaient trouvé le moyen radical : faire en sorte que les prisonniers s'entre-tuent. De cette façon, l'opinion internationale ne pourrait pas se scandaliser et les S.S. passeraient pour des innocents auxquels on ne pourrait faire aucun reproche.

La nouvelle méthode de ces cerveaux diaboliques était la suivante : on enfermait quelques centaines d'esclaves dans une baraque entourée de barbelés, sans aucun chef de block pour maintenir l'ordre.

La distribution du pain s'effectuait ainsi : les S.S. jetaient par-dessus le grillage des pains entiers en criant : « un pain pour huit ! » Les hommes derrière les barbelés attendaient haletants, les bras levés, les yeux grands ouverts, que le pain eût terminé sa courbe au-dessus de la barrière et retombe vers eux pour l'attraper. Une terrible bousculade s'ensuivait. Celui qui avait le malheur de prendre le pain le mettait contre sa poitrine, l'entourait de ses deux bras et mordait dedans à pleines dents. Je dis malheur car celui qui attrapait le pain, ce geste lui coûtait la vie. Les autres s'élançaient alors sur lui et cela dégénérait en une lutte désespérée pour en avoir un morceau. Les hommes tombaient les uns sur les autres, luttant comme des bêtes féroces.

Lors de la distribution de soupe, les S.S. entraient dans le baraquement, une barre de fer dans une main et un revolver dans l'autre, semblables à des dompteurs pénétrant dans la cage aux lions. À coups de barre de fer, ils faisaient reculer les malheureux jusqu'au fond du baraquement. Les S.S. laissaient les bouteillons au milieu de la pièce. Ils fermaient la porte. Instantanément les hommes serrés au fond amorçaient une course qui devait décider de qui arriverait le premier sur les bouteillons. Celui-là, soulevant le couvercle, s'en faisait une arme pour empêcher les autres d'approcher. Mais ceux-ci l'entouraient et lui sautaient dessus. Une terrible lutte s'engageait qui recommençait, chaque fois plus cruelle car les hommes étaient chaque fois plus affamés.

Les bouteillons étaient renversés, les hommes piétinaient dans la soupe, ils s'entremêlaient en une lutte désespérée. L'un avait la tête fendue, l'autre un bras cassé : d'autres encore, profitant du tumulte, se couchaient à plat ventre et léchaient le liquide répandu. C'était une tuerie continuelle.

Le lendemain matin, un tas de cadavres informes attendait la charrette du crématorium.

On avait aussi soin, lorsqu'on enfermait les hommes dans le baraquement avant la distribution de soupe, de mélanger les races pour éviter toute entente. On mettait les condamnés politiques avec les condamnés de droit commun. Ainsi, jour après jour, cette sauvagerie continuait. Les humanitaires S.S. avaient trouvé le moyen idéal de ne pas tuer eux-mêmes les prisonniers.

LES MORTS VEILLENT LES VIVANTS

Il s'évada des griffes des hyènes fascistes quand nous rentrions de la mine.

La marche était lente ; nous étions harassés, nous traînions lamentablement nos camarades moribonds. Profitant d'un moment d'inattention de nos bourreaux, alors que nous traversions une forêt, il sauta entre les taillis et les arbres. Les S.S. tirèrent sur lui et, comme une meute de loups affamés, commencèrent à lui donner la chasse.

Nos poitrines étaient gonflées de joie. Encore un qui ne subira plus les tortures que nous endurions !

À coups de crosse, à coups de pied, les S.S. nous jetèrent à terre. Le temps que nos gardiens réalisent que le fugitif s'était bel et bien évadé, nous sommes restés trois heures dans cette position, le visage dans la boue. Le retour au camp fut atroce, les trois kilomètres qui nous en séparaient furent parcourus au pas de course. Les S.S. furieux criaient : « schnell, schnell ! los, los ! »

Pour nous faire aller plus vite, les uns nous piquaient à coups de fusil et, les plus cruels, qui avaient pris de gros bâtons, parcouraient la colonne, frappant de toutes leurs forces sur la tête de ceux qui ne pouvaient pas soutenir la course infernale qui nous était imposée.

En arrivant au camp, nous portions avec nous trente-six morts.

Quatre jours après, au retour de la mine, nous aperçûmes notre pauvre camarade fugitif, debout face aux fils électrifiés. C'était la punition courante : d'abord vingt-cinq coups de nerf de bœuf et ensuite une journée de position « garde-à-vous » devant les barbelés.

Les S.S. l'avaient capturé à l'aide de chiens policiers. Il était blessé, une balle lui avait traversé la cuisse au moment où il fuyait. La gangrène était déjà apparue.

À la nuit tombée, lors du rassemblement des forçats, le commandant du camp, un bandit qui avait sur la conscience la mort de milliers de prisonniers, nous fit ce discours :

– Forçats de ce camp, personne ne peut se sauver. Ici on entre pour mourir et on sort seulement converti en fumée. Vous mourrez tous. La liberté, vous ne la retrouverez jamais. Jamais vous ne sortirez de ces barbelés puisque l'Allemagne nationale-socialiste gagnera la guerre. (Ces mêmes paroles ont été prononcées au cours de l'offensive de von Runstedt en 1943.) Notre führer l'a dit, le grand Reich sera le maître du monde. Notre civilisation, notre race privilégiée le veut ainsi. Pour vous qui êtes les grands criminels d'Europe, il n'y a qu'une solution, c'est la mort.

Ensuite, se dirigeant vers le malheureux, le commandant commença à le frapper à coups de poing et à coups de pied jusqu'à ce qu'il tombe. Il lui sauta sur le ventre et sur la tête en l'insultant.

Quand il fut fatigué de le battre, il ricana et ordonna aux officiers qui regardaient cette scène comme une distraction :

– Qu'on le déshabille et qu'on le jette dans la cave avec les morts !

Un frisson d'horreur parcourut les rangs en entendant ces paroles que les bandits S.S. accueillirent avec des rires gras.

Malheur, malheur mille fois à ce régime qui voulait civiliser le monde.

Pauvre camarade ! En attendant que la gangrène accomplisse sa besogne, il resta trois jours sur le tas de cadavres. Trois jours de torture, abandonné des vivants, seul parmi les cadavres. Son corps nu plein de vie ressentait le froid au contact de ceux qui pourrissaient lentement. Il s'enfonçait progressivement dans la masse en décomposition. Trois jours de cette promiscuité répugnante, à appeler sans cesse la mort qui ne venait pas mais qui, d'un froid sourire, le regardait impassible, sans vouloir faucher cette vie que des hommes inhumains avaient mise à sa merci.

C'est ainsi que se payait dans les camps de concentration de l'Allemagne nazie le délit de vouloir être un homme libre. C'était cela la civilisation allemande.

LE DERNIER REPAS

Il s'appelait Hermann. Il habitait quelque part sur la frontière polono-allemande. Arrêté comme tant d'autres de sa race, il laissait dans son foyer sa femme et son bébé.

Quand il entra dans la chambre de l'infirmerie, celle qu'on réservait à ceux qui devaient mourir, sa figure se contracta d'horreur ; il se cramponna au chambranle de la porte pour ne pas tomber, tant il était faible. Sa silhouette se dessina nettement sur le fond noir du couloir : il promena son regard fiévreux sur l'ensemble des morts-vivants entassés dans cet enfer de sang et de déchets.

Nos lits de bois de trois étages, 1 m 80 de long sur 0 m 80 de large, étaient occupés par quatre ou cinq hommes décharnés, anéantis, épuisés, par le travail et la schlague. Ils attendaient de mourir, sans médecin, sans soins, sans médicaments.

Hermann était mon copain de lit. Il avait, comme moi et comme tous ceux qui se trouvaient là, attrapé la dysenterie. Nous avons été amis. Il m'a raconté sa vie, ses luttes pour la défense de la liberté et contre le nazisme. Il a été vendu à la Gestapo par des traîtres au service de l'occupant. Il parlait toujours de sa femme et de son gosse et conservait l'espoir de les revoir un jour. Moi, je le voyais mourir d'heure en heure.

Il n'avait plus la force d'aller aux latrines. Il faisait ses besoins sur la paillasse. Les lits étaient pleins de merde et de sang, le plancher était semblable à un marais sur lequel nageaient les gamelles que nous avions pour la soupe. On ne s'en servait pas car les S.S. nous disaient que pour guérir de la dysenterie, il fallait ne pas manger.

Les fenêtres ouvertes ne suffisaient pas à dissiper l'odeur irrespirable.

Nous étions en chemise, sale, crasseuse – il y avait trois mois qu'on ne les changeait plus –, et sans caleçon. Les plus forts pouvaient encore se rendre aux latrines en se traînant lamentablement d'un lit à l'autre. On voyait leurs cuisses crottées, pleines de sang et d'excréments. Le spectre de la mort nous entourait ; cette vision était telle qu'on ne peut pas l'expliquer. Ceux qui n'ont pas vécu cela ne peuvent le comprendre. Ces hyènes de S.S. ne nous laissaient pas de répit.

Un soir, je m'en souviendrai toute ma vie, mon ami Hermann entra dans le délire qui précède la mort. Il me disait : – Vives, j'ai faim, je veux manger, je veux vivre, je veux revoir mon fils.

Et se cramponnant au lit, il descendit du troisième niveau où nous étions jusqu'au sol. Il ne put se tenir debout et tomba à genoux dans le marais infect. En face de lui se trouvait une gamelle pleine de déchets et d'excréments : dans son délire, croyant voir cette nourriture qui pourrait lui donner la vie il y puisait avec ses mains en gobelet et les portait à sa bouche.

En voyant cette horreur, je sautai du lit et, non sans peine, j'ai pu remonter Hermann sur notre paillasse. Il a râlé toute la nuit. Ses derniers mots ont été : « Mon fils, mon fils. » J'ai su plus tard par un camarade polonais que la femme d'Hermann et son fils, pour lesquels il voulait vivre, avaient été fusillés par les S.S. quelques heures après son arrestation.

Imprimerie Jean, Gap, 1946.

Ebensee – 6 mai 1945

On a beaucoup filmé et photographié la libération des camps. Antonio est sur l'un de ces clichés. Un homme rabougri et maigre avec une paire de lunettes et un numéro : le 63308. Il croupit assez longtemps sur les rives de ce très beau lac autrichien pour écrire une lettre à Isabel. Elle témoigne, pour les républicains espagnols, de leur fin de déportation.

> *C'est par un camarade sorti du camp en avion et qui, à Paris, tapera cette lettre, que je te salue, toi et les petites. Après un long silence, je reprends contact avec vous et avec le monde civilisé. Ce laps de temps peut paraître relativement court pour qui a vécu libre, mais immensément long pour nous qui avons souffert les tortures du régime national-socialiste. Ma vie et celle des camarades avec qui j'ai partagé cet enfer a été celle d'un mort-vivant. La mort était notre compagne inséparable, accrochée à notre bras sans nous laisser un instant espérer lui échapper. Avec elle nous avons passé les pires tortures qu'un être humain puisse jamais concevoir.*
>
> *Nous étions nombreux, nous ne sommes plus qu'une poignée. En cette heure de liberté notre premier souvenir est pour eux, pour ceux qui furent*

des hommes persécutés et traqués comme des bêtes féroces parce que nous étions des bolcheviques comme ils disaient. Mais ceux-là, avec tout leur mépris, ignoraient que c'était cela qui nous faisait tenir à la vie avec espoir. Nous ne voulions pas mourir, non parce que nous tenions à la vie (celle-là ne vaut rien) sinon parce que nous nous sentions communistes, parce que nous savions que nous avions une mission à accomplir et que mourir aurait été une trahison.

Si je te racontais ce qu'a été ma vie dans les camps d'extermination d'Allemagne tu ne pourrais pas le croire. Après la libération des camps par les forces alliées, le monde a appris avec stupeur ce qui s'y passait. Je suis sûr que nombreux sont ceux qui ne peuvent pas le croire. Je sais qu'il est difficile d'imaginer qu'a pu exister en plein vingtième siècle ce qui s'est perpétré contre le prolétariat espagnol.

Ceux qui ont le plus payé le tribut du sang à la bête fasciste ont été les juifs qui ont été par millions massacrés dans l'holocauste au dieu nazi. Des légions entières sont passées par la chambre à gaz. Hommes, femmes, enfants : ceux qui n'avaient pas la chance d'être gazés entraient dans le camp pour travailler. Pour eux la mort fut pire. En plus des nombreux S.S. qui nous gardaient, il y avait des grands chiens qui leur servaient de distraction quotidienne. Dans le camp des femmes, certaines qui arrivaient étaient enceintes. Quand elles accouchaient, les nouveau-nés étaient donnés aux chiens, ou bien jetés par les fenêtres, servant de cibles de tir aux S.S.

Au camp d'Ebensee, ce fut l'enfer. Pour toute nourriture, nous avions un litre de l'eau qui avait servi à faire bouillir les patates des S.S. Les hommes tombaient comme des mouches, la faim était féroce. Il existait une baraque appelée sarcastiquement baraque de repos où se rendaient d'eux-mêmes les plus exténués. C'était l'antichambre de la tombe. Ceux qui entraient là sortaient directement pour le crématoire. Ils s'allongeaient à terre et crevaient de froid. Il mourait quarante hommes par jour, leurs cadavres mêlés aux agonisants. Un jour, en retirant les corps pour les emporter au four, je vis que durant la nuit quelqu'un avait coupé de la chair sur un camarade pour manger. Ceci est arrivé à plusieurs reprises. L'humanité, dans le camp d'Ebensee, a eu tellement faim qu'elle a mangé ses morts.

Isabel, après avoir lu cette lettre, tu vas immédiatement te mobiliser et faire ce qui suit. Premièrement, fais savoir que les Français qui étaient dans le camp sont partis en avion. Le gouvernement français s'est occupé de leur évacuation. Nous autres Espagnols, nous qui avons tant lutté en France pour la défense de leurs libertés, nous sommes encore ici. Nous considérons qu'il s'agit là d'une injustice. Nous estimons que nous avons autant de droits qu'eux.

Deuxièmement, tu vas aller immédiatement à Grenoble voir qui tu sais pour qu'il informe le gouvernement français de cette injustice commise envers nous. Si nécessaire, qu'il aille jusqu'au général de Gaulle lui-même. N'a-t-il pas déclaré que pour les services rendus à la France nous devions être considérés comme des Citoyens d'Honneur ? Cet abandon, s'il devait se confirmer, démontrera que les promesses sont vaines.

Troisièmement, mets-toi en contact avec le Parti afin qu'il se mobilise immédiatement. Qu'il informe le Comité Central de la situation des deux cent quarante Espagnols survivants, parmi lesquels quatre-vingts membres du Parti qui attendent ici, à Ebensee, leur retour en France, non pour être libres (nous le sommes déjà), mais pour continuer la lutte. J'espère que tu feras cela dans les meilleurs délais. Deux cent quarante Espagnols posent leurs yeux et leurs espoirs en toi. Il y en avait sept mille deux cents.

Santé et à bientôt.

Antonio Vives.

France – 1949

Le 3 juin, Antonio et Isabel Vives reçurent à Aspres-sur-Buëch un courrier du ministère de la Santé publique et de la Population les informant de leur naturalisation. Antonio et Isabel devinrent Antoine et Isabelle.

Ce même mois, Paul Gillet fit ouvrir les souterrains de la villa de la Croix-Rousse. Il installa les machines américaines dans l'usine de la Rhodiaceta où se préparait, avec Rhône-Poulenc, l'un des plus colossaux succès industriels des Trente Glorieuses.

Le général de Gaulle l'avait accueilli sans lui serrer la main.

– Ah monsieur Gillet ! Je ne vous ai pas beaucoup vu à Londres. Enfin vous n'êtes pas en prison, c'est déjà cela. Comment va le nylon ?

Il fallait reconstruire la nation exsangue et *Le Figaro* priait la France de laisser retomber le poids du silence sur les années terribles, sur les inévitables erreurs de la France de l'Occupation. On n'allait pas tout de même allumer une guerre civile ! La Quatrième République oublia.

Léonie sortit de la prison de Fresnes en 1945. Un an auparavant, Mathilde était revenue avec elle à Paris. Elle aidait les pourchassés qu'abritaient les habitations à bon marché de Belleville construites à leurs frais. Les Allemands y effectuèrent une rafle massive en 1944. Léonie était présente, elle avait été embarquée avec sa fille. Durant de longs mois, la femme du VIIe arrondissement dut partager les tinettes avec les femmes d'ouvriers, manger dans la gamelle, partager les douches et le savon noir, patauger dans la même cour.

Mathilde ne rendit jamais visite à Édouard que l'on avait incarcéré à la Libération avec Charles. Mais Léonie et Paul firent jouer tous leurs contacts, de l'archevêché aux actionnaires. Leur liste, à l'exception des juifs rayés depuis 1942, n'avait guère changé. On plaida : les Allemands avaient toujours eu la majorité des actions. Les Français n'étaient pas responsables : on leur avait mis le couteau sous la gorge. On les avait réquisitionnés. La famille avait sauvé l'industrie française, sa collaboration fut un moindre mal. Ces arguments évitèrent le peloton d'exécution aux deux anciens du parti de Doriot, mais pas la dégradation nationale. Émile Bollaert, ancien préfet du Rhône, déporté à Bergen-Belsen, et collaborateur d'Édouard Herriot, prit les commandes de Rhône-Poulenc.

Charles et Édouard retrouvèrent, dès 1954, leurs anciens postes au sein des conseils d'administration de la banque et de l'industrie. Ils y étaient indispensables. Rhône-Poulenc fut vendu en 1969, suivant le processus de concentration mondiale de la chimie et du génie génétique aujourd'hui dominés par Monsanto et Novartis. Quant au *Doktor* Ambros, jugé à Nuremberg puis dénazifié, il reprit du service au sein de la BASF et devint conseiller de Konrad Adenauer après huit ans de geôle.

2010

J'achève d'écrire ces pages à neuf mille mètres d'altitude, quelque part sur l'infini bleu de l'Atlantique sud tandis que l'écran digital, descendu du plafond, indique le repère de Montego Bay, Jamaïque. Très au sud de l'horizon gonflent les bourgeons volcaniques des cumulo-nimbus. Ils annoncent que l'équateur n'est pas loin, avec sa gésine permanente et tranquille. C'est là-dessous qu'en 2001 Michel Ferlié avait amorcé dans la nuit jamaïcaine sa propre histoire. Bientôt, cela sera survolé pour aller plus à l'ouest vers les Andes, l'Amérique latine. Des dizaines de milliers de républicains les ont rejointes, avec le Mexique, en 1939. Refaire sa vie par nécessité et par désespoir. Avec l'échec ou la réussite au bout du voyage.

Je n'ai pas assisté aux derniers jours du patriarche. Absent pour cause de travail, parti de la maison, ce que les jeunes doivent nécessairement faire. Un soir de juin 1989, vers vingt heures, alors qu'il buvait son potage et s'apprêtait à peler sa pomme – celle qui, mangée chaque jour, chasse le docteur –, il tomba de sa chaise. D'un bloc, sur le côté gauche. Crise cardiaque. L'époque était aux bouleversements, à la liquidation, aux écroulements.

L'empire communiste s'effondrait, hors d'usage. On voyait avec joie la propagation épidémique de la *glasnost* et la désagrégation des dominions. Il soufflait un vent d'optimisme. Ma génération levait les bras aux sons de la musique techno et dansait partout, dans des usines mortes et des bunkers sales, du soir au matin et du jeudi au lundi… Printemps de décongélation. Graines écloses après ce long tunnel de guerre froide dans lequel nous avions grandi.

Antoine avait rendu sa carte au Parti au milieu des années cinquante. Il avait retrouvé les siens et fondé une affaire prospère, un restaurant où on servait des côtes d'agneaux de Savournon, des truites du Buëch et de la paella. Cette rencontre des saveurs avait fait fureur. C'était la revanche de El Ajedrez et de Barcelone. Nul besoin d'acheter des terrains pierreux en Andalousie. Au-dessus de l'Escorial, dans le tunnel du Valle de los Caídos où gît Franco, Antoine Vives était allé cracher sur le marbre noir et marteler de ses pieds le tombeau du dictateur.

Le corps de mon grand-père était lourd d'histoire. Un emphysème, héritage des épreuves de la guerre et de la déportation, s'était déposé au bas des poumons. Moins de souffle, plus d'efforts à réclamer au cœur. Le poids du passé le rappelait vers le bas.

Retour à la terre, Antoine, retour à l'origine, toi qui as nourri avec les produits de la terre, toi qui as su les mêler pour les rendre savoureux, toi qui de leur matière constituas notre pain quotidien. Isabelle te survécut huit ans avant d'achever sa vie presque avec son siècle.

Le temps des Vives et des Gillet se superpose au nôtre. Malgré la chute du Mur, Marx retrouve une nouvelle vie. L'horizon indépassable du libéralisme a vécu. À refaire, à revoir, à reprendre ? Pourtant je viens de boire de l'eau des Alpes emballée en Turquie. Je la pisserai bientôt au-dessus du Venezuela. Je déféquerai à Lima les grains d'un raisin cueilli dans la Drôme.

Comme ces hectolitres d'urine et ces tonnes d'excréments relâchés huit heures plus tôt dans les toilettes du hubb d'Amsterdam, réceptacle d'autres passagers en transit depuis Moscou, Le Caire, Milan. Baratte mondiale et grain de poussière au-dessus d'un océan que rien ne dérange fors ses propres lois.

Dans son lit d'agonie, Antoine avait eu un dernier geste. L'ayatollah Khomeiny venait de mourir. La télévision, dans la chambre de la clinique, retransmettait les funérailles du pape chiite. L'océan de bras levés, de femmes fantômes et de barbus aux yeux injectés d'extase faisait tanguer le cercueil. Une marée de sueur, de frénésie et d'esprits aveugles montait à l'assaut du monde. Sur ce, Antonio fit un bras d'honneur à l'écran, puis il mourut. Belle façon de saluer un siècle pour nous prémunir du suivant.

Table

RÉALISATION : IGS-CP À L'ISLE-D'ESPAGNAC
IMPRESSION : CPI BRODARD ET TAUPIN À LA FLÈCHE
DÉPÔT LÉGAL : AOÛT 2011. N° 105001 (65079)
IMPRIMÉ EN FRANCE